Die Lewins

Gita Lehr

Die Lewins

Roman

Eichborn.

1 2 3 4 05 04

Umschlaggestaltung: Christina Hucke, unter Verwendung
eines Fotos von Fred Morley © Hulton Archive/Getty
Satz: FVA, Fulda
Druck und Bindung: GGP Media, Pößneck
ISBN 3-8218-0939-6

Verlagsverzeichnis schickt gern:
Eichborn Verlag, Kaiserstr. 66, D-60329 Frankfurt am Main
www.eichborn.de

1

Meiner Ansicht nach fing alles damals an, als Maud Lewin zu schreiben begann und sich die Meinung verbreitete, sie sei nun endgültig verrückt geworden. Das war lange bevor ich zur allgemeinen Freude zum Krüppel wurde und Emma sich nach reichlicher Überlegung doch noch entschloss, eine halbwegs normale Größe zu erreichen.

Oder war es, als die schlimme Sache mit Olympe passierte, die Jules die Sprache verschlug, ein für alle Mal unsere finanziellen Probleme löste und unsere Mutter in ihrer Meinung bestärkte, dass wir Lewins nicht für ein sorgloses Leben geschaffen wären? Im Grunde war es völlig egal, womit alles angefangen hatte. Tatsache war, dass uns die Geschichten einfach nie ausgingen.

Demnach war es auch nicht besonders verwunderlich, dass es auf die Frage nach unserer Familie nur eine Antwort gab. Wir waren eben die Lewins. Wir waren die Mischpoke, die weit draußen in dem alten Kasten aus bröckelndem Sandstein lebte und nichts anderes tat, als immer wieder aufzufallen.

Auf den Punkt gebracht hieß das nichts weiter, als dass keiner etwas mit uns zu tun haben wollte. Wenigstens in diesem Punkt waren sich alle einig.

Eine meiner Geschichten aber beginnt ganz sicher mit Wanda. Sie handelt davon, dass man im Grunde keine Chance hat, sich wirklich zu ändern, wenn man sich zu nah ist. Und sie erzählt davon, dass die Antwort, eben ein Lewin zu sein, nicht auf jede Frage taugt.

»Heute noch, Lea!«
Wanda saß mit dem aufgeschlagenen Mathematikbuch auf den Knien in der Fensternische und hielt mich ganz offensichtlich für den größten Idioten aller Zeiten.

Die Finger meiner Schwester trommelten auf das Fensterbrett. Sie wusste, dass sie mich damit wahnsinnig machte und ich keinen klaren Gedanken fassen konnte. Ich kam mir vor, als sei ich auf einem Exerzierplatz und bemühte mich nach Leibeskräften, Schritt zu halten. Aber ich war mit den Zahlen alleine, und es war keine Rettung in Sicht. Herrgott, das konnte doch nicht so schwer sein!

Vor mir baute sich ein maroder Wolkenkratzer auf. Seine unzähligen Fensterflügel schwangen vor und zurück, während er sich tief zu mir herunterbeugte und mit großväterlicher Märchenvorlesestimme sagte:

»In einem Hochhaus mit über 10 Stockwerken sind in jeder Etage gleich viele Wohnungen. Jede Wohnung hat genau die gleiche Anzahl an Zimmern, und zwar weniger als 6. Aus wie vielen Stockwerken besteht das Hochhaus, wie viele Wohnungen sind in jeder Etage, und wie viele Zimmer sind in jeder Wohnung, wenn das Hochhaus genau 455 Zimmer hat?«

Ich hatte keine Ahnung.

»Sag mal, schläfst du?«

Wanda rutschte von der Fensterbank und kam zu mir herüber. Ich konnte ihr ja wohl schlecht sagen, dass es mich viel mehr interessierte, warum da keiner erst mal die dämlichen Fensterläden schließen konnte, ehe ich mir Gedanken über irgendeine bestimmte Anzahl von Zimmern machen konnte. Der baufällige Koloss würde einstürzen, bevor ich auch nur den Ansatz einer Lösung erraten hätte. Wanda schlug mir grob mit dem Mathematikbuch gegen die Schulter. Ich verschluckte mich an meinem Big-Red-Kaugummi und musste heftig husten.

»Du schaust wie ein ausgemachter Blödmann«, stellte sie fest.

Ich hatte den Kaugummi verschluckt und gewöhnte mich nur schwer an den Gedanken, dass das klebrige Ding jetzt in mir war. Ekelhafte Vorstellung.

»Verdammt, Wanda, ich kann den Scheiß-Potenzmist nicht. Ich krieg das nie in meinen Kopf rein. Schon gar nicht in den Ferien.«

»Primfaktoren«, antwortete sie ruhig. »Es geht hier um Primfaktorzerlegung, Lea. Das hatten wir doch schon letztes Jahr.«

»Und da hab ich es auch schon nicht verstanden.«

»Du willst nicht. Hab ich Recht?«

Sie legte das Buch sorgsam auf den Schreibtisch und drehte sich dann wieder zu mir um. In ihrer Stimme schwang ein strenger Unterton wie bei einer Grundschullehrerin über fünfzig.

»Du glaubst, wenn du in Mathe durchfällst, dann bist du mich los, hab ich Recht?«, wiederholte sie mit quälender Hartnäckigkeit. Wanda gab sich alle Mühe, mir mathematisches Grundwissen zu vermitteln. Sie war meine letzte Chance. Aber Zahlen und Leander Lewin vertrugen sich nun mal nicht besonders. Eine Gleichung mit eindeutig zu vielen Unbekannten.

»Lass mich doch einfach in Ruhe.«

Ich zog mir stöhnend das Kopfkissen übers Gesicht. Wanda kam zu mir aufs Bett gestiegen.

»Ich sag dir was, Lea«, schimpfte sie. »Du wirst mich nie los, und erst recht nicht, wenn du wiederholst, weil ich das dann nämlich auch mache. Also lass den Scheiß.«

Ich konnte sie nur mit großer Anstrengung eine Armlänge von mir weghalten. Wanda konnte richtig grob werden, wenn sie sich ärgerte. Sie war einer von den Menschen, die immer denken, dass man sich sein Unglück extra aussucht. Ich spürte, wie die Muskeln in meinen Oberarmen heiß wurden. Lange würde ich nicht mehr durchhalten.

»Das hat mit dir doch gar nichts zu tun«, versuchte ich zu erklären. »Ich kann nur diesen Zahlendreck nicht.«

Schrecklich, wenn Mädchen immer denken, dass sich alles auf der Welt um sie dreht. Damals hoffte ich noch, dass nur die Dreizehnjährigen so wären. Heute weiß ich es besser.

Wanda ließ sich schwer auf meinen Bauch fallen. Ihre Knie hielten mich von beiden Seiten fest. Sie war mir zu nah. Das war sie schon immer. Hatte man die ersten neun Monate auf engstem

Raum miteinander verbracht, gab es danach nur noch wenig, was einen wieder hätte auseinander bringen können.

»Wenn es nichts nützt, dir zu drohen, dann musst du vielleicht gelockt werden«, überlegte sie.

»Könntest du erst mal von mir runter? Wanda, bitte.«

»Schhh, jetzt! Ich überlege, also halt den Mund.«

Sie legte ihre Hand flach über mein Gesicht.

»Herrgott, Wanda! Ich krieg keine Luft! Ich sterbe!«

»Ich werde dich retten.«

»Ich will aber nicht von dir gerettet werden.«

»Ist doch egal.«

Schrecklich, wenn Leute nicht zuhören.

»Wenn du es noch mal versuchst, dann darfst du sie anfassen«, sagte sie und schien sehr zufrieden mit sich.

»Wen anfassen?«

Mein Mund war schon ganz trocken, weil ich so angestrengt nach Luft schnappte. Wanda deutete auf die beiden Stellen an ihrem Oberkörper, an denen sich ihr Pullover nach außen wölbte. Bis vor kurzem hatte sie da oben nicht anders ausgesehen als ich. Jedoch jetzt zeichneten sich dort deutlich weibliche Formen ab.

»Das ist nicht dein Ernst.«

»Wenn ich es sage«, erwiderte sie ohne eine erkennbare Spur von Unsicherheit.

In meinem Kopf musste es jetzt schnell gehen. Auf der einen Seite war das Angebot außerordentlich verlockend, aber andererseits kam es von Wanda. Das war nicht gut. Irgendetwas an der Sache war nicht richtig. Wenn es nämlich etwas gab, was sie mir nie im Leben zeigen würde, dann waren es ihre intimsten Körperteile. Ich durfte nicht mal mehr im Zimmer bleiben, wenn sie sich umzog, geschweige denn, dass ich mit ihr zur gleichen Zeit im Badezimmer geduldet wurde. Sie warf mich regelmäßig raus. Also war an der Sache etwas faul.

Aber was, wenn sie es doch ernst meinte? Es bot sich mir eine Chance, die ich vielleicht nie wieder bekommen würde. Mann, ich war gerade mal dreizehn!

»Versprochen?«, vergewisserte ich mich unverhohlen misstrauisch. Sie nickte. Ich sah in ihre grünen Augen und glaubte jedes Wort. Die Entscheidung war gefallen. Ich unterschied mich in nichts von einem läufigen Hund. Ich hätte besser auf meinen kümmerlichen Verstand vertraut. Ich hätte laufen sollen, laufen, so schnell ich nur konnte. Stattdessen sagte ich: »Ich mach's. Wie lange hab ich Zeit?«

Sie sah zu dem kleinen Reisewecker, der inmitten verschwitzter Trikots, Lehrbücher und allerlei weibischen Tands auf dem Schreibtisch stand. Es war genau zwanzig Minuten vor zehn.

»Zehn Minuten«, sagte sie.

»Wanda, komm schon.«

»In Ordnung. Fünfzehn.«

Ich überprüfte die Spitze meines Bleistifts und war bereit.

»Wanda! Lea! Kommt ihr jetzt endlich runter?«

Unsere Mutter klang ungeduldig. Alle Mütter klingen irgendwie ungeduldig, aber unsere besonders. Was daran lag, dass sie es immer sehr eilig hatte. Alle Lewin-Frauen hatten es immer enorm eilig. Sei es, um uns andere voranzutreiben oder uns weit abgeschlagen hinter sich zurückzulassen.

Elisabeth Lewin spielte ganz wunderbar Violine. Früher einmal wollte sie bei Konzerten spielen. Nicht nur im Gemeindesaal oder auf irgendwelchen Feierlichkeiten von schwer reichen Schnöseln in der Weststadt, die damit bei ihren versnobten Möchtegern-Freunden Eindruck machen wollten, sondern in richtig großen Häusern auf der ganzen Welt. Mit riesig großen Orchestern, die dir das Hirn frei blasen, wenn sie mal richtig anfangen.

Aber jetzt hatte sie uns und es wurde nie etwas aus den Reisen und den wirklich großen Konzerten. Stattdessen unterrichtete sie für einen Hungerlohn am Konservatorium. Sie meinte, das sei nun mal ihr Schicksal und damit solle man nicht hadern. »Wer es doch tut, der verliert sich.« Sie sagte oft Sachen, die ich nicht verstand.

Wanda sprang von mir runter und riss mich am Arm hinter sich her. In meiner Schulter krachte es erschreckend, aber ich war zäh. Im Grunde war ich ein Feigling, aber an manchen Tagen konnte ich diesen Makel ganz gut überspielen.

Seit Tagen roch es im ganzen Haus nach gebratenen Äpfeln und Punsch. Es war der Heilige Abend. Also der Morgen am Abend. Irrwitzig, aber so etwas brockten einem immer die verrückten Katholiken ein. Bei denen war immer alles heilig. Heiliger Abend, Heilige Schrift, Heiliger Geist und was weiß ich nicht alles. Aber deren Rechtsprechung war nicht übel. Wenn du Gutes tust, dann kommst du in den Himmel, und wenn du richtig Scheiße baust, dann schmorst du eben in der Hölle. Das war konsequent und geradlinig gedacht. Selbst einer wie ich konnte da nichts falsch verstehen. Aber trotzdem – ein verrückter Haufen, diese Katholiken.

»Schön, dass ihr es euch doch noch überlegt habt.«

Sarkasmus. Ganz eindeutig. Ich schenkte meiner Mutter ein Lächeln. Das wirkte immer. Sie bekam einen Kuss auf die Wange. Damit war endgültig alles wieder in Ordnung. Mütter lieben es nämlich, wenn ihre Söhne sie unaufgefordert küssen. Nur haben die meisten Söhne davon keinen Schimmer. Ich aber. Ich und mein Bruder Jules.

Jules war fast drei Jahre älter als Wanda und ich, und er gab sein Wissen großzügig an mich weiter. Es kostete mich drei Päckchen Big-Red, und ich musste ein Jahr lang den hinteren Reifen von seinem verdammten Fahrrad flicken. Aber trotz allem ein gutes Geschäft.

Wir saßen in der warmen Küche und sahen zu, wie draußen dicke Schneeflocken auf die Erde fielen. Die kamen von irgendwoher und ließen sich einfach fallen. Danach blieben sie als weißer Teppich liegen. Bereit, mit Füßen getreten zu werden, demütig zu schmelzen und endgültig zu verschwinden.

»Was ist aus dem Aufsatz geworden, Leander?«

Meine Großmutter blickte aufmerksam in meine Richtung. Hätte ich es nicht seit dreizehn Jahren besser gewusst, ich hätte schwören können, dass sie mir mit ihren dunkelblauen Augen bis in den verborgensten Winkel meines Gehirns sehen konnte. Mein Magen wurde augenblicklich zu einer schweren Masse und zog mich tief in meine tragische Realität. Maud konnte es nicht lassen. Sie war nicht nur blind, sondern auch stur, und außerdem vergaß sie nie etwas.

»Ist nicht besonders gut gelaufen«, antwortete ich knapp. Meine Arbeit über den Sinn der menschlichen Verständigung war mit »mangelhaft« bewertet worden. Wahrscheinlich deshalb, weil ich erwähnt hatte, dass die Menschheit generell besser daran täte, die Fresse zu halten. Meine Meinung war nicht allzu gut angekommen. Maud schüttelte den Kopf.

»Ignoranten«, murmelte sie abfällig. »Aber gräme dich nicht zu sehr, mein Schatz. Jeder wahre Schriftsteller wird missverstanden.«

Das Schlimme an der Sache war, dass sie es ernst meinte.

»Ich bin aber kein Schriftsteller, Maud«, schmetterte ich ihre keineswegs selbstlose Überzeugung von mir ab. Sie gab den fünften Löffel Zucker in ihre Tasse und lächelte schweigend. Sie machte mich wahnsinnig mit dieser Schriftstellersache. Nur weil Maud Lewin Geschichten schrieb, die keiner lesen wollte, musste ich das noch lange nicht nachmachen. Mein ohnehin wackliges Selbstbild würde mit dieser geballten Ladung an Ablehnung unmöglich fertig werden. Ich sah nach unten. Der warme Dampf aus meiner Kakaotasse ließ sich in Form vieler kleiner Wassertropfen an meiner Nasenspitze nieder. Ich grinste zu Wanda rüber und zeigte es ihr. Sie verdrehte nur die Augen. Ich versuchte es bei Emma, unserer Jüngsten. Sie war sechs und für jeden Spaß zu haben. Ich mochte sie sehr. Sie fand mich ausgesprochen kindisch, äußerte ihre Erkenntnis aber nie laut. Dazu war sie viel zu ernst. Sie sah mich lange an, ohne eine Miene zu verziehen, und endlich, als ich es schon selbst nicht mehr glaubte, fing sie an zu lächeln. Halleluja!

Von Jules bekam ich keinen Blick. Er saß an die Schulter unseres Kindermädchens Olympe gelehnt, die ihm eine schwarze Haarsträhne aus dem Gesicht strich, und starrte mit zusammengekniffenen Augen hinaus in die winterliche Landschaft. Er war fünfzehn und seit Monaten nur mit sich selbst beschäftigt. Wenn ich erst einmal so alt wäre wie er, würde ich auch so sein. So ganz für mich, und keinen würde es stören.

»Du bist ein riesiges Baby. Hat dir das schon mal einer gesagt, Julie?«

Wanda beobachtete angewidert, wie ihm die Erdbeermarmelade dunkelrot von den Fingern tropfte. Er hatte nichts davon bemerkt, weil er die ganze Zeit wie blöd in den Garten stierte.

Der verächtliche Ausspruch seiner Schwester schien Jules aus seinem Wachschlaf aufzuschrecken. Man war also auch mit fünfzehn nie ganz allein. Er blinzelte irritiert und steckte seine klebrige Hand in den Mund.

Ich versuchte es ihm nachzumachen, schaffte aber höchstens vier Finger. Der Daumen passte nicht mehr rein, sonst hätte ich mir den Kiefer ausgerenkt. Ich begann zu würgen. Ich musste mich zusammenreißen, wollte ich mich nicht auf der Stelle vor allen übergeben.

»Du meine Güte, Lea!«

Wanda stieß mich unsanft in die Seite.

»Kannst du ihr mal sagen, dass sie das lassen soll«, beschwerte ich mich bei unserer Mutter und trat dabei fest gegen Wandas Stuhl. Irgendwann würde mir bestimmt einmal die Hand ausrutschen, wenn sie sich nicht endlich diese andauernde Schubserei abgewöhnen würde, und wer dann wieder den ganzen Ärger am Hals hätte, war jetzt schon klar. Jules sprang plötzlich auf und rannte in die Halle.

»Ihr müsst die Tür abschließen«, rief er. »Heute darf hier keiner mehr durch.«

Er riss hektisch seinen Mantel vom Haken.

»Und nicht schauen, bevor ich sage, ich bin fertig!«

»Fertig mit was? Mit was denn, Jules? Himmel, Herrgott!«

Aber Jules hörte die Rufe unserer Mutter nicht mehr, weil die schwere Haustür längst hinter ihm zugefallen war. Keiner sagte etwas. Großmutter Maud rührte ihren Kaffee und grinste dabei in die Tasse, als wenn dort eine Komödie von Molière aufgeführt würde. Wanda starrte wortlos auf meine Nase. Schnell wischte ich mit meinem Ärmel darüber. Unsere Mutter war die Erste, die etwas sagte.

»Na, dann wollen wir ihm den Gefallen tun«, meinte sie und zuckte mit den Schultern.

»Ich mach's!«

Emma schnellte von ihrem Platz hoch und rannte los, als wäre der Teufel hinter ihr her. Sie nahm einen mächtigen Schlüssel vom Haken, den sie gleich darauf umständlich ins Schloss steckte. Das alte Metall gab einen gequält krachenden Laut von sich. Es schien, als wäre es verärgert, in seinem Jahrhundertschlaf gestört worden zu sein. Tatsächlich schloss sonst niemand die Tür ab. An jenem Tag verließen wir das Haus nur noch durch die Hintertür.

Nach dem Frühstück wollte ich mich gleich an mein Problem mit den Etagen und Wohnungen machen. Aber meine Mutter hatte etwas anderes mit mir vor. Ihr zu erklären, dass mich der Hauptgewinn erwartete, wenn ich die verdammten Zahlen in die richtige Reihenfolge bekommen würde, hatte keinen Sinn. Frauen verstanden nichts von Dringlichkeiten oder gar Prioritäten. Und wenn, dann nur von ihren eigenen.

Ich war zum Sklaven meiner Hormone mutiert. In meinem Schädel gab es kein anderes Ziel mehr als die Erfüllung meiner pubertären Hoffnungen. Es gab einen Preis zu gewinnen, und ich würde ihn nur bekommen, wenn ich es endlich schaffen sollte, diesen Zahlencode zu knacken. Aber wie sollte ich dem auch nur ansatzweise nahe kommen, wenn ich einen verdammten Baum mit goldglänzenden Kugeln und Engelshaaren behängen musste? In der Eingangshalle stand eine riesige dunkelgrüne Tanne, die alle meine Pläne durchkreuzte.

Wanda befestigte gerade die kleinen roten Vögel mit Flügeln aus Fiberglas an den mittleren Zweigen.

»Gilt dein Angebot auch noch später?«, fragte ich betont lässig, so als wäre mir die Frage gerade mal für eine Sekunde in den Sinn gekommen.

Ich musste Emma hochheben, damit sie ihre goldenen Kugeln dort hinhängen konnte, wo sie unter normalen Umständen nie hinreichen würde. Ich setzte sie mir auf die Schultern. Emma war nicht besonders groß. Selbst für eine Sechsjährige war sie ausgesprochen klein.

»Natürlich.«

Wanda sah nicht einmal zu mir rüber. Sie war ganz mit den Vögeln beschäftigt.

»Welches Angebot denn?«, fragte Emma und beugte sich dabei weit herunter, um mir in die Augen sehen zu können.

»Ach, nichts.«

»Welches Nichts?«

»Nichts nichts.«

»Lea, du redest Müll.«

Ihre aufmerksamen grünen Augen ließen mich nicht los. Emma hatte die Geduld von Leuten, die wissen, dass sie ganz sicher ihr Ziel erreichen werden, wenn sie ihr Gegenüber nur lange genug belästigen.

»Himmel, Herrgott! Mach, dass du wieder hochkommst, Zwerg. Ich kipp hier gleich um.«

Sie hing mir schon bis zur Hälfte über der Schulter.

»Sag's mir«, forderte sie. »Jetzt tu bloß nicht so oben drüber.«

»Emma, es ist nichts Wichtiges. Häng die blöden Kugeln auf, ja?«

»Aber Wanda weiß es.«

»Was denn?«

»Ja, das weiß ich ja eben nicht. Wie soll ich denn mitkriegen, um was es geht, wenn du den Mund nicht aufmachst, Herrgott noch mal!«

»Würdest du gefälligst damit aufhören, den Namen des Herrn zu nennen, wenn es dir damit nicht ernst ist, Emma Lewin!«

Olympe kam an uns vorbei und erteilte der jüngsten Lewin auf diesem Weg eine strenge Rüge. Der Schweizer Dialekt unserer Kinderfrau brachte mich wieder mal zum Lachen. Ich kassierte einen eindeutig missbilligenden Blick. Trotzdem fand ich Olympe hübsch. Ihr blondes Haar war im Nacken zu einem strengen Knoten zusammengesteckt, und nur das freundliche Lächeln auf ihrem von einer breiten Narbe entlang dem rechten Auge entstellten Gesicht zeigte uns, dass selbst wir ihr heute mit unseren Ungezogenheiten nicht den Tag verderben konnten. Olympe war ausgesprochen religiös, und sie duldete es nicht, dass wir ihren Glauben durch unsere, wenn auch hingebungsvolle, Flucherei beschmutzten.

»Aber es ist mir ernst, Olympe«, beteuerte Emma. »Außerordentlich ernst sogar. Der Herr würde das bestimmt verstehen.«

Emma war wie immer von dem überzeugt, was sie sagte. Olympe seufzte ergeben.

»Dann wäre er mir wahrhaftig einen Schritt voraus«, erwiderte sie mit ihrer angenehm tiefen Stimme, während sie eilig zwei krumme Steinstufen übersprang und in der Küche verschwand.

»Emma! Entweder du machst jetzt mit den Kugeln weiter oder du musst von mir runter.«

Ich hatte bereits deutlich Schlagseite und war nahe daran, umzukippen. Emma schwieg. Ich konnte förmlich spüren, wie sie die Vor- und Nachteile der geforderten Entscheidung abwog. Endlich richtete sie sich seufzend auf, und ich reichte ihr eine goldene Kugel mit roten Sternen.

»Von denen hab ich schon so viele. Gib mir die Grüne«, sagte sie. Ich gab ihr also die Grüne, und sie küsste mich auf den Scheitel.

»Wofür war das?«

Sie nickte ernst mit ihrem kleinen Kopf.

»Du wirst nichts zu lachen haben, mein Schatz«, sagte sie.

Ich erwiderte nichts mehr. Mir kroch ein ungutes Gefühl in den Nacken. Sie wusste etwas. Und das war weit mehr, als ich selbst wusste.

Fast hätten wir Jules an jenem Tag vergessen. Einmal sah ich kurz zum Flurfenster im ersten Stock hinaus. Auf dem Vorplatz des Hauses konnte ich ihn sehen. Jules hatte seinen schwarzen Wollmantel ausgezogen und hantierte als leuchtend roter Punkt in den weißen Schneemassen.

Während ich mich mit den langen goldenen Metallfäden herumärgerte, die sich immer wieder zwischen meinen Fingern verknoteten, passierte etwas in meinem Kopf. Es kam völlig unerwartet. Die Tanne vor mir war das Hochhaus. Die einzelnen Höhenstufen die Etagen. Die Zweige bildeten die Wohnungen und die Baumkugeln die Zimmer. Alles stand mit strahlender Klarheit vor mir. Ich kannte die Antwort. Ich erkannte die Bedeutung von Primzahlen und wie ich aus 455 eine sonnenklare Lösung finden konnte. Verdammt, ich war ein Genie. Albert Einstein und Pythagoras konnten einpacken. Ich hatte den Durchblick. Zahlen waren keine abstrakten Schriftzeichen mehr ohne Sinn und Zusammenhang. Sie hatten Bedeutung. Wenn auch nur in einem Hochhaus mit verdammt vielen Zimmern und Stockwerken. Egal. Ich hatte gewonnen.

»13 Etagen mit je 7 Wohnungen mit je 5 Zimmern«, sagte ich.

»Was?«

»Es sind genau 13 Stockwerke«, wiederholte ich, »und jedes davon hat sieben Wohnungen und in denen gibt es immer 5 Zimmer. Das macht zusammen 455 Zimmer in dem ganzen gottverdammten Scheiß-Hochhaus.«

Das alles kam mit der gelangweiltesten Stimme aus mir heraus, die ich gerade auftreiben konnte. Wanda ließ die Arme sinken. Sie starrte mich von der Galerie aus an, als hätte ich ihr gerade den Zusammenhang der Planeten im Universum mit dem geheimnisvollen Verschwinden der Mayazivilisation erklärt.

»Woher weißt du das?«, fragte sie.

Ich zuckte mit den Schultern.

»Gerade wusstest du noch nicht mal, was ein Primfaktor überhaupt ist, und jetzt willst du mir weismachen, dass dir die Erleuchtung zwischen Glitzerkugeln und Lametta gekommen ist?«

Die Erklärung klang gut. Es zuckte schon wieder.

»Ich will einen Test. Ich will wissen, wie du das gemacht hast.«

Ihre Augen verengten sich zu schmalen Schlitzen. Sie vertraute mir nicht. Hätte ich auch nicht.

»Vergiss es, Wanda. Du bist fällig«, sagte ich.

Sie war schrecklich misstrauisch. Zugegeben – sie hatte allen Grund dafür. Ich war ein mathematischer Brustschwimmer. Originalton Wanda. Aber irgendwie hatte ich in der nebulösen

Hochhausgeschichte jetzt den Durchblick. Kam es durch Wandas Ansporn, mir mathematisches Wissen mit Hilfe der weiblichen Anatomie schmackhaft zu machen, oder war es göttliche Erleuchtung? Es war mir auf jeden Fall völlig egal. Ich hatte gesiegt und mir meinen Preis ehrlich errungen. Jetzt musste ich ihn nur noch bekommen.

Wanda steckte mit konzentriertem Blick den Stern auf die Baumspitze. Sie schien gänzlich unberührt.

»Es freut mich für dich, Lea«, sagte sie.

Das klang nicht gut. Das klang überhaupt nicht gut. Ich beugte mich vornüber und schüttelte einmal heftig den Kopf. Ich hatte immer noch pfundweise Lametta auf den Schultern und in den Haaren, das Emma dort vergessen hatte, als sie hinter Olympe her in die Küche gerannt war. Ich begann die Treppe hochzusteigen.

»Mich freut es auch, und du weißt warum.«

Sie wich vor mir zurück. Kein gutes Zeichen.

»Du hast mir was versprochen. Du weißt schon.«

Ich war fast oben. Nur noch drei Stufen.

»Himmel, Lea. Das war doch nicht ernst gemeint.«

Netter Versuch.

»Wir hatten eine Abmachung«, erinnerte ich sie.

»Jetzt freu dich doch, dass du es geschafft hast, und lass es gut sein.«

Ich hatte die letzte Stufe hinter mir.

»Ich freue mich gleich noch viel mehr. Kannst du glauben.«

Wandas Blick huschte über den Flur. Wir waren allein.

»Wie lange?«, erkundigte sie sich kalt.

Sie streckte das Kinn vor und tat so, als hätte sie alles unter Kontrolle. Betont langsam strich sie sich eine ihrer dunklen Haarsträhnen hinters Ohr. Aber ich merkte, dass sie höllisch nervös war. Wanda wurde so gut wie nie nervös. Sie war ein Fels.

»Mindestens zehn Sekunden«, sagte ich.

»Fünf«, entgegnete sie.

»Sieben«, forderte ich.

Sie zog ihren grauen Wollpullover glatt.

»Aber bleib da stehen, wo du jetzt bist.«

Ich war noch gute drei Meter von ihr entfernt.

»Wie soll ich denn da rankommen?«

»Wo denn rankommen?«

Die Sache wurde zunehmend heikel.

»Wanda! Wir hatten eine Abmachung. Ich kapier den verdammten Mathekram und du lässt mich sieben Sekunden anfassen.«

»Von Anfassen hab ich nichts gesagt.«

»Lügner!«

»Nimm an oder lass es bleiben.«

Sie war nicht zum Spaßen aufgelegt. Dazu klang sie zu schnippisch. Sie wusste ganz genau, was wir abgemacht hatten. Und ich wusste, dass sie es wusste. Aber sie war in der Position, mich verhungern lassen zu können. Eindeutiges Falschspiel.

Aber bringe jemand den Fairnessgedanken einer Dreizehnjährigen nahe. Unmöglich. Mädchen haben dafür absolut keine Kapazität. Die wissen immer irgendwas, was sie erreichen wollen. Wie sie es dann bekommen, ist denen völlig egal. Hauptsache, am Ende haben sie es.

»Also?«

Die Zeit lief, und ich musste mich entscheiden. Dabei hasste ich es, gedrängt zu werden.

»Lass sehen«, forderte ich in barschem Ton.

Sie sollte bezahlen. Ich bekam zwar nicht den Preis, den wir ausgemacht hatten, aber jetzt würde ich alles nehmen, was ich kriegen konnte. Wanda holte tief Luft, ehe sie sich umdrehte und in unser Zimmer rannte. Sie sprang aufs Bett und warf beide Kopfkissen auf einmal nach mir.

»Sieben Sekunden, Wanda!«, schrie ich. »Wir haben gesagt sieben Sekunden!«

Ich war jetzt richtig wütend, und wenn ich so weit war, dann musste sie sich in Acht nehmen. Ich konnte sehen, dass sie es bemerkt hatte und einen Fluchtweg suchte. Aber ich stand näher an der Tür. Und wenn sie da raus wollte, dann führte der Weg nur an mir vorbei.

»Du verdammtes Miststück. Wir hatten *anfassen* gesagt. Das weißt du genauso gut wie ich.«

Ein bösartiges Lächeln zog über ihr Gesicht.

»Da könnte ja jeder kommen.«

Das wurde immer schöner. War ich vielleicht jeder? Sie sprang vom Bett und kam auf mich zu. Ich stand noch immer im Türrahmen. Sie musste immer noch an mir vorbei. Bei jedem ihrer Schritte öffneten sich die strengen Falten ihres knielangen Rocks für Sekunden. Auf und zu. Nur ein Meter trennte sie jetzt noch von mir. Auf und zu. Sie streckte ihren Arm aus und strich mir sanft mit der Hand durchs Haar.

»Lea. Lass doch.«

Ich bewegte mich nicht. Ihre Finger strichen langsam über mein Gesicht. Indem sie mir tief in die Augen sah, nahm sie meine Hand und legte sie auf ihren Hals. Ich spürte, wie ihre Schlagader gegen meine Finger pochte. Einen Moment lang dachte ich daran zuzudrücken, aber sie schob mich mit sanftem Druck weiter. Ich fuhr über ihre Kehle, am rechten Schlüsselbein entlang und hinunter zu der Stelle meiner pubertären Begierde.

Völlig ungehindert landete ihre Faust einen harten Treffer kurz unterhalb meines Magens. Ich machte jedes Mal den gleichen Fehler. Ich vergaß immer die Deckung.

Wanda stieß mich heftig gegen den Türrahmen und lief an mir vorbei. Ich war hinter ihr und vom Gedanken beseelt, sie zu erwischen. Ich wusste nicht, was ich mit ihr anstellen würde, wenn ich sie hätte, aber eines stand für mich so fest wie das Amen in der Kirche – es würde schrecklich sein.

Aus dem Wohnzimmer drangen erregte Stimmen. Olympe und Elisabeth Lewin stritten sich. Wanda übersprang die letzte Stufe und rannte quer durch die Halle in die Küche. Schwer atmend, die Hände auf die Lehnen zweier Küchenstühle gestützt, belauerte sie jede meiner Bewegungen. Ich knallte beide Handflächen fest auf den groben Holztisch, so dass das darauf verstreute Mehl staubte. Wir kamen langsam wieder zu Atem.

»Hier kommst du nicht mehr raus«, drohte ich.

Sie grinste spöttisch. Ihre Körperspannung ließ nach. Wenn

Wanda sich in Sicherheit wähnte, wurde sie unachtsam, und das war meine Chance, sie zu erwischen. Ich verfolgte einen Plan. Ich durfte mich auf keinen Fall ablenken lassen. Wie naiv konnte man eigentlich sein?

»Diesmal sieht es richtig schlecht für dich aus«, stellte ich zufrieden fest. »Du wirst dir noch wünschen, du hättest dich an die Abmachung gehalten, wenn ich mit dir fertig bin.«

Wanda lag mit ihrem Oberkörper weit über dem Tisch. Ich konnte ihren Atem spüren, so nah war sie mir. Ich hatte sie. Oh, ja. Diesmal hatte ich sie. Gott, wäre ich doch gelaufen. Ich war so ein Idiot.

»Mit mir fertig?«, flüsterte sie. »Du Träumer.«

Ich warf mich mit meinem vollen Gewicht nach vorne. Ich sah nur noch ihren erstaunten Blick, dann krachte mein Schädel hart gegen einen festen Widerstand. Mein Kopf dröhnte kolossal, aber ich hatte Wandas Unterarm und den würde ich jetzt bestimmt nicht mehr loslassen.

In meinem Kopf pulsierte es heftig. Wanda versuchte mich abzuschütteln. Sie wurde mich nicht los. Jetzt bestimmt nicht mehr. Ich hatte sie und das war eindeutig. Der Sieg ging an mich. Laut fluchend zog sie mich über die Tischplatte. Ich rutschte träge über die Kante und landete schwerfällig auf dem kalten Steinboden. Meine rechten Rippenbögen verklemmten sich ineinander. Es dauerte ewig, bis ich wieder auf die Beine kam. Ich fühlte mich deutlich angeschlagen.

Wanda wartete an der Treppe. Miststück. Das Hämmern in meinem Kopf wurde lauter. Emma hing schon wieder am Türknauf, wo sie mit physikalischen Gesetzen kämpfte. Mit aller Kraft zog sie das massive Holz zur Seite und gab den Blick nach draußen frei. In meinem Kopf wurde es augenblicklich still.

Jules Anblick ließ mich sogar meine maßlose Wut auf unsere Schwester vergessen. Er strahlte. Zwar war er am ganzen Körper klatschnass und sein schwarzes Haar hing ihm strähnig und stellenweise vereist ins blaugefrorene Gesicht, aber er strahlte uns an wie die Sonne.

»Heiliger Strohsack!«

Der erschrockene Ausruf kam natürlich von unserer Mutter. Sie war in Olympes Begleitung in die Halle getreten, wo sie jetzt von Jules zu mir und wieder zurück zu Jules sah. Sie schüttelte verständnislos den Kopf.

»Wie alt seid ihr eigentlich?«, schimpfte sie.

Was hatte ich getan? Mir hingen keine Eiszapfen am Rollkragen. Auch denke ich nicht, dass ich aussah wie eine erstarrte Wasserleiche. Jules war ohne Zweifel derjenige, der den Verstand verloren hatte.

»Elisabeth, lass doch.«

Olympe lächelte Jules liebevoll zu. Er kam von uns allen immer am besten weg. Es roch auffallend nach Zimt. Ich sah an mir herunter. Meine Sachen waren von einer feinen weißen Mehlschicht überzogen, und als ich mir in die Haare fasste, fand ich dort eine Hand voll honigklebriger Mandelsplitter. Emma zupfte mich am Ellenbogen.

»Ich hab's dir doch gesagt, mein Liebster«, wisperte sie. »Wann fängst du endlich an, auf mich zu hören, Lea?«

Die Statur einer Zwergin, aber die Klarsicht eines antiken Orakels. Jules winkte heftig mit beiden Armen.

»Jetzt kommt schon raus!«, rief er. »Los doch! Kommt raus!«

Wir traten aus der behaglichen Wärme hinaus in die frostige Kälte und standen uns gegenüber. Wanda, die ihren Arm um meinen Hals gelegt hatte, wobei man sich nicht sicher sein konnte, ob sie mich im nächsten Moment erwürgen, mir mitleidig die Wange tätscheln oder mich vielleicht doch eher zu Boden drücken würde. Elisabeth Lewin mit der kleinen Emma, die an ihrem Bein hing und dabei gewohnt ernst zu ihrer Mutter aufsah. Maud, mit der Spur eines leisen Lächelns auf den Lippen, von dem man nie sicher sein konnte, woher es kam. Olympe, mit auf dem Rücken verschränkten Armen, wie sie es immer dann tat, wenn sie nachdachte. Und Jules, wie er gerade unschlüssig mit den Schultern zuckte. Nicht einmal Wagner, der fette, zahnlose Kater fehlte. Jules hatte unsere ganze Familie in Eis und Schnee geformt. In originaler Lebensgröße. Er machte oft komische Sachen. Wanda betrachtete sich wohlwollend. Sie strich meinem eisigen Alter Ego übers Haar und sprach aus, was wir anderen dachten.

»Das ist verrückt«, murmelte sie. »Du bist ein echter Verrückter, Julie. Aber so schwer es mir fällt, dir das zu sagen: Du bist außergewöhnlich. Eindeutig verrückt und eine Qual für jeden, der mit dir zu tun hat, aber außergewöhnlich.«

Unser Bruder strahlte und zitterte. Er zitterte so sehr, dass seine Zähne in gleichbleibendem Rhythmus laut aufeinander schlugen. Ich hörte so etwas zum ersten Mal.

»Himmel, Junge! Du holst dir hier draußen noch den Tod.«

Maud packte Jules am Arm und zog ihn mit sich ins Haus. Mit einer wahren Litanei unverständlich gemurmelter Worte scheuchte sie ihn die Treppe hoch. Bereits auf halbem Weg wurde Jules von einem heftigen Niesanfall geschüttelt. Olympe steckte ihn sofort mit drei Wärmflaschen ins Bett. Aber außer dass er sehr langsam und unter großen Schmerzen wieder auftaute, nützte es wenig. Seine Körpertemperatur stieg stetig an, und so sehr er Olympe auch anflehte, er musste im Bett bleiben. Auch der nachfolgende lautstarke Streit zwischen den beiden konnte daran nichts mehr ändern.

Jules verbrachte die Feiertage mit einer hartnäckigen Erkältung und hohem Fieber in seinem Bett. Er fluchte. Er verpasste dadurch die Weihnachtsmesse, die wir uns in keinem Jahr entgehen ließen.

2

St. Marien war zur Christmesse wundervoll erleuchtet und strahlte betörend von all dem Gold und Kerzenschein. Wenn wir am Weihnachtsabend auf den höllisch unbequemen Holzbänken saßen und den klaren Stimmen des Chores lauschten, deren übernatürliche Höhen man an gewöhnlichen Tagen keine zwei Minuten ertragen würde, war mir, als befände ich mich in einer anderen Welt. Ich war nicht mehr ich selbst, und hätte mich dort jemand mit meinem Namen angesprochen, hätte ich nicht gewusst, wen er meinte.

Olympe wollte uns wenigstens an diesem einen Tag im Jahr dort sehen. Sie sagte, es gebe ihr ein gutes Gefühl, und dass einmal immer noch besser sei als keinmal.

»Warum ist das eigentlich so wichtig für dich, Olympe? Kannst du mir das mal sagen?«

Wandas Wangen waren vor Zorn gerötet.

»Wir sind doch nicht mal katholisch!«, höhnte sie. »Wozu also das ganze Theater?«

Es war jedes Jahr das Gleiche. Wir schlüpften in unsere Mäntel, und Wanda hatte schlechte Laune. Ich hatte meine Haare gewaschen und einen sauberen Wollpullover angezogen. Die Jeans an meinen Beinen war nicht zu bewegen gewesen, sich von mir zu lösen. Der Reißverschluss klemmte bockig. Also klopfte ich mir das Mehl von den Oberschenkeln und verrieb den Rest in der kindischen Hoffnung, es sei dadurch nichts mehr davon zu sehen. Mir brummte immer noch der Schädel. Meine Haare waren feucht, und so zog ich meine dunkelgrüne Strickmütze tief in die Stirn. Wanda zerrte ungeduldig an ihrem Zopfband, das nicht halten wollte. Ihr geflochtenes Haar begann sich gerade langsam aber sicher in sein gewohnt dunkles Lockengewirr aufzulösen.

»Denkst du vielleicht, dadurch bekommen wir Pluspunkte beim lieben Gott, oder was?«, murrte sie missgelaunt. Olympe nahm Wanda das Band mit sanfter Gewalt aus der Hand und zog die Schleife fest.

»Es kann nicht schaden, wenn ihr dort gesehen werdet, Kind«, sagte sie. »Glaub mir. Der Herr sieht alles und es wird ihm ganz sicher besonders gefallen, *dich* dort zu sehen.«

Seit ich denken konnte, verteidigte sie altehrwürdige Werte wie gutes Benehmen, Ordnung und Strebsamkeit. Nur in Sachen Gottesfürchtigkeit biss sie sich an den Lewins die Zähne aus. Aber ohne Olympes heroische Starrsinnigkeit wären wir nicht die geworden, die wir waren.

»Du willst also, dass ich mich bei deinem Gott einschleime?«, fragte Wanda. »Genau wie all die anderen Heuchler?«

»Hüte deine Zunge, Wanda Lewin. Wie ich dir schon sagte: Gott hört und sieht *alles*!«

Durch Olympes strengen Blick eingeschüchtert, verstummte sie.

»Das Gotteshaus wird dich nicht umbringen, Kind.«

Maud Lewin überprüfte mit geschickten Fingern die Knopfleiste am Mantel ihrer Enkelin. Sie schloss den kleinen Haken am Kragen.

»Die Fenster sind recht hübsch und die Musik einfach wunderbar«, murmelte sie. »Aber hüte dich davor, den Geschichten allzu viel Aufmerksamkeit zu schenken. Denn wenn du ein Märchen für bare Münze nimmst, wird es dir gefährlich.«

Wanda drehte die Augen gen Himmel.

»Kannst du nicht ein einziges Mal reden wie ein normaler Mensch?«

Die Leute sagten, Maud Lewin wäre verrückt. Aber das stimmte nicht. Sie lebte nur in ihrer eigenen Welt, aus der sie an manchen Tagen nicht schnell genug zurückfand. Das war auch schon alles.

Wir taten Olympe den Gefallen und besuchten trotz unserer allseits bekannten Gottlosigkeit die Kirche. Und wie in jedem Jahr staunten wir.

Wir traten durch das riesige Portal und waren gefangen. Die Orgel brauste durch das Kirchenschiff und ließ das monströse Gebäude in seinen Grundmauern erzittern. Den Rest der Unwirklichkeit übernahm der Chor, der bei unserem Erscheinen anhob und mit dem Strahlen der vielen Kerzen um meine Bewunderung zu konkurrieren schien. Ein wohliges Beben durchzog meinen Körper.

Wanda und ich setzten uns in die letzte Reihe, während der Rest unserer Familie vier Reihen weiter vorne Platz fand. Die dauergewellte Frau mittleren Alters zu meiner Rechten betrachtete mich aus ihrem kanariengelben Kostüm mit eindeutig missbilligendem Blick, der mir aber nicht verriet, ob sie mich erkannt hatte oder ob ihr lediglich mein unpünktliches Erscheinen missfiel. Ich schenkte ihr für alle Fälle ein unschuldiges Lächeln. Ihre Nasenflügel erzitterten heftig, bevor sie sich von mir abwandte.

Jesus mit der Dornenkrone auf dem blutigen Kopf, der sein wirklich enorm großes Kreuz auf den Schultern trug, lächelte mir freundlich zu. Gerade so, als wären wir alte Kumpel. Einer seiner Jünger wollte mir von seinen Goldstücken abgeben. Er hatte einen ganzen Beutel voll bei sich. Ich lehnte aber dankend ab, woraufhin er verständnisvoll mit dem Kopf nickte. Er fuhr fort, eine Schlinge um den Ast eines krakeligen Baumes zu binden. Ein prima Kerl. Die wenigsten Leute bleiben noch nett, wenn man ihr Angebot ausschlägt. Meistens sind sie dann zutiefst beleidigt, und es kostet unendliche Mühen, sie wieder gnädig zu stimmen.

Die dürren Kerle, die in dem riesigen Kessel von dem pferdefüßigen Kerl saßen, neckten mich, indem sie mit Wasser spritzten. Gerade als Salome, die extrem reizend aussah, damit anfing, sich mit eindeutigen Blicken in meine Richtung so schnell um sich selbst zu drehen, dass mir von ihren fliegenden Schleiern ganz schwindlig wurde, stieß mich Wanda unsanft in die Seite. Mit einem tiefen Seufzen bedeutete sie mir, mich auf das schmale Holzbrett zu unseren Füßen zu knien.

Pfarrer Grimm begann mit fester Stimme und in weihevollen

Worten die Fürbitten seiner hoffnungsfrohen Gemeinde an seinen höchsten Vorgesetzten vorzutragen. Ein denkbar langwieriger und noch dazu langweiliger Prozess. Vor allem, wenn man dabei jede Sekunde schmerzlich die eigenen Kniescheiben spürte. Aber diese Salome. Also ehrlich. Die hatte Hüften. Mann, oh Mann. Mein Nacken kitzelte. Schnell blickte ich zu Wanda. Sie beobachtete mich. Ihr warmer Atem blies flüsternd durch mein Haar. Augenblicklich fühlte ich mich unbehaglich.

»Hör auf damit«, wisperte sie. »Du siehst schon wieder so dämlich weggetreten aus.«

Ich wich vor ihr zurück. Aber sie legte ihre Hand fest in meinen Nacken und zog mich erneut zu sich heran.

»Lea. Du weißt, dass das nicht normal ist. Denk bloß nicht, ich wüsste nicht, was du mit denen da treibst.«

Sie nickte in Richtung der jetzt bewegungslosen goldgerahmten Szenarien.

»Was? Was mache ich denn? Darf man vielleicht noch schauen?«, versuchte ich mich zu verteidigen. Was natürlich schon falsch war. Eine Verteidigung hatte man schließlich erst dann nötig, wenn man eine Sache wirklich verbockt hatte. Ich hingegen war vollkommen unschuldig. Wanda lachte laut auf. Leider perfekt in einer Redepause des Pfarrers platziert. Der geriet ins Stocken. Wanda winkte Grimm freundlich zu. Sie wusste genau, wie unangenehm es mir war, wenn sich die Aufmerksamkeit auf uns richtete. Alle drehten sich zu uns um. Ich konnte dem vorwurfsvollen Blick meiner Mutter nicht ausweichen. Oh Boden, tu dich auf! Was konnte man aber schon groß erwarten, wenn man nur einmal im Leben ein lumpiges Gebet zum Himmel schickte.

Der Geistliche räusperte sich sichtlich gekränkt und fuhr dann fort, aus der heiligen Schrift zu zitieren, was Wanda nicht davon abhielt, sich ihrerseits erneut an mich zu wenden.

»Du kannst mich nicht für blöd verkaufen, Lea«, flüsterte sie. »Du glotzt, als hättest du den Playboy auf den Knien.«

»Ich weiß wirklich nicht, wovon du sprichst«, raunte ich zurück.

Ein erleichtertes Seufzen ging durch die Reihen. Wir durften uns wieder setzen.

»Dass ich nicht lache«, schimpfte Wanda weiter. »Wie kommt denn die Beule da unten in deine Hose, hm? Ist das deine Art zu beten? Oder ist das ein Zeichen von oben?«

Sie riss die Augen auf.

»Oh, mein Gott, jetzt wird mir alles klar. Es ist ein Wunder!«

Sie presste beide Hände gegen ihre Brust und sah zur gewölbten Decke auf. Eva reichte Adam dort oben gerade den verbotenen Apfel. Das Zeichen war so deutlich, dass es mich fast erschlagen hätte. Wanda rutschte von ihrem Sitz auf die Knie.

»Halleluja! Ich glaube! Ich glaube!«, wisperte sie mit tränenerstickter Stimme.

Welch eine Theatralik. Wirklich beeindruckend.

»Werdet ihr wohl endlich still sein?«

Die Erzürnte neben mir sah aus, als wolle sie mich am liebsten schlagen oder anderweitig zum Schweigen bringen. Wie konnte man am heiligsten aller Abende nur derart schlechte Laune haben? Aber noch bevor ich ihr den reumütigen Büßer vorspielen konnte, spürte ich Wandas Hand, die sich schwer auf meinen Staatsschatz stützte. Ich erstarrte. Wanda beugte sich über meinen Schoß hinweg zu der Dame neben mir.

»Keine Bange, Verehrteste«, wisperte sie mit ihrem liebsten Engelsgesicht. »Der Herr im Himmel weiß ganz sicher, warum *Sie* hier sind. Aber der lausige Kerl neben Ihnen hat gerade einen tierischen Ständer und deshalb muss ich mich darum kümmern und seine Seele retten. Denn wir beide wissen doch: Der Herr hört und sieht *alles!*«

Ich spürte, wie flammende Hitze durch meinen gesamten Körper kroch. Ich ersparte mir, der angewiderten Person neben mir ins Gesicht zu sehen. Das wäre der Todesstoß gewesen.

Wanda zog sich langsam wieder auf ihren Platz zurück. Während ihr zufriedenes Gesicht ganz nah an meinem vorüberzog, kam mir zum wiederholten Male das fünfte Gebot in den Sinn. Meine Güte, manchmal war es wirklich schwer, sich an alle Regeln zu halten.

Für den Rest des Gottesdienstes hob ich meinen Blick nicht mehr von meinen Knien. Ich zog die Mütze tief über die Augen und wartete auf Erlösung. Auch beim Verlassen der Kirche vermied ich es, irgendjemandem ins Gesicht zu sehen.

»Alles klar, Lewin?«

Die Stimme kam von hinten. Ich mochte es nicht besonders, wenn man mich von hinten ansprach. Trotzdem drehte ich mich, wenn auch widerwillig, um. Ralph Staller lehnte lässig an der geöffneten Kirchentür und grinste. Hinter seinem rechten Ohr klemmte eine selbstgedrehte Zigarette, und sein dunkles Haar lag glatt nach hinten. Er dachte wohl, er sähe damit aus wie James Dean oder wenigstens wie diese schwulen Kerle aus den dämlichen Tanzfilmen, die im Moment alle so verrückt machten. Blöder Scheiß. Ich musste mir den Dreck an die hundert Mal mit Wanda ansehen.

»Wo is'n deine Schwester?«

Staller schaute sich gelangweilt um. Das machten alle Fünfzehnjährigen so. Die hatten plötzlich alle einen Blick drauf, als hätten sie Valium geschluckt oder noch härteres Zeug. Das machte mich ehrlich fertig. Wanda war direkt hinter mir. Selbst eine geistige Nullzone wie Staller hätte sie sehen können, wenn er mittlerweile nicht völlig verblödet war.

»He, Wanda. Alles klar?«

Er steckte sich die Zigarette an. Jetzt unterhielt sich Wanda auch noch mit dem. Also ehrlich. Ich meine, wie konnte sie auch nur ein Wort mit diesem Mistkerl reden?

Ralph Staller war gerade mal fünfzehn und eine Klasse unter Jules. Er war der Jüngste von diesen dämlichen Lederidioten, die in allen dunklen Ecken rumlungerten, dabei wie blöd rauchten und jedem ihre überflüssigen Sprüche aufdrängten.

Nicht allein, dass er und seine Freunde keine Gelegenheit ausließen, mich und meine Geschwister zu demütigen. Sie waren noch dazu berüchtigte Schläger, und außerdem hatte der schmierige Kerl unter gar keinen Umständen meine Schwester anzubaggern.

»Komm jetzt!«

Ich nahm Wanda am Arm und zog sie hinter mir her. Mein Verhalten stieß auf wenig Verständnis.

»He, Lewin. Was soll'n das?«

Himmel, schon diese prägnante Ausdrucksweise. Ich drehte mich nicht mal mehr um.

»Sag mal, Lea, spinnst du? Was machst du da?«

Wanda riss ihren Arm mit einem Ruck frei. Wenigstens lief sie aber weiter neben mir her.

»Ich befreie dich von dem Affen. Diesem Neandertaler. Dem Hirntoten da.«

»Wenn du sehen könntest, wie du dich aufführst. Herrgott noch mal, darf man hier nicht mal mehr mit jemandem sprechen?«

Jemandem. Wie unschuldig sie dieses Wort aussprechen konnte. Nur, dass dieser Jemand nicht irgendein Jemand war. Er war einer von den fiesesten Typen, die an unserer Schule atmeten. Einer, der uns das Leben schon schwer genug gemacht hatte, seit er wusste, wer wir waren. Niederträchtige Sprüche, wie »Na, Lewin? Habt ihr endlich rausgefunden, mit wem es eure Alte getrieben hat?« sollten als Argumente völlig ausreichen, um ihn zu meiden. Es schien alle unheimlich zu stören, dass unsere Mutter mit keinem unserer Väter verheiratet war. Aber jemanden zu heiraten, der nicht mehr da war, brachte nun mal eine gewisse Schwierigkeit mit sich. Laut Elisabeth Lewin waren alle tot.

Kaum schaffte einer wie dieser Staller das Unmögliche und nannte ein Mädchen bei seinem korrekten Namen, da bekamen die gleich verträumte Augen. Die Mädchen in Wandas Alter sollten alle eingesperrt werden. So lange, bis sie gegen Idioten wie Ralph Staller und Co. immun waren.

»Der Kerl ist doch das Letzte«, knurrte ich.

»Du bist immer noch sauer, weil du verloren hast.«

Wanda klang ziemlich ernst. Sie hakte sich bei mir unter. Es war kalt.

»Verloren ist nicht ganz das richtige Wort dafür.«

Weit außerhalb der Stadt zu wohnen war nicht immer vorteilhaft. Auch wenn es die Möglichkeit erhöhte, nicht ständig irgendwelchen Idioten über den Weg zu laufen, zog sich der Heimweg doch endlos hin. Besonders unangenehm wurde es im

Winter. Ich konnte fühlen, wie die Kälte in meine Stiefel kroch und sich an meinen Füßen zu schaffen machte. Meine Nase spürte ich schon nicht mehr. Als wir durch die Allee kamen, erkannte ich die klobigen Umrisse des alten Sandsteingemäuers hinter dem verbogenen Eisentor. Märchenhaft wirkte es, wie es dort umfangen von verwitterten Mauern mit den kantig hervorragenden Dachgauben im Mondlicht stand und die riesigen Bäume ihre knorrigen Äste nach ihm ausstreckten.

»Du hast mich belogen«, brummte ich. »Und nicht nur das. Du hast mich auch noch am Kopf verletzt. Wenn ich die Schule jetzt nicht mehr schaffe und immer tiefer sinke und letztendlich völlig abgewrackt mit einer Flasche billigem Fusel in der Gosse lande, dann ist das allein deine Schuld.«

Wanda schnurrte wie Wagner, wenn er sich auf den Rücken drehte und uns seinen haarigen, fetten Bauch zum Kraulen überließ. Sie lehnte ihren Kopf an meine Schulter.

»So weit wird es nicht kommen. Du bist doch ein Genie«, sagte sie.

Ich musste gezwungen lachen.

»Oh ja. Ein gerade ausreichendes und immer öfter auch mangelhaftes Genie. Aber zweifellos ein Genie.«

Ich rieb meine frostige Wange an ihren Haaren.

»Ist doch egal.«

Ihre Hand schlüpfte in meine Manteltasche, und ihre kalten Finger schlossen sich fest um meine. Den Rest des Weges gingen wir schweigend nach Hause. Hinter uns stapften Maud und Emma durch die Schneewehen am Rand der vereisten Straße. Ich hörte, wie Emma sagte: »Ach, Maud. War dieser Abend nicht wieder bezaubernd?«

Nicht zu fassen! Das Mädchen war sechs Jahre alt und benutzte Wörter, die älter waren als unsere Großmutter. Sie war umwerfend. Der Herr bewahre mich vor ihrer Pubertät, denn wenn sie dabei nur die Hälfte von dem erleben würde, was ich gerade durchmachte, dann Gnade uns. Das würde ich unmöglich durchstehen.

In unserem Zimmer versuchte ich, meiner Hose zu entkommen. Ich saß auf dem Bett und fluchte. Aber so sehr ich auch am Reißverschluss zerrte, er bewegte sich kein Stück. Meine Finger waren noch immer steif von der Kälte. Ich musste aus dem Ding raus.

»Scheiße!«

Langsam aber sicher verlor ich die Nerven. Wanda zog ihren Pullover über den Kopf und kniete sich vor mich hin.

»Hör schon auf. Lass mich mal versuchen.«

Sie schob sanft meine Hände zur Seite. Ich steckte sie unter meinen Hintern, während Wanda einen verhedderten Goldfaden nach dem anderen aus den Metallhaken zog. Sie war so konzentriert bei der Sache, dass ihr nicht auffiel, dass sie im Unterhemd vor mir kniete. Ein Hauch von Stoff. Ich hatte freie Sicht auf das Paradies. Ich war ein richtiger Mistkerl. Meine Güte, manche Aussichten waren all die Mühen des schwierigen Aufstiegs wert.

»So. Das war's.«

Wanda zog den Reißverschluss mit einem schnellen Ruck auf.

»Jetzt kriegt dein ganzer Stolz wieder Luft.«

Sie stand auf und stieg aus ihrem Rock. Kein kreischiges: »Mach, dass du rauskommst, Lea!« – oder ähnliche Beschimpfungen oder Befehle. Aber anstatt mich darüber zu freuen, hatte ich ein ungutes Gefühl bei der Sache. Ich machte eine zögerliche Handbewegung in Richtung Tür.

»Soll ich nicht ...?«

Wanda schüttelte kurz den Kopf. Sie begann, ihre dunkelblaue Wollstrumpfhose auszuziehen.

»Ist schon gut«, meinte sie. » Du hast sowieso schon alles gesehen.«

Dann warf sie ihr Unterhemd über den Schreibtisch und zog meinen Pyjama an. Seit Monaten bangte ich um mein Leben, nur um einen Blick auf dieses fremde Wesen zu erhaschen, und jetzt, nachdem sie mir beinahe den Schädel eingeschlagen hatte, verkündete sie mir den Frieden. Ich denke, ich hatte reines Glück. Aber bis heute habe ich das nicht verstanden.

»Geld ist Geld und damit basta!«

Olympes aufgebrachte Stimme schallte durchs Haus. Wir liefen über den Flur und kauerten uns auf die oberste Treppenstufe. Durch die morschen Geländerstäbe sahen wir hinunter in die Halle. Unsere Mutter warf gerade schwungvoll ihren Geigenkasten in Richtung der jungen Frau, der diese nur um Haaresbreite verfehlte und polternd wenige Stufen unter Wandas und meinen Füßen landete.

Wir waren also wieder einmal pleite. Es war ein Spiel ohne erkennbares Ende. Kaum kam der Winter und mit ihm die überhöhten Ölpreise und das undichte Dach und die eingefrorenen Wasserrohre, da flatterten auch in aller Regelmäßigkeit die Mahnbriefe der Bank ins Haus, und Olympe und unsere Mutter stritten sich. Sie waren großartig im Streiten. Je lauter die beiden wurden, umso schlechter stand es um unsere Finanzen, und wenn die Bank keinen Kredit mehr bewilligte, dann ging Olympe zu Friedrich Skawinski und danach zur Beichte, und unsere Mutter bekam vor Ärger beinahe einen Herzanfall.

Skawinski verlieh Geld gegen Unterschrift. Olympe meinte, dass Herr Skawinski ein viel beschäftigter Geschäftsmann sei und man nur schwer einen Termin bei ihm bekäme. Das klang plausibel, denn wenn sie zu ihm ging, verließ sie das Haus nie vor zehn Uhr abends. Elisabeth Lewin tobte an diesen Abenden, aber Olympe meinte nur immer, Geld sei Geld und damit basta!

Als ich sechs Jahre alt war, durfte ich sie bei ihrem ersten Besuch begleiten. Danach nahm sie mich nie wieder mit. Sie sagte: einmal und nie wieder. Was daran lag, dass ich nicht auf sie gehört hatte, als sie sagte, dass ich vor Skawinskis Büro warten solle. Aber nachdem die beiden bereits seit mehr als fünfzehn Minuten hinter der wuchtigen Tür verschwunden waren, musste ich so dringend, dass ich mir fast in die Hosen machte. Die nackte Glühbirne in dem düsteren Flur flackerte alle paar Sekunden schwach auf, und jedes Mal dachte ich, sie würde sich nicht mehr erholen und dann würde ich völlig im Dunkeln stehen und sterben. Allein. Und hinterher müsste ich mich dann in Grund und Boden schämen. Ich hielt es nicht mehr aus. Ich drückte die Klinke runter. Auch im dahinter liegenden Raum war es düster. Die beiden saßen auf einem wuchtigen Sofa am anderen Ende des Zimmers. Skawinski hatte sich der Länge nach über Olympe gebeugt, und es sah aus, als suche er etwas hinter ihrem Rücken. Olympes Rock hatte sich schon ein ganzes Stück zurückgeschoben, so lehnte der Kerl über ihr. Der würde Olympe noch zerquetschen! Als sie mich sah, zog sie schnell ihren Rock über die Knie.

»Lea!«, rief sie erschrocken. »Siehst du wohl zu, dass du hier rauskommst!«

Sie stieß den stöhnenden Kerl unsanft zur Seite. Sein Gesicht war gerötet und sein Blick seltsam starr, als er mich böse dabei beobachtete, wie ich gepeinigt von einem Bein aufs andere trat.

»Aber ich muss mal, Olympe«, jammerte ich. »Ganz dringend.«

»Zweite Tür, andere Seite, Schatz«, sagte sie.

Ich zögerte. Ich wollte nicht wieder allein auf den Flur raus. Ich wollte nach Hause.

»Nun geh schon. Ich bin gleich da.«

Olympe lächelte mir aufmunternd zu, und Skawinski, der inzwischen ächzend auf die Beine gekommen war, warf mich raus. Die Tür fiel krachend hinter mir ins Schloss.

Auf dem Nachhauseweg sprach Olympe kein Wort mit mir. Ich hörte sie und meine Mutter an jenem Abend lange miteinander reden. Ich konnte nicht einschlafen, weil ich mich wegen meines Ungehorsams schuldig fühlte, und kam an Olympes Tür vorbei. Meine Mutter saß bei Olympe auf dem Bett und hielt sie im Arm. Dabei streichelte sie ihr übers Haar und flüsterte mir unverständliche Worte. Unsere Mutter saß oft bei Olympe, aber ich hatte die beiden noch nie zuvor weinen sehen. Damals war ich sicher, dass ich der Grund für Olympes Traurigkeit war. Am nächsten Tag waren alle Rechnungen bezahlt und Olympe ging zu Pfarrer Grimm.

Auch diesmal ging es um Geld. Soviel stand fest. Ebenso wie Elisabeth Lewins letzte Worte, die wie ein Donnerschlag durch die brüchigen Mauern hallten: »Das wirst du nicht tun, Olympe! Hörst du? So weit sind wir noch lange nicht!«

Olympe verschränkte die Arme hinter dem Rücken.

»Da gehen uns mal wieder die schönen Worte aus, was?«, meinte sie nachsichtig lächelnd. Elisabeth Lewin erwiderte ihre Freundlichkeit nicht.

»Wenn du das tust, dann kannst du gleich ganz wegbleiben.«

Die Bitterkeit in ihrer Stimme und ihr versteinertes Gesicht ließen keinen Zweifel daran, dass sie es ernst meinte. Olympe blieb unverändert liebenswürdig.

»Aber Elisabeth«, sagte sie leise. »Es ist doch nur Geld.«

»Himmel, Herrgott, Olympe!«, bekam sie zur Antwort. »Es gibt doch immer noch hunderttausend andere Möglichkeiten, als zu so einem schmierigen Halsabschneider zu gehen!«

»Nenn mir eine!«, forderte sie. »Nenne mir nur eine einzige, und ich werde das Haus nicht verlassen.«

Elisabeth Lewin schlug schweigend die Augen nieder. Olympe nahm ihren grauen Mantel vom Haken, und keine zwei Sekunden später fiel die schwere Haustür dumpf hinter ihr ins Schloss. Elisabeth Lewin starrte reglos auf die abgetretenen Fliesen zu ihren Füßen. Als sie endlich den Kopf hob, schimmerten feuchte Spuren auf ihren Wangen. Schnell strich sie darüber.

»Es kann immer noch schlimmer werden«, erklärte sie mit einem gequälten Lächeln und schloss leise die Flügeltür zum Wohnzimmer hinter sich. Eine Minute später erklang Schubert.

Wanda ging schweigend ins Bad. Ich musste erst gar nicht den Versuch unternehmen, mit ihr über die Ereignisse sprechen zu wollen. Wanda redete nicht über Geld. Nicht nur in dieser Beziehung war sie unserer Mutter sehr ähnlich.

Die Klänge des Pianos drangen dunkel durch die alten Mauern zu mir herauf. In diesem Haus war es selten still. Wenn unsere Mutter nicht am Klavier saß oder auf ihrer Violine spielte, dann konnte man Emmas Geige hören, und verstummten sie beide, war da immer noch Mauds Schreibmaschinengepolter.

Ich holte mir einen frischen Pyjama aus dem Schrank. Der Wecker auf unserem Nachttisch zeigte mir, dass es schon weit nach ein Uhr war, als ich mich steif unter die kühle Bettdecke legte. Ich bewegte mich nicht. Im Winter kam ich mir vor wie ein

Insekt in der Kältestarre. Es würden Monate vergehen, ehe sich das Bett erwärmte. Wanda kam aus dem Bad zurück und schlüpfte schnell unter die Decke. Sie kuschelte sich an mich und steckte ihre kalten Füße zwischen meine Waden. Ein eisiges Schaudern durchfuhr meinen Körper.

»Du bist so schön warm«, seufzte sie.

Ich brachte keinen Ton heraus, weil ich immer noch damit beschäftigt war, den Kälteschock zu verarbeiten. Wanda steckte ihre Hand vorne in meine Unterhose und gähnte laut. Sie roch nach Pfefferminz-Zahnpasta. Wanda liebte das Zeug. Mir wurde davon schlecht.

»Nacht, Lea«, murmelte sie und küsste mich in den Nacken.

»Hm«, war meine Antwort. Dann wollte ich einschlafen. Aber ich war mit diesem Tag noch nicht fertig. Stundenlang sah ich den Schneewolken zu, wie sie sich grau und träge am hell leuchtenden Mond vorbeischoben und machte dabei kein Auge zu.

»Du hast anfassen gesagt. Stimmt's, Wanda?«

»Natürlich.«

Sie war hellwach. Meine Hand kroch zu ihrer in meinen Pyjama. Sie erwiderte sanft den Druck meiner Finger. Dann schlief ich ein.

3

Jules war noch immer blass, als er am ersten Schultag nach den Heiligen-Drei-Königen in der ersten Bank der Marienkapelle saß und regungslos die bunten Mosaikfenster hinter dem Altar betrachtete. Aber das war bei ihm kein Kunststück. Blass war er nämlich immer. Lag bei Jules in der Natur der Sache. Die Leute sagten, Jules hätte eindeutig asiatischen Einschlag. Das käme daher, weil sein Vater so einer war. Einer von den Japsen am Konservatorium hätte der jungen Lewin ein Kind angehängt, hieß es. Sollten sie doch reden, was sie wollten. Unsere Mutter hatte mit Männern kein rechtes Glück gehabt. Das war auch schon alles.

Jules hatte glattes schwarzes Haar, und seine schmalen Augen waren genauso grün wie die unserer Mutter. Nur das mit der gelben Haut war glatt gelogen. In Ordnung, wenn es uns mal richtig schlecht ging, ich meine, so schlecht, dass einem das Gesicht grün anläuft, wie bei so einer scheußlichen Magen-Darm-Grippe, bei der man sich wünscht zu sterben, dann war das bei Jules nicht so. Dann, aber nur dann, hing er mit quietschgelbem Gesicht über der Kloschüssel. Sonst aber war er eindeutig blass.

Die wichtigste aller Regeln am St.-Marien-Gymnasium war der Besuch des wöchentlichen Schulgottesdienstes! Entschieden wichtiger als die Trennung der Geschlechter im Klassenraum. Ein Grundsatz, der vor ein paar Jahren neu überdacht worden war. Ziemlich genau an Wandas und meinem ersten Tag im St. Marien. Wanda fragte damals, ob sie sich extra einen Penis wachsen lassen müsse, um neben mir sitzen zu dürfen. Woraufhin St. Marien gleich um ein beachtliches Stück weltlicher wurde.

Doch dem Gottesdienst konnte sich niemand ungestraft entziehen. Selbst wenn man es noch so geschickt anstellen wollte, war es einfach nicht möglich, denn Pfarrer Grimm stand jeden

Montagmorgen ab 7:30 Uhr höchstpersönlich am Portal der Marienkapelle und notierte jeden fehlenden oder zu spät kommenden Schüler auf einer Anwesenheitsliste. Dabei war es ihm völlig gleichgültig, ob man dem Verein angehörte oder nicht. Diejenigen, hinter deren Namen sich eine Stunde später kein schwarzes Kreuz befand, mussten die folgende Unterrichtsstunde über leiden. Kniend unter dem Allmächtigen. Der Einzige, dem der observierte Kirchgang nichts auszumachen schien, war Jules Lewin. Er saß wohlerzogen wie ein strebsamer Sonntagsschüler in der ersten Bank, gleich vorne am Altar.

An diesem Morgen hakte Pfarrer Grimm seine schwarze Liste eine Spur heftiger ab als sonst. Atemlos ließ ich mich neben Wanda in die letzte Bank fallen. Wir waren wie immer unter den Letzten. Noch ahnte ich nichts vom Zorn des Geistlichen. Ich war damit beschäftigt, meine Haare sowie mein T-Shirt glatt zu streichen und meine Atmung unter Kontrolle zu bringen. Grimm schritt durch den Mittelgang und warf giftige Blicke in die Reihen der Schüler. Manchmal blieb er kurz stehen und betrachtete einen von uns abschätzend, sagte aber nichts, sondern ging schweigend weiter, bis er bei der Kanzel angekommen war.

Grimm stützte seine Ellenbogen auf die Heilige Schrift und legte das Kinn in die Hände. Sein Unterkiefer schob sich langsam vor und zurück, und ich konnte in der betretenen Stille hören, wie seine Bartstoppeln gegen seine Handflächen kratzten. Er sagte noch immer nichts. Da bekam selbst ich mit, dass etwas nicht stimmte. Waren wir alle komplett zu spät dran oder war der Messwein ausgegangen? Der Kerl hing mit einem Gesicht über seiner Kanzel, dass man hätte meinen können, ihn quäle eine besonders gemeine Art der Diarrhöe.

Unter den Schülern machte sich Unruhe breit. Einige räusperten sich nervös, andere fingen an blöd zu husten, und wieder andere rutschten auf ihrem Hosenboden hin und her, als hätten sie sich vorgenommen, den Abdruck ihrer göttlichen Hintern in der Holzbank zu verewigen. Ich starrte nach vorne zu Grimm. Wie lange wollte er das noch durchziehen? Die normale Langeweile seiner Predigt war schlimm genug, aber die stumme Langweilerei war kaum zu ertragen. Der Priester sah betreten neben sich. Und ich erkannte ganz eindeutig sein Problem. Ihm fehlte die Frau an seiner Seite.

Maria fehlte. Gerade sie, die als Einzige unter all den Heiligen ein Lächeln auf dem Gesicht hatte und sonst immer auf ihrem hölzernen, mit Blumen geschmückten Podest über dem Tabernakel stand, von wo aus sie die andächtige Szenerie mit ihrer Anwesenheit ein wenig aufzulockern versuchte. Sie war nicht da. Wer sollte heute Rosenblätter verstreuen? Wer sich sein langes Haar bei der Predigt flechten?

Grimm begann von der *frevelhaften Tat* zu berichten. Nicht ohne seinen Vortrag mit unzähligen Zitaten und Gleichnissen aus der Bibel zu schmücken. Er begann bei Adam und Eva, schwang dann von Kain und Abel über zu Lot, um letztendlich bei keinen Geringeren als Luzifers Heerscharen anzukommen. Es hätte nicht viel gefehlt, und er hätte uns alle der Reihe nach zu sich in den Beichtstuhl beordert. Halleluja. Amen. Nur bitte kein Weihwasser. Davon gehen die Klamotten ein und das Brennen auf der Haut ist unerträglich. Am Ende seiner Strafpredigt forderte er uns alle geschlossen zum Hochverrat auf. Er ermahnte uns eingehend, denjenigen, der die Jungfrau entwendet hatte, nicht zu schützen, sondern seinen Namen auf einen Zettel zu schreiben und diesen dann in die Kollekte zu werfen. Keiner würde die verräterischen Schnipsel zu sehen kriegen. Außer ihm natürlich. Ihm und Gott. Wenn wir es nicht täten und der Dieb dadurch nicht gefasst werden könnte, dann entfiele bis in alle Ewigkeit die große Mittagspause, und die Schwimm-Meisterschaft könnten wir auch vergessen.

Ein Raunen der Entrüstung glitt durch die Reihen. Vor allem die Schwimmer regten sich höllisch auf, und man konnte ihnen regelrecht ansehen, dass sie jeden, aber auch wirklich jeden ausgeliefert hätten, nur um ihre dämliche Meisterschaft zu retten.

Dann waren die Spiele eröffnet. Jeder, an dem der verdammte Denunziantenkorb vorbeikam, kritzelte etwas auf die dämlichen Papierfetzen. Weiß der Himmel, wen die alle anschmierten. Als die Reihe an mir war, dachte ich daran, diesen Mistkerl Ralph Staller draufzuschreiben. Ich ließ es aber doch bleiben. Das Ganze erschien mir lachhaft. Wanda zwickte mich fest in den Oberschenkel, und mir blieb das Lachen im Halse stecken. Sie hatte keine Lust darauf, alleine nach Hause zu gehen, während ich mich in Grimms Büro für mein Verhalten hätte verantworten müssen.

Wanda machte einen dicken Strich auf meinen Zettel und reichte den Korb wortlos weiter. War einer auf die Blumenpusterei so versessen, dass er eine Privatvorstellung brauchte? Der Kerl musste krank im Kopf sein. Wahrscheinlich warteten sie schon draußen, um den Spinner einzupacken. Jeder x-beliebige Mistkerl konnte es getan haben. Selbst Grimm im Messweinrausch. Aber wer auch immer es gewesen sein mochte – er hatte ganze Arbeit geleistet. Der Idiot hatte nicht nur die Jubelfee der Schule geklaut, sondern unsere Mittagspause gleich mit. Er konnte sich ganz sicher sein, dass alle ihn von ganzem Herzen hassten.

Ich streckte den Hals so weit, dass ich über die Köpfe der anderen nach vorne schauen konnte. Jules saß unbeweglich wie immer in der ersten Reihe, während Grimm den Segen über unsere schuldbewusst gesenkten Häupter brüllte und uns mit einem letzten donnernden Hinweis auf unser verdammt schlechtes Gewissen entließ. Wir verließen die Kirche wie eine Herde frisch geschorener Schafe.

Tagelang passierte gar nichts. Bis zu dem Abend, an dem Grimm, begleitet von Schuldirektor Reifenstein, vor unserer Tür stand.

Ich saß mit Wanda am oberen Treppenabsatz und versuchte, mir ihre Mathe-Hausaufgaben gegen zwei Päckchen Big-Red einzutauschen. Die Erleuchtung hatte nicht besonders lange angehalten, und ich war wieder gezwungen, mich auf meine alten Händel einzulassen. Meine Versetzung war nicht mehr akut gefährdet, weil ich in Mathematik mittlerweile auf einer sicheren Fünf stand. Solange ich in Latein nicht völlig versagte und dabei von meinem gerade noch Ausreichend auf Mangelhaft abrutschte, konnte mir nichts passieren. Ich war zufrieden.

Als es an der Tür klopfte, belief sich mein Angebot gerade auf zwei Päckchen und drei Streifen. Wanda zockte mich kräftig ab.

Olympe öffnete. Bis vor zwei Sekunden hatten sie und Elisabeth Lewin im Wohnzimmer ein lebhaftes Gespräch miteinander geführt. Die wenigen Worte, die ich verstand, waren: dickköpfig ... unnötig ... typisch Lewin ... Himmel, Herrgott, Olympe ... wann sonst ... und ... noch nicht so weit.

Einer dieser verdammten Briefe von der Bank war angekommen.

Als polternd gegen die Eingangstür geklopft wurde, stieß Olympe die Durchgangstür auf. Ihr stand maßloser Ärger im Gesicht.

»Ihr Lewins erstickt noch mal an eurer Sturheit!«, rief sie aufgebracht. Danach strich sie ihre Strickjacke glatt, holte tief Luft und legte sich beherrscht die entkommenen Haarsträhnen hinters Ohr, bevor sie freundlich lächelnd die Haustür öffnete.

Sie bat die Kriminalisten herein und führte sie ins Wohnzimmer. Bevor sich die Tür hinter ihr schloss, warf sie uns einen strafenden Blick zu, und ihre Lippen formten sich zu einem lautlosen: »Was habt ihr jetzt schon wieder angestellt?«

Ja, was denn? Galt man hier nicht mehr als unschuldig, bis die Schuld eindeutig bewiesen war? Im gleichen Moment, in dem Grimm über unsere Schwelle trat, blieb mein Herz stehen. Mindestens zwei Schläge setzten aus. Jetzt hatten sie mich am Arsch. Mein Name stand auf den verfluchten Zetteln. Verdammte Saubande! Irgendeiner von den Schulpissern hatte mich ausgeliefert. Bestimmt Staller! Verdammt!

Unten unterhielten sich Grimm und Rektor Reifenstein noch immer angeregt mit Maud und unserer Mutter. Wir konnten kein Wort verstehen. War auch egal. Ich wusste auch so, weswegen die hier waren. Dann öffnete sich die Tür zur Halle. Ich war bereit. Aber anstatt mich in Arrest zu nehmen, eilten alle zur Haustür raus und in Richtung Werkstatt. Eine Sekunde lang dachte ich an Flucht. Ich war ein Feigling. Aber Wanda packte mich an der

Hand und zog mich hinter sich her zu dem kleinen, etwas abseits gelegenen Nebengebäude, in dem sich früher die Stallungen befunden hatten.

Durch das einzige der vier Fenster, das noch nicht gänzlich mit einem Vorhang von Efeu bewachsen war, sahen wir neugierig in den schwach beleuchteten Raum hinein.

Drinnen stand Jules vor einer großen Leinwand und tauchte einen struppigen Pinsel in goldene Farbe. Verbeulte Farbdosen und vergipste Metallstangen sowie eine mottenzerfressene Schneiderpuppe mit Bärenkopf teilten sich den begrenzten Platz mit allem möglichen Gerümpel.

Überall im Raum lagen und hingen Skizzen von ein und dem selben Motiv. Maria von vorne, von der Seite, mit Heiligenschein und ohne, mit dem Jesus-Kind auf dem Arm und auf dem Schoß, mit Kleidern und etwas weniger davon. Auf allen Bildern fehlte etwas. Eine Kleinigkeit, aber doch auffällig. Maria hatte keinen Mund. Das gewaltige Bild auf der riesigen Staffelei schien so gut wie fertig zu sein. Aber auch dieses Gesicht hatte dort, wo eigentlich die Lippen sein sollten, einen weißen Fleck.

Unsere Mutter schob das Tor zur Seite. Der Luftzug ließ Jules Skizzen heftig durcheinander flattern. Was aber nicht weiter auffiel, lagen sie jetzt nur anders durcheinander als vorher. Jules drehte sich nicht mal um. Durch das Fensterglas hörten wir die gedämpfte Stimme des Pfarrers. Ich presste mein Ohr so dicht an die Scheibe, dass das dünne Glas knackte. Wanda und ich sahen uns stumm an. Wir verpassten kein Wort.

Grimm warf Jules vor, Kircheneigentum entwendet zu haben, und dass seine kriminelle Handlung auf jeden Fall harte Konsequenzen nach sich ziehen würde. Ich sah meinen Bruder bereits bei Wasser und Brot im Klosterkerker. Grimm sagte, dass er Jules eine faire Chance geboten hätte. Er hätte sich nur bei ihm melden müssen. Jetzt allerdings läge die Sache anders. Noch während der Pfarrer sprach, streckte Jules plötzlich den Arm weit aus und ein ungeduldiges Zischen drang von seinen Lippen. Auf dem schwarzen Anzug des Pfarrers breitete sich eine Reihe goldener Punkte aus. Jules tauchte den Pinsel erneut in die goldene Farbe und machte sich daran, der Madonna ein Lächeln abzugewinnen.

Die Männer tuschelten miteinander. Jetzt hätte man sowieso nicht mit Jules reden können. Er spielte Gott. Er war damit beschäftigt, etwas zu erschaffen, und es sollte perfekt werden. Ich sah mir das Bild genauer an.

In der Mitte schwebte die Madonna, und um ihren Kopf wanden sich Tausende hellblauer und purpurfarbener Blüten, die zu beiden Seiten wie langes Haar über ihr schwarzes Gewand herabfielen. Es schien, als wollten sie sich über den Bildrand hinauswinden. Der Hintergrund schimmerte wie pures Gold. Auf ihm tummelten sich jede Menge kleiner, nackter Engel, die mich feist angrinsten und mit den sie umflatternden Schmetterlingen spielten. Gott, hatten die ein Leben. Da konnte man glatt neidisch werden.

Wir standen lange Zeit und beobachteten Jules, wie er das wissende Lächeln unserer Großmutter im Gesicht der Jungfrau verewigte. Grimm wurde blass. Olympe hauchte zum wiederholten Male an die beschlagene Scheibe und rieb sie dann mit dem Ärmel ihrer grauen Strickjacke blank, während sie mit der anderen Hand Wanda und mir immer wieder über die Köpfe strich.

»Ist das nicht wunderschön?«, wisperte sie.

Mir wurden die Beine schwer. Wanda hatte ihr Kinn schon auf das Fenstersims aufgestützt und erwiderte mürrisch: »Der Kerl is' total verrückt. Aber wenn Jules überhaupt was kann, dann malen.«

Jules zwinkerte uns zu, während er den Pinsel aus der Hand legte. Er war fertig. Von einem Fuß auf den anderen tretend, kreiste er mit den Schultern und streckte sich ausgiebig. Er benahm sich wie Wagner, wenn der sein halbes Leben an einem Tag verschlafen hatte.

Nachdem er seine Hände an der Hose abgewischt hatte, verschwand er summend hinter der Leinwand. Er kramte lautstark in seinem Durcheinander aus Farbtöpfen, Leinwandresten und allen möglichen Dingen vom Sperrmüll. Als er wieder nach vorne kam, hielt er die Madonna in seinen Armen. Er überreichte sie Pfarrer Grimm.

»Danke sehr«, sagte er und machte dazu etwas, was einer steifen Verbeugung nahe kam. »Sie können sie wieder mitnehmen. Ich brauche sie nicht mehr.«

Er drückte ihr noch schnell einen Kuss auf die hölzerne Stirn, drehte sich um und verließ die Werkstatt.

»Junge!«, rief Grimm und eilte hinter ihm her. »Jules Lewin! Glaubst du etwa, damit hat sich die Sache erledigt? Warum bist du nicht zu mir gekommen?«

Jules blieb stehen und steckte seine goldgefleckten Hände in die Hosentaschen. Er zuckte mit den Schultern.

»Warum?«, fragte er.

Grimm lehnte Maria gegen seine Hüfte.

»Jules Lewin!«, wiederholte er schwer atmend. »Ich hatte mehrmals darum gebeten, dass sich der Dieb bei mir meldet. Warum hast du es so weit kommen lassen?«

Es schien, als würde Jules über eine einleuchtende Antwort nachdenken. Leider überlegte er es sich anders.

»Na, weil ich nicht der bin, den Sie suchen«, antwortete er schnell. »Sie wollten wissen, wer sie *geklaut* hat. Ich hab sie mir nur *ausgeliehen*. Aber ich hoffe wirklich, dass Sie den Kerl finden. Das hoffe ich wirklich. Wer klaut denn unsere Madonna? So ein Mistkerl. Aber entschuldigen Sie mich jetzt bitte. Ich muss unter die Dusche. Ich sehe aus wie ein Schwein. Es ist spät und morgen ist Schule. Kommen Sie gut nach Hause, meine Herren. Also dann ...«

Damit drehte er sich um. Wir hörten seine Schritte so lange auf dem Kiesweg, bis die schwere Haustür dumpf hinter ihm ins Schloss fiel. Ab morgen würde es eine weitere Geschichte geben, über die sich die Leute das Maul zerreißen konnten.

Jules war wirklich, um es mit Wandas Worten auszudrücken, ein begnadeter Verrückter. Aber er kam nicht ohne Strafe davon. Pfarrer Grimm dachte sich etwas ganz Spezielles für ihn aus. Bei den Katholiken musste das so sein. Schuld und Sühne standen im Vereinsbuch an erster Stelle. Die folgenden fünf

Monate, bis hin zum Schuljahresende, musste Jules als Ministrant bei den Schulgottesdiensten dienen. Er nahm seine Strafe gelassen hin. Es machte den Anschein, als würde ihn auch das nicht sonderlich stören. Schon allein die weiße Kutte hätte mich in den Peinlichkeitswahnsinn getrieben. Kerle, die sich Kleider überziehen, meine Güte! Jules schien sich nicht zu schämen. Bis ich herausfand, was ihn so zufrieden machte.

Es war an einem der besagten Montage. Ich saß bereits neben Wanda auf meinem angestammten Platz in der letzten Reihe, als ich mich zu Jules umdrehte. Er stand neben Grimm an der Kirchentür, um diese nach dem letzten Schüler zu schließen. Grimm ging bereits in einer Wolke aus Weihrauch, begleitet von »O, Haupt voll Blut und Wunden«, durch den Mittelgang in Richtung Altar. Ich kämpfte gegen den Brechreiz. So früh am Morgen stellte Weihrauch eine offene Attacke gegen meinen nervösen Magen dar. Auf der Suche nach einem Ausweg für den Notfall drehte ich mich um. Jules hatte, wie es seiner Pflicht entsprach, die Kirchentür geschlossen. Er stand am Ende des Mittelganges. Aber anstatt hinter Grimm herzugehen, wie dieser es zweifelsohne von ihm erwartete, griff er mit beiden Händen unter sein Ministrantenkleid. Er stellte sich leicht auf die Zehenspitzen und pinkelte seelenruhig in das steinerne Weihwasserbecken. Als er fertig war, grinste er mich an, verstaute den Übeltäter wieder an seinem Platz und strich die Kutte glatt. Danach lief er Grimm eilig nach. Keiner hatte etwas bemerkt. Wanda hatte vollkommen Recht. Jules war ein Verrückter. Heute hängt Jules Lewins Maria im Eingang von St. Marien und alle sind mächtig stolz darauf.

Keine halbe Stunde, nachdem Sherlock Holmes und Dr. Watson uns verlassen hatten, ging Olympe zu Skawinski. Am nächsten Morgen herrschte ausgesprochen schlechte Stimmung. Olympes nächtlicher Ausflug wurde mit keinem Wort erwähnt. Unsere Mutter hatte nach einem heftigen Streit den ganzen Morgen über kein Wort mehr mit Olympe gewechselt, und selbst Maud machte keine Anstalten, die Atmosphäre durch eine ihrer

Geschichten aufzulockern. Sogar die Aussicht auf Jules sechzehnten Geburtstag am kommenden Wochenende trug nicht zur Entspannung der Lage bei.

Um zwei Uhr verließ ich nach einem deprimierenden Vormittag das Schulgebäude. Dr. Berger hatte mich als absolut uneinsichtig bezeichnet, weil ich in meiner Hausarbeit wieder Worte wie Scheiße und Kotze verwendet hatte. Er war gar nicht erfreut, und Grimm schloss sich seiner Meinung an, als er mir vorhielt, dass meine Behauptung, die weltweite Misere sei die Folge religiösen Wahnsinns, einzig und allein dem Zweck diene, mich in den Vordergrund zu spielen. Der Kerl hatte sie wirklich nicht alle beisammen. Wie konnte er auf die verkorkste Idee kommen, dass Aufmerksamkeit erstrebenswert sei?

Ich hielt Ausschau nach Emma. Meine kleine Schwester besuchte die dritte Klasse der Kranberg-Volksschule auf der anderen Straßenseite. Emma war von Anfang an enorm schnell. So sprach sie bereits zusammenhängende Sätze, ehe sie ein Jahr alt war. Sie beschäftigte sich auch nicht wie andere Kleinkinder mit Bauklötzen und Puppen, sondern sie spielte schon mit fünf Jahren meisterhaft auf dem Klavier und der Geige. Zudem beherrschte sie das Einmaleins vorwärts und rückwärts und übersprang eilig die ersten beiden Klassen.

An ihrem ersten Schultag kam sie mit einem Schreiben an unsere Mutter nach Hause. Die jüngste Lewin hatte alle Rekorde gebrochen. Der Zwerg in der Familie hatte nur einen einzigen Tag benötigt, um sich bekannt zu machen. Emma fiel auf, weil sie beim Lesen, wie auch beim Schreiben, am verkehrten Ende anfing. Emma las und schrieb rückwärts. Auf die Frage, warum sie das täte, antwortete sie, dass es ihr ansonsten zu langweilig wäre. Das hätte mir passieren sollen. Mir machte die vorgegebene Richtung schon genug Schwierigkeiten. Aber es kümmerte sowieso keinen, ob Talente fair verteilt werden oder nicht. Ich bin der lebende Beweis dafür, dass immer wieder einer übersehen wird.

Emma kam jeden Tag nach St. Marien und wartete. Unsere Mutter hatte ihr verboten, alleine nach Hause zu gehen. Sie war der Meinung, dass Emma Fremden gegenüber keine natürliche

Scheu besaß. Was dieses Kind reden konnte! An manchen Tagen war ich mir nicht sicher, für wen von uns diese Strafe gedacht war.

Emma vertrieb sich die Wartezeit mit ihrem Lieblingsspiel. Mit Kreide malte sie ein großes Quadrat auf den Boden, welches sie wiederum in neun kleinere Quadrate teilte, mit Nummern versah und dann ohne Unterbrechung von einem Kästchen ins nächste hopste, wieder und wieder. Dabei murmelte sie zungenbrechende Reime vor sich hin. Am liebsten die, die sie von ihrer Großmutter kannte.

Emma war schwierig. Im Ernst. Schwierig zu sein war ihre Grundeigenschaft. Es schien mir, als sei Emma bereits erwachsen auf die Welt gekommen. Wir anderen mussten uns das Erwachsenwerden hart erkämpfen. In freier Wildbahn überleben höchstens fünfzig Prozent von uns. Für uns ist das Leben ein unerbittlicher Kampf. Nicht aber für Emma Lewin. Bei ihr schien alles wie ein Spiel.

Sie war nirgends zu sehen. Aber hören konnte ich sie trotzdem. Erst dachte ich, es handle sich wieder um einen ihrer Psychostreiche, bei denen sie einem im Gehirn herumhantiert, ohne dass man es gleich merkt. Sie schien mit jemandem zu streiten. Dann sah ich, mit wem sie sich angelegt hatte. Lederjacken. Auch sie waren ein guter Grund dafür, dass ich lieber in der Menge untertauchte, anstatt mich hervorzutun.

Jeder sucht irgendwie nach einem Grund für sein Dasein. Nach einem Sinn oder gar einer Aufgabe, die das eigene Vorhandensein erklären könnte. Diese ledernen Dummbeutel sahen ihre Bestimmung eindeutig darin, anderen mächtig den Tag zu versauen.

Emma stand mit trotzig vorgestrecktem Kinn inmitten von fünf Kerlen, denen sie höchstens bis zum Nabel reichte. Sie stemmte die Hände in die Hüften und rief: »Dann mach es uns beiden doch leicht und verpiss dich einfach, du Blödarsch!«

Ich drängte mich schnell durch die Umstehenden hindurch. Sobald wir Sichtkontakt hatten, gab ich ihr ein Zeichen, mit mir abzuhauen, aber sie winkte freundlich lächelnd ab.

»Lass ruhig, Lea«, meinte sie. »Ich mach das schon.«

Daran hatte ich keinen Zweifel. Emma konnte hervorragend auf sich selbst aufpassen. Sie wirkte nur so winzig zwischen all diesen hirnlosen Fleischbergen, dass ich sie lieber gleich mitgenommen hätte. Aber ich wollte mich auf keinen Streit mit meiner Schwester einlassen. Schon gar nicht, wenn die halbe Schule dabei zusah. Wanda schüttelte kaum merklich den Kopf. Also wich ich ein paar Schritte zurück und hielt mich raus. Ich hatte kein gutes Gefühl bei der Sache. Emma hatte uns in den Mittelpunkt gerückt. Ein Platz, der mir ganz und gar nicht gefiel. Es kümmerte sie überhaupt nicht, dass man ab einem gewissen Alter innerhalb der Schule einen Ruf zu verlieren hatte. Meiner war der des größten Langweilers aller Zeiten. Eine perfekt einstudierte Rolle. Ich hatte mir diesen Ruf schwer erarbeitet, indem ich pedantisch darauf bedacht war, nie, aber auch wirklich niemals aufzufallen. Das war mit einer Schwester wie Wanda Lewin bei weitem nicht einfach, aber ich hatte es trotzdem geschafft. Ich war ein untergetauchter Niemand. Ich war zufrieden.

»Ja, Lewin. Zieh einfach Leine. Wir machen das schon«, nuschelte einer der Kerle und wischte mich dabei mit eindeutiger Geste aus dem Bild. Die Zigarette, die qualmend in seinem Mundwinkel hing, bestärkte meinen Eindruck dahingehend, dass wir mächtig in der Scheiße steckten. Zu allem Überfluss machte Emma schon wieder den Mund auf.

»Du bist doch bloß sauer, weil du es nicht verstanden hast«, meinte sie.

Der Typ wieherte vor Vergnügen, und seine Kumpels gleich mit. Diese Idioten. Sie wussten wahrlich nicht, auf wen sie sich einließen, aber es waren selbst für Emma zu viele.

»Alles, was du hier verstehen musst, Hexenbalg, ist, dass ich dir gleich den Hals umdrehe, wenn du nicht ganz schnell verschwindest, klar?«

Emma rührte sich nicht von der Stelle. Gewohnt ernst sah sie zu dem großen Jungen auf.

»Na, dann erklär mir doch mal, was genau du nicht begriffen

hast«, sagte sie. »Vielleicht kann ich es dir erklären. Jeder hat das Recht auf eine zweite Chance. Warum nicht auch du, Maik?«

Der Typ verzog angewidert das Gesicht.

»Du gehst mir langsam gewaltig auf'n Sack«, knurrte er. »Zieh endlich den Schwanz ein und verkriech dich unter Mamas Hurenrock. Verdammter Bastard.«

Emmas Augen leuchteten. Dieses Spiel begann ihr Spaß zu machen. Wie gerne hätte ich sie geknebelt.

»Schau dich doch bloß mal selber an«, sagte sie freundlich lächelnd. »Du siehst grad so aus, als hätte deine Mama mit 'nem scheißdreckigen Straßenköter gefickt.«

Von mir hatte sie diese Ausdrücke bestimmt nicht. Ich schwöre. Maik legte seine Mörderpranken um Emmas winzige Taille und hob sie hoch.

»Was war das?«, knurrte er.

Emma war noch immer die Ruhe selbst.

»Ich meine, dass du der blödeste und noch dazu der hässlichste Wichser bist, den ich mein Lebtag anschauen musste«, antwortete sie in bedauerndem Tonfall.

Wo hatte sie nur all diese verdammten Ausdrücke her? Maiks Gesichtsausdruck zufolge war es jetzt höchste Zeit für Emma abzuhauen. Aber das konnte sie nicht, weil sie immer noch fünf Fuß hoch über dem Boden schwebte und diesem Blödmann ins Gesicht starren musste. Wie gerne wäre ich jetzt mit ihr abgehauen.

»Ich dreh dir den Hals um, du Dreckstück«, sagte er.

»Dann musst du dich aber beeilen, damit du mich noch erwischst«, bekam er zur Antwort.

Maik grinste gefährlich.

»Ich hab dich doch schon«, sagte er.

»Ja, aber wie lange noch«, flüsterte Emma geheimnisvoll zurück, bevor sie ihm derart heftig in die Kronjuwelen trat, dass er sie augenblicklich freigeben musste. Mit schmerzverzerrtem Gesicht fiel er in sich zusammen. Das war unser Startschuss. Wir rannten los.

Als Maik meine Schwester losließ, wollte ich sie auffangen.

Eine reine Reflexhandlung. Keine vorangegangene geistige Arbeit. Ich streckte einfach meine Arme nach ihr aus, und im gleichen Augenblick spürte ich einen schmerzhaften Schlag in meinem Gesicht. Maiks Ellenbogen krachte heftig gegen mein Nasenbein, und mir wurde für eine Sekunde schwarz vor Augen. Mir blieb keine Zeit zum Jammern, schließlich mussten wir laufen, was wir konnten.

»Verfluchtes Miststück! Ich bring dich um!«

Ich glaubte ihm jedes Wort. Er selbst war aus dem Rennen, aber dafür waren seine Freunde hinter uns her. Ich wollte mir gar nicht ausmalen, was die mit uns machen würden, wenn sie uns erwischen würden. Länger als fünfzig Meter würde ich diese Geschwindigkeit unmöglich durchhalten. Sie würden so lange auf mich einprügeln, bis selbst meine Mutter mich nicht mehr erkennen würde. Nach höchstens dreißig Metern blieben sie überraschend zurück. Jemand rief, sie sollten uns laufen lassen. Ich drehte mich zu der Stimme um. Da stand er. Er hatte unverschämt blaue Augen und grinste mich an. Staller, dieser Arsch. Ich hatte einen seltsamen Geschmack im Mund. Als wir außer Sichtweite waren, wurden wir langsamer. Ich kämpfte mit meiner beleidigten Lunge.

»Verdammt, Emma. Du hast Glück gehabt, weißt du das? Das nächste Mal, da prügelt der dich windelweich.«

Emma zuckte gleichgültig mit den Schultern.

»Mit Glück hat das gar nichts zu tun«, sagte sie. »Das liegt an meinem Rang als Viertgeborene.«

Ich stützte mich mit den Händen auf den Oberschenkeln ab und ließ den Kopf zwischen den Beinen baumeln. Meine Stimme klang dumpf nach oben.

»Also, ich finde, das da eben war ein typischer Fall von mehr Glück als Verstand.«

»Von mir aus, nenn es ruhig so«, erwiderte sie. »Das liegt daran, weil du nicht viel davon verstehst. Aber ich sage dir, es sind meine potenzierten Gene.«

Hatte ich schon erwähnt, dass Emma schwierig war? Ich ging in die Hocke und sah skeptisch zu meiner kleinen Schwester auf.

Emma war mitunter ein erschreckend selbstbewusstes Geschöpf. Woher nahm sie nur diese Gewissheit, dass alles, was sie tat, seine Richtigkeit hatte? Sie stand selbstbewusst bis zum Gehtnichtmehr in ihrer Welt.

»Und wenn er noch mal was von mir will, dann wird er schon sehen, was er davon hat.«

Sie verschränkte die Arme vor der Brust und ein Lächeln flatterte über ihr hübsches kleines Gesicht.

»Hast du gesehen, wie er mich hochgehoben hat? So, als wäre das gar nichts für ihn.« Sie schnalzte kokett mit der Zunge. »Wenn der nur nicht so furchtbar blöd wäre.«

Das war mir jetzt eindeutig zu viel Bewunderung. In mir meldete sich der große Bruder.

»Du spinnst. Komm dem Kerl bloß nicht mehr zu nah, hörst du?«, schimpfte ich.

Sie schaute mich an und schüttelte besorgt ihren kleinen Kopf.

»Sag mal, was ist denn mit dir passiert?«

»Mit mir? Warum?«

Ich wischte mir über den Mund und bemerkte die rote Spur, die sich über meinen Handrücken zog.

»Scheiße.«

Als ich mein Blut sah, spürte ich plötzlich auch wieder den enormen Schmerz in der Mitte meines Gesichts. Dieser blöde Mistkerl hatte mir die Nase gebrochen. Das war so typisch. Mir tropfte das Blut aus der Nase und Emma hatte wie immer keinen Kratzer abbekommen.

Wir warteten ungefähr eine halbe Stunde, ehe wir zurückgingen. Im Schulhof war niemand mehr. Genauso menschenleer wie das Schulhaus. Alle waren weg. Nur unsere Sachen lagen noch bei der Kastanie. Ich setzte meine Schultasche auf und klemmte mir die von Emma unter den Arm.

»Danke schön, Lea.«

Für dieses Lächeln würde ich so ziemlich alles tun. Sie wusste das.

»Komm jetzt. Wir sind spät dran.«

Nach wenigen Schritten spürte ich es. Etwas stimmte nicht.

Ich konnte es geradezu riechen. Trotz meiner zermatschten Nase. Meine Schwester schien nichts zu bemerken. Sie ging vor mir her und beachtete mich nicht weiter. Also schaute ich mich noch einmal um. Da war er. Er saß auf der obersten Stufe zur Sporthalle, ganz im Schatten der dicken Mauern, und zog an seiner Zigarette. Staller.

Ich blieb wie angewurzelt stehen. Ich weiß nicht genau, was ich erwartete, aber ich rechnete mit dem Schlimmsten. Staller blies den Rauch durch die Nase und schaute mich dabei fest an.

»Lea! Kommst du jetzt endlich?«

Emma klang schon ziemlich ungeduldig. Langsam ging ich hinter meiner Schwester her. Ich erwartete einen Angriff oder wenigstens eine herablassende Bemerkung. Aber nichts dergleichen trat ein. Am Tor sah ich noch mal zurück. Staller war nach wie vor allein.

Zu Hause angekommen, empfing uns selbstverständlich Olympe. Sonst machte sie das nie, aber ausgerechnet heute stand sie an dem mannshohen verbogenen Eisentor und wartete. Als sie uns die Allee entlangkommen sah, legte sie auch gleich los.

»Was kommt ihr denn jetzt erst?«, schimpfte sie. »Wo treibt ihr euch bloß herum? Ihr wisst doch wohl, dass ich mir Sorgen um euch mache, wenn ihr so lange auf euch warten lasst. Himmel, Herrgott, Leander!«

Eigentlich hatte ich vorgehabt, mich an ihr vorbeizuschleichen und mein Gesicht im Badezimmer in Ordnung zu bringen, ehe jemand etwas merken würde, aber das erlaubte sie mir nicht. Vielmehr nahm sie mein Gesicht in ihre Hände und betrachtete mich eingehend. Ich war gefangen.

»Wer hat das getan, mein Liebling?«

Verflucht, diese Weiber. Konnten sie einen nicht mal wie einen Mann behandeln und nicht wie ein Weichei? Ich versuchte, aus ihrem Griff zu entkommen, aber sie hielt mich fest. Ihr Blick war eisern, und ich wusste, dass ich in ihren Augen immer noch der kleine Hosenpisser war, den sie in mir sehen wollte. Ich war fast vierzehn!

»Es geht mir gut, Olympe. Wirklich. Lass mich los. Bitte!«

»Er hat mich gerettet! Er ist ein Held und ein wahrer Prinz!«

Emma stellte sich auf die Zehenspitzen und gab mir einen Kuss auf die Wange. Olympe schien entzückt. Ich war Mittelpunkt des Geschehens. Gab es keine höhere Macht, die mich hätte retten können?

Schmerzen. Olympe befahl mir, den Kopf in den Nacken zu legen, und ihre Finger befühlten mein Nasenbein, beziehungsweise das, was davon übrig war. Dann griff sie beherzt zu und schob alles in seine alte Form. Einen Moment dachte ich, dass mir der Kopf wegfliegt, dann begann ich zu schreien. Ich schrie mir die Seele aus dem Leib und konnte nicht mal damit aufhören, als mir Olympe längst das Gipspflaster über die Nase geklebt hatte.

Sie hielt mich im Arm und wiegte mich wie ein kleines Kind hin und her. Dabei summte sie leise vor sich hin. Es wirkte phantastisch. Genau das brauchte ich jetzt. Ich lag auf Olympes Bett und sie tröstete mich über den Schmerz hinweg, den sie mir zuvor selbst zugefügt hatte. Wunderbar. Typisch Frau. Erst bringen sie dich fast um und dann nehmen sie dich in den Arm.

»Was ist das für ein Brief?«, fragte ich und zeigte auf einen dicken Umschlag, der mitten auf Olympes Sekretär lag. Olympe bekam nie Post.

»Das ist gar nichts.«

Sie sprang auf und ließ den Umschlag in einer der verschließbaren Schubladen verschwinden. Sie zog den Schlüssel ab. Nachdem sie ihn in die Tasche ihrer grauen Strickjacke gesteckt hatte, drehte sie sich wieder zu mir um und sah mir lange in die Augen. Meine Augenlider begannen zu zittern, und sie lächelte.

»Erzähl es mir, Olympe. Bitte, ja?«

Sie gab mir einen dicken Kuss auf die Wange. Selbst das konnte ich jetzt ertragen. Ich war am Ende. Sollte sie mit mir machen, was sie wollte.

»Was willst du denn hören?«, fragte sie.

»Du weißt schon.«

Ich schnappte nach Luft. Durch die Watte in meiner ausgestopften Nase drang kein Sauerstoff.

»Du kriegst wohl nie genug.«

Wanda kam zu uns und kuschelte sich an mich. Wenn man mich schon wie ein Baby behandelte, dann wollte ich auch das volle Programm. Olympe begann zu erzählen, und meine verschobene Welt fügte sich langsam wieder zu dem mir bekannten Bild.

Sie erzählte von der entstellten jungen Frau, die an einem sturmverschneiten Apriltag wie aus dem Nichts heraus bei den Lewins erschien und nicht mehr fortging. Emma war damals noch nicht einmal geboren, und wir anderen konnten uns an die Zeit, in der wir ohne Olympe waren, sowieso nicht mehr erinnern. Sie war schon immer da und wir dachten nicht eine Sekunde daran, dass sich dieser Zustand jemals ändern könnte.

Maik tauchte vier Tage nicht in der Schule auf. Ich sah ihn weder auf dem Schulflur noch im Pausenhof. Dafür übernahmen andere die herablassenden Blicke und hämischen Bemerkungen hinsichtlich meiner gebrochenen Nase. Mit gesenktem Kopf ging ich meiner Wege und schaffte es, zu überleben. Emma wunderte sich nicht. Sie erwähnte lediglich, dass sie sich darum gekümmert hätte. Wenig später wusste ich, was sie damit meinte.

Wanda und ich kamen vom Nachmittagsunterricht nach Hause. Es war vollkommen still, als wir die Halle betraten. Während ich meine Schultasche auf die Treppe warf, sah ich ins leere Wohnzimmer.

»Hallo?«, rief ich. »Ist keiner da?«

Wanda kam aus der Küche zurück.

»Hast du eine Ahnung, wo heute alle sind?«, fragte sie.

Ich schüttelte den Kopf. Der blaue Variant stand nicht vor der Tür, demzufolge war unsere Mutter im Konservatorium. Aber wo trieb sich Emma herum? Ich vermisste Mauds Schreibmaschinenlärm. Alles war viel zu leise.

»Lea! Komm her!«

Wanda stand an der Hintertür und winkte mich zu sich. Gemeinsam spähten wir durch den Türspalt.

Emma kniete neben Maud vor einem großen Weidenstrauch, der an der Grenzmauer wuchs. Das Kind zog gerade ein kleines Stoffbündel aus seiner Latzhose und legte es vor sich auf die Erde. Ich erkannte Emmas Puppe, die sie von Maud geschenkt bekommen hatte, als sie noch ein Baby war. Maud hatte sie damals selbst gemacht, und ich dachte in meiner Naivität, dass dies der Grund dafür gewesen wäre, dass Emma sie behalten hatte und sie nicht wie die anderen Spielsachen verschwinden ließ. Maud raunte ihr etwas zu, und daraufhin brach meine Schwester einen kleinen, biegsamen Zweig der Weide ab. Ihre Großmutter nahm ihn ihr aus der Hand und band ihn der Puppe um den Hals. Sie zog den Knoten fest. Ich spürte, wie mein Hemdkragen unangenehm gegen meinen Adamsapfel drückte. Schnell knöpfte ich ihn auf.

Maud legte etwas in Emmas Hand. Ich starrte zu den beiden hinüber. Emma spickte das zerfledderte Objekt mit buntköpfigen Stecknadeln.

4

An einem Samstag wurde Jules sechzehn Jahre alt. Wären wir an jenem Abend aufmerksamer gewesen, vielleicht hätten wir das, was geschehen ist, verhindern können. Aber gewisse Versäumnisse lassen sich im Nachhinein einfach nicht mehr gutmachen und verfolgen einen dadurch bis in den letzten Winkel der Seele.

Jules durfte mindestens eine Million Leute einladen. Seit er in der Schwimmermannschaft von St. Marien war und bereits dreimal den Siegertitel mit nach Hause gebracht hatte, war er unglaublich beliebt. Bei den Jungs ebenso wie bei den Mädchen. Meine Güte, die Mädchen. Alle machten ihm schöne Augen. In Ordnung, Jules war ein gutaussehender Junge. Er hatte etwas von den Marmorkerlen, die im Museum herumstehen. Jules war so was wie eine klassische Schönheit. Groß, klare Linien und ein Blick, der pubertierende Mädchenherzen nur so dahinschmelzen ließ. Jules Lewin war einer von den verträumten Kerlen, die die Mädchen anzogen wie Zuckerwasser die Bienen. Aber dass der Großteil der albernen Insekten in der klebrigen Brühe ersäuft, daran denkt kaum einer.

Es muss gegen zehn Uhr gewesen sein, als mich Jules das erste Mal an jenem Abend nach Olympe fragte. Ich unterhielt mich gerade mit einem Mädchen. Keine Ahnung, wovon sie sprach. Ich gab nur ab und zu ein interessiert klingendes »Ach, ja?« oder »Hm!« von mir, denn ich war von ihrer überwältigenden Oberweite regelrecht hypnotisiert. So etwas hatte ich vorher noch nie aus der Nähe gesehen, und ich wollte den üppigen Anblick so lange wie möglich auskosten.

Als Jules nur wenige Minuten später nochmals nach Olympe fragte, musste ich mich schweren Herzens von dem Mädchen trennen, um mich auf die Suche zu machen. Nicht, ohne meinen

Bruder im Stillen mit den hässlichsten Flüchen zu belegen, die ich damals kannte.

Kurz bevor ich es aufgeben wollte, mich an all den Leuten vorbeizuschieben, traf ich auf Maud. Sie stand mit einem kräftig wirkenden, dunkelhaarigen Jungen zusammen am Treppenaufgang und schien sich gut zu unterhalten. Ihr Kopf war leicht zur Seite geneigt, und ein kleines Lächeln umspielte ihre Lippen. Ich zuckte zusammen. Der Kerl war Ralph Staller! Er war neuerdings einer von Jules *Kumpeln*. Einer von den Schwimmern. Warum Staller? Warum hatte der Kerl heute Abend nichts anderes zu tun? Mir würden tausend Sachen für ihn einfallen, wenn er nur abhauen würde. Warum konnte der Idiot nicht einfach absaufen? Jetzt musste er auch noch bei uns rumstehen.

Schlecht gelaunt lehnte ich mich an die Wand und verschränkte die Arme. Ich wartete. Irgendwann müsste sich selbst ein Klotz wie Ralph Staller bewegen, da war ich mir sicher. Was hatten sich die beiden nur zu erzählen? Der Typ brachte doch keinen vollständigen Satz über die Lippen, geschweige denn, dass man aus seinem Genuschel irgendeinen Sinn hätte erahnen können. Aber Maud hing an seinen Lippen, als würde er ihr die Kabbala deuten. Mir riss der Geduldsfaden. Der Kerl konnte mir doch wirklich egal sein. Also bewegte ich mich als Erster und legte meine Hand sanft auf Mauds Arm.

»Maud, weißt du, wo Olympe ist?«

Staller kniff die Augen zusammen und musterte mich von oben bis unten. Aber das war mir im Moment egal. Ich beachtete ihn gar nicht. Vielleicht hatte ich Glück und er würde mich nicht einmal erkennen. Gewundert hätte es mich nicht. Maud dachte einen Augenblick lang nach.

»Es hat vor einer Weile schon einmal jemand nach ihr gefragt«, sagte sie. »Ich glaube, sie ging nach draußen. Stimmt etwas nicht, Lea?«

Diese Frage konnte ich ihr beim besten Willen nicht beantworten. Deshalb sagte ich wahrheitsgetreu: »Ich weiß es nicht. Jules sucht sie.«

Die Antwort musste überbracht werden. Ich war ein Ritter des

Königs. Der Beste von allen. Mit gezücktem Schwert bahnte ich mir tapfer meinen Weg. Mit jedem Schritt sah ich dem sicheren Tod ins Auge. Die feuerspeienden Drachen wichen demütig vor mir zurück, während die Damen des Hofes mir verstohlen ihre Tücher zusteckten. Ich war ein Abbild von Tapferkeit, Treue und Männlichkeit. Wagemutig trotzte ich sämtlichen Gefahren. Ich war ein Held.

War das eigentlich normal? Ich meine, lag es in der Natur des Menschen, sich auf engstem Raum gegenseitig zu erdrücken? Von irgendwoher drückte mir jemand eine Dose Bier in die Hand. Ein paar der Jungs hatten das Zeug mitgebracht. Hätte unsere Mutter davon gewusst, hätte sie für einen geschichtsreifen Aufstand gesorgt, soviel stand fest. Aber sie war in der Weststadt und kam frühestens um Mitternacht nach Hause.

Was sollte ich mit dem abschreckend bitter riechenden Gebräu anfangen? Meine Nase schnupperte an der Öffnung, aus der ein Geruch drang, der von Sekunde zu Sekunde angenehmer zu werden schien. Es war eine Verlockung. Sollte ich es wagen? Ein kleiner Schluck. Nur eine Zungenspitze, um den Geschmack zu erforschen. Schluck könnte man diese Winzigkeit doch gar nicht nennen. Ich setzte die Dose an die Lippen und ließ einen Tropfen in meinen Mund fließen. Über die Zunge an den Gaumen.

Der erste Eindruck war nicht besonders berauschend. Bitter wie Tollkirsche und dabei perlend wie Zitronensprudel. Dieser erste Eindruck hätte besser als Abschreckung gedient, wäre da nicht die Erkenntnis in mir gereift, dass eben dieser erste Eindruck eine Verzerrung der Wirklichkeit bedeuten könnte. Bekam man nicht häufig beim ersten Zusammentreffen ein völlig falsches Bild, das sich dann erst beim zweiten oder gar dritten Versuch aufklart, um dann letztendlich doch noch auf Sympathie zu stoßen? Also nahm ich einen richtigen Schluck, und dann noch einen, und fand zunehmend Gefallen an der schaumigen Flüssigkeit, die ihre angenehm benebelnde Wirkung durch meine Adern schickte. Freiwillig würde ich das Zeug nicht mehr hergeben.

Jules kam mir entgegen. Ich hatte ihn völlig vergessen. Ich gab meine Informationen an ihn weiter und war frei. Er klopfte mir dankbar auf die Schulter, so wie das plötzlich alle Jungen in seinem Alter machten. Dann fiel sein Blick auf den metallenen Gegenstand in meiner Hand. Ich versuchte ihn hinter meinem Rücken zu verbergen.

»Gib das her, Lea«, befahl er streng. Seine Hand griff nach meinem Schatz. Aber ich zog schnell die Hand zur Seite.

»Nein. Ich hab's doch eben erst gekriegt.«

Jules Blick wurde finster.

»Du gibst mir das jetzt auf der Stelle, bevor ich dir hier vor allen Leuten den Hosenboden versohle, verstanden?«

Sein autoritäres Verhalten wirkte ziemlich bedrohlich, aber ich war nicht bereit aufzugeben.

»Hol dir doch selbst eins«, maulte ich.

»Lea, ich kann dir richtig Ärger machen, wenn du das willst. Also treib es nicht zu weit und gib das endlich her. Verdammt, du hast wirklich genug. Du bist noch ein Kind.«

Sein Zeigefinger pochte hart gegen mein Brustbein, während er sprach. Ich hatte noch eine letzte Chance.

»Wie wär's denn, wenn ich dir zur Abwechslung mal Ärger machen würde, he?«, nuschelte ich. »Ich könnte Maud stecken, dass du heimlich mit den anderen Jungs rauchst, und zwar jeden Tag hinter der Sporthalle. Na? Wie wär's damit? Großer, starker Bruder, du.«

Meine Zunge bewegte sich plötzlich schwerfälliger als zuvor. In Jules Augen blitzte es auf.

»Das würdest du nicht wagen.«

»Leg's drauf an.«

Ich unterstrich meine Drohung, indem ich trotzig das Kinn vorschob. Mit einer schnellen Bewegung, die ich nicht vorhergesehen hatte, entwand er mir die Dose und drückte mir dabei einen festen Kuss auf den Scheitel.

»Ich denke darüber nach.«

Damit drehte er sich um und ließ mich stehen. Ich schickte ihm einen hässlichen Fluch hinterher, als er aus der Tür ging und in der Dunkelheit verschwand. Mein Ärger über seinen Diebstahl verrauchte schnell. Ich vergaß ihn einfach, denn es gab schließlich jede Menge Neuartiges und Aufregendes in Miniröcken und engen T-Shirts zu bestaunen, so dass meine Gedanken nur noch von meinen Hormonen gelenkt wurden. Ich hatte keine andere Wahl.

Ich berührte sie ganz zufällig. Manche mit den Händen, andere mit der Schulter, und einmal landete ich mit der Nase genau dazwischen. Ich war gestolpert. Das konnte schließlich jedem mal passieren. Ich entwickelte mich zur, mit Abstand, meistgehassten Person des Abends. Das Mädchen, dem ich tragischerweise zwischen den Brüsten steckte, stieß mich schreiend fort und schlug nach mir, als wäre ich ein Moskito. Mein Nasenbein begann wieder zu schmerzen. Der Bruch war noch nicht annähernd verheilt. Ich versuchte, mich unauffällig davonzumachen. Mein Name war Leander Lewin und ich war erst dreizehn. Das sollte als Erklärung genügen.

Es war bereits halb zwölf. Ich stand an der Bar und trank mir einen Cola-Rausch an. Ich hatte mir vorgenommen, die Berliner Siegessäule aus Kronkorken zu rekonstruieren. Ich hatte ein Foto von dem Ding in meinem Geschichtsbuch gesehen und machte mir gerade Gedanken darüber, was ich als Engel verwenden könnte, wenn ich bei fünfzig Metern Höhe angekommen wäre, als ich gestört wurde.

»Sag mal. Weißt du, wo Jules ist?«

Wanda versuchte mein Bauwerk nach ihren Vorstellungen zu verändern. Aber welcher Architekt lässt sich schon gerne den eigenen Entwurf zensieren? Ich schob ihre Hand zur Seite. Ich war noch immer nicht gut auf meinen Bruder zu sprechen. Er war ein gemeiner Dieb. Sollte ihn suchen, wer wollte. Eine überdachte Aussichtsplattform wäre nicht schlecht. So wie bei der amerikanischen Freiheitsstatue, oder war es das Empire-State-Building? Egal, jedenfalls würde es gewaltig hoch werden. Klar wäre es dann nicht mehr die Siegessäule, aber der Unterschied wäre doch eigentlich minimal.

»Ein paar Leute wollen gehen.«

Ihre Hand war schon wieder zu nah.

»Sollen sie doch.«

Ich schob sie erneut zur Seite.

»Kannst du eigentlich noch unfreundlicher sein?«

»Vielleicht. Mal schauen.«

Das hier war kompliziert. Die Sache mit der Aussicht würde die ganze Statik über den Haufen werfen.

»Jetzt komm schon. Wo ist er, Lea.«

»Hm?«

»Leander Lewin. Du treibst mich noch in den Wahnsinn. Wo ist der Kerl?«

Ich hatte keine Ahnung. War das meine Aufgabe an diesem Abend? Musste ich ständig nach jemandem suchen? War ich ein Fährtensucher vom nördlichen Polarkreis? Oder war ich einfach der Blöde, den man prima in der Gegend rumschicken konnte?

»Warum immer ich?«

Meine Faust krachte wie eine Bombe auf das Denkmal, so dass die Einzelteile in einem Umkreis von drei Metern herumflogen. Wanda drückte ungerührt ihren Bauch gegen meinen.

»Weil du mein Prinz bist und sonst keiner«, flüsterte sie. Daraufhin drückte sie ihre Lippen fest gegen meine und zog mich hinter sich her. Gemeinsam machten wir uns auf den Weg. Ich kannte das Spiel. Ich kannte die Regeln. Ich war der Richtige.

Wir stiegen auf die Klavierbank. So konnten wir die Menge gut überblicken. Ich musste meinen Arm um Wandas Hüfte legen, denn irgendwie hatte ich das Gefühl, dass sich alles um mich herum langsam, aber stetig bewegte. Wir sahen Maud, die jetzt im Türbogen zur Küche stand und noch immer oder schon wieder mit diesem Staller redete. Was hatten sie nur die ganze Zeit miteinander zu palavern? Jetzt bot ihr der Kerl auch noch eine seiner verdammten Zigaretten an. Du meine Güte, was für ein Esel!

»Sag mal, riechst du nach Bier?«

Wanda schnupperte an meinem Gesicht.

»Hab was abgekriegt«, antwortete ich knapp.

Sie betrachtete mich interessiert. Gleich darauf nahm sie mich an der Hand und wir liefen nach draußen. Die Wiese entlang, über die Gartenmauer und ein paar hundert Meter am Flussufer entlang. Wanda lenkte mich in Richtung Güterbahnhof. Der lag etwa einen Kilometer südlich von unserem Haus entfernt. Es gab seit Jahren keine Aktivitäten mehr auf den Gleisen. Alles hier war in Rente. Methusalem hätte seinen Spaß gehabt. Hier entstammte so ziemlich alles seinem Jahrgang.

Wir kamen oft her und kletterten auf den ausrangierten Waggons herum. Meistens folgten wir den Schienen bis hin zur Bahnbrücke. Die neuen Schienen verliefen unter der Brücke am Flussufer entlang, wohingegen die stillgelegten Gleise in zehn Metern Höhe über die Brücke führten. Das war auch der Grund, warum ich noch nie über das Geländer nach unten gesehen hatte. Ich litt schon damals unter extremer Höhenangst. Stellte man mich an einen Abgrund, fing ich an zu heulen wie ein Baby. Peinlich, aber wahr.

Wanda und Jules dagegen machte die Tiefe nicht die geringsten Probleme. Sie balancierten im Sommer wie im Winter barfuß auf dem wackligen Geländer. Die beiden Irren konnten gar nicht genug davon bekommen. Sie nannten das *Spompanadln*. Ein Ausdruck, den Elsa, Mauds Zugehfrau, früher gebrauchte, wenn Elisabeth Lewin als Kind irgendwelche Dummheiten angestellt hatte. Dann stand Elsa mit mahnend erhobenem Zeigefinger vor ihr und sagte: »Deine Spompanadln bringn uns all noch amal in des Teufels Küchn!«

Warum Wanda damals in Richtung Bahnhof lief, ist mir bis heute ein Rätsel. Sie sagte später, es wäre eine Art Eingebung gewesen. Als wir die Waggons schemenhaft erkannten, blieb Wanda abrupt stehen. Sie horchte angestrengt in die Dunkelheit. Da war etwas. Es klang wie ein Flüstern. Ich fühlte mich unwohl. Zuviel Stille und zuviel Dunkelheit. Plötzlich hörten wir Jules wie verrückt brüllen. Sein Schrei durchfuhr meinen Körper, als hätte man mir mitten ins Gesicht geschlagen. Ich wollte mich nicht mehr bewegen, aber Wanda zog mich weiter.

Das Bild, welches sich uns bot, ließ mich erstarren. Jules kauerte am Boden und hielt Olympe im Arm. Immer wieder vergrub er sein Gesicht in ihrem Haar und presste dabei den reglosen

Körper ganz fest an seinen, während seine Tränen auf Olympes Gesicht und ihre Haare tropften.

Er summte eine leise Melodie vor sich hin. So, wie Olympe das oft gemacht hatte, wenn einer von uns Probleme mit dem Einschlafen hatte. Dabei war sie die am meisten Schlafgestörte von uns allen. Sie schlich nächtelang durchs Haus.

Ein Stück von Jules und Olympe entfernt lag der Körper eines stämmigen Mannes. Ich erkannte Friedrich Skawinski. Er lag ausgestreckt auf dem Rücken, und aus einer großen Wunde an seinem Hinterkopf sickerte eine dunkle Flüssigkeit, die sich auf den grauen Pflastersteinen ausbreitete. Der verbogene Eisenstab, der ihm diese Verletzung beigebracht hatte, steckte noch in seinem Schädel.

In der spärlichen Notbeleuchtung des Bahnhofes, die aus zwei einsam verstaubten Straßenlaternen bestand, wirkte dieses Szenario grauenvoll und seltsam unecht. Wie die billige Pappkulisse in einem Edgar-Wallace-Film. Noch nie zuvor hatte ich einen toten Menschen gesehen. Aber der Mann interessierte mich ohnehin nicht besonders. Die Frau in den Armen meines Bruders umso mehr. Das war Olympe. Unsere Olympe. Die Olympe, die mich aus jedem dämlichen Schlamassel ziehen konnte, den ich verbockt hatte. Sie war in Sicherheit. Jules war da. Hundert Prozent Sicherheit. Gar keine Frage. Wir würden jetzt nach Hause gehen und der Kerl da drüben konnte hier verrotten.

Wanda kniete neben Jules nieder. Ganz vorsichtig nahm sie Olympes Kopf in ihre Hände und sah ihr ins Gesicht. Olympes warme braune Augen waren halb geschlossen. Ihr Blick war gelassen und friedlich, wie ich ihn nicht anders von ihr kannte. Die drei sollten jetzt besser aufstehen. Es wurde kalt. Ich wollte nach Hause. Olympe sollte jetzt wirklich etwas sagen. Egal was. Von mir aus könnte sie etwas an meiner Frisur auszusetzen haben oder an meiner Kleidung, sie könnte mir auch einen Vortrag halten, warum man in meinem Alter noch keinen Alkohol trinken soll, ich könnte alles ertragen, wenn sie nur endlich sprechen würde.

Aber sie bewegte sich nicht mehr, und auch der Ausdruck in ihren Augen blieb reglos und starr. Aus ihrem Mundwinkel rann ein wenig Blut. Es war eine dünne, dunkelrote Linie, die quer über ihre Wange verlief und unterhalb des Ohres, wie eine kleine Schlange im Gebüsch, in ihren Haaren, verschwand.

Wanda strich über Olympes blondes Haar. Einige Strähnen hatten sich fest um Jules Arm gewickelt. Noch immer sprach niemand. Nicht mal Jules, der sonst keine zwei Minuten sein verdammtes Maul halten konnte. Wenn jetzt nicht schnell jemand mit mir redete, dann musste ich meinen Kopf gegen einen von diesen Waggons schlagen.

»Jules!«

Er war gar nicht da.

»Jules! Verdammt!«

Endlich machte er den Mund auf. Das half mir aber kein Stück weiter. Ich fing an zu rennen. Ich musste nach Hause. Der Kerl war irre geworden. Er redete wirres Zeug. Selbst als die Polizei und der Krankenwagen kamen, hörte er nicht damit auf. Erst als der Notarzt versuchte, Olympe aus Jules Armen zu winden, kam Leben in ihn. Er schrie, er solle sich zum Teufel scheren. Er könne auch nichts mehr für sie tun. Dann lachte er plötzlich laut auf und seine Stimme kippte schrill über.

»Die alte Hippe kriegt dich nicht!«, schrie er. »Ich geb' dich nicht her!«

Olympe wurde auf eine Trage geschnallt. Aber als ein weißes Tuch über ihr Gesicht gelegt wurde, schlug Jules um sich. Er trat wie verrückt gegen den verdammten Krankenwagen.

»Du kriegst sie nicht!«, brüllte er. »Du verfluchtes Dreckstück! Du kriegst sie nicht! Hörst du mich, du alte Schlampe? Du kriegst sie nicht!«

Die Polizisten versuchten, ihn zu packen. Doch er verpasste dem einen ein blaues Auge, dem anderen brach er die Nase und dem dritten schlug er seinen Ellenbogen derart fest in den Magen, dass er schwer wie ein Mehlsack zu Boden ging. Meine Güte, der Kerl war ein Meter sechsundachtzig und der beste Schwimmer der ganzen Schule.

Als der Krankenwagen mit Olympe davonfuhr, konnte Jules ihm nur noch schweigend hinterherschauen. Ganz still stand er jetzt. Ich begann bereits ihre Abwesenheit in mir zu spüren. Es tat weh. Nicht die Art Schmerz, der einem von außen beigebracht wird, sondern einer, der von ganz tief innen kommt. Es war, als würde alle Leichtigkeit mit ihr gehen. Jeder Gedanke an das, was mir sonst Freude bereitet hatte, schien dort mit Olympe in der dunklen Nacht zu verschwinden – um einer Leere Platz zu machen, deren Trostlosigkeit mich überwältigte.

Jules begann zu laufen. Er drehte sich einfach um und rannte, ohne sich auch nur noch einmal umzusehen. Wanda und ich liefen hinter ihm her. Wahrscheinlich, weil wir das schon immer so machten.

Nach einigen hundert Metern mussten Wanda und ich erschöpft aufgeben. Jules aber lief immer weiter. Wir konnten ihn bald schon nicht mehr sehen. Meine Lungen schmerzten und ich kämpfte um jeden Atemzug.

»Er wird doch wiederkommen, Wanda. Stimmt's?«

Meine Stimme bebte und ich kämpfte gegen die Tränen. Ich setzte mich auf die Erde und steckte den Kopf zwischen meine Knie.

»Natürlich kommt er wieder, Lea. Wo soll er denn sonst hin?«

Wanda hatte sich neben mich gesetzt. Sie legte ihre Arme um mich. Aber etwas in ihrer Stimme verriet mir, dass sie sich nicht sicher war.

Als die Nacht zögernd dem Tageslicht wich, saßen wir in der Küche. Noch immer waren wir nicht in der Lage, auch nur ein vernünftiges Wort miteinander zu wechseln. Keiner von uns. Wir alle hatten heute Nacht zu viel gesehen. Außer Emma, die von der ganzen Aufregung nichts mitbekommen hatte. Bereits kurz nach zehn war sie auf dem Sofa eingeschlafen. Mauds Löffel schleifte seit einer Ewigkeit in ihrer Kaffeetasse. Dabei murmelte sie: »Ich weiß nicht, wo er ist. Ich kann ihn nicht finden.«

Ihre Verrücktheit konnte mich manchmal in den Wahnsinn

treiben. War nicht schon alles verquer genug? Musste sie noch einen draufsetzen?

»Wir wissen alle nicht, wo er ist, Großmutter«, platzte es aus mir heraus. »Keiner weiß es.«

»Es ist schon gut, Lea.«

Meine Mutter strich mir übers Haar. Immer wieder lief sie von der Küche aus durch die Halle hinüber ins Wohnzimmer. Sie machte das genau wie die geistesgestörten Tiere im Zoo. Immer hin und her. Manisch gestört. Sie sah aus allen Fenstern und öffnete zum wohl hundertsten Mal die Haustür, um in die Dunkelheit zu spähen. Dabei presste sie die Hand vor den Mund.

Jedes Mal, wenn sie an der friedlich schlafenden Emma vorbeikam, zupfte sie nervös an der Decke, die über ihre kleine Tochter gebreitet war. Die große Wanduhr in der Halle begann, fünfmal zu schlagen. Gleich darauf klingelte das Telefon. Maud sprang auf.

»Ich hab ihn!«, rief sie.

Sie packte mich am Arm und drängte mich entschlossen zur Tür hinaus.

»Bring mich zur Brücke«, forderte sie. »Hol dein Fahrrad!«

Ich holte tatsächlich mein Rad aus dem Schuppen. Ich musste verrückt sein. Maud Lewin setzte sich umständlich auf den Gepäckträger. Sie raffte ihren langen Rock hoch bis über die Knie, und so fuhren wir durch den klaren Morgen. Die Luft und das Gras waren feucht vom Tau, und die ersten Vögel begannen bereits, wenn auch noch etwas verschlafen, zu singen. Man hätte meinen können, es wäre ein friedlicher Frühlingsmorgen.

Ich trat in die Pedale, so fest und so schnell ich nur konnte. Wir holperten ein Stück am Flussufer entlang, die letzten Meter fuhren wir über einen mit Schlaglöchern übersäten Feldweg. Ich versuchte den schlimmsten Stellen auszuweichen, was mir aber nicht immer gelang. Es waren zu viele. Ein paar Mal wären wir um ein Haar gestürzt. Aber Großmutter klammerte sich an mich und forderte mich unerschrocken dazu auf, mich zu beeilen. Meine Güte! Wäre ich noch schneller gefahren, dann hätten wir uns mindestens überschlagen.

Als wir auf der Brücke ankamen, waren wir nicht allein. Polizei, Krankenwagen und die Feuerwehr standen auf dem Feldweg, der unter der Brücke am Flussufer entlang führte. Was für ein Auflauf. Mitten auf der Brücke sah ich einen Mann in Grün. Er redete auf eine Gestalt in Jeans und Turnschuhen ein, die dort oben auf dem Geländer stand. Der dort oben war eindeutig ein Spinner. Es war Jules.

Ich hielt an und starrte zu ihm hinauf. Meine Vollbremsung geriet reichlich abrupt, sodass Maud beinahe vom Gepäckträger gerutscht wäre. Aber sie hatte sich die Fahrt über heftig an meinen Gürtel geklammert, sodass sie mich damit jetzt davon abhielt, über den Lenker zu kippen.

Jules lachte laut und geriet dabei aus dem Gleichgewicht. Er ruderte wild mit den Armen und machte ein paar schnelle Schritte. Der Kerl war definitiv irre. Jetzt hatte ich dafür Zeugen. Er ließ seinen Gürtel wie einen Degen in die Richtung des Polizisten schnellen. Der arme Kerl versuchte auszuweichen. Gerade wehrte er einen Angriff ungeschickt mit seiner Mütze ab. Ich packte Maud an der Hand und lief auf meinen Bruder zu.

»Jules Lewin!«, sagte Maud. »Was denkst du dir eigentlich, was du da tust? Hast du deinen Spaß?«

Maud kam ihm so nahe, dass sie ihn am Hosenbein berühren konnte. Sie sprach leise und ernst. Jules ließ die Arme sinken. Mir wurden die Augen schwer.

»Was würde Olympe wohl dazu sagen?«

Sie hob die Augenbrauen und beantwortete sich ihre Frage selbst.

»Wer weiß schon, was sie gesagt hätte«, überlegte sie. »Aber ich weiß, was sie tun würde. Es wäre ihr völlig egal, wie alt du bist. Sie würde dich am Kragen packen und dir den Hosenboden versohlen. Genau das würde sie tun. Mach jetzt, dass du von da oben runterkommst, Schatz! Bitte, komm jetzt wieder runter.«

Jules ließ den Gürtel fallen und ging in die Knie. Sein Gesicht war auf gleicher Höhe mit dem von Maud. Er wirkte erschöpft. Dunkle Ringe zeichneten sich unter seinen übernächtigten Augen ab. Mit zitternder Hand strich er ihr über die Wange.

»Nur ein bisserl spompanadln, liebste Maud«, sagte er mit kratzender Stimme.

Dann richtete er sich wieder auf und ließ sich fallen. Er kippte mit ausgebreiteten Armen und ohne jedes Geräusch hinten über und war verschwunden. Einfach weg.

Ich stürzte ans Geländer. Jules lag lang ausgestreckt auf dem weißen Sprungtuch. Die Kerle dort unten warfen sich auf ihn wie eine Horde Hyänen auf ihre Beute und schnallten ihn mit breiten Gurten auf einer Trage fest. Völlig widerstandslos ließ er alles über sich ergehen. Konnte nicht endlich jemand diese verdammte Sirene ausmachen? Das kreischende Ding machte mich noch ganz verrückt im Kopf.

Jules sah zu mir herauf. Unsere Blicke trafen sich. Er zuckte mit den Schultern, als sie ihn in den Krankenwagen schoben. Ein Tick, der sich in unserer gesamten Familie verbreitet hatte. Jetzt erst merkte ich, dass ich halb über dem Geländer hing. Ich stieß mich ab und wich eilig ein paar Schritte zurück. Du meine Güte, ich vertrug die Höhe einfach nicht. Ich war ganz eindeutig nicht zum Überflieger geschaffen. Bodenständigkeit bis zum letzten, tristen Atemzug. Gab es noch deprimierendere Aussichten? Maud hatte sich nicht von der Stelle gerührt. Mit einer ungeduldigen Handbewegung winkte sie mich zu sich herüber.

»Er ist heil unten angekommen?«

War das jetzt eine Frage? Vorsichtshalber nickte ich.

»Sieht ganz so aus«, sagte ich.

Als wir daraufhin langsam zu den anderen zurückgingen, legte sie ihren Arm um meine Hüfte. Ich legte meinen um ihre Schultern. Schon damals war sie viel kleiner als ich. Maud Lewin war nicht größer als einen Meter fünfzig.

»So ein verrückter Kerl!«, murmelte sie.

Obwohl ich die Geschehnisse der jüngsten Vergangenheit keineswegs komisch fand, musste ich grinsen. Ich denke, es war die Erleichterung, dass die Suche nach Jules endlich vorbei war und er sich trotz allem nicht den Hals gebrochen hatte. Zwar schien Jules vollends verrückt geworden zu sein, aber wenigstens war er am Leben. Mir kam etwas in den Sinn. Weiß der Himmel, woher.

»... und im Fallen wachsen uns Flügel ...«

Ich hatte das irgendwo gelesen. Ein Wunder, dass es mir überhaupt wieder eingefallen war, denn sonst verschwand alles, was ich las oder lernte, innerhalb von kürzester Zeit wie durch eine geheime Hintertür aus meinem Gedächtnis. Maud lehnte ihren Kopf an meine Schulter.

»Leander Lewin ist endlich ein Poet!«

Hatte ich laut gedacht? Ich musste besser aufpassen. Wenn es nach Maud ginge, dann müsste ich in ihre Fußstapfen treten. Das wollte ich nach besten Kräften vermeiden. Ich und ein Schriftsteller. Das fehlte noch. Es gab genügend verlogene Mistkerle auf der Welt.

»Nicht in diesem Leben«, schwor ich mir.

Der himmelblaue Volkswagen meiner Mutter stand jetzt bei den Polizeibeamten. Formalitäten mussten erledigt werden. Man verlor nicht gern Zeit. Zeit ist Geld. Zeit ist kostbar. Zeit vergeht viel zu schnell. Wer das nicht begreift, hat in diesem Spiel nichts zu suchen.

Elisabeth Lewin rannte auf uns zu.

»Könntet ihr mir mal erklären, was ihr da drüben gemacht habt?«, schrie sie. »Ihr wart so nah bei ihm und habt ihn springen lassen. Wie um alles in der Welt konntet ihr ihn nur springen lassen? Er könnte tot sein. Er könnte genauso tot sein wie Olympe, und ihr habt nichts dagegen getan. Genauso wenig wie diese Waschlappen!«

Letzteres warf sie den Gesetzeshütern entgegen.

»Die sind nicht mal in der Lage, einen kleinen Jungen von einer gottverdammten Brücke zu holen, ohne ihn dabei fast umzubringen!«

Tränen füllten ihre Augen. Aber jetzt nahm Großmutter sie in den Arm. Maud Lewin meinte, dass Jules im Kopf etwas durcheinander geraten wäre, aber er würde sich schon wieder fangen. Ich packte mein Rad so gut es eben ging in den Kofferraum. Danach zwängten wir uns in den Variant. Elisabeth Lewin war nicht in der Lage, das Steuer zu übernehmen. Unsere Mutter hatte die Augen geschlossen und bemühte sich darum, nicht völlig den Verstand zu verlieren. Also fuhr ich. Ich hatte das schon öfter getan. Jules und ich zankten uns regelmäßig darum, wer den Variant vom Haus bis hin zum Tor, manchmal sogar die Allee entlang und später vom Tor zurück zum Haus fahren durfte.

Jules hatte mir auch gezeigt, wie die Sache mit der Kupplung funktionierte. Eine diffizile Sache, die nur mit viel Gefühl zum Erfolg führte. Ich war ein wissbegieriger Schüler. Aber als er dazu überging, mir den Motor in seinen Einzelteilen und Funktionen zu erklären, schaltete mein Gehirn auf Durchzug. Mechanische Zusammenhänge würde ich in hundert Jahren nicht begreifen.

Ich setzte mich also hinter das Steuer und fuhr meine Familie unter den irritierten Blicken der Polizeibeamten nach Hause. Als wir in die holprige Allee einbogen und die quadratischen Umrisse des alten Hauses geisterhaft im frühmorgendlichen Nebel vor uns auftauchten, war es Wanda, die unsere Sorge aussprach.

»Was sollen wir ihr sagen?«, fragte sie. »Was sollen wir ihr denn nur sagen?«

Keiner wusste eine Antwort. In den Köpfen der anderen herrschte ausnahmsweise einmal dieselbe Leere wie in meinem eigenen.

Wir betraten die Halle, und die Wanduhr begrüßte uns mit sieben dumpfen Schlägen. Emma saß am Küchentisch und schaufelte geschäftig Cornflakes und Haferflocken in ihre Frühstücksschüssel, in der bereits warmer Kakao dampfte. Wagner, der graugetigerte Kater, saß neben ihr auf dem Tisch und starrte wie hypnotisiert in den warmen Kakao. Es fehlte nur noch, dass er vor Neid sabberte. Emma war schon immer ein Frühaufsteher, aber dass sie sich ihr Frühstück selbst machte, war neu. Sie winkte uns zu.

»Wo seid ihr denn schon alle so früh gewesen?«, rief sie eine Sekunde später vorwurfsvoll: »Wäre nicht wenigstens Olympe hier gewesen, hätte ich mich ganz schön allein gefühlt. Aber das ist euch anscheinend total egal, was?«

Wanda schlurfte als Erste in die Küche und ließ sich Emma gegenüber auf einen Stuhl sinken. Wir Übrigen folgten ihr. Sie stützte die Ellenbogen auf den Tisch, legte ihr Kinn in die Innenflächen ihrer Hände und sah Emma eine Weile ruhig zu, wie diese genussvoll ihr Frühstück in sich hineinstopfte.

»Sagst du mir jetzt mal, warum du mich so anstarren musst, Wanda?«

Emma tippte ihrer Schwester mit dem Löffel an die Nasenspitze und lächelte verschmitzt. Wanda bemühte sich, zurückzulächeln, was ihr aber nicht sonderlich überzeugend gelang. Sie betrachtete ihre Schwester ernst.

»Hör mal, Emma. Du hast Olympe heute also schon gesehen, ja?«, fragte sie.

Emma nickte.

»Und wann war das?«

»Na, sie saß doch neben mir, als ich aufgewacht bin«, antwortete sie. »Du kannst vielleicht komische Fragen stellen, Wanda.«

Emma hatte schon immer eine beeindruckend rege Phantasie und hegte einen gewissen Hang zu Übertreibungen, aber heute schien es ihrer Mutter nun doch zu weit zu gehen.

»Es reicht jetzt, Emma«, sagte sie. »Olympe kann nicht hier gewesen sein. Das ist auch genau der Grund, warum wir alle nicht hier waren. Wir ...«

Emma knallte ihren Löffel auf den Tisch und traf dabei den Rand der Porzellanschüssel so heftig, dass es hässlich klirrte und ein kleines Stück davon abbrach. Wagner ließ sich nicht stören. Er saß weiterhin, ohne eine Miene zu verziehen, auf dem Tisch und fixierte mit flach zurückgelegten Ohren die Milch. Er würde sie niemals kampflos aufgeben. Emma sah uns der Reihe nach zornig an.

»Sagt mal, haltet ihr mich eigentlich für blöd, oder was?«, rief sie. »Denkt ihr vielleicht, ich lüge? Was sollen denn die ganzen Fragen? Natürlich war Olympe heute morgen hier. So wie sie auch an jedem anderen Morgen hier war und morgen und übermorgenmorgen hier sein wird. Wer von uns heißt denn sonst noch Olympe? Und wer hat mir denn sonst wohl Kakao gekocht? Wagner vielleicht?«

Sie stieß ihren Stuhl zurück und lief hinüber ins Wohnzimmer. Darauf hatte Wagner gewartet. Sobald Emma die Küche verlassen hatte, tauchte sein haariger grauer Kopf in der Frühstücksschale unter. Emma schlug währenddessen mit ihren kleinen Händen heftig auf das Sofa.

»Hier hat sie gesessen«, rief sie uns zu. »Genau hier. Ich bin nämlich davon aufgewacht, dass sie wieder mal laut gelesen hat. Hier drin.«

Sie kam in die Küche zurückgelaufen und knallte uns ein abgenutztes, in dunkelblaues Leder gebundenes Buch so heftig auf den Tisch, dass es krachte.

»Das Gespenst von Canterville« von Oscar Wilde. Eines von Olympes Lieblingsbüchern.

»Aber wenn ihr mir nicht glaubt, dann geht doch rauf in ihr Zimmer und schaut selbst nach, ob sie da ist oder nicht. Außerdem – wer hat denn heute Morgen Mist gebaut? Ich oder ihr?«

Keiner antwortete.

»Na also. Das meine ich aber auch.«

Sie setzte sich wieder auf ihren Platz, schob den Kater zur Seite und fuhr gelassen fort zu frühstücken. Emma hatte sich abreagiert und wir Übrigen konnten sehen, wie wir zurechtkamen. Ich glaube, in jenem Augenblick kamen wir uns alle mindestens genauso verrückt vor wie Jules.

Unsere Mutter und Wanda stiegen tatsächlich die Treppe zu den Schlafzimmern hinauf. Ich blieb sitzen, und auch Maud rührte sich nicht vom Fleck. Sie hielt ihren Kopf leicht schräg und lächelte ihr eigenartiges Lächeln, das immer ein bisschen zu verrückt aussah.

»Sie hat womöglich Recht«, meinte sie leise.

Ich schaute meine Großmutter entgeistert an.

»Aber Maud!«, stammelte ich. »Wie soll Olympe denn hier gewesen sein? Sie ist doch tot.«

Ich biss mir auf die Lippen. Schnell sah ich zu Emma. Sie betrachtete mich.

»Ach, deshalb hat sie also nicht mit mir gesprochen«, sagte sie.

Ihr kleines Gesicht wurde tieftraurig und Tränen stiegen in ihre Augen.

»Sie kommt nicht wieder, Lea?«

Ich zuckte hilflos mit den Schultern. So, wie Jules es sonst gerne tat.

»Ich denke nicht, Schatz.«

Sie kam zu mir herüber und legte mir ihre kindlichen Arme um den Hals. Ich spürte ihr kleines, warmes Gesicht an meinem und hob sie auf meinen Schoß. Lange blieb sie so sitzen. Sie weinte nicht. Sie hielt sich nur an mir fest. Es war so leise im Haus, wie ich es noch nie erlebt hatte. Viel zu leise. Selbst für die Schatten, die uns, nervös von einer Ecke zur nächsten huschend, von allen Seiten anglotzten.

Emma wollte mich partout nicht mehr loslassen. Also ging ich mit ihr hinaus in den Garten, wo ich uns beide in einen der morschen Liegestühle legte, die dort unter der großen Akazie standen. Die Morgenluft war noch empfindlich kühl, aber das war uns egal.

Die Bäume wiegten sich leise im lauen Wind, und die Frühlingssonne schien durch tausende von kleinen, grünen Blättern auf uns herunter. Als ich wieder aufwachte, lag Emma immer noch auf mir. Ihre hellen Locken, die sich zu Dutzenden auf ihrem kleinen, runden Kopf kringelten, leuchteten in der Sonne, sodass es schien, als würden sie leise knisternd brennen. Sie lächelte auf mich herunter.

»Sie kommt wieder«, meinte sie ernst. »Du wirst sehen, Lea. Sie kommt wieder.«

»Was?«

Ich verstand kein Wort.

»Die Zwerge sagen, es ist alles in bester Ordnung. Selbst die Gespenster sind zuversichtlich, und das will doch etwas heißen, nicht wahr?«

Sie küsste mich auf die Stirn und lief dann schnell ins Haus.

Ich versuchte gar nicht erst, sie zu verstehen. Solange ich nicht vollends wach war, hatte ich ohnehin keine Chance, ihr zu folgen. Emma behauptete seit jeher, dass es in unserem Haus keine Schatten gäbe, sondern nur die Geister derjenigen, die hier lebten und starben. Ihrer Meinung nach handelte es sich um deren größtes Vergnügen, uns bei unserem kläglichen Versuch, zu überleben, zuzusehen.

Sollte sie glauben, was sie wollte. Solange mir beim Zähneputzen immer noch mein eigenes Gesicht aus dem Spiegel entgegensah, sollte es mir recht sein. Ich schlurfte durch die Halle und machte mich auf den Weg in mein Zimmer. Ich kam an Maud vorbei, die mit finsterem Gesicht am Telefon stand.

»... mein lieber Braun«, hörte ich sie sagen. »Machen Sie sich eigentlich gelegentlich die Mühe und sehen über die Kante Ihres Schreibtischs hinaus? Denn wenn Sie es täten, würden Sie sicherlich erkennen, dass es dort draußen noch andere Menschen auf der Welt gibt. Nicht alles dreht sich nur um Ihre Belange. Wir anderen drehen uns mit! Es gibt Wichtigeres als vermaledeite Verkaufszahlen. Ihr Vater wusste das. Was fesselt Sie nur so sehr am schnöden Mammon, Junge? Liebenswürdiger werden Sie dadurch auch nicht. Keiner von uns. Wenn überhaupt, werde ich mich frühestens in vierzehn Tagen bei Ihnen entschuldigen. Erwarten Sie also nicht zu viel. Bis dahin ...«

Sie knallte den Hörer auf die Gabel. Danach atmete sie einmal tief durch und drehte sich zu mir um.

»Hüte dich vor dem Zauber des Reichtums, mein Prinz.«

Ihre Hand strich sanft über meine Wange.

»Hinter seiner betörenden Maske hat Geld eine hässliche Fratze.«

Damit verschwand sie durch die Hintertür. Meine Güte, schon wieder dieser Braun. Er setzte Maud in letzter Zeit heftig zu. Richard Braun war Verleger, und seit ich denken konnte, versuchte er schon, Maud Lewin loszuwerden. Sonst war Maud Lewin nie unfreundlich zu ihm. Sie nahm ihn schon mal auf den Arm und machte sich eigentlich ständig über ihn lustig, aber sie wurde dabei nie beleidigend. Das entsprach nicht ihrer Art. Aber an solch einem Tag sollte ihr das niemand übel nehmen.

Um meinen Reichtum brauchte ich mir momentan keine Sorgen zu machen. Mein Taschengeld reichte gerade mal zwei bis drei Tage. Das meiste davon landete ohnehin in Wandas Taschen. Nein, über Geld machte ich mir wirklich die wenigsten Gedanken.

Auf der zweiten Treppenstufe stolperte ich über etwas, das dort auf den ausgetretenen Holzdielen lag. Ich bückte mich und hob es auf. Ein Tollkirschenzweig, nicht größer als ein Schokoriegel. Und um ihn wand sich der wurmähnliche Trieb eines Bohnensetzlings. Ich sah über die Schulter zurück zur geöffneten Haustür. Auf beiden Seiten der Außenstufen lagen jeweils ein Bund Lavendel sowie ein Bund Beifuß mit einer quergelegten Erbsenschote. Begrüßungsgeschenke für einen Gast, den Emma erwartete.

Das war typisch für Emma Lewin. Überall verteilte sie ihre kleinen Gaben. Es gab Leute, die missverstanden ihr Handeln. Schon öfter war mir zu Ohren gekommen, sie würde das magische Handwerk von ihrer verschrobenen Großmutter erlernen. Diese Stadt war wirklich zu den albernsten Vermutungen bereit. Aus Emmas Zimmer drang eine wehmütige Melodie.

Ich öffnete die Tür zu meinem Zimmer. Wanda lag mir mit dem Rücken zugewandt auf dem Bett. Ich legte mich dicht an sie und versteckte mein Gesicht in ihren dunklen Locken. Schweigend nahm sie meine Hand in ihre. Sie hielt mich ganz fest, und ich spürte ihre Lippen warm und weich an meinen Fingern. Nie würde ich sie loslassen.

5

Die Nervenklinik verbarg sich hinter hohen Mauern am anderen Ende der Stadt. Als das massive Eisentor dumpf hinter uns zuschlug, fühlte ich mich wie ein verurteilter Schwerverbrecher, der nie wieder umkehren konnte.

Wir fuhren noch etwa hundert Meter über einen grau gepflasterten, von kniehohen Heckenrosen eingefassten Weg, ehe wir vor der Klinik hielten. Der Enge des Wagens entkommen, fühlte ich mich gleich besser. Vom Park, der sich hinter dem altmodischen Klinikgebäude befand, klangen windzerrissene Stimmen zu uns herüber.

Wir wurden von einer freundlichen Frau Anfang vierzig im weißen Arztkittel begrüßt, die sich uns als Dr. Petrus vorstellte. Sie war Jules behandelnde Ärztin. Auf dem Weg durch die engen Klinikflure hielt ich mich nah bei den anderen. Irgendwann kamen wir an eine geschlossene Tür, bei der man durch einen schmalen, rechteckigen Schlitz in den dahinter liegenden Raum sehen konnte. Während unsere Mutter mit Dr. Petrus sprach, spähten Wanda und ich durch die winzige Glasscheibe. Emma zupfte an meinem Hemd.

»Lass mich auch sehen«, bat sie.

Ich hob sie hoch und klemmte sie auf meine Hüfte. Wanda stupste Emma in die Seite.

»Wie wäre es, wenn du einfach mal ein Stück wachsen würdest, Zwerg?«, fragte sie.

Emma zuckte mit den Schultern.

»Was hätte ich denn schon davon?«

»Wir werden nicht immer da sein«, erklärte ihre Schwester.

»Ich werde es mir überlegen.«

Mit ernsthaftem Kopfnicken betrachtete sie ihren ältesten

Bruder. Das Zimmer war bis auf ein metallenes Bett, das in der Mitte des Raumes stand, völlig leer. Durch ein großes Fenster konnte man den blauen Himmel sehen. Jules lag mit einem knielangen, weißen Nachthemd bekleidet auf dem Bett. Er war leichenblass und hatte noch immer diese dämonisch wirkenden, dunklen Ringe unter den Augen.

Ohne auch nur einmal zu blinzeln, starrte er in das himmelblaue Quadrat. Seine Arme und Beine waren festgeschnallt, und in seinem rechten Handrücken steckte eine mächtige Infusionsnadel. Aus einer Flasche, die kopfüber an einem Metallständer hing, tropfte langsam eine durchsichtige Flüssigkeit in einen langen, dünnen Schlauch, der zu eben dieser Nadel in seiner Hand führte. Dr. Petrus erklärte, dass er mehrfach versucht hätte, davonzulaufen, und sich mit jedem, der sich ihm in den Weg stellte, prügeln wollte und deswegen gar nicht anders zu halten wäre, würde man es gut mit ihm meinen. Das leuchtete mir ein.

Unsere Mutter hingegen schüttelte heftig den Kopf und entschied, sie wolle Jules auf der Stelle mit nach Hause nehmen. Die beiden Frauen verwickelten sich in eine heftige Debatte – mit dem Ergebnis, dass Jules zwanzig Minuten später bei uns im Auto saß.

Elisabeth Lewin und Dr. Petrus hatten sich unter der Bedingung geeinigt, dass Jules dreimal wöchentlich zur Behandlung in die Klinik kommen müsste. Mit einem kalten Lächeln verabschiedeten sie sich voneinander.

Wir brachten Jules zum Auto. Ich schnallte ihn auf dem Beifahrersitz fest. Er ließ alles mit sich machen, rührte aber selbst keinen Finger. Der Kerl war überhaupt nicht richtig da. Er schaute mich an, sah mich aber gar nicht. Mama strich ihm eine seiner schwarzen Haarsträhnen aus der Stirn. Keine Reaktion. Die hatten ihm anscheinend die härtesten Sachen verabreicht, die sie da drinnen hatten. Welcher Sechzehnjährige ließe sich sonst behandeln, als wäre er ein Kleinkind? Hoffentlich würde er nicht auf den Sitz pinkeln. Ich stieg hastig zu den anderen in den Wagen. Ich wollte so schnell es ging weg von hier. Da bemerkte ich, dass wir beobachtet wurden.

An einem der vergitterten Fenster im ersten Stock stand ein

Mädchen. Ich glaubte jedenfalls, dass es ein Mädchen war. Auf die Entfernung hin konnte ich nicht ganz sicher sein. Sie hatte ebenso schwarzes Haar wie Jules, aber viel kürzer als das meines Bruders. Wir hatten bereits Ende April, und sie trug einen enorm dicken, leuchtend roten Rollkragenpullover, was mich, im Hinblick auf diesen Ort, aber nur kurz irritierte.

Als ich zu ihr hochsah, wich sie meinem Blick nicht aus. Ich nickte ihr zu, aber sie reagierte nicht. Ihr Blick war genauso starr wie der von Jules. Was machten sie nur mit denen dort drinnen? Während wir durch das grässliche Tor fuhren, drehte ich mich noch einmal um. Sie war nicht mehr zu sehen.

In den darauf folgenden Tagen ging die Polizei bei uns ein und aus. Ständig wurden wir über Olympe ausgefragt. Woher sie käme, ob sie Verwandte hätte und ob wir von ihrer Verbindung zu Friedrich Skawinski wüssten und so weiter.

Woher zum Teufel sollten wir das alles wissen? Olympe war Olympe und basta! Nicht einmal die inzwischen siebenjährige Emma wurde bei den Befragungen ausgelassen. Ich hatte ihr vorsichtshalber geraten, nichts über ihre Begegnung mit Olympe am Morgen nach deren Tod zu erzählen, da man sie sonst für ebenso durchgedreht halten könnte wie unseren Bruder. Emma beharrte uns gegenüber weiterhin bockig auf ihrer Version der Geschichte, aber den Kriminalbeamten gegenüber erwähnte sie es dann gottlob mit keinem Wort.

Was die Kerle von der Polizei herausfanden, interessierte mich nicht. Viel war es sowieso nicht. Der Mistkerl hatte Olympe das Genick gebrochen, und Jules hatte ihm dafür den Schädel eingeschlagen. Was gab es da noch zu reden? Sie bezeichneten Olympe als leichtes Mädchen. Grundgütiger, Olympe war nicht so eine! Sie sollten endlich abhauen und uns in Ruhe lassen. Unsere Mutter erzählte den Beamten, dass Olympe noch nicht lange bei uns gelebt hätte und wir sie nicht besonders gut kannten. Wie konnte sie so etwas sagen? Solange ich denken konnte, war Olympe schon bei uns.

In dem Augenblick, in dem ich die Worte meiner Mutter korrigieren wollte, beugte diese sich zu mir und verschloss meine Lippen mit einem festen Kuss. Ihr Gesicht war so nah vor meinem, dass die Umrisse verwischten und ich nur noch die hellgrüne Iris ihrer Augen erkannte. Sie starrte mich kalt an. Ein eisiger Schauer durchlief meinen Körper, sodass ich augenblicklich verstummte.

Am Ende der Untersuchungen wurden uns die Kleidungsstücke ausgehändigt, die Olympe am Tage ihres Todes getragen hatte. Meine Mutter nahm das Paket an sich. Mit starrem Blick schob sie das Einschlagpapier zur Seite und strich über den weißen Kragen des grauen Wollkleides. Etwas fiel zu Boden. Sie schien es nicht zu bemerken. Ich bückte mich und hob es auf. Es war ein Armband, wie es Zigeuner trugen. Eine silberne Kette mit kleinen Anhängern in Form von Sonne, Mond und Sternen. Maud hatte es Olympe an dem Tag geschenkt, an dem sie sich entschied, bei uns zu bleiben. Außer den Gestirnen befand sich noch ein kleiner Schlüssel an einer der Ösen.

Ich sah zu Wanda hinüber, und gemeinsam liefen wir hinauf in den ersten Stock. In Olympes Zimmer war noch alles genauso, wie Olympe es verlassen hatte. Ihr mit weißem Baumwollstoff bezogenes Bett war ordentlich gemacht, und eines ihrer Kleider, das dunkelbraune mit dem roten Kragen, lag sorgfältig glattgestrichen über der Lehne ihres Lesesessels. Auf der Balustrade des Balkons saß ein Grünling, der furchtlos zu uns hereinsah.

Wanda und ich warteten inmitten des verwaisten Zimmers. Eine Weile wussten wir nicht, was wir tun sollten. Dann fiel unser Blick auf den schweren Kleiderschrank aus Nussbaumholz. Als Wanda den Schlüssel im Schloss drehte, öffnete sich die Tür mit einem leisen Knarren. Aus seinem Inneren drang derselbe schwere Lavendelduft, der Olympe immer umgeben hatte. Da hingen Olympes Kleider. Fein eines neben dem anderen, und in den vier Fächern an der linken Seite stapelten sich ihre Unterwäsche, Strümpfe, Pullover und die von ihr geliebten wollenen Strickjacken. Sie besaß sie in allen Farben. Ich strich vorsichtig darüber. Für Sekunden kam sie zurück.

Wanda hatte den Schlüssel von Olympes Armband in eines der Schubladenschlösser am Sekretär gesteckt und versuchte sie zu öffnen.

»Es war die linke«, sagte ich. »Die ganz oben.«

Die Lade ließ sich problemlos herausziehen. In ihr befand sich der unförmige hellbraune Briefumschlag, den ich wenige Tage zuvor schon einmal gesehen hatte. Wanda öffnete ihn und griff ohne zu zögern hinein. Gleich darauf zuckte sie zurück.

Sie kippte den Umschlag kopfüber, und eine Flut bunter Geldscheine bedeckte die Schreibfläche des alten Sekretärs. Noch nie in meinem Leben hatte ich so viel Geld auf einem Haufen gesehen. Das musste ein Vermögen sein, das da vor uns lag. Vorsichtig schob Wanda die großen Banknoten auseinander. Da lag sie. Sie schimmerte silbrig. Eine Pistole. Auf Olympes Schreibtisch lag eine echte Pistole. Ein Revolver. Eine Knarre. Ein Mordwerkzeug, mit dem man sich oder einem anderen mit Leichtigkeit das Hirn hätte rauspusten können. Eine Pistole auf Olympes Schreibtisch. Ich konnte es nicht fassen.

Langsam sammelte Wanda das Geld wieder ein und schob es mitsamt der Waffe zurück in den Umschlag. Sie drückte ihn mir in die Hand. Wir verließen Olympes Zimmer und gingen wortlos die Treppe hinunter. Ich legte das Kuvert auf den Küchentisch und öffnete es abermals. Unsere Mutter starrte uns an. Sie schaute nicht auf den abgegriffenen Briefumschlag, dessen Inhalt genug Grund zum Staunen geboten hätte. Nein. Sie starrte mich und Wanda an. Ich legte Olympes Armband auf den Tisch. Noch immer wusste ich nicht, was ich hätte sagen sollen.

»Ihr habt ihn also gefunden«, sagte Elisabeth Lewin ruhig. »Das hat ja nicht lange gedauert.«

Sie stand auf, nahm die Pistole und steckte sie mit dem Lauf voran in die hintere Tasche ihrer Jeans. Sie tat das mit der Selbstverständlichkeit eines Berufskillers. Sie war kein bisschen überrascht. Wanda hingegen war fassungslos.

»Du hast davon gewusst?«, fragte sie.

»Natürlich, Schatz«, lautete die Antwort.

Wanda hob erwartungsvoll die Schultern.

»Und? Ist das alles?«

»Mehr gibt es dazu nicht zu sagen. Habt ihr eure Hausaufgaben gemacht?«

Mehr gab es nicht zu sagen. Der Himmel schütze uns vor tiefschürfenden Erkenntnissen oder gar der Wahrheit. Das Rad der Zeit drehte sich eindeutig zu schnell. Ich kam da nicht mehr mit.

Das Geld verschwand auf einem Sparbuch. Die Waffe sahen wir nicht wieder, und Jules begann uns Sorgen zu machen. Er sprach nicht nur nicht mit den Polizisten, er sprach auch nicht mit den Ärzten, bei denen er dreimal wöchentlich erscheinen musste. Er sprach nicht einmal mit uns.

Nachdem er wieder zu Hause war, lag er zwei Tage lang nur in seinem Bett und starrte vor sich hin. Er aß nichts, er schlief nicht, und er sagte nichts. Die Ärzte in der Klinik meinten, es handle sich dabei um die Folgen des tiefsitzenden Schocks. Lediglich Wagner schien es nicht zu stören. Er lag weiterhin am Fußende von Jules Bett und sabberte in aller Ruhe durch seine fleischigen rosa Zahnlücken.

Wagner war alt. Er besaß kaum noch Zähne, weswegen ihm seine Zunge immer ein Stück aus seinem übelriechenden Maul hing. Er war ein kastrierter Kater, was er sich selbst oder besser seiner unkontrollierten Triebhaftigkeit zuzuschreiben hatte.

Es hatte angefangen, als Emma vor zwei Sommern wie besessen Vivaldi übte. Die vielen hohen Töne, die sie ihrer Geige entlockte, schienen unseren Kater über alle Maßen zu erregen. Hatte Emma etwa zwanzig Minuten gespielt, drehte er sich auf den Rücken und bewegte ein paar Mal ruckartig seinen kleinen Hintern im Takt der Musik, bis ein dünner Samenstrahl quer über Jules Bettdecke spritzte. Jules, Wanda und ich warteten am gegenüberliegenden Bettende und markierten die Weite mit Streichhölzern.

Wagner machte das nicht nur selten oder nur ab und zu. Nein. Er machte es regelmäßig bis zu sechsmal am Tag, und er wurde immer besser. Seine Kollegen aus der Nachbarschaft konnten einpacken. Er onanierte mit der Besessenheit eines Spitzensportlers. Bis zu dem Tag, an dem unserer Mutter die Geduld mit ihm ausging. Sie dachte wohl, dass der Kater ein schlechtes Vorbild für Jules und mich abgeben würde.

Ohne Wagners Anleitung hätte ich sicher noch gewartet. Wenn auch nur so lange, bis ich mich endlich getraut hätte, Jules abgegriffene Männermagazine unter dessen Matratze zu klauen. Ich denke, Wagners Verhalten hatte mein Interesse für dieses Thema nur geringfügig beschleunigt.

Aber egal welche Entschuldigungen man hätte vorbringen können, um ihn zu entlasten – unsere Mutter war unerbittlich. Sie packte Wagner ins Auto, und als er wiederkam, war er entmannt. Zwar liebte er Vivaldi immer noch, aber außer, dass er sich wie gewohnt bewegte, passierte nichts mehr. Er war seiner Männlichkeit beraubt worden, und er bestrafte uns, indem er träge und fett wurde.

Am dritten Morgen nach Jules Heimkehr saßen wir in der Küche. Wir redeten nicht viel.

»Gib mir mal die Butter rüber!« und »Noch einer Kaffee?« gehörten zu unseren verbalen Highlights. Bis die Holztreppe knarrte. Wir alle kannten die Schritte. Es war der uns bestens bekannte Rhythmus: eine nehmen, eine überspringen, eine nehmen, eine überspringen. Bevor wir uns länger darüber wundern konnten, kam Jules eilig in die Küche gerannt. Er warf seine Schultasche gegen die Tür zum Garten, setzte sich neben Emma auf seinen Stuhl und goss sich eine Tasse Kaffee ein. Er drehte den Stuhl wie immer mit der Lehne zum Tisch, um sich dann in Cowboymanier darauf niederzulassen. Wanda musterte Jules gespannt.

»Sag mal, du willst doch nicht zur Schule gehen, oder?«

Er nickte schlürfend über den Rand seiner Tasse.

»Oh, nein!« Sie schüttelte heftig den Kopf. »Darf er das denn überhaupt? Ich meine, braucht er dazu nicht erst mal die Erlaubnis von seinem Irrenarzt, bevor er auf die da draußen losgelassen wird?«

Sie sah hilfesuchend zu unserer Mutter.

»Ich weiß nicht recht, Schatz«, sagte diese an ihren Erstgeborenen gewandt, während sie den Salzstreuer beiläufig daran hinderte, wie von Geisterhand über den Tisch zu gleiten. »Vielleicht solltest du doch besser noch ein paar Tage zu Hause bleiben. Nur um sicherzugehen.«

Sie stellte den Salzstreuer neben den Pfeffer auf das Küchenbüfett. Emma seufzte enttäuscht und konzentrierte sich auf meinen Kaffeelöffel, der sich kurz darauf in meiner Tasse zu bewegen begann. Ich zwinkerte meiner Schwester zu. Ein leises Lächeln spielte in ihren Mundwinkeln. Jules stand auf.

»Aber . . . !«

Ich drückte Wanda entschlossen ihre Schultasche in die Arme und drängte sie zur Tür hinaus. Wir waren viel zu spät dran. Als wir unsere Fahrräder durchs Tor schoben, schimpfte Wanda immer noch. Ich verstand sie nicht. Was war mit ihr los? Warum war es so schlimm, wenn Jules wieder normal wurde? Ich fand das richtig beruhigend. Wie konnte sie nur so pessimistisch sein? Verdammt! Ich hatte laut gedacht.

»Beruhigend? Sag mal, bist du noch zu retten?«, schimpfte sie. »An dem Kerl ist gar nichts normal. Der ist alles andere als normal. Außerdem bin ich kein bisschen pessimistisch, du Blödmann.«

Sie warf mir einen bitterbösen Blick zu.

»Jetzt reg dich doch nicht so auf, Wanda. Jules macht das schon«, sagte ich.

»Mensch, Lea. Begreifst du das denn nicht? Die machen ihn fertig.«

Sie klang verzweifelt.

»Der kommt da nie im Leben heil raus. Du kennst doch diese Mistkerle.«

Wir kamen kurz nach acht in der Schule an. Es hatte bereits geläutet, und bis auf ein paar wenige Nachzügler war keiner mehr zu sehen. Ich schob mein Rad in den Ständer. Wanda ließ ihres achtlos gegen meines fallen und lief zu Jules hinüber.

»Wann wirst du denn endlich wieder normal? Die da drinnen haben doch keine Ahnung. Und wenn du da jetzt als der große Schweiger reinmarschierst, dann halten sie dich doch für total bescheuert.«

Sie strich ihm sanft eine Strähne seines Haares aus der Stirn. Was hatten die Frauen nur immer mit seinen Haaren?

»Julie, wenn du unbedingt da reinwillst, dann mach bitte erst mal den Mund auf und rede mit mir. Sag irgendwas.«

Jules lächelte, drehte sich dann aber wortlos um. Wanda sah zu, wie er die breite Steintreppe hinaufging und von der schweren Eingangstür verschluckt wurde.

»Verdammt noch mal«, schimpfte sie. »So ein blöder Kerl. Haben die bei den vielen Versuchen, die sie mit ihm gemacht haben, eigentlich nicht gemerkt, dass der Arsch kein Hirn hat?«

Der Unterricht zog sich in die Länge wie ausgelutschter Kaugummi. Wanda wurde wiederholt ermahnt, konnte sich aber nur schwer konzentrieren. Wir hatten kein gutes Gefühl. Jules war allein da draußen inmitten einer Menge Irrer. Wahrscheinlich war er der Irre und die anderen nur ein Haufen Hohlköpfe, aber es war nicht zu leugnen, dass sich beides nicht gut anfühlte. Endlich läutete es zur großen Pause.

Jules saß auf den Stufen, die zur Turnhalle hinaufführten und musste die Anteilnahme unseres Vertrauenslehrers Dr. Grünwald ertragen. Dieser stand graubefrackt vor ihm und betrachtete Jules mit mitleidigem Dackelblick. Sicher bot er ihm gerade an, seine geschundene Seele bei ihm zu erleichtern. Vertrauenslehrer hatten alle den gleichen Text: »Wenn Sie möchten ... selbstverständlich zu jeder Zeit ... absolut diskret ... ich erwarte Sie ... «

Heiliger Samariter! Der Kerl unterrichtete Latein, Mathematik und Geschichte. Wie sollte man so jemandem vertrauen können!

Als sich Dr. Grünwald liebevoll über seinen Spitzbart strich und selbstzufrieden lächelnd von dannen zog, machte sich auf Jules Gesicht ein Grinsen breit, welches nur mit dem Ausdruck *irritierend* zu beschreiben war. Grünwald drehte sich plötzlich um und sah mir direkt ins Gesicht.

»Leander Lewin. Komm her.«

Er winkte mich zu sich. Ich zögerte.

»Na, jetzt komm schon.«

Das Winken wurde deutlicher. Hatte jemand herausgefunden, dass ich in der Physikarbeit abgeschrieben hatte, oder war eine Beschwerde gegen mich eingegangen, weil ich einmal zu oft rein zufällig in den Mädchenumkleideraum geplatzt war? Wanda warf mir einen mahnenden Blick zu. Ich musste gehen. Grünwald legte seine knöcherne Mittfünfzigerhand auf meine Schulter und schob mich in Richtung Sportplatz.

Wir setzten uns auf eine der oberen Zuschauerbänke, wo er umständlich begann, seine Brille zu putzen. Dafür zog er ein spezielles Baumwolltuch aus der Brusttasche seines dezent graukarierten Jacketts. Er hauchte gegen das Brillenglas und ließ sich Zeit. Du meine Güte, waren wir zum Spaß hier oder wollte er nur nicht allein sein? Ich räusperte mich. Jeder musste diesen Wink verstehen. Jeder, bis auf Grünwald. Er polierte ungestört mit kurzsichtig verkniffenen Augen das geschliffene Glas.

Ich sah auf die Aschenbahn hinunter. Die Kerle vom Leichtathletik-Team trainierten für den Wettkampf nächste Woche. Beneidenswert. Sie wurden dafür sogar vom Unterricht freigestellt. Sie liefen Runde um Runde. Vielleicht sollte ich mir das mit der Mannschaft doch noch einmal überlegen. Die nötige Ausdauer hatte ich jedenfalls. Die Sonne schien mir ins Gesicht. Ich bemerkte, wie ich müde wurde. Die Augen wurden mir schwer, und ich hätte mich zu gerne der Länge nach auf der Bank ausgestreckt.

»Hör mal, Leander. Was hast du eigentlich vor?«

»Bitte?«

Ich wurde aus meiner Tagträumerei gerissen. Grünwald hatte seine Unterarme auf die Knie gestützt. Die Ärmel seines Jacketts rutschten dadurch ein Stück nach hinten. Ich konnte seine dürr hervorstehenden Handgelenke sehen. Graue Haare bewuchsen seine Handrücken. Ich mochte so einen Anblick nicht besonders. Das erinnerte mich daran, dass die Zeit verging und ich nicht in der Lage war, sie wenigstens so lange zu stoppen, bis ich wusste, was ich in diesem Leben mit einem wie mir anfangen sollte. Grünwald sah mich forschend an.

»Du verstehst mich schon«, nickte er. »Was willst du in deinem Leben erreichen?«

Also er konnte vielleicht Fragen stellen. Wenn ich wüsste, was ich mir von meinem Leben versprach, dann wäre ich bestimmt nicht Leander Lewin, der in der Pause mit dem Vertrauenslehrer der Schule auf der Zuschauertribüne des Sportplatzes saß und absolut nicht wusste, warum.

»Ich verstehe nicht, was Sie meinen«, antwortete ich.

Grünwald legte konzentriert die Fingerspitzen aneinander. Warum bloß hatte ich das Gefühl, mächtig in der Scheiße zu stecken?

»Sieh mal. Jeder hat doch ein Ziel vor Augen. Irgendetwas, was er in gegebener Zukunft gern erreichen würde. Was ist das bei dir?«

Ich zuckte ratlos mit den Schultern. Musste ich mir jetzt wirklich Gedanken über meine Zukunft machen? Jetzt schon? Ich war noch nicht mal vierzehn Jahre alt und der Kerl erwartete von mir, dass ich ihm einen lückenlosen Plan für mein weiteres Leben vorlegte.

»Keine Ahnung«, sagte ich.

Das war die reine Wahrheit. Grünwald legte seine Hand auf mein Knie und rückte ein Stück näher. Ich mochte es nicht besonders, wenn man mir so nahe kam. Ich rückte meinerseits ein Stück zur Seite.

»Was ich dir nun sage, solltest du ernst nehmen, Leander.«

Vielleicht könnte er jetzt erst mal seine verdammte Hand von meinem Bein nehmen. Das fühlte sich nicht gut an. Ich wich seinem Blick aus und schaute runter zu den anderen, die dort noch immer im Kreis herumrannten. Gott, wäre ich gerne mitgerannt. Was machte ich hier?

Grünwalds Stimme drang unklar an mein Ohr. Ich schaffte es nicht, aufmerksam zuzuhören. Vielmehr überlegte ich, wie ich das Gespräch galant beenden und schnellstens von hier fortkommen könnte.

»Ich habe mir deine Mathematik-Zensuren angesehen, mein Lieber. Das sieht nicht gerade rosig für dich aus. Gar nicht rosig«, meinte Grünwald in mildem Tonfall. Ich hatte immer noch seine Hand auf meinem Bein. Ich klemmte die Knie fest zusammen.

»Ich werd das schon schaffen. Zahlen sind nicht so mein Ding, verstehen Sie?«

Grünwald räusperte sich leise.

»Was ist denn sonst dein Ding?«, fragte er und rückte noch ein Stück näher. Hörte das irgendwann mal wieder auf? Ich hasste es, wenn alte Knacker eine Sprache verwendeten, die nicht ihre war. Das hörte sich immer so verdammt bescheuert an. Vielleicht könnte mich endlich irgendjemand retten.

»Ich könnte dir da schon raushelfen«, hörte ich. »Es gibt da so einige Möglichkeiten. Mittel und Wege, du verstehst?«

Grünwald dachte gar nicht daran, mich gehen zu lassen. Seine Hand wanderte vielmehr aufwärts in Richtung verbotene Zone. Ich erstarrte.

»Dr. Grünwald, genau Sie habe ich gesucht!«

Grünwalds Hand zog sich augenblicklich zurück.

»Was für ein Zufall, dass ich Sie gerade hier treffe. Ich muss unbedingt mit Ihnen über die Klausur nächste Woche sprechen. Haben Sie gerade mal Zeit?«

Ich sprang auf. Staller warf mir einen unfreundlichen Blick zu. Er stand in seinen verschwitzten Sportsachen vor uns und nahm seinen durchdringenden Psychopathenblick nicht von mir. Dass er zu den Schwimmern gehörte, wusste ich, aber dass er jetzt auch noch bei den Läufern mitmischte, war mir neu.

Ich hätte nie gedacht, dass ich für sein Erscheinen irgendwann mal dankbar sein könnte, aber heute war er für genau drei Sekunden mein Held. Genauso lange brauchte ich, um meinen nächsten Satz zu bilden.

»Ich muss dann mal wieder«, sagte ich und rannte ohne einen Blick zurück die Tribüne runter und hinüber zum Pausenhof. Ich war so schnell, dass ich nicht mal eine halbe Minute dafür brauchte. Rekordzeit. Die Pause war noch nicht zu Ende. Wanda stand nach wie vor in der Nähe von Jules, der noch immer allein auf der Treppe saß. Schwer atmend kam ich bei ihr an.

»Was hat dich denn gejagt?«

Ich konnte spüren, dass sie mich kritisch musterte. Ich vermied, ihr ins Gesicht zu sehen. Die Sache war unangenehm genug.

»Das war ja sowieso nur eine Frage der Zeit, bis sich auch der einzige halbwegs Normale in eurer Familie ansteckt. Hirnkrankheit. Wirklich bedauerlich.«

Ein auffallend großer Junge mit bleicher Gesichtsfarbe war zu uns herangetreten. Zu nah, wie ich fand. Viel zu nah, denn er berührte mit seinem Oberschenkel Wandas Hintern. Mit abschätzendem Blick musterte er Jules.

»Ach du meine Güte, Schreiber. Hören wir jetzt wieder ein Kapitel aus deinem Werk: ›Sinn und Unsinn des gesprochenen Wortes?‹ – Das bedeutet maximale Anstrengung. Geh dich ausruhen.«

Wanda drehte sich nicht mal um. Sie war bemüht, ihre Stimme ebenso gelangweilt klingen zu lassen wie zuvor der blonde Junge, der immer noch hinter ihr stand. Martin Schreiber. Seines Zeichens Anwaltssohn. Die Schlimmsten.

»Bist nicht gerade auf den Mund gefallen, Wanda. Aber pass trotzdem auf, was du sagst. Es gibt Tage, an denen ich nicht so gut gelaunt bin wie heute.«

Wanda schob sich langsam einen Erdbeerkaugummi in den Mund.

»Würde sich deine Laune in deiner Sprachgewandtheit widerspiegeln, dann wäre es ein wahres Fest, mit dir zu plaudern«, murmelte sie. »Pack dich, Sonnenschein. Geh und erfreue jemand anderen mit deinem Strahlen. Zieh einfach Leine, Schreiber. Und wenn dich wieder einmal der Wunsch überkommen sollte, mich anzusprechen, dann tu uns beiden einen Gefallen und beachte ihn nicht weiter.«

Schreiber grinste.

»Wir sehen uns, Wanda.«

Er tippte mit zwei Fingern grüßend an seine Stirn, und er und sein fünf Mann starkes Gefolge zogen ab. Warum konnten die eigentlich nie allein sein? Denen mussten ihre eigenen Visagen doch schon zum Hals raushängen.

Ich starrte Wanda an.

»Was ist denn mit dir los, Lea? Wirst du jetzt wirklich matschig im Hirn, oder warum schaust du so blöd?«

Ich brauchte zwei Anläufe.

»Wieso?«, stotterte ich. »Ich meine, warum machst du das?«

»Was meinst du?«

»Warum redest du mit dem?«

Wanda strich mir übers Haar.

»Sag mal, warst du gerade geistig weggetreten, oder hast du einfach nicht verstanden, was ich gesagt habe. Das war doch nur Schreiber. Dass der Kerl dumm wie Brot ist, dafür kann ich doch nichts.«

»Aber du kannst dafür, was du machst. Du weißt genau, was Jules immer zu dir gesagt hat. Du treibst es noch mal so weit, dass weder er noch ich dir wieder raushelfen können.«

»Ach, Lea. Ich ...«

»Nein! Jetzt mal ehrlich, Wanda«, unterbrach ich sie. »Was würdest du tun, wenn er dich wirklich erwischt. Ich meine, allein. Der hat doch immer Maik und Staller oder die anderen Idioten im Schlepptau. Was würde passieren, wenn er dich packt und sich für das rächt, was du ihm ständig an den Kopf wirfst. Denkst du denn gar nicht an so was, wenn du den Mund aufmachst?«

Wanda lehnte ihren Kopf sanft an meine Schulter.

»Du bist süß, wenn du dir Sorgen machst«, sagte sie. »Aber du verstehst gar nichts. Er will mich doch nicht verhauen, wenn er mich erwischt.«

»Will er nicht?«

Sie schüttelte den Kopf.

»Was will er denn dann?« Ich war mit meiner Weisheit am Ende. »Vielleicht so lange auf dich einreden, bis du Migräne kriegst und ohnmächtig zusammenbrichst? Oder glaubst du, der denkt daran, dich allein durch seinen abstoßenden Anblick zu foltern?«

Wanda begann zu lachen.

»Wo hast du so was nur immer her?«

Sie küsste mich schnell auf den Mund. In der Schule war mir

das peinlich. Der aufdringliche Geruch ihres Erdbeerkaugummis stieg mir in die Nase.

»Ich werde dir sagen, was er mit mir machen will.«

Die folgende Pause erschien mir selbst wie Folter. Das war nicht zum Aushalten.

»Er will mich vögeln.«

Sie sagte das, als gäbe es nichts Belangloseres auf der Welt. Das machte mich ehrlich fertig.

»Bitte? Wanda, du bist erst dreizehn!«

»Und? Glaubst du, das stört ihn?«

Manchmal verstand ich dieses Mädchen einfach nicht.

»Na, den vielleicht nicht. Aber mich stört es gewaltig.«

»Warum?«

»Hör mal, du bist meine Schwester.«

»Ist das alles?«

Sie nahm meine Hand und begann mit meinen Fingern zu spielen. Ich konnte die Sache nicht einfach aus meinen Gedanken wischen. Wanda hatte ein Thema berührt, das mich beängstigte. Woher nahm sie diese Gelassenheit?

»Würde dir das gar nichts ausmachen?«, fragte ich.

»Das ist eben so bei Jungs und Mädchen. Irgendwann machen es alle. Sogar du.«

»Aber du kennst den doch gar nicht richtig.«

»Na und? Dazu musst du niemanden bis ganz innendrinnen kennen.«

»Ich will aber nicht, dass du das machst.«

»Es hat doch auch noch Zeit, Lea. Es passiert bestimmt nicht in den nächsten fünf Minuten.«

Ich spürte ihren sanften, aber eigenwilligen Kuss, bei dem sie den Kaugummi mit ihrer Zunge von ihrem in meinen Mund schob. Ein paar Mädchen aus der Nebenklasse hatten uns beobachtet und starrten angewidert zu uns herüber. Wanda grinste und legte ihren Arm demonstrativ um meine Hüfte, während sie mich mit sich zur Geometriestunde zog.

Wandas Worte ließen mich den ganzen Tag über nicht mehr los. Sie hatte es geschafft. Sie war in meinem Kopf.

Wir hatten uns zu früh gefreut. Ich dachte doch wirklich, dass Schreibers blödes Dahergelabere für heute der Höhepunkt seiner ekelhaften Streitsucht war, aber ich wurde eines Besseren belehrt. Der Kerl war noch nicht zufrieden. Er brauchte eine Zusatzvorstellung. Mitten auf dem Schulflur. Gleich nach der sechsten Stunde. Alle durften zusehen. Ein wahres Fest.

Wanda und ich hatten gerade Biologie hinter uns gebracht, und ich war noch nicht recht wach. Wenn ich im nächsten Jahr tatsächlich Frösche und Kuhaugen sezieren müsste, konnte ich die Schule gleich schmeißen. Ich sah Jules, wie er aus dem Chemieraum kam. Schreiber war genau hinter ihm. Warum musste der Kerl immer hinter jemandem stehen, wenn er sein dämliches Maul aufmachte?

»Wisst ihr eigentlich, warum die Japsen so gelb im Gesicht sind?«, fragte er und nahm dabei seinen Blick nicht von Jules Nacken.

»Weil die Trottel immer gegen den Wind pissen.«

Die Lederidioten kriegten sich vor Lachen gar nicht mehr ein. Jules reagierte nicht. Er tat so, als hätte er nichts gehört.

»Himmel! Das sind die Chinesen. Schreiber, du Arsch.«

Wanda stöhnte gequält. Schreiber lief sich da drüben gerade erst warm.

»Sag mal, Lewin. Wie is'n das so, von 'ner Nutte erzogen zu werden? Hört sich echt geil an. Hat die dich wenigstens mal rangelassen?«

Es sah so aus, als würde Jules auch darauf nicht reagieren. Er ging einfach weiter. Die anderen johlten blöd. Alle bis auf Staller, der mich nicht aus den Augen ließ. War das seine neueste Masche, um mich fertig zu machen? Ich sah schnell zur Seite.

»He, Lewin! Jetzt sag schon. Raus mit der Sprache. Wie war sie? Musstest du dafür bezahlen oder hat sie's dir umsonst gemacht?«

Schreiber stieß Jules hart gegen die Schulter. Mein Bruder blieb stehen. Er sah noch immer vor sich auf den Boden. Seine Augen wirkten noch schmaler, als sie es sowieso schon waren. Ich an Schreibers Stelle hätte spätestens jetzt mein Maul gehalten. Aber dieser dämliche Schreiber stand ja noch immer hinter Jules. Also konnte er ihm nicht ins Gesicht sehen. Wanda wollte zu Jules rüber laufen, aber ich packte sie fest am Arm und hielt sie zurück.

»Wanda, nein! Willst du's noch schlimmer machen?«

Ich bekam nur ein Flüstern raus, während ich sie schnell mit beiden Armen umschlang und an mich drückte. Sie ließ die Hände sinken und beobachtete schaulustig wie wir anderen, was sich uns darbot. Schreiber, dieser Arsch. Er konnte einfach nicht genug kriegen. Jules war doch schon blamiert bis auf die Knochen. Alle hatten es mitbekommen. Alle warteten. Keiner sagte einen Ton. Noch unangenehmer konnte es nicht werden. Alle starrten auf Jules und Schreiber. Warum konnte er es für heute nicht gut sein lassen?

»Die war ein echt heißer Feger«, meinte er anerkennend. »Na ja. Wählerisch kann sie nicht gewesen sein, wenn sie's sogar mit Japsen gemacht hat. Liegt bei euch in der Familie. Da weiß doch sowieso keiner mehr, wer's mit wem getrieben hat.«

Jetzt hatten wir das Spektakel. Jules stieß seinen Ellenbogen gerade nach hinten und traf Schreiber hart in die Seite. Dann war nicht länger klar zu erkennen, welcher Körperteil von beiden zu wem gehörte. Sie lagen ineinander verkeilt auf dem Boden des Flures. Es war wie bei einem Meisterschaftswettkampf. Alle schrien durcheinander, während sich die beiden dort unten nichts schenkten. Sie prügelten sich so lange, bis sie gewaltsam durch Dr. Will und Reifenstein voneinander getrennt wurden. Jules blutete heftig aus der Nase, und sein linkes Auge schwoll an. Schreiber keuchte. Er hatte eine dicke Lippe riskiert und kassiert. Außerdem hatte ihm Jules zwei Rippen gebrochen. Damals hieß es, dass Jules die Schule verlassen müsse, falls so etwas noch einmal vorkäme. Wer mit dem Streit angefangen hatte, interessierte keinen. Ein Lewin war in die Sache verwickelt, damit war die Schuldfrage geklärt. Keiner wollte mehr etwas mit ihm zu tun haben.

6

Am Nachmittag kam ich vom Lauftraining nach Hause. Und da jener Tag anscheinend noch nicht ausreichend unangenehme Begegnungen für mich vorgesehen hatte, traf ich zu meinem Glück auf Richard Braun.

Richard Braun, extrem anämisch, um die vierzig, mit bereits schlohweißem Haar. Er hatte erst vor kurzem den Verlag seines Vaters übernommen. Diese typische Vater-Sohn-Sache.

Wie die meisten Söhne war er der Meinung, er müsse die Firma seines Vaters modernisieren. Das hieß so viel wie Neues rein und Altes raus. Ich mochte den Kerl nicht. Im Vergleich zu Richard Braun strotzte Dagobert Duck geradezu vor mitmenschlichem Interesse und Großzügigkeit.

Braun trat aus Mauds Arbeitszimmer, als ich den Flur entlang kam, und ich konnte ihm ansehen, dass er heftigste Qualen litt. Er rieb sich nervös die Hände und wich Mauds Blick ein ums andere Mal aus.

»Maud, Sie wissen doch, dass ich Sie nicht aus Boshaftigkeit darum bitte«, hechelte er. »Unsere Zusammenarbeit ist einfach nicht lukrativ. Weder für Sie noch für mich. Überlegen Sie es sich doch noch einmal.«

Hatte der Kerl gar keine Selbstachtung?

»Mein lieber Richard. Es gibt für mich nichts zu überlegen. Ich bin bei Ihnen gut aufgehoben. Genau wie ich bei Ihrem Herrn Vater gut aufgehoben war, und auch wenn Sie mich heute am liebsten los sein möchten, wird dennoch ein Tag kommen, an dem Sie mehr als glücklich sein werden, dass ich nicht auf Ihr heutiges Angebot eingegangen bin. Vielleicht werden Sie mir dann einen kleinen Hausaltar errichten. Sie wissen schon – goldgerahmt, mit Kerzen und an jedem Tag frische Blumen.«

»Aber, Maud. Verstehen Sie denn nicht ...«, setzte er erneut an, aber Maud unterbrach ihn barsch. Sie behandelte ihn wie ein trotziges Kind. Ich kannte diese Verfahrensweise nur zu gut. Braun hatte keine Chance.

»Haben Sie Geduld«, forderte die alte Frau. »Es wird sich schon lohnen. Haben Sie einfach noch etwas Geduld, mein guter Junge. Wir hören voneinander. Und bis dahin gehaben Sie sich wohl.«

Schlangen wanden sich aus ihrem Haar.

»Weiche, wenn dir dein Leben lieb ist!«, drang es von ihren giftig gespaltenen Zungen. »Nimm die Beine in die Hand und schau dich nicht mehr um!«

Mauds Zimmertür fiel polternd hinter ihr ins Schloss. Unter dem Türspalt drang Rauch hervor.

Nachdem Braun begriffen hatte, dass sie ihn eiskalt abserviert hatte, lief er, heftig mit sich selbst schimpfend, an mir vorbei. Der Kerl sah mich gar nicht. Es freute mich. Leander Lewin mein Name. Ich bin der Unsichtbare in diesem Haus.

In meinem Zimmer ließ ich die Sporttasche fallen und warf mich aufs Bett. Ich hatte jede Menge lateinische Vokabeln zu pauken. Mit dem Mist konnte ich mich jetzt noch den ganzen Abend über rumärgern. Ich hätte laufen sollen. Laufen, so weit ich konnte.

Stattdessen griff ich nach dem Buch und begann zu lernen. Eigentlich lernte ich nicht, sondern las nur immer wieder die gleichen Worte. Irgendwann würden sie schon in meinem Kopf hängen bleiben. Bislang hatte es auf diese Weise immer funktioniert. Ich beschäftigte mich mit toter Materie. Allzu viel Aufmerksamkeit war meiner Meinung nach nicht angebracht.

Ausnahmsweise hatte ich das Zimmer für mich ganz allein. Wanda war beim Ballett-Training. Training! Du meine Güte! Wenn ich mich auf der 400-Meter-Bahn bis zur totalen Erschöpfung abrackerte, dann war das Training. Wenn mir der Schweiß literweise vom Körper tropfte und die Muskeln in meinen Beinen schmerzten, als hätte mich jemand gegen eine Wand geworfen, das war Training. Sich stundenlang ohne Gnade bis zur Selbstaufgabe fordern, das war etwas, was die Bezeichnung Training verdiente. Aber das steife Herumgestöckle zu langweiliger Klaviermusik war eine Beleidigung für dieses Wort.

Andererseits sahen die Mädchen in ihren superengen Trikots, den kurzen Röcken und den beinahe durchsichtigen Strumpfhosen schon nicht übel aus. Vor allem, wenn sie sich mit gestreckten Armen so weit nach vorne beugten, bis ihnen das Tutu am Hintern hochklappte. Dann drehten die sich auch noch superlangsam um sich selbst und so was. Also das konnte mich schon begeistern. Manchmal eben. Nicht immer, aber manchmal hatte es was.

Ich hatte unser Zimmer zwei Nachmittage pro Woche für mich allein. Wenn ich wollte, dann konnte ich mich mit meinen verdreckten Laufschuhen auf die Bettdecke legen, ohne dass jemand deswegen fast einen Herzinfarkt bekam. Ich konnte mir sogar einen runterholen, und keiner kriegte es mit. Außerdem konnte ich alle schmutzigen Wörter aus mir herausschreien, ohne dass ich gleich für einen perversen Schmutzfink gehalten wurde. Das alles konnte ich tun, wenn ich Lust dazu hatte. Hatte ich aber nicht. Ich langweilte mich mit toten Römern herum. Friede ihrer Asche und Ballast für die Schüler des zwanzigsten Jahrhunderts. Ich wurde müde.

»Hast du meinen rosa BH gesehen, Lea?«

Verflucht, hatte sie mich erschreckt! Ich fiel fast vom Bett, als Wanda ohne Vorwarnung ins Zimmer platzte. Sie warf ihre Sporttasche auf den Schreibtisch und kam zu mir aufs Bett. Sie war erhitzt vom Fahrradfahren. Ihre langen Haare lösten sich an manchen Stellen aus dem Knoten in ihrem Nacken.

»Jetzt sag schon. Wo ist das Ding.« Sie knuffte mich unsanft in den Bauch. »Mensch, Lea. Kannst du nicht wenigstens einmal deine verdreckten Schuhe ausziehen, bevor du dich aufs Bett schmeißt?«

»Was?«

Ich war zu faul, um nachzudenken.

»Meine Unterwäsche, Lea. Wo hast du meinen rosa BH verschlampt?«

»Den kenne ich gar nicht«, log ich.

»Du hast noch eine Chance. Wenn du mir nicht sofort antwortest, dann geh ich dir da ran, wo es verdammt weh tut.«

»Meinst du den mit den kleinen Blumen drauf?«

»Ganz genau.«

»Weiß ich nicht.«

»Lea!«

Ich spürte ihre Hand an meiner Hose. Der Spaß war vorbei.

»Schon gut. Moment.«

Ich kramte unter meinem Kopfkissen herum und zog das winzige Stück Stoff hervor.

»Was machst du nur immer damit? Du ziehst ihn doch nicht an, oder?«

Wanda warf ihn hinüber zu ihren Sachen.

»Spinnst du?«

Ich war beleidigt. Nicht, dass ich es nicht schon einmal ausprobiert hätte, aber nur zum Spaß. Also ehrlich. Ich war nicht so einer.

»Schon gut. Nicht böse sein.«

Wanda fuhr mir mit ihrer Hand durchs Haar. Was hatten die Weiber immer mit der Streichelei? Ich drehte den Kopf zur Seite.

»Soll ich dich abhören?«, fragte sie.

»In Ordnung. Aber erwarte nicht zu viel.«

Ich verschränkte die Arme hinter dem Kopf. Wanda nahm das Buch und setzte sich mir gegenüber in die Fensternische.

»Also gut. Mal sehen ...«, begann sie.

Ein kreischendes Geräusch ertönte auf dem Flur. Es klang nicht menschlich, so viel stand fest. Aber diese Gewissheit beruhigte mich trotzdem nicht.

Ich sah gerade noch, wie unser Kater mit buschigem Schwanz und panischem Gesichtsausdruck aus Jules Zimmer heraus und an uns vorbei die Treppe hinunterschoss. Das verschreckte Tier dachte nur noch an Flucht. Gleich darauf hörten wir Jules lachen. Es musste Jules sein, denn es war eindeutig das Lachen meines Bruders. Er hörte sich dabei an wie ein stotternder Motor, kurz vor dem Absaufen.

Wir bewegten uns langsam auf Jules Zimmer zu. Seine Tür war nur angelehnt. In unserem Haus haben wir überall uralte Türen von drei Metern Höhe. Vermaledeite Dinger. Man muss sich mit seinem ganzen Körpergewicht dagegen lehnen, damit sich die schweren Teile überhaupt bewegen. Jules lachte immer noch wie verrückt. Seit Tagen bekam er den Mund nicht auf, und jetzt amüsierte ihn irgendwas wie blöd. Etwas sagte mir, dass ich lieber hinter Wagner hätte herrennen sollen.

Wanda drückte die Tür auf. Jules hockte mit angezogenen Beinen mitten auf seinem Bett. Neben ihm saß eine aufrechte Gestalt mit langem blonden Zopf. Die beiden blätterten in einem Buch. Jules sah zu uns herüber. Sein bleiches Gesicht strahlte.

Emma stand mit vor Entzücken geöffnetem Mund neben mir. Die Gestalt drehte sich zu uns um. Mir wurde eiskalt. Mir wurde klar, warum Wagner geflohen war. Das hier war nicht richtig. Emma zupfte an meinem Hemd.

»Sie ist wieder da«, flüsterte sie. »Ich wusste es doch. Siehst du. Sie ist wieder da.« Es war eine regelrechte Marotte von Emma, immer alles zweimal zu sagen. Das konnte einen in den Wahnsinn treiben.

Ich wusste, dass Olympe tot war. Ihr Körper lag kalt und leblos im Kühlschrank der Leichenhalle. Trotzdem beugte sie sich zu Jules und küsste ihn auf die Stirn. Danach war sie verschwunden. Sie war einfach weg, und nur das Buch, welches sie kurz zuvor noch in den Händen gehalten hatte, lag neben Jules auf der zurückgeschlagenen Bettdecke.

Er schob es unter sein Kopfkissen, zog die Bettdecke über sich und knipste das Licht aus. Mir war kalt. Wir waren allesamt irre und würden jede Hilfe brauchen, die wir kriegen konnten.

Während des Gottesdienstes am nächsten Morgen stand der mit weißen Nelken geschmückte Sarg in der Mitte der kleinen Kapelle des katholischen Friedhofs. Die Kirche war bis zum letzten Platz besetzt. Dafür, dass keiner von denen Olympe gekannt hatte, heuchelten sie enorme Anteilnahme. Pfarrer Grimm bemühte sich wahrlich, die Trauerrede nicht allzu lang ausfallen zu lassen. Olympes Vergangenheit, die jetzt ohnehin jeder zur Genüge kannte, erwähnte er mit keinem Wort.

Wir saßen, entgegen Wandas und meiner Gewohnheit, in der ersten Reihe. Alles war wunderschön mit weißen Nelken geschmückt. Olympe mochte Nelken nicht besonders. Am wenigsten die weißen. Sie sagte einmal, dass sich diese Blumen höchstens für Trauergottesdienste eigneten. Sie hatte Recht behalten. Weiße Nelken waren perfekt. Während Grimm sprach, erhob sich Emma von ihrem Platz. Ich wollte sie noch zurückhalten, griff aber ins Leere.

Sie ging unter Pfarrer Grimms verwundertem Blick an der Kanzel vorbei und blieb vor dem Sarg stehen. Ihre kleine Hand strich sanft über das blond schimmernde Haar, das zu zwei Zöpfen geflochten um Olympes bleiches Gesicht gelegt war. Das Mädchen betrachtete gewohnt ernsthaft die Züge der geliebten Frau, ehe es sich niederbeugte und Olympes leblose Lippen küsste.

In mir zog sich alles zusammen. Tränen standen mir in den Augen. Ich bekam das Gefühl, dass ich jetzt sofort laut schreien müsste, wenn ich überhaupt jemals wieder atmen wollte. Ich erwürgte meine eigene Stimme. Wandas Finger drückten meine Hand ganz fest, und ich legte meinen Kopf an ihre Schulter.

Emma starrte in Olympes Gesicht.

»Jetzt komm schon, Olympe«, murmelte sie. »Worauf wartest du denn noch?«

Jules legte seine Hände auf Emmas Schultern. Die Kleine drehte sich um und blickte sorgenvoll zu ihm auf.

»Warum funktioniert es denn nicht? Warum wacht sie nicht auf?«

Jules zuckte ratlos mit den Schultern. Da huschte ein hoffnungsvolles Lächeln über Emmas Gesicht.

»Du musst es tun, Julie. Ja, natürlich. Ja«, wisperte sie. »Es muss ein Prinz sein, sonst geht es nicht. Sonst geht es nicht.«

Jules wirkte einen Moment unschlüssig. Dann tat er, um was ihn unsere Schwester gebeten hatte. Er nahm Olympes Gesicht in seine Hände und küsste sie sanft auf den Mund. Ein Raunen ging durch die Reihen. Warum gingen nicht endlich alle nach Hause? Keiner hatte sie eingeladen.

Emma legte ihre Arme um Jules Hüften, und gemeinsam warteten sie, was passieren würde. Wir alle warteten. Wäre sie doch wieder aufgewacht. Wozu brauchten wir die ganzen Geschichten, wenn sie im wahren Leben nicht funktionierten?

Als wir die Kirche verließen, ging eine sichtlich betrübte Emma ein Stück hinter uns. Mit gesenktem Kopf schlich sie an der Kirchenmauer entlang.

Es war nicht mehr zu ändern. Wir mussten Olympe gehen lassen. Ich blieb stehen und streckte Emma meine Hand entgegen. Meine kleine Schwester kaute gedankenverloren an ihrer Unterlippe. Dabei fingerte sie unablässig an einer mittlerweile erbärmlich wirkenden weißen Nelke herum, die sie von Olympes Sarg genommen hatte. Ich strich über ihre blonden Locken. Emma blickte zu mir auf. Hellgrüne Tränen glitzerten in ihren Augen. Sie streckte mir beide Arme entgegen, und ich hob sie hoch. Ihre weiche Kinderwange lag an meinem Hals.

»Es war das falsche Märchen, Lea«, flüsterte sie. »Das falsche Märchen.«

7

Wahnsinn ist nicht ansteckend. Man trägt ihn, wenn schon, genetisch in sich. Die Person, die mir zu dieser Weisheit verhalf, wehrte sich nicht gegen die Therapie. Meistens grinste er nur, bevor er mit einer eindeutigen Grimasse auf dem Gesicht bei Dr. Petrus im Behandlungszimmer verschwand. Jules Ansicht nach war das Programm total überflüssig, und wenn ich ehrlich sein sollte, dann musste ich ihm Recht geben. Was war es denn schon, was mit ihm nicht stimmte?

Er war eben Jules. Er ging zur Schule, sein glänzender Notendurchschnitt veränderte sich nicht, und er war nach wie vor der Beste in der Schwimmermannschaft. Anfangs nannten ihn die anderen hinter seinem Rücken den *Killerwal*, was aber nach ein paar Wochen auch seinen Reiz verlor, und nach über einem Jahr des Schweigens schien es, als wäre es nie anders gewesen. Wenn man sich jetzt mit Jules unterhalten wollte, dann musste man sich über den einseitigen Verlauf des Gesprächs im Klaren sein. Jules hörte zu. Er nickte oder schüttelte den Kopf. Und nur, wenn ihm etwas ungemein wichtig erschien, dann schrieb er auch schon mal ein paar erklärende Worte auf ein Stück Papier, welches er uns dann über den Tisch schob. Ich fand, es gab Seltsameres als meinen Bruder.

Immer wenn ich Jules zu seinen Sitzungen begleitete, sah ich dieses Mädchen. Sie stand unweit des Haupteinganges und starrte gezielt an uns vorbei. Ihr Name war Rahel. Damals war sie wohl fünfzehn Jahre alt, und ich sah sie nie ohne diesen enorm dicken, roten Rollkragenpullover. Sie trennte sich nicht mal jetzt im Hochsommer von dem Ding, wenn jeder normale Mensch froh darüber war, diese Art von Klamotten endlich los zu sein. Sie war schon seit Jahren in der Anstalt, und es sah nicht so aus, als wenn sie diesen Ort in naheliegender Zukunft wieder verlassen würde.

Während mein verrückter Bruder Dr. Petrus und ihren Versuch, ihn aus seiner Schweigsamkeit zu locken, über sich ergehen ließ und unsere Mutter sich eine weitere Tasse Kaffee im Schwesternzimmer holte, fasste ich den fatalen Entschluss, Rahel anzusprechen.

Ich lehnte mich neben sie. Wie immer starrte sie vor sich auf den Boden. Die Morgensonne, die durch die großen Panoramafenster in den Klinikflur schien, brachte die kleinen bunten Glasstückchen in den Bodenfliesen zum Leuchten. Der ganze Boden glitzerte. Ich sah hinaus auf den Vorplatz der Klinik. Egal, wie ich die Worte in meinem Kopf auch hin und her schob, mir fiel nichts wirklich Gutes ein, womit ich ein Gespräch hätte beginnen können.

Ich betrachtete das Mädchen neben mir. Ihr schwarzes Haar war ein ganzes Stück länger als noch vor fünfzehn Monaten, als ich sie zum ersten Mal gesehen hatte, es reichte ihr bis zum Kinn. Aber dennoch wirkte sie jungenhaft. Sie war wie eine dieser steinernen Figuren, die zu Dutzenden draußen im Park herumstanden. Irgendwie starr und geschlechtslos.

Ihre Augen, mit denen sie pausenlos die blankpolierten Bodenfliesen zu ihren Füßen fixierte, waren von derselben dunklen Farbe wie ihr Haar, und sie war so schmal, dass ich mich fragte, wie sich dieses blutleere Wesen auf seinen dürren Beinen überhaupt fortbewegen konnte, ohne dass sie unter ihr einknickten wie staubtrockene Grashalme.

Das Einzige, was sich an ihrem steifen Körper bewegte, waren die knochigen Hände. Die Finger waren ständig damit beschäftigt, sich gegenseitig zu umklammern und wieder loszulassen. Sie hatte leuchtend rote Flecken an den Knöcheln von der ewigen Drückerei. Ich sah mir das eine Weile an, bevor ich all meinen Mut zusammennahm und sie ansprach.

»Hallo«, sagte ich übersprudelnd vor Originalität. Sie rührte sich nicht. Ich versuchte es noch einmal. Diesmal eine Spur lauter.

»Ich hab dich hier schon ziemlich oft gesehen.«

Nichts.

»Ich begleite meinen Bruder. Er ist seit einem Jahr ein bisschen durchgedreht.«

Ich biss die Zähne fest zusammen. Die letzte Bemerkung kam zwar aus meinem Mund, aber ich wusste wirklich nicht, wo dieser ausgemachte Blödsinn hergekommen war. Ich hätte mir keine Sorgen machen müssen. Sie blinzelte nicht mal.

Bei meinem nächsten »Hallo . . . ?« tippte ich nur einmal ganz leicht gegen ihren kantigen Ellenbogen. Das war ein Fehler. Im gleichen Augenblick, in dem ich es tat, schnellte sie zu mir herüber und verpasste mir eine solche Ohrfeige, dass ich ein paar Schritte zurücktaumelte.

»Fass mich nicht an! Fass mich nie wieder an, du Scheißkerl!«, schrie sie.

Das hatte ich auch ganz ehrlich nicht mehr vor. Ehrenwort. Diese Stimme. Wie das schräge Kratzen einer ungeölten Fahrradkette.

»Ist ja gut«, schrie ich zurück.

Sie reagierte gar nicht. Gott, das gab wieder mal den ersten Preis beim Aufmerksamkeitswettbewerb. Ja, schaut nur alle her und denkt euch euren Teil. Dumm dreinschauender Kerl und laut kreischendes Mädchen, das konnte nur eines bedeuten: Voll danebengegangen.

Ihre Stimme klang, als wäre sie eingerostet. Das hatte ohne Frage seinen Sinn. Es war fürchterlich. In manchen Zivilisationen wurden weibliche Stimmen zu Folterzwecken benutzt. Eine ausgesprochen effektive Methode. Bei Rahel hätte ich sofort alles erzählt.

Sie schrie immer noch, dass ich sie nicht anfassen dürfe, als sie von zwei Pflegern fortgeführt wurde. Sie tat gerade so, als hätte ich Sex von ihr verlangt. Gab es ein einziges Mädchen auf der Welt, das nicht nach mir schlug? Meine Mutter kam aus dem Schwesternzimmer gelaufen.

»Lea! Was ist denn hier los?«, fragte sie. »Was hast du denn nur mit dem armen Mädchen angestellt?«

»Was ich mit ihr angestellt habe?«, fragte ich zurück. »Frag mal lieber, was sie mit mir gemacht hat. Die hat mir eine geknallt, nur weil ich ›Hallo‹ gesagt hab. Die hat doch ’ne totale Macke. Also ehrlich, die ist gemeingefährlich. So was müsste man einsperren.«

»Na, deswegen wird sie ja wohl auch hier sein, nicht wahr?«

Meine Mutter legte ihren Arm um mich.

»Geh hinaus in den Park. Ich hole dich, sobald Jules hier fertig ist.«

»Versprochen?«

»Aber ja. Ich lass dich schon nicht hier.«

Sie lächelte. Ich war mir nicht sicher, ob ich ihr trauen konnte.

»In Ordnung. Aber wenn ich um halb acht immer noch da draußen bei den Bekloppten sitze, dann fang ich an zu schreien.«

»Jetzt geh schon, mein Engel.«

Alarmstufe Rot! Wenn ich mich jetzt nicht schnell aus dem Staub machte, dann würde sie mich noch an die Brust legen.

Ich schlurfte die steinernen Stufen in den Klinikpark hinunter. Hier sah es aus wie bei Hofe im dekadenten Frankreich zur Zeit von Louis XIV. Kunstvoll gestutzte Buchsbaumhecken und beeindruckend wuchernde Blumenrabatten unter jahrhundertealten Baumriesen. Prima, wenn nur nicht all die Verrückten hier rumlungern würden.

»Er ist unter uns. Ja! Hüte dich vor seinen Häschern. Er ist unter uns und er wird dich holen. Ja! Uns alle wird er holen. Er kennt dich. Ja! Amen!«

Es gab sie also wirklich. Ja! Die irren Typen, die in jedem billigen Psychostreifen vorkamen. Der Kerl zu meiner Rechten sah aus wie Rocky Balboa und machte den Eindruck, als würde er jedem hier, und besonders mir, allzu gerne mal in die Fresse hauen. Ich machte einen weiten Bogen um ihn. Ich eignete mich nicht besonders gut als Sparring-Partner. Ich vergaß immer die Deckung. Ja. Amen.

Ich überquerte die große Wiese und setzte mich etwas abseits auf eine der Schnörkelbänke, nahe des Springbrunnens. Ein dünner Wasserstrahl schoss aus den wulstigen Lippen eines gewaltigen Goldfischs, oder war es ein Karpfen? Wo lag der Unterschied?

Ich lehnte mich zurück und schloss die Augen. Die metallene Rückenlehne ließ mich schmerzlich jeden Wirbel meines Rückgrats spüren. Wie konnte man auf den Dingern nur sitzen? Wie machte man das, ohne dabei an etwas anderes zu denken als an körperlichen Schmerz?

»Geht es Ihnen nicht gut?«

Der Schreck fuhr mir durchs Gebein. Wo, zum Henker, konnte man auf diesem überbevölkerten Erdball endlich mal allein sein?

»Was?«

Ich klang nicht gerade freundlich.

»Entschuldigen Sie bitte. Aber ich habe Sie hier noch nie zuvor gesehen und da wollte ich mich kurz vorstellen. Ehrlich. Es ist mir ein Vergnügen.«

Vor mir stand ein Kerl in weißem Kittel. Er stand da mit einem derart süßlichen Lächeln im Gesicht, dass ich mir vorkam, als sei ich wieder sechs Jahre alt und der Nikolaus schenkte mir einen Schokoriegel. Jetzt hielt er mir auch noch die Hand entgegen. Ich zögerte, ehe ich sie dann doch ergriff.

»Ja«, hörte ich mich sagen. »Ich meine natürlich, ebenfalls. Es freut mich auch. Leander Lewin.«

Ich würde jetzt gern meine Hand wieder haben. Wie sagte man das zu einem Psychodoktor, ohne dessen fachliche Aufmerksamkeit zu erregen? Ich hatte Glück. Er ließ mich von selbst los.

»Darf ich?«

Er zeigte auf den Platz neben mir. Anscheinend wollte er sich zu mir setzen. Ich rutschte ein Stück zur Seite.

»Natürlich. Ist nicht meine Bank. Ich sitze hier nur. Nicht sehr bequem übrigens.«

Warum redete ich nur so viel? Einfach den Mund halten und an nichts denken. Die beste Methode, um jemanden loszuwerden.

»Ist das nicht ein wundervoller Tag? Und das im August. Nicht zu heiß, aber doch gerade so warm, dass es einen nicht fröstelt. Perfekt, nicht wahr?«

Er hatte angefangen. Vielleicht hätte ich ihn nicht einladen sollen, sich zu setzen. Andererseits war ich hier nicht zu Hause. Jetzt war es sowieso zu spät.

»Kaugummi?«

Er hielt mir einen Wrigley-Doublemint unter die Nase. Ich hasste dieses Zeug und winkte ab.

»Nein danke. Ich gehöre zur Big-Red-Fraktion.«

»Ach. Also ich bekomme von Zimtaroma Allergie.«

Er schüttelte sich und begann aus dem Kaugummipapier kleine Boote zu bauen. Ein silbernes und ein grünes.

»Ich muss den nur eine Minute im Mund haben und ich schwelle an wie ein Heißluftballon.«

Er kicherte vor sich hin. Hatte er nichts zu tun? Hier gab es doch haufenweise Arbeit für einen wie ihn.

»Also wirklich. Kein verständliches Wort bringe ich mehr raus. Meine Zunge wird so dick, dass ich bald keine Luft mehr bekomme. Korkenmetamorphose. Es dauert Tage, bis sich das dann wieder normalisiert. Ausgesprochen unangenehm.«

Er zeigte mir sein silbernes Miniaturboot. Dabei sah er mich an, als wenn er sich ein Lob oder wenigstens Anerkennung für sein Handwerk erhoffte. Ich nickte, und es ging weiter.

»Die Luftschifffahrt ist eine heikle und subtile Angelegenheit. Sobald man den sicheren Boden unter seinen Füßen verlässt, liefert man sich den Elementen bedingungslos aus. Der größtmögliche Vertrauensbeweis an die Schöpfung. Verstehen Sie? Haben Sie bereits einmal an einer Ballon-Fahrt teilgenommen?«

Ich schüttelte den Kopf. Das fehlte noch. Ich und die Höhe vertrugen uns nicht besonders.

»Also, das ist ein Erlebnis, das ich wirklich nicht missen möchte. Elementar, verstehen Sie? Hat mich genauso beeindruckt wie meine erste Krikotomie.«

»Ihre erste was?«

Der Kerl quatschte mir so die Hucke voll, dass ich mir nur durch die Beteiligung am Gespräch das Gähnen verkneifen konnte.

»Krikotomie, mein Freund. Das ist die operative Spaltung des Ringknorpels der Luftröhre. Bei drohender Erstickung ist es nötig, die Atmung von außerhalb zu gewährleisten. Also schnappen Sie sich einen scharfen Gegenstand und ran an den Speck.«

Er griff mir an die Kehle.

»Genau hier. Spüren Sie das? Hier. Das ist genau die richtige Stelle. Einstechen und durchtrennen. Danach ist alles paletti. Kaugummi?«

Er hatte einen enorm festen Griff. Ich begann zu husten.

»Oh. Ich vergaß. Mein Fehler. Verzeihen Sie bitte.«

Er steckte die Packung Doublemint in seinen Kittel zurück und stand auf.

»Ich muss jetzt weiter. Es hat mich gefreut, Sie kennen zu lernen, Alexander Lenin. Vielleicht treffen wir uns einmal wieder. Würde mich in der Tat freuen.«

Damit schritt er eilig davon.

»Lea! Kommst du?«

Meine Mutter winkte. Ich rannte so schnell ich konnte.

Nachmittags um vier kam Maud zu mir in die Bibliothek. Ich hatte mich auf dem dunkelbraunen Ledersofa ausgestreckt, das bei jeder meiner Bewegungen knarzte. Die Augusthitze war hier am besten zu ertragen.

Die Bibliothek war das nördlichste Zimmer und lag zwischen dem Wohnzimmer und dem oberen Flur. Eine Etage für sich. Ein Zwischenstockwerk. Der Raum war so hoch wie die Halle. An die achteinhalb Meter Höhe. Früher war unser Haus ein Kloster für ein gutes Dutzend Franziskanermönche.

Warum die in ein so abgelegenes Gemäuer gesteckt wurden? Keine Ahnung. Vielleicht war es eine Art Knast für Kerle, die sie im eigentlichen Kloster nicht mehr haben wollten. Wenn man die lästigen Sünder schon nicht von den Klippen stoßen konnte, dann schickte man sie wenigstens ins Exil.

Die Bibliothek war der einzige Teil des Hauses ohne Heizung.

Im Winter war es hier kälter als in einer Grabkammer, aber im Sommer gab es keinen angenehmeren Raum im ganzen Haus. Die Wände waren vom Boden bis zur Decke mit Büchern vollgestopft. Regale über Regale, in denen jede Menge alter Schinken in teilweise ausgestorbenen Sprachen vor sich hin schlummerten. Ich war in bester Gesellschaft. Das Gehirn völlig ausschalten. Das war meine Vorstellung vom Himmel auf Erden. Ich hätte mir so einiges ersparen können, hätte ich nur ab und zu auf meinen verkümmerten Verstand vertraut.

»Leander, darf ich dich kurz stören?«

Ich war zu faul, um die Augen zu öffnen.

»Klar. Was gibt's, Maud?«

Ich hörte, wie sie die fünf glatten Stufen zu mir herunterkam. Der Saum ihres langen Rocks schleifte schwer über den Steinboden.

»Liebling. Ich habe mir etwas überlegt. Ich dachte mir, dass es von Vorteil wäre, wenn du dich in den kommenden Wochen mit Mathematik beschäftigen würdest.«

Ich legte beide Arme übers Gesicht und stöhnte. Wie konnte sie mir das antun? Bereits am zweiten Ferientag konfrontierte sie mich mit der Geißel meiner Existenz. Ich hatte das Schuljahr doch geschafft. Mit Ach und Krach, zugegeben. Aber warum musste sie jetzt schon wieder damit anfangen. Meine Großmutter hatte sich fest vorgenommen, mein Leben zu ruinieren.

»Ach, Maud«, brummte ich und hätte sonst etwas darum gegeben, das Gespräch zu beenden.

»Nein, mein Herz. Wenn du die Vorgänge des vergangenen Jahres nicht wirklich beherrschst, dann wirst du diese Lücke nie wieder schließen können. Also habe ich die perfekte Lösung gefunden. Dein Freund Ralph wird dir helfen.«

»Was?«

Ich sprang auf, wie von der Tarantel gestochen. Ich war hellwach. Da stand er. Neben Maud. Verräterin! Wie konnte sie mir das antun? Staller! Meine eigene Großmutter kooperierte mit dem Feind. Maud hatte sich bei Staller untergehakt und lächelte.

»Das ist die perfekte Lösung. Freunde, die sich gegenseitig helfen. Ist das nicht wundervoll?«

Grausam. Das war das richtige Wort dafür. Ich hatte mich das vergangene Jahr über von ihm und seinen Kumpanen fern gehalten. Ich hatte ihn monatelang nicht mal gesehen, geschweige denn vermisst. Das letzte Schuljahr war großartig verlaufen. Ohne Schlägereien. Ohne Beleidigungen und ohne gebrochene Nasen. Ich war fünfzehn Jahre alt und mit meinem Leben zufrieden. Warum also tat sie mir das an?

»Das ist nicht dein Ernst.«

Worte. Überzeugende Worte, und zwar viele davon. Jetzt sofort.

»Aber, Maud. Das geht nicht«, stammelte ich. »Ich meine, du hättest mich doch wenigstens fragen können, oder? Außerdem hat er sowieso keine Zeit. Stimmt's, Staller?«

Ich nickte ihm übertrieben zu, aber der Kerl reagierte gar nicht.

»Das geht schon klar«, meinte er.

Ich war einer Ohnmacht nahe. Das konnte doch alles nicht wahr sein. Wie kam sie nur auf Staller? Was sollte ich von einem Hohlkopf wie ihm schon groß lernen? Etwa, wie man einen Zigarettenautomaten ausräumt oder alten Muttchen die Handtaschen raubt? Ich musste irgendwie aus der Geschichte rauskommen.

»Komm schon, Maud«, schmeichelte ich. »Wanda kann mir helfen. Das macht sie doch immer.«

»Du weißt ganz genau, dass deine Schwester nicht die Geduld aufbringt, mit dir zu lernen. Ich lasse euch jetzt allein. Ihr könnt alles miteinander besprechen.«

Sie drehte sich um und stieg die Treppenstufen nach oben. Bevor sie zur Tür hinausging, warf sie mir noch einen eindringlichen Blick zu.

»Schatz«, sagte sie. »Du weißt, dass es das Richtige für dich ist. Also verdirb es nicht.«

Ich antwortete nicht.

»Ihr habt euch richtig gern, was?«

Staller lümmelte gewohnt lässig in der Ecke.

»Was?«

Wollte er sich jetzt wirklich unterhalten?

»Na ja. Schatz hier und Schatz da.«

Er sah sich interessiert im Raum um. Jetzt zog er eines der staubigen Bücher aus dem Regal.

»Hör zu. Ich halte das für keine gute Idee. Wir sollten das lieber lassen.«

»Warum?«

Er blätterte das Buch durch und stellte es zurück. Dann nahm er sich das nächste vor. Er machte es mir nicht gerade leicht. Ich konnte ihm doch nicht ins Gesicht sagen, wie wenig ich von ihm hielt.

»Warum?«

Ich verstand den Kerl nicht. Wir mochten uns nicht. Wir hatten uns nie gemocht. Ganz im Gegenteil. Wollte er, dass ich es ihm buchstabierte?

»Du hältst mich für ein totales Arschloch, richtig?« sagte er, während er sich immer noch seelenruhig die Bücher ansah. Konnte er Gedanken lesen?

»Na ja. Mistkerl tut's auch«, entgegnete ich vorsichtig.

Staller grinste. Er klappte den alten Schinken zu, dass es staubte.

»Lass uns anfangen«, sagte er.

»Hast du überhaupt Ahnung davon?«

Er steckte die Hände in die hinteren Hosentaschen und schaute mich an, ohne einmal zu blinzeln. Ich hasste Leute mit einem derart riesigen Selbstvertrauen, dass ich mir noch unbedeutender vorkam als sonst schon.

»Also hast du oder hast du nicht?«, hakte ich nach.

»Ich komm so klar.«

»Ich will meine Zeit nicht verschwenden.«

»Wer braucht hier Hilfe?«

»Hab dich nicht gebeten.«

Unfreundlich, ich weiß. Aber bei Typen, mit denen man nicht befreundet war, konnte man sich das ab und zu leisten.

»Na, dann kann ich ja wieder gehen.«

Er klopfte eine Zigarette aus dem verknautschten Päckchen, das er zuvor aus seiner Jeans gezogen hatte.

»Von mir aus.«

War ich gelassen. Ich hatte die Sache im Griff.

»Also dann.«

Er drehte sich um und war weg. Gott sei Dank. Ich war gerettet. Das hätte mir noch gefehlt. Ralph Staller erteilte Leander Lewin Mathematik-Nachhilfe. In den Sommerferien. Zur besten Zeit meines Lebens. Wäre ja noch schöner. Ich ließ mich zurück aufs Sofa fallen. Dr. Grünwald hatte mich nicht noch einmal auf meine Zensuren hin angesprochen. Manchmal fixierte mich sein kurzsichtiger Blick nach dem Unterricht, aber er hielt sich zurück. War mir ganz recht so. Der Kerl war mir nicht geheuer.

»Leander Lewin! Bewege deinen Hintern sofort hier herunter!«

Maud klang wütend. Meine Güte, klang sie wütend. Ich griff nach meinen Laufschuhen, die neben dem Sofa auf dem Boden lagen. Eine Sekunde überlegte ich, ob ich schnell verschwinden sollte, aber ich war kein kleiner Junge mehr. Ich musste mich der Sache stellen.

Ich sah über das Galeriegeländer hinunter in die Halle. Die schwarzweißen Bodenfliesen wirkten wie ein überdimensionales Schachbrett. Es schien, als trüge sich die Dame mit dem Gedanken, den Bauern zu schlagen. Ich war verloren. Schach matt.

Maud und Staller standen beisammen, und es sah aus, als wolle Staller wirklich gehen. Wenn Maud ihn doch nur ließe. Scheißegal, wohin. Nur weit weg von hier.

»Wenn er nicht will, dann kann ich das auch nicht ändern«, sagte er gerade. »Er wird schon wissen, wie er zurechtkommt.« Der Kerl war noch immer die Freundlichkeit in Person. Ich hatte gehört, dass das bei gespaltenen Persönlichkeiten oft vorkommt. Auf der einen Seite können sie kein Wässerchen trüben, und auf der anderen verhielten sie sich wie die letzten Vollidioten, und beim kleinsten falschen Wort hauen sie dir aufs Maul, dass es nur so klatscht. Staller war eindeutig ein Psycho. Einer, vor dem man sich in Acht nehmen musste.

Die Treppe nahm heute kein Ende. Mir fiel nichts mehr ein,

womit ich mich hätte retten können. Maud sah mich entrüstet an.

»Bist du eigentlich noch ganz bei Trost?«, schalt sie. »Da ist jemand, der dir helfen möchte, und du hast nichts anderes zu tun, als ihn zu vergraulen?«

»Darum geht es doch gar nicht.«

Ich setzte mich auf die unterste Stufe und schnürte meine Sportschuhe.

»Ach, und um was geht es dann?«, fragte sie. »Was ist denn, um Himmels willen, dein Problem?«

»Mein Problem ist ...«, ich kam ins Stammeln. »... dass du mich hättest fragen sollen, ehe du über mich und meine Ferien bestimmst, Maud.«

Maud Lewin zog die Augenbrauen hoch. Sie amüsierte sich. Verdammt, was hatte ich Komisches gesagt?

»Du glaubst also wirklich, dass alles in Ordnung ist, Leander?«

Konnte sie nicht endlich mit all diesen Fragen aufhören? Das machte sie nur, um mich kleinzukriegen. Sogar ihr Schatz-Gesäusel wäre mir jetzt tausendmal lieber gewesen. Nun legte sie auch noch den Kopf zur Seite und verschränkte die Arme auf dem Rücken. Verfluchter Mist!

»Dann kannst du mir sicher auch erklären, wie das *Mangelhaft* mit dem Hang zum *Ungenügend* in dein Jahreszeugnis gelangen konnte, wenn doch alles in bester Ordnung ist?«

»Können wir nicht endlich damit aufhören, Maud? Bitte! Ich verspreche dir, dass ich das allein hinkriege, o.k.?«

Ich war eine Maus. Eine kleine, weiße Maus, die wie verrückt in ihrem Laufrad herumsauste. Ich wurde zu schnell. Nicht mehr lange und ich käme ins Schleudern.

»Ich habe Ralph diese Beschäftigung angeboten«, erklärte Maud. »Wir haben eine Vereinbarung getroffen. Ich habe dich nicht gefragt, das ist schon wahr, aber es ändert nichts mehr. Denke bloß nicht, dein Freund macht das umsonst.«

Sie strich ihren Rock glatt. Derweil lächelte sie liebenswürdig auf mich herunter.

»Er hätte sicherlich Angenehmeres zu tun, als einem Sturkopf wie dir die Grundzüge der Algebra zu erklären«, sagte sie. »Aber er opfert dir seine Zeit. Also sei um des Himmels Willen etwas dankbarer, mein Engel. Du musst dich ja nicht gleich in ihn verlieben. Es geht lediglich um Mathematik, mein Prinz.«

Sie strich mir zart durchs Haar. Ich reagierte nicht. Ihr Griff wurde fester.

»Ich denke, du hast mich verstanden«, raunte sie mir zu.

Ich hatte die Drohung in der Tat verstanden. Sie raffte ihren Rock, stieg die Treppe hinauf und ließ mich in ihrem Plan zurück. Warum hatte ich eigentlich gekämpft? Ich hatte von Anfang an keine Chance. Die Ferien konnte ich vergessen.

Ich starrte auf meine staubigen Schnürsenkel. Staller ging nach draußen. Ich hasste so etwas. Ich hasste es wirklich. Wenn er dachte, dass ich ihm hinterherliefe, dann hatte er sich getäuscht. Ich hatte mehr Ärger am Hals, als ich eingeplant hatte. Meine Handflächen klatschten zornig auf die Stufe, während ich mich abstieß. Staller stand an die Gartenmauer gelehnt und steckte sich eine seiner idiotischen Zigaretten an. Langsam blies er den Rauch in mein Gesicht.

»Alles klar?«, fragte er.

»Von mir aus«, sagte ich.

»Also wann?«

»Halb sieben.«

»Geht nicht.«

»Sieben?«

»Halb acht.«

»Wenn's sein muss.«

Ich lief los. Durch den Obstgarten, über die Mauer in Richtung Wald. Heute würde ich lange laufen. Sehr lange. Vielleicht käme ich auch gar nicht mehr zurück.

»Du machst was?«

Wanda war entsetzt.

»Ich hab die Sache nicht eingefädelt«, beteuerte ich. »Kannst du mir glauben.«

Völlig außer Atem ließ ich mich aufs Bett fallen.

»Warum machst du es dann?«

Sie schlug grob mit der Hand gegen mein Bein.

»Runter mit den verdammten Schuhen, Lea!«

Ich richtete mich wieder auf und begann die Schnürsenkel meiner Laufschuhe zu lösen.

»Maud lässt mich da nicht mehr raus. Weiß der Teufel, was sie mit dem abgemacht hat. Aber egal, was die beiden da geklüngelt haben, ich bin im Arsch.«

Meine Schuhe flogen gegen die Tür.

»Du versaust meine Ferien, Lea!«

»Ich versaue deine Ferien? Und was ist mit mir?«

»Wen interessiert das?«

»Na, mich vielleicht?«

»Verdammt, Lea!«

Sie ließ sich zu mir aufs Bett fallen und legte ihren Kopf auf meinen Bauch. Eine Weile sagte keiner etwas. Dann nahm sie meine Hand und legte ihre Handfläche an meine.

»Siehst du?«, fragte sie.

»Was?«

»Du bist immer ein Stück voraus.«

Meine Hände waren größer als ihre. Das war aber auch die einzige Sache, bei der ich ihr voraus war. Ansonsten hielt ich mich brav hinter ihr.

»Kunststück«, sagte ich. »Ich bin auch ein Kerl. Meine Hände müssen größer sein.«

»Und warum?«

»Weil ich dich beschützen muss.«

»Wovor denn?«

Ich überlegte.

»Vielleicht vor dir selbst.«

Sie sagte nichts mehr. Ich überlegte, ob ich sie vielleicht verärgert hatte, aber Wanda spielte nach wie vor mit meinen Fingern.

»Glaubst du, dass zwei Menschen das Gleiche fühlen können?«, fragte ich.

»Wie meinst du das?«

Ich drehte eine ihrer dunklen Locken um meinen Zeigefinger.

»Wenn du an mich denkst, bin ich dir da genauso wichtig wie du mir?«

Sie legte meine Hand auf ihren Bauch. Ich konnte spüren, wie sie atmete.

»Du bist hier drin«, sagte sie.

»Für wie lange?«

Sie wandte mir ihr Gesicht zu. Ich sah direkt in ihre grünen Augen.

»Mindestens für immer.«

»Versprochen?«

Sie drehte sich auf den Bauch. Sie lag jetzt auf mir. Diesmal hatte ich nicht das Gefühl, sie loswerden zu wollen. Sie war über mir, und zum ersten Mal empfand ich ihre Nähe nicht als bedrohlich. Im Gegenteil. Ihr Gewicht gefiel mir. Ich fühlte die Formen ihres weiblichen Körpers überall. Sie passte perfekt. Sie strich mir mit ihren Lippen langsam über den Mund. Erdbeere. Ein Geruch, bei dem keine natürliche Erdbeere der Welt mithalten konnte.

»Hab keine Angst, Lea«, flüsterte sie.

»Wovor denn?«

Sie legte ihre Wange an meinen Hals und rieb ihr Gesicht mit sanftem Druck an meiner Haut.

»Dem Leben«, sagte sie.

Mein Pulsschlag erhöhte sich merklich und ein Zittern glitt durch meinen Körper. Ich strich ihr übers Haar.

»Es wird schon nicht so schlimm werden«, murmelte sie, während sie sich noch dichter an mich drängte.

»Und wenn ich nie jemanden finde, der so ist wie du?«, hörte ich mich sagen.

Sie seufzte.

»Das wirst du nicht. Aber dann bin ich immer noch da.«

Ihre Lippen spielten mit meinem Kinn. Bald würde ich nicht mehr verbergen können, was sie mit mir anstellte.

»Bin ich wichtig für dich, Wanda?«

Sie stützte sich ab. Ihre Hände wuschelten meine Haare durcheinander. Sie wusste, dass ich es nicht leiden konnte, wenn sie das tat.

»Natürlich nicht.«

Sie lachte und wollte aufstehen, aber ich ließ sie nicht weg, sondern packte sie fest am Handgelenk.

»Warte!«

Meine Stimme klang rau. Sie strich mir sanft über die Wange.

»Was ist denn nur, Lea?«

Ich wusste es nicht. Ihre Hände glitten eilig unter mein T-Shirt und legten sich auf meinen Bauch. Sie stieß mich zurück in die Kissen.

»Du bist total verschwitzt. Was findest du nur an der Rennerei? Geh duschen.«

Manchen Leuten kommen unter der Dusche geniale Gedanken und Ideen. Mir nicht. Der heiße Wasserdampf lullte mich derart ein, dass ich nicht mal mehr in der Lage war, zu denken. Alles wird so einfach, wenn der Kopf aufhört zu arbeiten. Umso heftiger trifft einen die Realität, wenn man den Wasserstrahl wieder abdreht. Ich band mir mein Handtuch um die Hüften und wischte mit einer Hand über den beschlagenen Spiegel am Waschbecken. Das war ich. Der dort drinnen. Ich erkannte ihn eindeutig. Aber welches Ich stand davor?

»Warum?«

Emma riss schreiend die Badezimmertür auf. Der Hintern ihrer ausgewaschenen Latzhose hing so weit herunter, dass ich den hellroten Rand ihrer Unterhose sehen konnte. Sie stemmte die Hände in die Hüften. Blanker Zorn stand ihr offen im Gesicht.

»Warum was?« schrie ich zurück.

Das machte sie immer mit mir. Ständig diente ich als Blitzableiter für Emmas schlechte Laune. Es reichte. Ein für alle Mal.

»Schrei mich gefälligst nicht an, Lea!«

»Wer schreit denn hier?« brüllte ich zurück.

Emma presste die Lippen fest aufeinander. Sie schloss für drei Sekunden die Augen und senkte den Kopf. Als sie wieder zu mir aufsah, lag ein bezauberndes Lächeln auf ihrem Gesicht. Sie faltete die Hände hinter dem Rücken, so dass sie aussah wie die

Unschuld in Person, schob ihre nackten Füße zusammen, bis sie perfekt nebeneinander standen, und blinzelte reumütig.

»Du hast Recht«, wisperte sie. »Entschuldige, bitte.«

Vorsicht! Die Frauen in meiner Familie waren nicht dafür bekannt, dass sich ihre Laune innerhalb von drei Sekunden schlagartig verbesserte.

»Was willst du?«

»Eine Erklärung.«

»Wofür?«

Sie kam näher und tippte mit ihrem winzigen Zeigefinger spielerisch an die Wassertropfen auf meinem Bauch.

»Warum macht ihr das?«

Meine Lippen formten lautlos: »WAS?«

Sie trocknete ihren Finger umständlich am Handtuch ab.

»Warum müsst ihr Kerle immer kuschen? Hat euch niemand beigebracht, euch mal richtig zu streiten?«

»Mit wem denn?«

»Albert.«

Ich seufzte. Also darum ging es.

»Lass ihn doch einfach leben, Emma.«

Ich stützte mich mit beiden Händen am Waschbecken ab und starrte in den Abfluss. Irgendwie musste ich Wanda und das, was sie mit mir gemacht hatte, aus meinem Kopf bekommen.

»Das ist aber nicht normal, Lea«, schimpfte meine kleine Schwester unbeirrt weiter. »Er verteidigt sich nicht. Ich beleidige ihn nach Strich und Faden, und der Kerl wird einfach nicht böse.«

»Warum soll er das denn auch?«

Was fanden die Mädchen am Streiten nur so reizvoll? Ich konnte wirklich gut darauf verzichten, denn das einzige Resultat mühevoller Dispute war jedes Mal die totale geistige und körperliche Erschöpfung.

»Jetzt stell dich doch nicht dumm, Lea! Weil es in der Natur des Menschen liegt, sich zu verteidigen. Albert ist wie eine Frikadelle in der Auslage. Den kannst du bestellen, kräftig durchkauen und danach verschlucken, und er wehrt sich nicht mal.«

Ich drehte meinen Kopf zur Seite, um sie ansehen zu können. Ihre kämpferische Art und besonders das, was sie sagte, standen im absoluten Gegensatz zu ihrer zarten Erscheinung. Ein kleiner blonder Engel, der sich mit aller Macht nach Widerstand sehnte. Ich hätte sie auf den Arm nehmen und drücken wollen, aber stattdessen richtete ich mich seufzend auf und zuckte mit den Schultern.

»Dann lass ihn eben zurückgehen. Mit der Begründung, er sei noch nicht ganz durch.«

Die kleine Frau vor mir legte den Kopf schief.

»Ich will ihn doch aber«, sagte sie.

»Dann hab ihn gern und mach ihm sein Leben nicht noch schwerer, als es schon ist, Kleines.«

Emma blickte immer noch düster drein.

»Macht Wanda das mit dir auch so?«, fragte sie.

»Was?«

»Nimmt sie dich so, wie du bist?«

Ich musste mir ein breites Grinsen verkneifen.

»Nein. Aber es wäre schön, wenn sie es täte.«

»Das krieg ich hin.«

Sie drückte mir einen festen Kuss auf den nassen Bauch und lief zur Tür hinaus.

Emma und Albert. Die beiden gingen gemeinsam in die vierte Klasse. Er war zwei Jahre älter als die jüngste Lewin und ihr bester Freund. An ihrem ersten Schultag riss sich keiner darum, neben einem Zwerg zu sitzen. Albert erging es ebenso, wenn auch aus anderen Gründen.

Also wurden die beiden nebeneinander platziert und blieben aneinander hängen. Ich glaube nicht, dass es gegensätzlichere Menschen gab als Emma Lewin und Albert Cronen.

Emma, durchsichtig mit hellblonden Locken und dem Selbstbewusstsein einer Amazone. Daneben Albert, milchkaffeebraun mit schwarzem Kraushaar und immer auf der Hut. Er war das einzige dunkelhäutige Kind an der ganzen Schule, und das bekam er zu spüren. Seit er Emma Lewin neben sich hatte, führte er ein geschütztes Leben. Er dankte es ihr, indem er sie vergötterte. Albert liebte Emma damals schon, und er trieb sie damit in ehrliche Verzweiflung.

»Ach, hab ich ganz vergessen. Dieser Ralph ist unten. Scharfer Typ, Lea.«

Schon fiel die Tür wieder hinter ihr zu. Dass Mädchen das andere Geschlecht immer gleich klassifizieren mussten. Staller und ein scharfer Typ. Dass ich nicht lachte. Außerdem war er eine halbe Stunde zu früh dran. Ich zog mir hastig ein frisches T-Shirt über und stieg in meine Jeans. Dann rubbelte ich mir noch einmal schnell mit dem Handtuch über die nassen Haare und ging nach unten.

». . . und das ist wirklich dein Ernst?«

Wanda lehnte in ihrem kürzesten Rock am Klavier. Staller stand so nah bei ihr, dass ich ihn beinahe so sehr hasste wie Schreiber.

»Natürlich«, sagte er. »Das machen wir mal. Sag mir Bescheid, und ich hol dich ab.«

»Was macht ihr mal?«

Ich blieb in der Tür stehen. Staller drehte sich zu mir um. War das etwa ein Lächeln? Du liebe Güte. Ich hatte keine Ahnung gehabt, dass seine Gesichtszüge so was drauf hatten. Er strich wie zufällig über Wandas Hand und kam rüber in die Halle. Ich starrte meine Schwester an. Wanda starrte zurück. Ich würde es schaffen. Diesmal war ich derjenige, der länger durchhielt.

»Wohin?«

Staller schob sich zwischen uns. Meine Augenlider bewegten sich automatisch. Verdammt. Wanda zwinkerte mir zu. Ich wusste, dass ich verloren hatte. Staller sah mich an, als wäre ich nicht ganz richtig im Kopf. Er wiederholte seine Frage.

»Wohin gehen wir?«

Er hielt mich garantiert jetzt schon für absolut bescheuert. Was mir aber noch nicht mal halb so viel ausmachte wie seine vorangegangene Tuschelei mit Wanda. Ich warf ihr einen Blick zu, der ihr genau das signalisierte. Sie schenkte mir ein süßes Lächeln. Sie hatte verstanden.

»In die Bibliothek«, sagte ich lahm und ging voraus. Nach

zwei Schritten hielt ich inne. Ich hatte den ganzen Kram noch oben in meinem Zimmer.

»Ich muss erst noch die Bücher holen. Warte mal.«

Ich schlurfte die Treppe hoch. Auf halbem Wege bemerkte ich, dass Staller mir folgte. Du meine Güte, hatte ich nicht gesagt, er solle warten? Der Kerl strengte mich jetzt schon an.

Meine Schultasche lag unter dem Schreibtisch, ganz hinten in der Ecke. Dort, wo ich sie hingetreten und eigentlich bis zum letzten Ferientag hatte vergessen wollen. Ich zog sie vor und begann sie nach dem verhassten Mathematikbuch zu durchsuchen. Es ging schnell. Manche Dinge verschwinden einfach nie, auch wenn man es sich noch so sehr wünscht.

Staller sah sich ungeniert im Zimmer um. Sein Blick wanderte von Wandas weißem BH, der an der Schranktür hing, über meine achtlos hingeworfenen Sportsachen bis hin zu unserem zerwühlten Bett. Wollte er hier Wurzeln schlagen?

Etwas auf meinem Kopfkissen erregte meine Aufmerksamkeit. Dort lag ein kleiner Strauß Lavendel. Die dürren Stiele waren mit einer roten Stoffschleife zusammengebunden. Ich roch an den blauen Blüten. Der Duft stieg mir sofort zu Kopf. Emmas Art, Danke zu sagen.

»Rosa. Find ich ziemlich mutig.«

Staller betrachtete amüsiert die Wand hinter dem Bett. Verfluchter Mist! Das war Wandas Werk. Vor gut zwei Monaten hatte sie damit begonnen, unser Zimmer zu streichen. Nicht, dass sie die Farbwahl vorher mit mir abgesprochen hätte. Aber nein. Sie befand sich in der Pink-Phase und ich sollte mich gefälligst anschließen.

»Wohnt ihr beide hier zusammen? Ich meine, du und deine Schwester?«

Stallers Worte rissen mich aus meinen Gedanken.

»Na sicher.«

Ich zuckte gelangweilt mit den Schultern. Was war das denn für eine Frage? Wanda und ich wohnten schon immer in diesem Zimmer.

»Und das funktioniert?«

Staller sah höchst skeptisch drein. Ich legte den Lavendel sorgsam zurück auf mein Kissen. Ich spürte, wie Staller mich dabei beobachtete.

»Ihr benutzt also beide das gleiche Bett?«

Du meine Güte. Gab es hier ein Problem, von dem ich nichts wusste? Wenn das noch lange so gehen sollte, dann musste ich mich hinsetzen.

»Stört dich vielleicht irgendwas?«

»Weiß ich noch nicht.«

Ich hielt das Mathebuch in die Höhe.

»Können wir jetzt mal?«

Er sah mich gar nicht an, sondern nahm den kleinen silbernen Bilderrahmen vom Schreibtisch und betrachtete interessiert die Fotografie, die sich darin befand. Hatten ihm seine Eltern nicht beigebracht, dass man bei Fremden nichts anfasst? Ich stellte Olympe zurück an ihren Platz.

»Ist das nicht die, die letztes Jahr umgebracht wurde?«

Ich nickte. Der Gedanke an Olympe machte mir immer noch Schwierigkeiten. Ich drehte ihm den Rücken zu.

»Tut mir ehrlich Leid.«

»Was du nicht sagst.«

»Bist heute nicht gerade gesprächig.«

»Warum auch?«

Wir gingen endlich in die Bibliothek. In der Mitte des nicht allzu großen Raums stand ein dunkelbrauner Schreibtisch. Ein schweres Ding, das bestimmt schon mindestens so alt war wie das verwitterte Gemäuer um uns herum. Staller setzte sich auf die eine Seite und ich auf die andere. Das Mathebuch lag unberührt zwischen uns.

»Wie weit bist du mitgekommen?« fragte er.

»Wie weit?«

Staller überflog das Inhaltsverzeichnis.

»Ab wann fing es an, dass du's nicht mehr geblickt hast?«

Na klasse. Er wollte mich bloßstellen. Miese Art, sich das Unvermögen des anderen offenbaren zu lassen. Ich hatte von Anfang an gewusst, dass es keine gute Idee war.

»Lea, wenn wir das hier ernsthaft angehen wollen, dann musst du mir schon sagen, wo es bei dir fehlt.«

Er war die Ruhe selbst. Er hatte anscheinend Geduld mit der Muttermilch eingesogen. Noch dazu hatte er die blauesten Augen der Welt. Ich hatte so was noch nie zuvor gesehen. Deshalb wusste ich auch nicht, womit ich diese Farbe vergleichen sollte. Es gab da diese kleinen leuchtenden Blüten, die sich im Sommer auch bei der größten Trockenheit zu Tausenden über die Gartenmauer rankten. Die waren ganz schön zäh, die kleinen Dinger. Also, deren Blau käme fast hin.

»Geh doch einfach davon aus, dass ich gar nichts weiß, das kommt hin«, sagte ich.

Er nickte.

»In Ordnung. Dann also von vorne.«

Ich mochte den Kerl nicht. Aber so sehr ich mich auch dagegen wehrte, er erreichte es binnen weniger Tage, dass ich zu verstehen begann, was ich da machte. Er erklärte mir mit einer Engelsgeduld an die hundert Mal das Gleiche und immer wieder und wieder, wie einem Bekloppten. Bis es in den hohen Hallen meines Gehirns angekommen war. Die Wochen vergingen und der Sommer mit ihnen.

»Wie kommt Maud eigentlich darauf, dass wir Freunde wären?«

Ich sah von den geometrischen Figuren auf. Staller stand mir gegenüber am Buchregal und blätterte in einem Schmöker mittelalterlicher Heilmethoden. Uralter Schinken mit grässlichen Bildern. Ich würde da nie im Leben freiwillig reinschauen. Hatte ich vor Jahren mal getan. Der Schock saß heute noch tief.

Ich hatte ihn aus seinen Gedanken gerissen. Er fuhr sich nervös mit einer Hand durchs Haar.

»Warum glaubt sie, dass wir beide befreundet sind?«, wiederholte ich meine Frage.

Er stellte den Band zurück. Dann zog er sich die Leiter heran und stieg ein Stück weit hoch, um an ein weiteres Buch seines Interesses zu gelangen.

»Ich hab's wohl mal erwähnt.«

»Mal erwähnt? Warum das denn?«

»Weil ich dachte, es verbessert meine Chancen.«

Er stieg wieder runter und setzte sich mir gegenüber. Er legte das Buch vor sich auf den Tisch und schaute mich an.

»Noch mehr Fragen?«

Aber ja. Jetzt hatte ich mehr als zuvor. Bestimmt ging es um Wanda. Der Kerl hatte sich einen wohl überlegten Plan zurechtgelegt, wie er am besten an meine Schwester rankommen könnte. Der Mistkerl gibt dem bekloppten Bruder des Mädchens Nachhilfe, und danach kann er ihr ungestört unter den Rock greifen. Ich musste total verblödet gewesen sein, dass ich das nicht sofort verstanden hatte.

»Welche Chancen meinst du?«, fragte ich.

»Ach nichts. Mach weiter.«

Er steckte die Nase in das Buch.

»Welche Chancen, Staller?«

Er seufzte.

»Eure Bibliothek.«

»Was?«

Ich verstand gar nichts. Staller steckte sich eine Zigarette zwischen die Lippen. Ich schüttelte den Kopf. Er zog fragend die Augenbrauen hoch, und ich deutete auf das verstaubte Wissen um uns herum. Er schob sie zurück in die Packung.

»Ich wollte an die Bücher hier ran«, sagte er. »Mann, das ist die umfassendste Sammlung über Medizin, Biologie und Alchemie, die es in diesem ganzen Kaff gibt. Kaum eine Uni kommt da mit. Deine Großmutter meinte, dass derjenige hier freien Zutritt bekommt, der dir helfen würde. Da hab ich eben gesagt, dass wir befreundet sind. Ist das jetzt geklärt?«

Er tippte auf meinen Block.

»Mach weiter, Sherlock.«

Ich kaute auf meinem Bleistift herum. Immer wieder gruben sich meine Zähne in das weiche Holz. Der Geschmack war eklig bitter. Ich wurde benutzt. Stallers Erklärung ärgerte mich fast noch mehr als meine eigene Version. Ich war der Grund für ein Geschäft zwischen Maud und diesem blauäugigen Unsympath. Ich musste etwas klarstellen.

»Wir sind keine Freunde, Staller.«

Er hob die Schultern, ohne aufzusehen.

»Was nich is, kann ja noch werden«, nuschelte er zwischen den vergilbten Seiten.

»Das glaube ich kaum.«

Jetzt schaute er über den Buchrand zu mir rüber.

»Warst du eigentlich schon immer so nett?«

Er tippte mir mit seinem Bleistift gegen die Brust. Ich schob seine Hand weg.

»Das ist angeboren. Ich kann nichts dagegen tun.«

»Armer Kerl.«

Er sah auf die Uhr.

»Jetzt mach endlich weiter. Ich muss gleich weg.«

Ich beugte mich wieder über meine gleichwinkligen Dreiecke. Mit ein bisschen Glück konnte ich das nächste Schuljahr erstmals ohne blaue Briefe überstehen. Was hatte das Grinsen in meinem Gesicht verloren?

8

Jules versuchte, eines seiner klobigen Pakete quer durch die Halle zu wuchten. Ich bekam einen Blick, der ganz eindeutig sagte: »Mensch, Lea! Beweg deinen faulen Hintern her!«

Ich stand von der Treppe auf und lief zu ihm hinunter. Das machte er jetzt bereits seit Jahren. Auch als er die Schule noch nicht beendet hatte, schickte er unentwegt fettbäuchige Körper aus Gips und Styropor an die Kunstakademie. Der Name Lewin stand auf deren Abschussliste garantiert ganz oben.

Wir schoben das Teil mit Ach und Krach in den Variant. Der Kofferraum ging nicht mehr zu. Durfte man so überhaupt fahren? War das nicht verkehrsgefährdend? Was, wenn das Monstrum unterwegs rausrutschte und eine nachkommende mehrköpfige Familie lynchte? Kämen wir dafür ins Gefängnis? Wenn ja, für wie lange?

Jules öffnete die Fahrertür und nickte mir zu. Er wollte, dass ich einstieg. Ich sah auf die Uhr. Staller war schon eine halbe Stunde über der Zeit. Sonst verspätete er sich nie. Ich sah noch mal zum Tor. Maud stand dort mit einer Frau aus der Stadt. Die beiden tuschelten miteinander. Die Fremde versteckte sich hinter einem Kopftuch und einer dunklen Sonnenbrille. So was machten sie immer. Maud reichte ihr gerade eine ihrer kleinen Papiertüten. Nicht größer als eines der Brausetütchen, dessen Inhalt man mit Spucke vermischen musste und dessen Säure einem die Augäpfel nach außen drückte. Die Besucherin ließ es schnell in ihrer Handtasche verschwinden und reichte Maud einen unschuldig weißen Umschlag.

Maud Lewin leistete gemeinnützige Arbeit. Sie machte das schon ewig. Wenn überhaupt Leute aus der Stadt zu uns herauskamen, dann zu Maud. Sie vertrauten ihr, da sie tatsächlich dachten, dass Maud sie nicht erkennen würde. Sollten sie weiter in dem Glauben bleiben, ich wusste es besser. Trotzdem wäre keine von ihnen jemals durch das große Eisentor getreten und bis zur Haustür gekommen. Auch hätte niemand jemals zugegeben, Mauds Beistand erbeten zu haben. Niemand kam jemals zum Haus der Lewins.

Unsere Großmutter hatte ein sicheres Gespür für Heilpflanzen. Sie erkannte sie am Geruch und an der Form ihrer Blätter. Einige musste man trocknen, andere mit heißem Wasser überbrühen oder am Stück kauen, und um die ein oder andere machte man lieber einen großen Bogen. Sie waren zu allem gut. So manche gemütskranke Witwe der Stadt stand mit entrücktem Lächeln am Grab ihres jüngst verblichenen Ehemannes. Plötzlicher Herzstillstand, Nierenversagen, Schlaganfall.

Das war so eine der Geschichten, die in unserer Familie in immer neuen Variationen die Runde machte. Angefangen hatte alles kurz nach dem Krieg. Genauer gesagt, fing es mit Elsa an.

Elisabeth war noch keine zwei Jahre alt und Maud Lewin erneut schwanger, als sie sich auf die Suche nach einer Hauswirtschafterin machte. Es gab immer Frauen, die diese Art von Arbeit suchten, aber seltsamerweise war für das Haus Lewin niemand zu finden.

So oft Maud auch nachfragte, niemand konnte ihr weiterhelfen. Bis eines Tages eine große, korpulente Person vor der Tür stand und mit kämpferisch vorgestrecktem Kinn sagte: »Ich hab ghört Se brauchn Hilfe. Ich arbeit aber nich für weniger als fünfzich Mark den Monat, und mit Hexerei will ich auch nix zum tun habn.«

Maud, der der unverhohlen strenge Ton der Frau entgegenschlug, neigte den Kopf leicht zur Seite.

»Ich glaube, da könnten wir uns einigen«, sagte sie.

Sie bat die Frau hereinzukommen, und diese bestand auch gleich darauf, einen Blick in die Küche zu werfen.

»Du meine Herrn Güt! Wie viel Leut lebn denn da?«

Die Fremde besah sich das heillose Durcheinander aus Tassen, Tellern und Töpfen, die sich am Spülstein und auf dem großen Küchentisch stapelten. Maud hörte, wie die Fremde Wasser in einen Topf laufen ließ und ihn dann auf den Herd stellte. Die Gasflamme zischte kurz auf, als wäre sie verärgert über die Störung, besänftigte sich dann aber doch zu einem gleichmäßig strömenden Rauschen.

»Wir haben zwei der oberen Zimmer vermietet.«

Maud sammelte, während sie sprach, hastig die feuchten Küchentücher von den Stuhllehnen ein.

»Das eine an einen Herren aus dem Postbüro, und der zweite ist Musiker. Er spielt wunderschön Geige und das meist pausenlos. Ich hoffe, das stört Sie nicht. Beide sind aber meistens nur über Nacht zu Hause. Dann sind da noch mein Mann Gabriel Lewin und unsere kleine Tochter Elisabeth. Sie schläft gerade. Sie müssen entschuldigen, aber sie lässt ihre Spielsachen noch überall herumliegen.«

Maud bückte sich und hob eine kleine Puppe aus buntem Stoff vom Boden auf, über die sie gerade gestolpert war. Sie legte sie auf den Stapel aus Baumwolltüchern, schmutzigen Babylätzchen und zerknitterten Herrenhemden, der sich auf dem entlegenen Ende des langen Küchentisches türmte. Die Frau zog ihren Mantel aus und hängte ihn sorgsam über eine der jetzt freien Stuhllehnen.

»Na, da isse wohl nich die einzige hier. Wenn ich dableib, dann wird sich einiges ändern. So einen Saustall duld ich auf gar keinen Fall.«

Ihr missbilligender Blick fiel auf eine große metallene Schüssel, die zwischen dem Küchengeschirr mitten auf dem Tisch stand. Sie war bis zur Hälfte mit klarem Wasser gefüllt. In ihr teilten sich ein paar Skalpelle, eine Geburtszange und diverse andere medizinische Gerätschaften ein Desinfektionsbad. Das Arbeitsmaterial unseres Großvaters.

»Und die Kerl müssen sich ghörich am Riemen reißen, wenn se kein Ärger nich mit mir kriegn wolln.«

Sie stellte den ersten scheppernden Stapel schmutzigen

Geschirrs in das Spülbecken und kippte das mittlerweile heiße Wasser darüber. Als sie ihre großen Hände in das dampfende Seifenwasser tauchte, erklärte sie: »Ich fang morgns um halb acht an un um halb acht am Abnd hör ich auf. Am Tag des Herrn hab ich frei. Da lass ich nich mit meiner streiten. Mein Preis kennen Se. Und außerdem heiß ich Elsa Steinmann.«

»Das ist gut. Kann ich Ihnen helfen?«

Maud griff nach einem Küchentuch. Elsa fuhr herum.

»Habn Se sonst nix zum tun? Also, wenn Se mich nich brauchn tun, dann sagn Se's gleich, dann kann ich auch wieder gehn.«

Maud ließ erschrocken das Tuch fallen.

»Aber nein. Bitte nicht. So war das ganz bestimmt nicht gemeint. Ich dachte nur, dass das hier sicher jede Menge Arbeit für Sie ist und ...«

»Glaubn Se, dass ich des nich schaffn tu?«

Elsas Stimme klang beleidigt.

»Himmel, nein«, beeilte sich Maud zu sagen. »Ich finde es ganz wunderbar, dass Sie hier sind, und ich lasse Sie jetzt auch ganz bestimmt in Ruhe. Bleiben Sie nur um Himmels willen da. Sie werden auch nichts mehr von mir hören. Keinen Ton. Nicht ein Wort. Gar nichts.«

»Na, des wär ja ganz reizend von Ihnen, meine Lieb. Ich werd Se schon finden, würd ich Se brauchn solln.«

Damit schob sie Maud aus der Küche. Maud ging langsam die Treppe hinauf und machte dann – Elsas Warnung, das Haus sofort wieder zu verlassen, zum Trotz – doch noch einmal kehrt. Sie blieb an der Türschwelle zur Küche stehen, und als das geschäftige Geschirrklappern abrupt verstummte, wusste sie, dass Elsa sie bemerkt hatte.

»Na, was habn Se denn jetz noch auf'm Herzn?«

In der Stimme der Älteren schwang ein mütterlicher Ton. Maud blickte nachdenklich in Elsas Richtung.

»Wie meinten Sie das mit der Hexerei, Elsa?«

»Ach, des vergessn Se mal schnell wieder, mein Gut. Des war doch nur dummes Grede.« Elsa wollte sich wieder ihrer Arbeit zuwenden, aber Maud erwartete eine Antwort.

»Ich will es wissen, Elsa. Was wird denn über mich geredet?«

Elsa trocknete sich die vom heißen Wasser geröteten Hände umständlich an ihrer Schürze ab und setzte sich seufzend auf einen Stuhl.

»Jetzt setzn Se Ihnen mal her zu mir.«

Sie schob für Maud ebenfalls einen Stuhl zurecht.

»Se solltn auf des Grede nix gebn, Kind. Und ich hätt mein Mund haltn solln.«

Maud ergriff Elsas Hand.

»Elsa, bitte. Sagen Sie es mir.«

»Ich bring mich noch amal in Teufels Küch mit min Gschwätzigkeit.«

Elsa strich ihre Schürze umständlich über den Knien glatt.

»Man erzählt sich, Se hättn's mit die Geister«, sagte sie.

»Ja?«

»Ich hab's Ihnen doch gsagt, dass des a großer Unsinn is, und jetz vergessn Se's ganz schnell.«

Elsa wollte aufstehen, aber Maud hielt sie zurück.

»Nun erzählen Sie mir schon endlich alles, Elsa. Ich kann das schon vertragen. Also hören Sie auf, Rücksicht auf mich zu nehmen und reden Sie.«

Elsa strich sich ein paar Strähnen ihrer dunkelbraunen Haare zurück, die sich aus dem im Nacken streng zusammengesteckten Knoten befreit hatten. Sie setzte sich aufrecht hin, senkte ihren Blick, so als wolle sie Maud bei dem, was nun käme, nicht ins Gesicht sehen, und begann in einem Atemzug zu berichten.

»Also gut, ich erzähl's. Aber des heißt nich, dass ich des auch glaubn tu«, wehrte sie im Voraus ab. Maud nickte.

»Manch einer mag Se gsehn habn, wie Se nachts mit de Nachtviecher schwatzn und dann, wenn der Mond ganz rund is, solln Se im Nachtgwand im Gartn rumgsprungn sein. Ich hab auch ghört, dass keiner nich zu nah an Ihres Haus vorbeilaufn soll, weil Se da irgendwelche Zauber verteilt habn. Die alte Hella Sederbeck hat sich net dran ghalten und am Tag drauf is er der Fuß angschwolln und bis heut nimmer gut gworden. Die Leut sagn des hätt se jetz davon. Und die Sach die Se schreibn sin halt auch wirklich net ganz normal, wenn ich des sagn darf ohne Se zu krängn.«

Elsa blickte zu Maud auf und sah, dass diese sich bequem mit einem Ellenbogen am Küchentisch aufgestützt und ihre Wange in die Innenfläche ihrer Hand gelegt hatte. Sie lächelte Elsa aufmunternd zu.

»Das war aber doch noch nicht alles, Elsa.«

Für einen Moment glaubte Elsa, dass Maud sie tatsächlich angesehen hätte. Ein kurzer, aber heftiger Schauer durchfuhr sie.

»Nun kommen Sie schon, Elsa. Was sagt man denn noch über mich? Ich bin Ihnen ganz bestimmt nicht böse. Sprechen Sie einfach, ja?«

»Se sin aber recht zäh.«

Maud erwiderte nichts. Elsa seufzte ergeben.

»Na, gut«, fuhr sie fort. »Ma erzählt sich, Se hättn lange Zeit mit niemand gredet außer mit Ihnen selber und wärn auch nie außer Haus gwesn. Und was Se für Kleider anhabn is auch gspenstisch. Es heißt, Se wärn nich ganz richtig im Kopf. Aber nu will ich dazu auch wirklich nix mehr sagn. Des is doch all der reine Humbuk.«

»Sind Sie sich da auch ganz sicher, Elsa?«

»Was meinen Se denn jetz?«

Maud lächelte noch immer. Ihre Stimme klang warm und leise.

»Elsa, würden Sie mich für verrückt halten, wenn ich Ihnen sagte, Sie hätten dunkelbraunes, ja beinahe schwarzes Haar, das Sie durch einen Mittelscheitel trennen und zu einem Zopf geflochten in Ihrem Nacken feststecken? Haben Sie Angst vor mir, weil ich weiß, dass Sie braune Augen haben und mich um gute zwanzig Zentimeter überragen? Dass Sie einen knielangen Mantel aus grauer Wolle tragen und Ihre hellgrüne Bluse am Kragen mit schwarzen, in sich verschlungenen Lilien bestickt ist?«

Elsa starrte die kleine Frau entgeistert an, die unbekümmert fortfuhr: »Würden Sie sich mit Grausen von mir abwenden, würde ich Ihnen Goethes Hexeneinmaleins zitieren oder die erste Szene aus Shakespeares Macbeth?«

Elsa saß mit gerade durchgestrecktem Rücken auf dem Küchenstuhl.

»Was redn Se denn da nur, Frau Lewin. Wenn Se jetz nich gleich aufhörn, dann packt mich wahrhaft noch die Angst.«

Maud lachte und erhob sich.

»Finden Sie doch am besten selbst heraus, was an dem Gerede wahr ist und was nicht«, sagte sie. »Ich würde mich jedenfalls sehr darüber freuen, wenn Sie bei uns blieben.«

Sie wandte sich zur Tür und verließ die Küche. Aus der Halle rief sie: »Eines kann ich Ihnen aber versichern, Elsa Steinmann. Der Hexerei bin ich nicht mächtiger, als Sie es sind.«

Dank Elsas gutem Geist verblassten die versponnenen Gerüchte um die Familie Lewin. Sie war es auch, die Maud Lewins kleines Nebengeschäft ins Rollen brachte. Erst begann es mit natürlichen Mittelchen gegen Erkältung und Haarausfall. Im Laufe der Jahre wurde die Nachfrage größer und die Wünsche wurden spezieller. Trotz ihrer Hilfe war Maud den Menschen weiterhin unheimlich, und sie legte keinen Wert darauf, etwas daran zu ändern. Maud erlitt eine Frühgeburt und verlor ihren Sohn. Die Leute meinten, das wäre ihre gerechte Strafe.

Ich fuhr mit Jules zum Postbüro. Die beiden Angestellten des Postamtes bekamen jedes Mal tiefe Zornesfalten auf der Stirn beim Anblick der mannshohen, mit Farbe und Gips verschmierten Dinger, mit denen Jules in regelmäßigen Abständen bei ihnen auftauchte. Aber auch die stets wiederholte Drohung, dass seine Pakete das nächste Mal nicht mehr befördert würden, wenn er sie nicht in Kartons mit klar erkennbaren Adressflächen verstauen würde, schreckten meinen Bruder nicht.

Jules war hartnäckig. Außerdem war er nicht bereit, sich durch formelle Beschränkungen der Bundespost aufhalten zu lassen. Zwar nickte er schuldbewusst, als er zum hundertsten Mal die Postvorschriften zitiert bekam, aber das Monstrum wurde verschickt und basta!

Heute war der Tag der Entscheidung. Jules fasste in die Brusttasche seines Hemdes und fischte einen sauberen DIN-A5-Umschlag mit exakt in der Ecke oben rechts aufgeklebter Briefmarke und gut leserlicher Empfängeradresse heraus. Seine Bewerbungsunterlagen für die Kunsthochschule. Jules hatte das Abitur glänzend bestanden, und jetzt fehlte nur noch die Aufnahme an der Akademie zum Wintersemester. Wehrdienst kam für Jules nicht in Frage, die wollten dort keine Bekloppten haben.

Jules sah dem misstrauischen Postbeamten tief in die Augen, als er den schweren Brief über den Posttresen schob. Er drehte den Umschlag langsam um 180 Grad. Damit ermöglichte er es dem Mann, den Absender auf der Rückseite zu betrachten, ehe er das Kuvert ebenso langsam wieder umdrehte. Dabei lächelte er den Mann liebenswürdig an, während dieser den Poststempel eine Spur zu heftig auf die Marke niederkrachen ließ.

Manchen Leuten konnte man es einfach nie recht machen. Blieb man der, der man war, passte es ihnen nicht, und versuchte man sich eigens für sie zu verändern, wurde man ihnen dadurch auch nicht sympathischer. Also schien es mit der normgetreuen Anpassung alles in allem eine nicht gerade erstrebenswerte Sache zu sein. Ich hoffte inständig, dass mein Bruder schnellstens eine positive Antwort erhalten würde, denn ich war mir sicher, noch ein weiteres Jahr des Kontakts über den Postweg hätten weder die Akademie noch unser Postamt überstanden, ohne dabei ernstlich Schaden zu nehmen.

Die Straße war vollkommen leer, als wir das Postamt verließen. Früher Abend, und die Stadt wirkte wie ausgestorben. Mein Blick schweifte uninteressiert über den verlassenen Marktplatz hinüber zur Marienkapelle. Jemand saß dort auf den Stufen. Ich schlug die Autotür zu und ging rüber zur Fahrerseite. Jules hatte das Fenster ganz runtergedreht. Ich erklärte ihm, dass er schon vorfahren könne, da ich noch etwas zu erledigen hätte. Er wirkte für einen Moment erstaunt, ehe er nickte und den Wagen startete. Ich sah Jules hinterher, bis der Variant um die Ecke bog, und überquerte dann die Straße. Staller saß mit gesenktem Kopf auf der obersten Stufe und rauchte. Ein Anblick, wie ich ihn seit jeher kannte. Staller und seine Zigaretten, die gehörten untrennbar zusammen. Wie Dick und Doof und Ernie und Bert. Meine kulturellen Vorbilder. Ich blieb am Treppenabsatz stehen.

»Du bist nicht gekommen.«

Staller sah zu mir auf.

»Machst'n du hier?« fragte er gewohnt scharfsinnig.

Ich steckte meine Hände in die Taschen meiner Jeans. Ich hatte das unangenehme Gefühl, einen Fehler begangen zu haben. Meine Schultern zuckten von selbst.

»Hab dich gesehen«, sagte ich.

Ich stieg langsam die Stufen hoch. Ich hätte lieber umkehren und so schnell ich konnte laufen sollen. Ich war ein blöder Hund. Ich setzte mich mit gebührendem Abstand neben ihn. Er streckte mir sein Zigarettenpäckchen entgegen.

»Willst du eine?«

»Du weißt genau, dass ich nicht rauche.«

»Ach ja.«

Er zog lange an seiner Zigarette und starrte auf den Boden zwischen seinen Füßen.

»Erzählst du's mir jetzt oder was?«

»Was denn?«

Er starrte immer noch.

»Na, zum Beispiel, warum du nicht gekommen bist.«

»Hatte Ärger«, erwiderte er einsilbig. Das wunderte mich jetzt wirklich gar nicht.

»Was denn für Ärger?«

»Ärger eben.«

Was interessierte mich der Kerl überhaupt? Endlich war die verdammte Paukerei vorbei. Wir hatten nichts mehr miteinander zu tun. Er sah nicht mal zu mir auf. Ich stand auf und trottete die Stufen hinunter. So ein Mist. Jetzt war Jules natürlich schon ewig weit weg und ich konnte den ganzen langen Weg zu Fuß nach Hause gehen. Was hatte ich mir nur dabei gedacht?

»Warte, Lea!«

Ich kam ins Stolpern. Musste er mich immer von hinten ansprechen?

»Ich hab noch was für deine Großmutter«, sagte er und ging an mir vorbei auf sein Motorrad zu, das mitten auf dem Gehweg abgestellt war.

»Wohin willst du?« fragte ich.

»Ich hab's zu Hause.«

Schlechte Aussichten. Sehr schlechte Aussichten. Staller hatte sich die ganze Zeit über geschickt verstellt. Er war ein ganz gerissener Mistkerl. Er hatte mich wochenlang weichgekocht, und jetzt dachte er, dass ich so blöd wäre und in seine Falle tappen würde. Als wenn ich nicht merken würde, dass da was nicht stimmte. Er würde mich wahrscheinlich in seinem Keller kopfüber an den Füßen aufhängen und nach Herzenslust massakrieren. Er war krank im Kopf. Ein gemeingefährlicher Irrer. Ich bewegte mich nicht. Staller startete seine Maschine. Japaner. Wieder ein Hinweis. Ein denkbar schlechtes Omen.

»Was ist denn jetzt, Lea?« rief er durch den heulenden Lärm des Motors.

Ich war mir nicht sicher.

»Soll ich dich vielleicht tragen?«

Ich nahm mich zusammen. Vielleicht ging auch nur meine Phantasie mit mir durch. Ich setzte mich hinter ihn, und er drehte sich zu mir um. So nah hatte ich sein Gesicht noch nie vor mir gehabt. Mein Nacken begann nervös zu jucken. Ein wirklich schlechtes Zeichen.

»Was hast du nur?«, fragte er. »Du tust immer so, als wenn ich dir gleich was antun würde.«

Meine Schultern zuckten von allein.

Staller fuhr in die Weststadt. Ich hatte nicht gewusst, dass er von dort kam. Wenn überhaupt, dann hatte ich ihn mir im sozialen Brennpunkt im Nordteil vorgestellt. Die Weststadt war das feinste Viertel der ganzen Stadt. Dort roch die Luft förmlich nach frischgedruckten Banknoten. Nur die Reichsten der Reichen unserer kleinstädtischen Spießergesellschaft lebten hier. Villa neben Villa. Benz neben Benz.

Wir rollten durch ein schmiedeeisernes Tor in Form von zwei sich mit den Hälsen umschlingender Schwäne. Dahinter lag ein gepflegter Garten, wie in einem Disney-Zeichentrickfilm. Englischer konnte englischer Rasen wirklich nicht sein. Die Blumenbeete wurden hier nach Farben sortiert bepflanzt, ohne das kleinste Unkraut. Keiner der Bäume war größer oder kleiner als der andere, und das Haus war weniger ein Haus als eine Hotelanlage von Club Med in Pastell. Keine Frage, ich war in Disney-World gelandet.

Staller hielt vor einer Garage, in die man locker unsere gesamte Schule hätte evakuieren können. Er fasste meinen Arm und zog mich durch einen Seiteneingang ins Haus. Verblüffung, die Zweite. Ich stand in einem Museum. Glasvitrinen säumten die gesamte Länge des holzgetäfelten Korridors. Kilometerweit Schaukästen mit toten Tieren.

Akribisch sortiert in heimische und exotische Exemplare, Federvieh, Wasserbewohner oder Wirbeltier. Die rechte Seite war komplett mit Tierhäuten behangen. Zebra, Tiger, Löwe, Kuh. War das dort hinten Hund?

Ich bekam eine Gänsehaut. Alles hier war so tot wie in einer ägyptischen Grabkammer. Jetzt wunderte mich gar nichts mehr. Staller hatte gar keine andere Wahl gehabt, als zu dem Mistkerl zu mutieren, der er war. Er lebte in einer Leichenhalle.

»Mein Vater sammelt das Zeug.«

Das klang gerade so, als würde er sich dafür entschuldigen. Ich fühlte mich zunehmend unwohl. Hunderte toter Augenpaare starrten mich an. Am liebsten wäre ich schreiend davongerannt. Ich folgte ihm durch ein Wohnzimmer von der Größe eines Fußballfeldes. Ich war Platz gewohnt, aber das hier erschlug mich. Das war kein Raum. Das war ein Territorium. Alles hier wirkte beängstigend perfekt.

Zwei edle Wildledersofas in Sandfarben. Ein riesiger, von Kinderhand geknüpfter Orientale, drei oder vier Skulpturen in der Form von was auch immer, und das war's. Es fehlten die Schilder: Bitte nicht berühren!!!

»Guten Abend, Sohn.«

Ein Hüne von einem Kerl in Nadelstreifen. Eine gigantische Pfeife qualmte in seiner linken Hand, die rechte streckte er mir auffordernd hin.

»Staller. Wir kennen uns nicht. Ein Bekannter meines Sohnes, nehme ich an?«

Ein Bekannter meines Sohnes. Du meine Güte. Ich befand mich auf einem Staatsempfang und trug dabei Jeans. Ich fühlte mich eindeutig fehl am Platz. Mit höchster Wahrscheinlichkeit wurden die globalen politischen Strategien von diesem Haus aus gelenkt, und ich hatte davon keine Ahnung gehabt. Womöglich brauchte der gewaltige Kerl vor mir noch einen Homo sapiens erectus für seine Wirbeltiersammlung? Ich befand mich eindeutig in einem meiner Albträume. Ich haderte kurz mit meinem Schicksal, aber dann ergriff ich entschlossen die Hand vor mir.

»Müller. Uwe Müller. Freut mich.«

Staller verzog das Gesicht. Ich verwischte lediglich meine Spuren. Was für ein Händedruck. Ich spürte Knochen krachen. Staller nickte nur kurz und drehte sich um. War das jetzt so eine richtige Vater-Sohn-Beziehung, oder was? Ich hatte davon keine Ahnung. Ich hatte keinen Vater, den ich ignorieren konnte. Ich folgte ihm eine breite Steintreppe hinauf in den oberen Stock. Ganz am Ende des lachsfarben ausgelegten Flurs öffnete Staller eine Tür. Ich war unsicher, was mich wohl dort erwartete. Eine Folterkammer? Ein medizinisches Labor? Zum Glück wurde ich enttäuscht. Endlich ein halbwegs normales Teenagerzimmer.

Ich kreiste mit den Schultern, um meinen versteiften Nacken zu entspannen. Bücher und Klamotten lagen überall verstreut. Bei Staller sah es nicht besser aus als bei Wanda und mir, aber ansonsten unterschied es sich eindeutig von unserem Zuhause. Die Wand gegenüber von seinem Bett kam mir vor wie das Schaufenster eines Hi-Fi-Fachgeschäfts. Fernseher, Stereoanlage, Kamera, Kopfhörer. Das Zimmer war vollgestopft mit dem Zeug bis unter die Decke. Wie konnte einer allein nur so viele Dinge besitzen? Das Zimmer von Wanda und mir und auch die meiner Geschwister waren eher spartanisch eingerichtet. Mönchisch eben. Schreibtisch, Bett, Schrank, basta, fertig. Staller drückte mir etwas von der Größe einer Pralinenschachtel in die Hand.

»Das gibst du deiner Großmutter von mir, o.k.?«

Ein Buch. Was sollte das denn? Das Teil sah ziemlich alt aus. In dunkles Leder gebunden mit Goldschnitt. Ich schlug es auf. Die glatten Seiten waren von oben bis unten mit winzig kleinen Buchstaben bedruckt. Nichts für mich. Zuviel Inhalt.

»Wenn du meinst. Aber was soll sie damit anfangen?«

Staller grinste. Zum ersten Mal an diesem frühen Abend.

»Wie wäre es mit lesen?«, schlug er vor.

»Und wie soll sie das machen? Da ist keine einzige Zeile in Braille drin.« Ich deutet auf die vielen Worte. »Das gibt ein Problem, meinst du nicht?«

Staller sah mich an, als hätte ich mich in einer altmystischen Orakelsprache artikuliert.

»Wovon redest du jetzt schon wieder?«

»Blinde können das hier nicht lesen. Davon rede ich.«

»Davon spricht doch auch keiner. Mann, Lea. Also ehrlich.«

Er war noch begriffsstutziger als ich zu meinen besten Zeiten.

»Heilige Scheiße, Staller. Maud ist blind wie ein Maulwurf. Ohne die netten kleinen Punkte kommt sie nicht weit.«

Er setzte sich aufs Bett. Seine Hände suchten fahrig nach dem Päckchen Zigaretten in seiner ausgebeulten Hosentasche. Ja genau, dachte ich, rauch doch mal wieder eine.

»Du willst mich auf den Arm nehmen, Lewin. Oder?«

In seiner Stimme schwangen eindeutig nervöse Anzeichen.

»Würd ich nicht wagen, Staller«, entgegnete ich.

Es kam nichts mehr aus seiner Ecke. Staller hatte nachzudenken. Das gab mir die Gelegenheit, mich intensiver mit seinen Sachen zu beschäftigen. Ich ging an den fachmännisch verschraubten Bücherregalen entlang, in denen sich Klassiker der Weltliteratur und Lehrbücher der Biologie und Humanmedizin stapelten. Sie sahen benutzt aus.

Zwischen Effi Briest und Molekularbiologie lag ein Stapel loser Papiere. Ich nahm das Oberste herunter und wollte es mir ansehen. Ein kleines Foto mit zerknickten Ecken rutschte mir entgegen. Ein dunkelhaariges Mädchen mit Zahnlücke grinste mich darauf an. Sie war meiner Schätzung nach sechs Jahre alt. Dieses Bild war eindeutig sehr oft angesehen worden.

»Wer ist das?« fragte ich und zeigte auf das Kinderbild.

Staller war nicht bei der Sache. Er steckte sich eine seiner stinkenden Zigaretten an. Ich hielt ihm das Foto unter die Nase. Er sah es sich nicht mal an.

»Meine Schwester.«

»Du hast eine Schwester? Das wusste ich gar nicht.«

Ich dachte immer, Staller wäre das typische Einzelkind. Reich, egoistisch und verwöhnt, und jetzt sollte es sogar zwei davon geben.

»Hab ich auch nicht«, sagte er und sah dabei reglos vor sich auf den Boden. Wo hatte ich das schon einmal erlebt? Jesus, genauso hatte die irre Rahel vor sich hingestarrt, bevor sie mir eine verpasst hatte. Ich fragte nicht weiter, sondern legte das Bild zurück auf den Stapel. Damit wurde es wirklich interessant. Das Logo unserer Schule prangte auf dem zuoberst liegenden Papier. Jahreszeugnis von Ralph Peter Staller stand da. Gesamtdurchschnitt: 1,0! Das haute mich um. Das war doch gar nicht möglich. Nie im Leben. Der Kerl war ein Streber. Ralph Staller, der blöde Idiot war ein Einserschüler. Mamas kleiner Engel. Der Stolz der Schule. Ein Liebling der Götter. Wieder so einer. Wieder einer, den man nicht übersehen hatte. Ich fuhr herum.

»Du Arschloch!«, schrie ich.

Ich wedelte wie blöd mit dem Zeugnis vor seiner Nase herum. Er versuchte es mir abzunehmen.

»Wie war das noch mal? Ich komm klar? Mit 1,0 kommst du mal so klar, du Blödarsch?«

Am liebsten hätte ich ihm eine verpasst. Aber ich beließ es dabei, ihn weiter anzuschreien. Einmal die Nase gebrochen zu bekommen, hatte mir gereicht. Mann, hätte ich ihn gern irgendwo festgekettet. So, dass er sich nicht wehren könnte. Ich hätte dem so gern sein hübsches Gesicht zermatscht. Wenn einer wie ich sagte, dass er in der Schule mal so klar kommt, dann war das in Ordnung. Aber einer, der die Einsen nur so abräumte, wie das offensichtlich bei Staller der Fall war, der hatte zum Teufel noch mal nicht das Recht, diese Worte zu benutzen. Sie waren Leuten wie mir vorbehalten. Leuten, denen kein Glücksstaub in die Wiege gestreut worden war. Er streckte die Hand aus.

»Lea, gib das her«, forderte er in schmeichelndem Tonfall.

»Nein.«

Er drängte mich an die Wand. Die dämliche Zigarette hing immer noch zwischen seinen Lippen. Der Rauch stieg mir in die Nase. Ich hielt das Papier weit von mir weg, sodass er es nicht erreichen konnte. Was ging mich das eigentlich an? Gar nichts. Aber es ärgerte mich wahnsinnig, dass er mich verarscht hatte. Ich wollte ihn so gern schlagen. Hatte ich jemals behauptet, ein Verfechter der christlichen Nächstenliebe zu sein? Nein. Ich wollte nackte Rache. Staller drückte fester zu.

»Lewin, du verdammter Vollidiot.«

Da hatten wir ihn wieder. Den alten Staller. Einmal Mistkerl, immer Mistkerl. Er packte mich an den Handgelenken und kreuzigte mich an sein Bücherregal. Jetzt war ich geliefert. Er würde mich verprügeln, bis nichts mehr von mir übrig war. Staller drückte mich fest gegen die Bretter in meinem Rücken. Sein Gewicht machte es mir unmöglich, mich zu bewegen. Ich kam kein Stück voran.

»Lass los!«

»Warum?«

Der Kerl hatte vielleicht Nerven.

»Weil ich nicht auch noch den letzten Rest meiner Ferien mit dir vergeuden möchte, Arschloch.«

»Lea Lewin. Nett wie immer«, nuschelte er durch eine Rauchwolke.

»Sag mir einen Grund, warum ich zu einem wie dir nett sein sollte. Zu einer Ratte!«

Das glühende Ende seiner Zigarette schwebte vor meinen Augen. Er kam mir damit so nah, dass ich Panik bekam.

»Mensch, pass doch auf.«

Ich drehte mein Gesicht schnell zur Seite. Staller grinste und spuckte die Zigarette achtlos auf den Boden. Ein kleines dunkles

Loch brannte sich ungeniert in das graphitgraue Kunststoffgewebe zu meinen Füßen.

»Weil du mich magst«, sagte er und drückte seinen Oberkörper noch ein Stück fester gegen meinen. Die ausgeprägten Muskeln seiner Oberarme zeichneten sich deutlich unter seinem engen T-Shirt ab. Mir wurde die Luft knapp.

»Dass ich nicht lache.«

Ich ertrug seinen starren Blick, ohne mit der Wimper zu zucken. Dazu verbrauchte ich meine letzten Reserven in Sachen Selbstbeherrschung.

»Aber klar«, sagte er.

»Ist der Schwachsinn bei euch in der Familie weit verbreitet oder hat er sich nur bei dir niedergeschlagen?«

Er lockerte seinen Griff ein wenig. Gerade so viel, dass ich die Schultern bewegen konnte. Sein rechtes Bein hinderte mich aber weiterhin mich zu bewegen, weil er mir damit immer noch im Schritt steckte. Nur eine unüberlegte Bewegung von ihm und ich würde die Engel singen hören.

»Du wirst es schon noch merken«, meinte er leise.

»Verpiss dich!«

»Verpiss du dich, Schatz. Ich wohne hier.«

Er beugte sich vor und küsste mich auf die Wange. Der Kerl wollte mich bewusst demütigen. Er machte das wie Wanda. Er ließ mich los.

»Arschloch!«

Mehr fiel mir nicht ein. Staller trat den Zigarettenstummel aus.

»Ich bring dich nach Hause.«

Diese permanente Freundlichkeit brachte mich noch mal zum Kotzen.

»Leck mich!«

Ich riss die Tür auf und rannte polternd die Treppe runter. Im Wohnzimmer sah ich mich um. Wo war der Ausgang? Links, Mitte oder rechts? Das war wie bei Alice im Wunderland. Ich wollte weg.

»Wie kommt man aus der Scheißbude raus?«, schrie ich.

»Du benimmst dich ziemlich kindisch, Lea.«

Staller kam gewohnt lässig die Treppe runter.

»Du kannst mich mal, Staller!«

»Ich bring dich, und jetzt halt endlich die Klappe«, war seine Antwort.

»Ach, wecke ich sonst vielleicht deine sieben verlogenen kleinen Mistratten, Schneewittchen?«

In manchen Momenten bieten sich einem Boshaftigkeiten genauso bereitwillig an wie Huren auf dem Straßenstrich.

»Sie wollen uns schon verlassen?«

Ich fuhr herum und sah geradewegs in die hinreißend blauen Augen einer zierlichen Frau. Ihr volles dunkelbraunes Haar fiel ihr in glatten Linien auf die Schultern. Nur die kleinen Fältchen in ihren Augenwinkeln verrieten, dass sie bereits älter war, als man es auf den ersten Blick vermutet hätte. Sie stand vor mir und lächelte mich an, als wären wir alte Freunde. Stallers Mutter, ohne jede Frage. Ich kam kurz ins Schwanken, fing mich aber schnell wieder. Dieses Haus bot ein Sammelsurium an zwiespältigen Geschöpfen. Ich ließ mich von ihrer Freundlichkeit nicht einwickeln.

»So schnell ich kann, Verehrteste«, antwortete ich. »Der Kerl hat sie doch nicht mehr alle. Hätten Sie dem mal nicht alles in den Arsch geschoben, dann wüsste der vielleicht, dass man nicht jeden auf Teufel komm raus bepissen kann.«

Ich wandte mich erneut an Staller.

»Wie komm ich jetzt hier raus, Herrgott noch mal?«

Er winkte mich tonlos durch den mittleren Türbogen. Hätte ich mir denken können. Dunkle Ölgemälde reihten sich hier aneinander. Eine Fresse knurriger als die andere. Verdammt, ich musste hier schnellstens raus. Ich bekam keine Luft mehr. Ich ließ Stallers Mutter ohne ein weiteres Wort stehen. Die Haustür erinnerte mich stark an ein barockes Kirchenportal. Hier hatte sich einer ausgetobt. Die waren doch alle krank im Kopf. So konnte man doch nicht leben. Ich wollte so schnell es ging nach Hause. Ich brauchte normale Menschen um mich.

Ich lief durch Dornröschens Garten, ohne mich auch nur einmal umzusehen. Dort vorne war das Tor. Ich war gerettet. Gerade als ich das Anwesen des Grauens verlassen wollte, brachte Staller sein dröhnendes Motorrad vor mir zum Stehen.

»Ich hab doch gesagt, ich bring dich«, sagte er.

»Es wär mir aber lieber, wenn du mich einfach in Ruhe lässt.«

»Jetzt benimm dich doch nicht so blöd, Lea.«

Ich ging an ihm vorbei. Ich hatte wirklich keine Lust mehr, mit ihm zu sprechen.

»Was hab ich dir eigentlich getan, Lewin?«

Ich drehte mich nicht mal mehr um.

9

Es dauerte ewig, bis ich endlich zu Hause ankam. Die Schwüle der Luft war fast unerträglich. Ende August war das völlig normal. Ich schwitzte fürchterlich. Mein T-Shirt klebte an meinem nassen Körper. Als ich von der geteerten Straße in die Allee einbog, begann ich zu laufen. Das Haus war zwischen den krummen Ästen der riesigen Bäume fast nicht zu erkennen.

Der Boden unter meinen Füßen war herrlich uneben und von hunderttausend Pflanzen überwuchert, deren Namen ich garantiert nicht kannte. Trotzdem würde ich sie jederzeit wiedererkennen. Das Gefühl der Geborgenheit schwappte wie ein riesige Woge durch mich hindurch. Ich hob die Arme und musste schreien. Endlich konnte ich wieder atmen. Ich verschränkte die Arme im Nacken und lachte laut. Sollten mir doch alle gestohlen bleiben. Wanda stand am Tor und winkte mir zu. Meine Güte, ich war zu Hause.

Bei ihr angekommen, nahm ich sie in meine Arme und drückte sie fest an mich.

»Wo bist du denn gewesen?«, fragte sie.

»Zum Teufel, ich war direkt in der Hölle«, antwortete ich.

Sie fuhr mit ihren schmalen Händen durch meine angeklatschten Haare. Aber selbst wenn die struppigen Dinger nass waren, ließen sie sich nicht in Form bringen. Wir gingen nebeneinander durchs Tor. Ich drückte mein Gesicht in Wandas Haar. Sie drehte sich lachend zu mir, und ich küsste sie schnell auf den Mund.

»Vorsichtig, Lea«, sagte sie leise und strich mir mit ihren Fingern das helle Rosa von den Lippen.

Ich betrachtete sie genauer. Sie sah toll aus. Die langen Locken fielen schwer über ihren Rücken, und ihr enges T-Shirt hatte die gleiche Farbe wie ihre Augen. Grün, wie frisches Gras. Ihr Rock war wie immer viel zu kurz, aber trotzdem war sie wunderschön. Diesmal begriff ich schnell, dass etwas nicht stimmte.

»Was hast du vor?«

»Ich bin verabredet.«

»Mit wem?«

Sie schaute zur Seite. Ich blieb stehen. Das war zu viel. Auf der Mauer saß Staller. Er qualmte wohl seine tausendste Zigarette an diesem Tag und grinste dabei zu uns herüber. Ich wünschte mir, der Lungenkrebs würde schneller arbeiten. Ich befand mich eindeutig in einem Albtraum. Das hier konnte nicht die Realität sein. Weckt mich auf. Der Kerl verfolgte mich. Ich würde ihn nie wieder los werden. Wanda nickte bestätigend.

»Das geht nicht«, entschied ich bestimmt.

»Lea, ich hab dir das neulich erzählt.«

»Was kümmert mich neulich? Du gehst mit dem nirgends hin!«

»Wenn du noch lauter sprichst, dann bekommt er gleich jedes Wort mit.« Sie schlug mir mit ihrer flachen Hand gegen die Brust. »Was ist denn bloß los mit dir?«

Ich konnte ihr nichts erklären. Wanda umfing mein Gesicht mit ihren Händen. Ich konnte sie nicht ansehen. Ich wusste nicht, warum ich das tat. Es war nur ein Gefühl. Deshalb sagte ich: »Ich will das nicht, Wanda. Sag ihm, er soll verschwinden.«

Sie legte eine Hand fest in meinen Nacken. Mit der anderen hob sie mein Kinn und zwang mich ihren Blick zu erwidern. Ihre Finger strichen noch einmal sanft über meine Lippen.

»Hab keine Angst«, flüsterte sie. Dann drehte sie sich um und ging auf Staller zu. Ich schaute mir das nicht an. Vielmehr senkte ich meinen Blick und vergrub beide Hände tief in den Taschen meiner Jeans. Für meinen Geschmack war das Glück ein allzu flatterhaftes Geschöpf. Bereit, sich jederzeit dem Nächsten an den Hals zu werfen. Ich ging rüber zum Haus.

»Ich hole noch schnell meine Tasche.«

Wanda lief an mir vorbei. Ich hörte Stallers Schritte hinter mir und ließ ihn herankommen. Dann, als er auf gleicher Höhe mit mir war, drehte ich mich zu ihm. Ich vermied bewusst jeden Blickkontakt. Immer, wenn ich ihm in die Augen schaute, vergaß ich, was ich eigentlich sagen wollte. Das sollte jetzt auf gar keinen Fall passieren.

»Wenn du ihr wehtust, dann bring ich dich um«, drang es seltsam rau von meinen Stimmbändern. Keine Ahnung, warum ich das sagte. Ich schätze mal, weil ich genau das dachte. Staller war eine Ratte, und er hatte nichts Besseres verdient als einen bis zum Erbrechen abgenutzten Spruch aus einem billigen Western.

»Warum machst du so was eigentlich?«

Ich spürte seine Hand auf meinem Arm. Mir wurde von dem Zigarettengeruch schlecht. Ich stieß ihn weg.

»Leck mich, Staller!«

Ich wollte ihn nicht ansehen. Diese verdammten Augen hauten mich jedes Mal um. Verschwendung an einen echten Arsch.

»Weißt du was?«, sagte er. »Leck du mich doch.«

Seine Schritte entfernten sich. Wann war ich eigentlich zu dem Vollidioten geworden, der hier neben mir stand? Ich trat in die angenehm kühle Halle. Aus dem Wohnzimmer klang Musik. Olympe stand an der Tür zum Garten und betrachtete mich mit nachdenklichem Blick. Ich schlug die Augen nieder. Meine Mutter saß am Klavier. Ihr dunkles Haar war zu einem dichten Zopf geflochten, der auf ihrem aufrecht durchgestreckten Rücken lag. Zwei eigenwillige Locken hatten sich aus der Frisur gelöst und umrahmten ihr Gesicht. So leise wie möglich setzte ich mich zu ihr auf die Bank und lehnte meinen Kopf an ihre Schulter. Sie lächelte, ohne den Blick von den Tasten zu nehmen. Was sie spielte, klang so melancholisch, wie ich mich fühlte.

»Es geht wieder vorbei«, flüsterte sie mir zu.

Es war mir egal, was sie meinte. Ich brauchte genau das. Ich brauchte noch viel mehr davon. Ich brauchte die Absolution von meinem eigenen Charakter.

»War ich schon immer so?«, fragte ich.

Sie nickte, ohne dabei aufzusehen.

»Du wirst auch immer so sein, Lea«, sagte sie.

»Kann ich nichts dagegen tun?«

»Versuche das bloß nicht.«

Die Melodie endete mitten im Akkord. Elisabeth Lewin legte beide Hände flach auf die glatten Tasten und sah mich interessiert an.

»Wenn du versuchst, ein anderer zu werden, wen glaubst du dann zu finden?«

Ihre kühlen Hände strichen über meine Stirn. Mehr davon. Ich schloss die Augen.

»Du bist ein Prinz, mein kleiner Sohn. Vergiss das nie. Jeder von uns hat seine Bestimmung. Versuche nicht, dich dagegen zu wehren.«

Sie hauchte mir einen Kuss auf die Stirn und widmete ihre Aufmerksamkeit erneut der Musik. Ich öffnete meine Augen. Leicht gebeugt saß sie da und wirkte vollkommen in ihrem Spiel versunken. Sie sah Wanda zum Verwechseln ähnlich. Eine wunderschöne Frau mit dem Profil einer Madonna. Maud, meine Mutter und Wanda waren dieselbe Person in unterschiedlichen Altersstufen. Es hatte mich schon immer verwundert, wie es möglich war, dass sich Menschen bis aufs Haar glichen. Ich sah keinem der Lewins ähnlich.

Das kühle Wasser strömte kräftig über meinen Rücken, während ich meine Stirn gegen die glatten Wandfliesen drückte. Stallers Worte verfolgten mich. Warum tat ich das? Ich wusste darauf keine befriedigende Antwort. Vielleicht wäre ich ein anderer geworden, wäre ich nicht in diesem Haus aufgewachsen, oder womöglich war ich einfach nicht im Stande, mich richtig zu streiten, so wie Emma es bereits allgemeingültig für die männliche Bevölkerung festgestellt hatte? Wahrscheinlich aber war ich nur ein totaler Idiot.

Ich drehte das Wasser ab und griff nach dem Handtuch. Da bemerkte ich es zum ersten Mal. Es war wie ein Schatten, der sich an der Wand entlang schob und dann in der Ecke verschwand. Ich drehte mich um und blickte hinter mich. Es war keiner außer mir im Raum. Ich war allein und doch war ich mir sicher, etwas gesehen zu haben. Andererseits hatte ich heute keinen guten Tag, und an schwarzen Tagen konnte man sich einiges einbilden.

Ich beugte mich vornüber und schüttelte mir das Wasser aus den Haaren. Dabei musste ich über mich selbst lachen. Manchmal war ich ein richtiger Spinner. Emmas Geschichten über verärgerte Zwerge und Schatten, die keine waren, hatten mich offensichtlich eingeholt. Ich knotete das Handtuch um meine Hüften und trat mit gesenktem Blick vor den Spiegel. Zweimal kreiste ich mit den Schultern und atmete tief durch. Dann hob ich den Kopf und sah mich an. Das war mein Gesicht. Struppig, unscheinbar und nicht gerade Vertrauen erweckend. Ein Karnickel. Definitiv Leander Lewin.

Das verschwommene Gesicht hinter meinem ignorierte ich. Ich hatte wirklich genügend Probleme. Ich trocknete mich ab und ging rüber in mein Zimmer.

Während ich mir mein T-Shirt über den Kopf zog, machte ich mich auf die Suche nach Jules. Ein Gespräch mit meinem Bruder war genau das, was ich jetzt brauchte. Ich fand ihn in der Werkstatt. Ich setzte mich schweigend auf die dreckige Seemannskiste, die Jules vor einigen Jahren vom Speicher geholt hatte. Die stand in der dunkelsten Ecke des Raumes, gleich neben dem Tor. Mein Bruder hielt in seiner Arbeit inne und sah mich forschend an.

»He«, sagte ich zur Begrüßung.

Er betrachtete mich immer noch.

»Was? Darf ich nicht einfach mal hier sitzen, ohne dass irgendwas los ist?«

Er zuckte mit den Schultern und wandte sich von mir ab. Ich lehnte meinen Rücken an die staubige Mauer und atmete tief ein. Unter mir gab es ein seltsam knautschendes Geräusch. Wie von einem dieser kunstledernen Autositze, auf denen man bei warmem Wetter in kurzen Hosen besonders gut festklebt.

Ich griff unter meinen Hintern. Was ich zu greifen bekam, dehnte sich unter dem Versuch, es unter mir vorzuziehen, in die Länge. Ich wollte nicht aufstehen, also zog ich fester. Gelber Gummi aus dem Jahre 1912 schnalzte klatschend gegen meine rechte Hand. Ich hielt mir die schmerzenden Finger. Eine völlig vergilbte Rettungsweste aus dem ersten Weltkrieg. Verflixtes Teil. Schon so alt und konnte einem immer noch wehtun. Ich hörte Jules unterdrücktes Lachen.

»Wie witzig. Halt dich wegen mir bloß nicht zurück«, rief ich durch den Raum, woraufhin ein zerknitterter Skizzenblock in meine Richtung flog und auf meinem Bauch landete. Jules stand mit dem Rücken zu mir und strich über Olympes Nacken. Der Spachtel in seiner Hand glitt schleifend über ihren Hals und fuhr dann vorsichtig die linke Schulter entlang und hinunter zu ihren vollen Brüsten. Das war jetzt schon die siebzehnte Olympe. Wenn er so weitermachte, dann müsste er sie in Zukunft nicht nur in seinem Zimmer und in der Werkstatt, sondern auch noch in der Halle und im Garten aufstellen. Olympe in Lebensgröße. Nackt. Olympe-Aphroditen. Jules durfte das. Er durfte alles. Jules war ein Künstler. Die genialste Ausrede, um seine sexuellen Phantasien auszuleben. Ich war kein Künstler. Ich war immer noch Leander Lewin. Es war angenehm kühl hier drinnen. Kühl und leise. Ich schloss die Augen.

Diese Schwimmweste, die ich in meinen Händen hielt, gehörte zu einer von Jules Geschichten. Er hatte sich damals fast umgebracht. Als Elfjähriger war er während eines Gewitters auf die große Blutbuche am Flussufer geklettert, um dem Herrgott beim Blitzeschleudern zuzusehen. Pfarrer Grimm hatte ihnen von der Apokalypse erzählt, und Jules hatte das alles wieder mal furchtbar wörtlich genommen. Er wollte einen Beweis. Den bekam er, als der Blitz in den Baum einschlug, auf dem er saß. Jules haute es mit voller Wucht aus seinen Turnschuhen. Er flog in hohem Bogen. Zum Glück hatte er sich nicht den Hals gebrochen, sondern nur die rechte Schulter verrenkt, aber seine Hände und Füße waren von der Hitze des Blitzes verbrannt worden. Hatte er mir damals einen Schrecken eingejagt. Ich dachte, er wäre tot.

Wanda war außer sich, weil Jules sich, wie sie es ausdrückte, wegen so einem blöden Religionsscheiß beinahe umgebracht hatte. Aber trotzdem kramte sie diese Schwimmweste aus einer von Großvaters Kisten auf dem Speicher und trug sie ganze zwei

Wochen lang. Sie weigerte sich strikt, die Rettungsweste wieder auszuziehen. Sie trug sie Tag und Nacht. Sie ging sogar damit zur Schule. Sie sah lächerlich aus, in diesem vergilbten Gummischlauch, auf dessen Rückseite nur noch die Buchstaben M L O K S zu entziffern waren, aber das war ihr egal. Wanda konnte damals noch nicht schwimmen und hatte schreckliche Angst, zu ertrinken. Sie wollte auf alles vorbereitet sein, und ihr eigenes Unvermögen sollte ihr da keinen Strich durch die Rechnung machen. Sie zog das modrig stinkende Teil nicht einmal im Bett aus.

Ich wurde durch einen gewaltigen Lärm aus meinen Träumen geweckt. Jules wütete wie ein Verrückter. Er hielt die Schneiderpuppe in den Händen und schlug damit auf Olympe ein. Immer wieder schleuderte er das ramponierte Ding mit voller Wucht gegen die Frauenkörper im Raum. Arme brachen, Köpfe rollten, und Jules drosch immer heftiger darauf ein. Er zerstörte eine nach der anderen mit solch brutaler Hingabe, dass ich mir die Arme vors Gesicht halten musste. Die Luft schwirrte von spitzen Gipsteilen, die gefährlich nah an mir vorbeiflogen. Wozu machte der Kerl eigentlich seit Jahren diese Psychotherapie? Er sollte in den Boxring steigen und anderen aufs Maul hauen, vielleicht würde ihm das helfen.

»Jules, hör auf!«

Ich wich seiner enormen Waffe aus, die über meinen Kopf hinweg sauste.

»Schluss jetzt, verdammt noch mal!«

Ich sprang ihn an. Mit beiden Armen umklammerte ich ihn von hinten. Jules versuchte mich abzuschütteln, aber ich ließ nicht mehr los. Er schleuderte mich hart gegen die Staffelei und danach gegen die Wand, aber ich blieb an ihm dran. Ich schrie bei jedem Schlag, den mein Körper abbekam, laut auf. Nachdem ich dreimal mit voller Wucht gegen die raue Wand gekracht war, musste ich loslassen. Mein Rücken schmerzte höllisch und in meinem Kopf dröhnte es, wie nach einem Vollrausch. Ich war noch nie richtig betrunken, aber es musste sich genauso anfühlen, wenn man am Morgen nach einer durchzechten Nacht aufwachte. Mir wurde schlecht. Jules war nicht zu bremsen. Er drehte sich einmal um sich selbst und schleuderte die Schneiderpuppe wie einen Wurfhammer in meine Richtung. Ich warf mich flach auf den Boden und bedeckte meinen Kopf mit beiden Armen.

Das Ding krachte gegen die Wand und fiel dann bleiern auf meine Beine. Meine Kniescheiben knirschten laut. War das Teil schwer. Dieser Mistkerl von Bruder wollte mir wirklich wehtun. Er stand mit einem ausgerissenen Arm in der Hand vor mir, und es sah aus, als wollte er ihn gleich auf meinem Kopf zerschmettern. Er wollte Krieg? Den konnte er haben. Ich blickte für eine Sekunde direkt in die starren Bärenaugen neben mir. Ich wollte noch nicht sterben.

In mir mobilisierten sich alle mir verbliebenen Kräfte. Ich stemmte die Arme gegen den Boden und stieß mich ab. Wie beim Wettlauf schoss ich aus meinem Startblock. Ich packte Jules um die Hüften und rammte ihm meinen Kopf in den Bauch, bevor wir beide mit voller Wucht gegen das Tor knallten. Das Holz bebte, und wir glitten zu Boden. Jules stöhnte. Er saß mit geschlossenen Augen an das Tor gelehnt. Ich befühlte meine rechte Augenbraue. Etwas Hartes steckte dort fest. Ich zog es raus und warf den Gipssplitter weit fort von mir. Ich blutete wieder mal. Mit dem Ärmel meines T-Shirts drückte ich auf die Wunde.

»Du blöder Arsch von einem Bekloppten«, knurrte ich. Jules reagierte nicht. Ich wollte ihm noch viel mehr sagen, aber als ich zu ihm rüberschaute, sah ich Tränen über seine Wangen laufen. Sie tropften lautlos über seine Wimpern und rannen über sein Gesicht.

»He, Mann. Komm schon«, sagte ich und strich ihm die Tränen weg. Gleich waren neue da. »Komm her.«

Jules legte seinen Kopf in meinen Schoß. Immer wieder strich ich über seinen stumm bebenden Rücken.

»Schh… ist schon gut«, flüsterte ich. »Es kommt alles wieder in Ordnung, Julie.«

Gar nichts war gut. Das wusste ich ebenso gut wie Jules. Aber manchmal würde man es gar zu gerne glauben.

Wir verbrachten Jahre in unserem Schlachtfeld. Ich hatte die letzten Sonnenstrahlen beobachtet, wie sie durchs Fenster fielen und sich dann über Nacht im Schatten des blühenden Fliederbusches versteckten. Ich hielt meinen Bruder fest. Ich wusste nur zu gut, was ihn quälte. Er wollte etwas haben, das er nicht bekommen konnte.

Draußen war stockdunkle Nacht, als wir die Werkstatt verließen. Nicht einmal der Mond war zu sehen. Wir gingen schweigend nebeneinander her. Alles war still. Ein paar Fledermäuse schwirrten eine Weile unentschlossen über unseren Köpfen, verschwanden dann aber wieder dahin, woher sie gekommen waren.

»Was habt *ihr* denn gemacht?«

Die erstaunte Stimme gehörte Wanda. Wurde ich jetzt genauso verrückt wie Jules? Als hätte man ein Flutlicht eingeschaltet, strahlte das Silber des Mondes plötzlich vom nachtschwarzen Himmel. Wanda stand an der Haustür. Staller lehnte neben ihr. Ich blieb stehen und sah an mir herunter. Meine Jeans waren völlig verdreckt und mein ehemals weißes T-Shirt hing zerrissen an meinem Oberkörper. Ich beugte mich vor und fuhr mir kopfüber durch die Haare. Es staubte gewaltig. Ich sah meinen Bruder an. Jules strich zärtlich durch mein Maushaar und grinste, dann ging er an den beiden vorbei ins Haus. Die Tür schloss sich hinter ihm und ich war Wandas Fragen allein ausgeliefert. Es war mir egal.

In der Tat machte es mir nichts aus, dass ich wie ein Idiot aussah, und ich bekam auch keinen zornigen Schweißausbruch bei Wandas und Stallers Anblick. Es war mir egal. Vermutlich war ich einmal zu oft gegen die Wand geknallt.

»Lea. Was war mit euch los?«

Wanda berührte vorsichtig mein Gesicht. Die Stelle über der Augenbraue war noch recht empfindlich.

»Gar nichts. Autsch, pass auf.«

»Das kannst du mir nicht erzählen. Sieh dich doch nur mal an. Also was war es?«

Ich zuckte mit den Schultern.

»Kleine Meinungsverschiedenheit unter Brüdern.« Ich stemmte mich gegen die Haustür. »Er wollte mich umbringen, das ist alles.«

Wanda packte mich fest am Arm.

»Ist schon gut. Er hat's ja nicht getan. Also vergiss es.« Ich versuchte sie abzuschütteln. »Lass los jetzt, Wanda.«

Sie gab meinen Arm frei und schob mich durch die Halle.

»Du gehst erst mal unter die Dusche. So kommst du mir auf keinen Fall ins Bett. Gott, wie du wieder aussiehst!«

Sie schimpfte mit mir. Ein gutes Zeichen. Das gab mir das Gefühl, dass alles in Ordnung kam. Auf der Treppe drehte ich mich noch mal um. Staller stand in der Tür und sah uns nach. Keinen Ton hatte ich heute Abend von ihm gehört. Was war los? Hatte ich ihm die Tour vermasselt? Er hatte wieder diesen Beobachtungsblick drauf. Ich spürte Panik in mir aufkeimen, aber ich riss mich zusammen.

»Hör mal, Staller. Das fällt mir jetzt nicht leicht, o.k.? Also ... entschuldige.«

Es war raus. Ich war auf dem Weg, ein besserer Mensch zu werden.

»Was denn?«

Er wirkte durcheinander.

»Einfach alles.«

Sah irgendjemand den Heiligenschein, der über mir strahlte? Er zwinkerte mir zu und ich schlurfte weiter ins Bad. Dort ließ ich das warme Wasser über mich laufen. Lange ließ ich es laufen. Beinahe wäre ich im Stehen unter der Dusche eingeschlafen, aber Wanda zog mich raus und wickelte mich in ein Handtuch. Dann steckte sie mich ins Bett. Mein Körper fühlte sich taub an, so, als wäre er in Narkose versetzt. Wanda schmiegte sich an mich.

»Es ist mir egal, um was es ging«, sagte sie leise.

»Lügnerin. Wie war dein Abend, Kleine?«

Sie strich über mein feuchtes Haar.

»Das nächste Mal kannst du gleich mitkommen.«

»Du spinnst wohl.«

»Nein, wirklich. Es ging den ganzen Abend sowieso nur um dich. Lea hier und Lea da.«

»Im Ernst?«

»Würde ich dich belügen?«

»Manchmal.«

»Heute nicht.«

Ich schlief ein.

10

Am nächsten Morgen erwachte ich völlig entspannt. Kein Stoß in den Magen, kein hypnotischer Blick und kein blendender Lichtstrahl. Die Spätsommersonne bemühte sich vergeblich, die allzu dichte Wolkendecke zu durchbrechen, um uns den Beginn unseres neuen Lebensjahres zu erhellen.

Wanda lag wie immer neben mir, als ich die Augen öffnete. Sie trug meinen brombeerroten Flanellpyjama und sah aus dem Fenster hinaus in den graublauen Himmel. Ohne Vorwarnung warf ich mich auf sie und drückte ihr einen festen Kuss auf die Wange. Wanda schrie nicht auf. Sie schlug nicht mal nach mir. Sie sah mich nur an. In ihren Augen standen Tränen.

»Wanda, was ist denn?«

Mit einer unbeholfenen Bewegung strich ich ihr eine ihrer dicken Locken aus der Stirn.

»Hab ich dir weh getan? Das wollte ich nicht. Entschuldige.«

Wanda schüttelte den Kopf und legte ihre Arme um mich. Sie umklammerte mich für einen Moment so fest, dass ich nach Luft schnappen musste, bevor sie mich so heftig von sich wegstieß, dass ich fast aus dem Bett kippte.

»Du brauchst dein eigenes Zimmer, Lea.«

»Was?« Ich dachte, ich hätte mich verhört. »Warum, um alles in der Welt, soll ich ein eigenes Zimmer brauchen?«

»Weil es einfach Zeit dafür ist, Lea, deshalb.«

Ich verstand gar nichts. Sie nahm mein Gesicht in beide Hände. Sie machte mich ganz durcheinander. Waren es Zweifel an dem, was sie gesagt hatte, oder war ich wirklich so ahnungslos? Ich schüttelte den Kopf.

»Warum?«

Anstatt einer Antwort stieß sie mich hart zur Seite und setzte sich dann breitbeinig auf meinen Bauch. Sie trug einen von ihren rosa Schlüpfern mit dem kleinen Spitzenrand. Dort, wo sich die Pyjamahose ein Stück verzogen hatte, konnte ich ihn sehen. Ich blickte hoch in ihr Gesicht und strich mit beiden Händen über ihre tränenfeuchten Wangen.

»Nicht am Geburtstag weinen. Das bringt Unglück.«

Ihre Finger legten sich um meine Handgelenke und drückten meine Arme mit sanfter Gewalt über meinen Kopf hinweg nach hinten ins Kissen. Ich fühlte mich wie ein Ringer beim Aus. Dann beugte sie sich zu mir herunter und küsste mich. Es war nicht die Art von schwesterlichem Kuss, die ich sonst von ihr gewohnt war. Diesmal legte sie ihre Lippen nur ganz leicht auf meine, und ich spürte, wie ihre Zungenspitze die Form meines Mundes nachzeichnete. Ein wohliger Schauer jagte durch meinen Körper.

Wandas Hände strichen quälend langsam an den Innenseiten meiner Arme entlang, weiter über meine Brust, bis sie auf meinem nackten Bauch ankamen. Mit beiden Händen glitt ich unter ihren Pyjama und streichelte über ihren Rücken. Sie war wunderbar warm. Erst fuhren meine Finger hoch bis zu ihrem Nacken und dann wieder zurück und weiter forschend hinunter in die Hose ihres Pyjamas. Sie drückte sich fester gegen mich. Was sich zwischen meinen Beinen abspielte, lag außerhalb meiner Befehlsgewalt.

Wanda öffnete mit ihren Lippen meinen Mund, und ich spürte, wie ihre Zähne sanft gegen meine drückten, während sich ihre Zunge unter meine schob. Ein gedämpftes Stöhnen drang aus meinem Inneren, und ich umfasste ihren Hintern fester. Ich dachte nicht nach, sondern kam ihr automatisch entgegen. Als ich meine Lippen fordernd gegen ihre drückte, riss sie sich plötzlich von mir los.

»Genau das ist der Grund, Lea!«, rief sie. »Verstehst du das jetzt endlich? Genau deshalb geht das alles nicht mehr!«

Sie lief fluchend aus dem Zimmer. Ich blieb liegen, wie sie mich verlassen hatte. Unfähig mich zu bewegen, starrte ich an die Zimmerdecke. Ich versuchte zu begreifen, warum sich innerhalb einer Minute alles zwischen uns geändert hatte, aber ich war wie betäubt. Ich konnte nur an den Kuss denken, an Wandas Gewicht auf meinem Bauch und an das Kitzeln ihrer Locken, die sich auf mein Gesicht legten. Es dauerte ewig, bis sich der Mistkerl da unten wieder beruhigte.

Ich hatte meine Schwester geküsst. Ich hatte sie nicht nur geküsst, sondern es hätte nicht viel gefehlt und ich hätte noch ganz andere Sachen mit ihr gemacht. Verdammt! Lewin, du Scheißkerl! Ich zog meine Jeans und ein frisches T-Shirt an. Ich wusste nicht mal, was ich ihr erklären wollte, wenn ich sie fände, aber ich musste sie sehen. In der Küche war sie nicht. Dafür saßen alle anderen dort und riefen mir laut ihre Glückwünsche entgegen. Ich hatte sie mehr als nötig, wenn ich das wieder hinbiegen wollte. Olympe, die hinter Jules stand, beobachtete mich. Ich konnte ihrem ernsten Blick nicht standhalten und sah zur Seite.

»Wo ist Wanda?« fragte ich.

»Sie ist schon mal vorgegangen«, erklärte meine kleine Schwester. »Du sollst hinterherkommen, hat sie gesagt.«

Emma betrachtete mich interessiert.

»Was habt ihr denn vor?«

Meine Mutter schob demonstrativ meinen Stuhl zurecht.

»Das kannst du auch gerne tun«, sagte sie mit strenger Stimme. »Aber vorher wird gefälligst gefrühstückt.«

»Nachkommen? Wohin denn?«, fragte ich.

Ich hatte keinen klaren Gedanken im Kopf. Rätselstunde für die ganz Schnellen. Dieser Morgen fing ja wirklich gut an. Anscheinend wollte mir niemand die Möglichkeit geben, irgendetwas zu begreifen. Emma sah verwundert auf.

»Wanda meinte, ihr beiden seid zum Spompanadln verabredet«, sagte sie.

Ich schnappte mir im Vorbeigehen ein warmes Milchbrötchen und lief hinaus. Ich hörte meine Mutter dramatisch seufzen, aber ich war bereits zur Tür raus. Jetzt wusste ich, wo sie war. Keine Ahnung wieso, aber wenn überhaupt, dann wäre unser Problem nur dort zu lösen.

Ich rannte so schnell ich konnte. Schon von weitem sah ich

sie. Sie trug Olympes hellblaue Strickjacke über meiner an den Knien ausgebeulten Latzhose. Mit weit ausgebreiteten Armen balancierte sie barfuß über das Brückengeländer. Ihre langes Haar fiel ihr offen und zerzaust über den Rücken. Sie war noch immer das schönste Mädchen, das ich je gesehen hatte. Da war ich mir leider ganz sicher.

Ich ging langsam auf sie zu. Ich wusste nicht, was ich ihr sagen würde. Als ich sie erreicht hatte, legte ich meine Arme vorsichtig um ihre Beine. In ihrem Lächeln erkannte ich zu meiner Erleichterung die mir bekannte Wanda wieder. Ihr Zeigefinger bedeutete mir, zu ihr hochzukommen. Ich wich einige Schritte zurück und schüttelte abwehrend den Kopf.

»Oh nein, Wanda. Da kriegst du mich nicht rauf. Nie im Leben.«

»Wenn wir das hinter uns bringen wollen, dann müssen wir auch etwas dafür tun, Lea.«

Sie sah ernst auf mich herunter. Olympe hatte mich noch vor wenigen Minuten genauso angesehen. Ich spürte mein Gewissen bleischwer in meiner Brust.

»Lea, nur einmal. Na komm schon, dann sind wir beide fertig damit.«

»Du meinst wohl, dann sind wir beide tot. Weil wir uns dabei das Genick brechen werden, wenn nicht noch mehr. Gott, Wanda. Maud bringt uns um.«

Ich kam ihr näher.

»Komm jetzt runter Wanda, das hilft doch auch nicht«, bat ich.

Aber Wanda rührte sich nicht vom Fleck. Sie wartete. Ich wurde zunehmend ungeduldig.

»Komm jetzt da runter«, forderte ich sie erneut auf. »Es reicht, dass sich Jules fast umgebracht hat.«

Wanda streckte mir ihre Hand entgegen.

»Ich komm erst runter, wenn du raufkommst.«

Ich hasste diese Erst-du-dann-ich-Spiele.

»Verdammt, Wanda. Was soll das? Du weißt ganz genau, dass ich da nicht rauf kann.«

Das war die Wahrheit. Im Gegensatz zu Wanda und Jules vertrug ich die Höhe einfach nicht. Schon der Gedanke daran verursachte mir ein derartiges Schwindelgefühl, dass mein gesamter Körper zitterte und es mir speiübel wurde.

»Lea. Nur das eine Mal. Ich verlange das bestimmt nie wieder von dir, das verspreche ich dir. Aber wir beide müssen das jetzt hinter uns bringen, sonst schaffen wir es vielleicht nie mehr. Verstehst du mich denn nicht?«

Die ehrliche Verzweiflung in ihrer Stimme zielte auf mein Innerstes. Sie streckte wieder ihre Hand nach mir aus. Ich zögerte, sie zu ergreifen.

»Wenn du es schon nicht für dich selbst tun willst, dann mach's wenigstens für mich.«

Ich holte tief Luft und fluchte vor mich hin. Wanda wusste schon immer, wie sie mich dazu bringen konnte, das zu tun, was sie wollte. Ich kannte kein mir verhassteres Gefühl als das von meinem schlechten Gewissen. Also ergriff ich ihre Hand und stieg auf das verdammte Geländer.

Es dauerte eine Ewigkeit, bis ich die Knie durchstrecken konnte. Mit dem Rücken lehnte ich wie festgeklebt an einem der stählernen Pfeiler, die schräg über mir bis weit in den Himmel ragten. Ich sah Wanda fest in die Augen. Ein Moment der Sicherheit.

Dann schaute ich nach unten. Ein Fehler. Gott, war das hoch. Meine Beine bewegten sich nicht einen Millimeter vorwärts. Das Geländer schwankte sachte in seinen rostigen Verankerungen. Ich dachte daran, wie ich die in mir wohnende und konstant ansteigende Panik am besten unter Kontrolle halten könnte. Warum tat ich das? Hatte ich nicht laut und deutlich »Nein« gesagt?

Ich verfluchte meinen billigen Charakter, als ich in das Gesicht meiner Schwester sah. Sie hielt mir noch immer seelenruhig ihre Hände entgegen. Ich griff zu. Das hatte ich schon immer getan. Aber ich war an einem Punkt angekommen, an dem das nicht mehr ausreichte. Ich wollte zu viel von ihr. Ich war mitten in ein riesengroßes Problem geschlittert, ohne zu ahnen, wie schwierig es sein würde, dort wieder herauszukommen.

Ich dachte nach, wie ich es am besten verhindern könnte, mir vor Angst in die Hosen zu machen. Es gibt keine peinlichere Erinnerung als das reale Gefühl, wie einem die eigene Pisse an den Beinen runterläuft. Im selben Moment, in dem ich Wandas Hände umfasste, passierte etwas. Wie auf Knopfdruck. Ich spürte ein enormes Kribbeln, beinahe wie Elektrizität, die meinen gesamten Körper durchfloss. Ungeahnte Leichtigkeit überkam mich. Meine Lungen waren frei und ich konnte atmen. Ich wurde übermütig.

Ich ließ Wandas Hände los und ging in die Knie, um meine Turnschuhe aufzubinden. Ich zog erst den einen und dann den anderen aus. Als ich mich wieder aufrichtete, breitete ich die Arme aus und fing laut an zu schreien. Ich konnte gar nicht mehr aufhören. Dann verlor ich endgültig die Balance und stürzte ab.

Ich landete auf der sicheren Seite. Beim Fallen war einer meiner Turnschuhe unten auf die Gleise gefallen und wartete darauf, dass ich ihn mir wiederholte. Wanda sprang zu mir herunter, und wir beide sahen über das Geländer. Wir hatten es getan. Ob es uns bei unserem gemeinsamen Problem geholfen hatte, wussten wir noch nicht, aber wir hatten es getan und uns für eine Weile vollkommen sicher gefühlt.

Ich rutschte die steile Böschung hinunter. Überall verfing ich mich in dürrem Dornengestrüpp und trat auf Millionen spitzer Steine, ehe ich ein Stück weit über die glatten Schienen balancierte. Was für eine Wohltat. Ich kam meinem Schuh näher und steckte ihn hinten in meine Hose. Um den steilen Hang wieder hinaufzukommen, brauchte ich freie Hände.

Ich drehte mich um und sah zu Wanda hoch. Sie lehnte weit über dem Geländer. Du meine Güte. In ihrer Hand hielt sie meinen zweiten Turnschuh, den sie über den Abgrund baumeln ließ. Ich hüpfte auf den rissigen Holzbohlen entlang, bis ich genau unter ihr stand.

»Runter damit!«, rief ich nach oben. »Jetzt mach schon. Wirf ihn runter. Komm schon. Das tut weh hier.«

Ein Höllenlärm brach über mir los. Drei Düsenjets in der typischen Formation, einer vorne von den übrigen beiden flankiert, sausten über meinen Kopf hinweg. Ich hielt mir mit beiden Händen die Ohren zu. Sie schossen in rasender Geschwindigkeit und mit minimalem Abstand über die Brücke. Wanda winkte wild mit den Armen. Sie rief mir etwas zu, aber bei dem ganzen Krach um uns herum war es mir unmöglich, sie zu verstehen. Ich musste lachen. Da warf sie den Turnschuh nach mir. Es sah fast so aus, als würde sie direkt auf mich zielen. Ich sprang ein Stück zur Seite. Nicht viel, und sie hätte mich getroffen.

Die Flugzeuge entfernten sich mitsamt ihrem Lärm. Aber kaum waren sie verschwunden, näherte sich ein neues Geräusch. Ich überlegte einen Moment, woher ich es kannte, als ein kreischender Pfiff hinter mir ertönte. Ich drehte mich um und im gleichen Augenblick traf mich ein eisenharter Schlag an der Schulter, der mich zur Seite schleuderte. Das alles dauerte nicht länger als höchstens drei Sekunden. Danach fehlte mir ein ganzes Stück Zeit.

Als ich meine Augen wieder öffnete, starrte ich an eine weiße Zimmerdecke mit nervös flimmernden Neonröhren. Ich konnte nicht tot sein. Im Himmel hatten sie keine Neonröhren. Da war ich mir ziemlich sicher. Außerdem, wenn ich tot wäre, dann würde jetzt mein Leben in schnell aufeinander folgenden Bildern wie bei einem Dia-Vortrag an mir vorüberziehen. Das tat es aber nicht. Auch war da kein Lichtschein, der mich mit sich nehmen wollte. Über mir summten lediglich diese Kunstlichtröhren, von denen ich nach wie vor überzeugt bin, dass sie einen über kurz oder lang verrückt im Hirn machen.

In meinem Kopf dröhnte es höllisch, mein gesamter Oberkörper schmerzte so wahnsinnig, dass ich nur flach atmen konnte. Ich ließ meine Augen auf der Suche nach etwas mir Bekanntem durch den fremden Raum wandern und fand Wanda. Sie saß neben mir auf dem Bett, das mit gestärkter, absolut duftfreier Baumwollwäsche bezogen war, und hielt meine Hand. Sie war blass. Ich versuchte zu lächeln.

»Schönen Geburtstag, Wanda.«

Meine Stimme kratzte, als wäre ich noch immer im Stimmbruch. Wanda schlug die Augen nieder, und ich bemerkte, wie ihre Schultern zuckten. Sie weinte. Immer wieder streichelte sie über mein Haar. Ich hatte nichts dagegen. Sie durfte das. Dann sah ich unsere Mutter. Sie presste ihre Hand fest gegen den Mund. Sie sah beinahe so geschockt aus wie damals bei der Sache mit Olympe.

»Aber Mama. Es ist doch keiner gestorben«, versuchte ich sie zu trösten. »Ich werd schon wieder, keine Sorge.«

Sie strich mir mit ihrer kühlen Hand sanft über die Stirn.

»Natürlich, mein Liebling«, sagte sie. »Wie fühlst du dich denn?«

Ich versuchte noch einmal ein Grinsen zu Stande zu bringen.

»Als hätte mich ein Zug erwischt.«

Der Scherz war abgedroschen und noch dazu unpassend. Ich versuchte das Gesagte abzumildern.

»Entschuldige. Mein rechter Fuß tut ziemlich weh, aber sonst bin ich topfit. Wirklich keine große Sache.«

Sie setzte sich seufzend neben Wanda auf das Krankenbett.

»Sei nicht traurig, Mama. Es geht mir gut. Mir ist doch nichts passiert. Alles noch dran.«

In den darauf folgenden Minuten erfuhr ich, dass dem nicht so war. Denn als der Zug mich erfasste, wurde ich von der Wucht des Aufpralls zwar glücklicherweise zur Seite geworfen, aber mein rechtes Bein kam nicht schnell genug mit. Es wurde unter die Lok gezogen und oberhalb meines Knies mit einem sauberen Schnitt vom Rest meines Körpers abgetrennt.

Als der Krankenwagen kam und man mich einlud, bestand Wanda darauf, mein Bein selbst zu tragen. Sie sagte immer wieder, dass es mir wieder angenäht werden müsse und es dürfe auf keinen Fall verloren gehen. Es muss in der Tat recht makaber ausgesehen haben, wie sie mit meinem halben Bein durch die Klinik rannte und die Ärzte anschrie, sie sollten es gefälligst sofort wieder anbringen. Aber letztendlich musste auch sie sich damit abfinden, dass das nicht mehr in ihrer Macht lag. Bevor Wanda an diesem Abend das Krankenzimmer verließ, beugte sie sich zu mir herunter.

»Es tut mir so Leid, Lea«, flüsterte sie. »Das wollte ich doch nicht. Sag mir bitte, wie ich es wieder gutmachen kann.«

Ich sah in das Gesicht über mir, dessen Züge ich auswendig kannte. Die warmen grünen Augen, die feingeschnittene Nase und die vollen Lippen von cremigem Rosa. Ich hatte nur einen einzigen Wunsch.

»Lass mich nicht allein.«

Sie küsste mich zart, wie ich es aus unseren Kindertagen kannte. Dann drehte sie sich um und war fort.

Es sollte Wochen dauern, ehe ich mich, auf Krücken gestützt, fortbewegen konnte. Nachdem die Wunde gut verheilt war, wurde mir eine Unterschenkelprothese angepasst. Mit der Zeit und dank der Hilfe von einer ganzen Reihe bedauernswerter Leute, die sich trotz meiner ungelenken Art wirklich die größte Mühe mit mir gaben, lernte ich so gut damit zu gehen, dass meine Behinderung letztendlich nicht sehr auffiel.

Ich war trotz der unabänderlichen Tatsache, jetzt ein Krüppel zu sein, nur kurze Zeit deprimiert. Ich denke, da ich ohnehin ein duldender Charakter war, konnte ich mich dieser neuen Situation leichter anpassen. Ich konnte mit der Rache der Götter umgehen. Es gab Schlimmeres.

Was mir dagegen wirklich schwer zusetzte, war Wandas Abwesenheit. Nach ihrem Abschied an jenem Abend unseres Geburtstages sah ich sie ganze acht Wochen nicht mehr. Immer wenn ich Maud bat, ihr auszurichten, dass sie kommen solle, antwortete sie nur: »Du kannst sie nicht behalten, Lea.«

Maud machte keinen Hehl daraus, dass sie wusste, was mit mir los war. Sie schien sowieso immer alles zu wissen. Ihr einziger Kommentar zu meinem Unglück war: »Besser ein Bein als die Hände, mein Schatz. Zum Schreiben brauchst du deine Hände.« Sie schonte mich nicht.

Die nächsten zwei Monate waren die bis dahin schwersten Monate, die ich je erlebt hatte. Ich vermisste mein altes Leben, ich vermisste meine Familie und ich vermisste Wanda. Ich vermisste sie so sehr, dass es weh tat.

Als ich sie endlich wiedersehen sollte, stand ich am Fenster meines Krankenzimmers. Ich sah hinunter auf die Straße und auf die Menschen, die dort emsig hin und her eilten. Jeder von denen dort unten hatte ein Leben, und jedes Leben war verknüpft mit mindestens einem anderen und das wiederum mit noch einem anderen, und so ging das immer weiter. Und sie alle schienen ganz genau zu wissen, wohin sie wollten und wohin sie gehörten. Ich hingegen war mir da nicht mehr sicher. Wenn ich mir mein eigenes Leben ansah und mir meine Zukunft vorstellte, musste ich erkennen, dass ich im Grunde überhaupt nicht wusste, wohin oder worauf ich mich zubewegte. Ich hatte weder ein Ziel noch wusste ich auch nur ansatzweise, was mich erwartete. Erst als ich meinen Namen hörte, wurde mir bewusst, dass ich nicht länger allein war.

Ich drehte mich um und sah direkt in ihr vertrautes Gesicht. Ich lehnte mich mit dem Rücken fest gegen das kalte Fensterglas. Meine Hände umfassten das schmale Fensterbrett. Ich musste mich festhalten, wenn ich nicht umfallen wollte.

»Wo bist du die ganze Zeit gewesen?«

Meine Stimme klang rau, und ich spürte, dass ich meine Schwester am liebsten gepackt und geschüttelt hätte.

»Ich hab auf dich gewartet, Wanda. Jeden Tag hab ich gewartet, aber du bist nicht gekommen. Was war denn so schrecklich wichtig, dass du mich hier wochenlang sitzen lässt?«

Wanda wich meinem Blick aus.

»Ich dachte, dass es richtig wäre, Lea«, sagte sie leise und kam näher. Hätte ich meine Hand ausgestreckt, hätte ich sie berühren können. Aber ich tat es nicht. Ich spürte diesen Druck in meiner Brust, als hätte man mir mit voller Wucht einen Schlag versetzt, und suchte wieder einmal nach Worten, die dann viel zu schnell und ungelenk aus mir herauspolterten.

»Und warum hast du mir nicht gleich mein Herz rausgerissen? Dann könntest du dir hundertprozentig sicher sein, dass gar nichts mehr passiert.«

Ich spuckte ihr die Worte regelrecht entgegen. Wandas Stimme war so leise, dass ich sie beinahe nicht mehr verstand.

»Hör auf, Lea«, bat sie. »Du tust mir doch weh.«

Ich spürte, dass ich genau das wollte und erschrak vor mir selbst. Ich schlug die Augen nieder. Als ich weitersprach, fürchtete ich beinahe ihre Antwort.

»Und? Hat es funktioniert? Ich meine, hat das alles jetzt wenigstens was genützt?«

Sie warf mir einen forschenden Blick zu.

»Sag du's mir.«

Ich beugte mich vor und legte meine Lippen nur ganz kurz auf ihren Mund. Diesmal wich sie mir nicht aus. Sie war warm und schmeckte nach dem Erdbeerkaugummi, den sie kurz vorher auf das Fensterbrett geklebt hatte. Ich wollte dieses wohlige Gefühl ganz tief in mir aufbewahren. Bis in alle Ewigkeit. Tief unter all dem Gerümpel, das sich in mir angesammelt hatte. Augenblicklich wurde mein Körper von eindeutiger Erregung gepackt. Hätte dieser verdammte Zug doch das bewusste Körperteil erwischt. Ich schüttelte stumm den Kopf. Sie lehnte sich an mich und steckte ihren Kaugummi zurück in den Mund.

»Wir schaffen das, Lea«, murmelte sie. »Du und ich. Wir kriegen das hin.«

Ich streichelte über ihre Locken und fragte mich, wie sie sich dessen nach allem so sicher sein konnte.

Als ich nach Hause kam, erwartete mich dort ein verlassenes Zimmer. Wanda war ans andere Ende des Flures gezogen und unser gemeinsames Bett gehörte jetzt Emma. Wenn Albert über Nacht blieb, dann lagen die beiden eng beieinander in den Kissen, und es war mir, als sähe ich mich selbst, wie ich als kleiner Junge neben Wanda lag und keinen Gedanken daran verschwendete, dass sich jemals etwas ändern könnte.

Ich lag an jenem Abend lange wach und erinnerte mich an die vergangenen Tage unserer Kindheit. Wir befanden uns jetzt in einer fremdartigen und verwirrenden Grauzone. Wir waren ganz sicher keine Kinder mehr, aber vom Erwachsensein – was immer das auch sein mochte – schienen wir ebenso weit, wenn nicht sogar noch weiter entfernt.

Der Unfall war eine unglückliche Verkettung ebenso unglücklicher Umstände und im Endeffekt meine eigene Schuld. Wanda behauptete zwar immer, dass das alles nie geschehen wäre, wenn sie mich nicht gezwungen hätte, und deshalb trüge sie allein die Verantwortung an meinem Unglück. Aber ich weiß, dass das nicht stimmte, sondern dass es ganz allein mir zuzuschreiben war, was an jenem Tag passierte.

Ich griff unter das Kopfkissen und zog den Fremdwörter-Duden hervor. Ich suchte unter D wie Duell. Das war so eine Sache, die ich mir im Krankenhaus angewöhnt hatte. Jeden Abend las ich mindestens zwei Seiten, um mich von meinen eigenen Gedanken abzulenken. Es funktionierte einwandfrei. Von avernalisch über Criollismo bis zu D wie Duell, wo ich am Abend zuvor stehen geblieben war, hatte ich mich erfolgreich gegen mich selbst zur Wehr gesetzt.

11

Die siebzehnte Wende. Mir wurde langsam die Luft knapp. Lange würde ich heute nicht mehr durchhalten, aber ich dachte nicht daran aufzugeben. Es war sieben Uhr morgens und ich zog meine Bahnen in der Schwimmhalle der Schule. Um diese Zeit konnte ich mir ganz sicher sein, von keinem neugierig begafft zu werden, wenn ich meine Prothese am Beckenrand abstellte und ins Wasser tauchte.

Achtzehn.

Ich war nicht allein. Aus dem Augenwinkel erkannte ich, dass jemand neben mir kraulte. Jedes Mal, wenn ich Luft holte, sah ich ihn. War mir egal. Ich durfte mich nicht ablenken lassen, sonst kam ich aus dem Rhythmus und konnte einpacken.

Neunzehn.

Der neben mir war nicht schlecht. Er hielt mit mir mit. Ich möchte nicht überheblich klingen, aber ich war ein prima Schwimmer. Mit dem Laufen war es Essig, aber Schwimmen ging einwandfrei. Auch mit eineinhalb Beinen war ich noch weit besser als manch einer in der Mannschaft. Was unter anderem daran lag, dass ich mich jeden Tag wie ein Bekloppter abrackerte.

Zwanzig.

Für heute hatte ich genug. Schwer atmend zog ich mich am Beckenrand hoch. Ich schüttelte das Wasser aus den Haaren und schnallte mein Bein an.

»He, Lea. Wie geht's?«

Jemand saß neben mir. Er hatte kurzes, dunkelbraunes Haar und noch immer die blauesten Augen, die ich je gesehen hatte. Sein Körper erinnerte mich einen Moment lang an Ken, Emmas muskelbepackten Barbiemann. Bei dem Vergleich musste ich grinsen. Zwar hatte sich mein eigener Brustkorb durch das konsequente Training schon um einiges geweitet und meine Schultern erschienen mir auch passabel, aber hätte ich so aussehen wollen wie er, dann hätte ich mich noch gewaltig anstrengen müssen.

»Geht so«, erwiderte ich knapp. Ich wollte mich nicht unterhalten. Im Moment gab es zwei Arten von Reaktionen auf meine Person. Die eine bestand aus der verlogenen Mitleidsmasche: »Ach, du Armer ... «, und so weiter und so weiter, und die andere reduzierte sich auf höhnisches Getuschel hinter vorgehaltener Hand: »Das ist doch der hinkende Trottel ... «

An der Schule kursierten die wildesten Gerüchte um mein Unglück. Vom Autounfall über eine tödliche Krankheit, verbotene Waffenspiele bis hin zur Selbstverstümmelung im religiösen Wahn. Ich sah keine Notwendigkeit, irgendetwas klarzustellen. Ich wollte auch gar nicht herausfinden, zu welcher Gruppierung Staller gehörte. Mit gerade soviel Schwung, dass es mich nicht gleich wieder umwarf, kam ich auf die Beine.

»Grüß Jules von mir, wenn du ihn das nächste Mal siehst«, sagte er und glitt zurück ins Wasser. Ich antwortete nicht, sondern ging unter die Dusche. Stallers Gruß würde ich selbstverständlich nicht ausrichten. So was machte ich generell nicht. Nichts als affiges Gefloskel, diese Grüßeüberbringerei. Seit Monaten war das Stallers erster Satz an mich, und er nervte mich damit schon wieder kolossal. Jules war auf der Kunstakademie und kam nur noch an den Wochenenden nach Hause. Ich vermisste den verrückten Kerl.

Ein Blick auf die Uhr verriet mir, dass ich gerade noch sieben Minuten Zeit hatte, ehe der Unterricht begann. Ich beeilte mich mit dem Anziehen und hielt meinen Kopf unter den Föhn. Die warme Luft blies über mein Gesicht. Ich holte tief Luft, entspannte mich und dachte an gar nichts. Ein friedliches, umfassendes Nichts.

»Lässt du mich auch mal ran?«

Ich zuckte zusammen, als ich seine Stimme so nah neben mir erkannte und stieß dabei so heftig mit dem Hinterkopf gegen das Gebläse, dass es krachte.

»Heilige Scheiße, Staller! Mann, also wirklich.«

Ich hielt mir den schmerzenden Nacken.

»Was denn? Die anderen sind kaputt. Das ist der Einzige, der noch funktioniert. Weißt du doch.«

Er zog die Schultern hoch und hatte dabei das unschuldigste Gesicht, das man sich nur denken konnte. Ich winkte ab und zog meine dunkelgrüne Strickmütze über den Kopf. Dabei sah ich zu, wie Staller sich im warmen Wind durch die dunklen Haare fuhr. Er hatte die Augen geschlossen und ließ sich genüsslich die Luft übers Gesicht wehen. Er machte das genau wie ich. Nur, dass er dabei eine weitaus bessere Figur abgab.

Ich ertappte mich dabei, wie ich ihn beobachtete. Er sah wirklich verdammt gut aus. Wie die Typen aus der Zigarettenwerbung. Echte Kerle eben, die sich alles leisten können, ohne dafür auch nur einen krummen Blick abzukriegen. Ich wunderte mich kurz über mich selbst und griff dann nach meiner Tasche, um zu gehen.

»Ist wirklich alles in Ordnung mit dir, Lea?«

Der Schreck packte mich mit festem Griff im Nacken. Ich spürte ihn als heißes Zucken durch meinen Körper jagen. Schneller als Elektrizität und benebelnder als ein gemeiner Grippevirus.

»Warum machst du das immer?«, schimpfte ich.

Er hielt die Luft an. Seine Hände strichen langsam durch sein kurzes Haar, und er hatte anscheinend wirklich keine Ahnung, wovon ich sprach.

»Was meinst du?«, fragte er.

Schon diese Stimme. Die Ruhe selbst. Ich konnte mich beim besten Willen nicht beruhigen, ganz im Gegenteil.

»Warum kommst du immer von hinten?«

Er kniff die Augen zusammen und erwiderte nichts. Wie ich diese zur Schau getragene Unschuld hasste. Ich warf meine Tasche in eines der Waschbecken.

»Seit wir uns kennen, machst du das. Entweder du starrst nur und sagst gar nichts, oder du quatschst mich hinterrücks an und erschreckst mich zu Tode. Egal was du tust, du treibst mich damit noch in den Wahnsinn, Staller!«

Eine zarte Röte schlich über sein Gesicht.

»Das wusste ich nicht.« Er wich meinem Blick aus. »Ehrlich, Lea. Tut mir Leid. Keine Absicht, kannst du mir glauben.«

Ich holte tief Luft und nickte einmal kräftig. Ich hatte es gesagt und das war alles, was ich wollte. Er schaute mich immer noch nicht an, sondern fixierte angestrengt den Boden des Waschraums. Musste der Kerl immer von einem Extrem ins nächste fallen?

Ich streckte die Hand aus und strich ihm damit über den gesenkten Kopf. Obwohl seine Haare so kurz waren wie meine, fühlten sich seine viel weicher an, fast so weich wie Wandas. Die Berührung dauerte nicht länger als zwei Sekunden. Ein Fehler, wie sich gleich darauf herausstellte.

Stallers Hand schnellte nach oben und griff nach meiner. Ich hatte keine Chance, sie schnell genug wegzuziehen. Mit einem breiten Grinsen im Gesicht hielt er mich fest. Was hatte ich mir nur dabei gedacht? Wieder mal gar nichts, wie schon so oft. Er war ein Fremder. Verdammt noch mal, hatte ich denn gar keinen Verstand? Ich fluchte und entriss ihm meine Hand.

»Du bist doch wirklich ein Arsch.«

»Stimmt gar nicht.«

Er steckte zwei Finger in die Gürtelschlaufen meiner Jeans und zog mich näher zu sich hin.

»Hör zu, Lea. Ich versuche nicht zu vergessen, was du mir gesagt hast, wenn du mir eine Chance gibst.«

»Eine Chance wofür?«

Ich starrte auf seine Finger an meiner Hose. Er war mir eindeutig zu nah. Als hätte er meine Gedanken gehört, ließ er mich im selben Moment los.

»Dir zu beweisen, dass ich nicht halb so gefährlich bin, wie du immer denkst.«

Ich machte einen Schritt zurück.

»Du musst mir nichts beweisen.«

Er nickte. Vielleicht war ich ihm gegenüber in der Vergangenheit wirklich zu hart gewesen. Was konnte mir schon passieren, wenn ich ihn ein kleines Stück herankommen ließ? Kein richtiges Stück, sondern nur ein unbedeutendes Stück von einem Stück.

»Gut«, entschied ich. Im Grunde wusste ich überhaupt nicht, zu was ich da meine Zustimmung gab.

»Gut.«

Er nickte wieder. Ich war immer noch misstrauisch.

»Also keine Attacken mehr von hinten.«

Er warf mir einen vielsagenden Blick zu.

»Nicht, solange du das nicht ausdrücklich willst.«

Was hatte das jetzt schon wieder zu bedeuten? Der Kerl ließ wirklich keine Möglichkeit aus, um mir auf die Nerven zu gehen. Mein Blick streifte die große Uhr über der Tür. Viertel nach acht.

»Scheiße!«

Wir packten eilig unsere Taschen und rannten über den Pausenhof rüber ins Schulhaus. Das heißt, Staller rannte und ich folgte ihm in einigem Abstand und weitaus langsamer. Ich war nun mal keiner von den Glücklichen, denen Jesus die Hand auflegte und die danach ihre Krücken wegwarfen. Außerdem bewegte ich mich nach dem Schwimmen generell langsamer, weil mein neues Bein wegen der Feuchtigkeit schmerzhaft gegen den Stumpf drückte. An der Schultür blieb Staller stehen und sah sich nach mir um. Mir schien, als zögerte er, was er nun tun sollte. Wenn das jetzt so losging, dass er auf den Krüppel warten wollte, dann würde ich ihm meine Tasche an den Kopf werfen. Ich blieb stehen. Staller hob fragend die Schultern. Ich konnte mich nicht mehr beherrschen.

»Jetzt hau schon ab!«, schrie ich.

Mit einem breiten Grinsen auf dem Gesicht verschwand er in dem alten Gebäude. Du meine Güte, was hatte ich mir da wieder eingebrockt.

Ich hinkte über den Schulflur und konnte Grünwalds Gesicht bereits vor mir sehen. Er würde erfreut die Augenbrauen hochziehen und dann mit spitzen Lippen irgendeine Gemeinheit abschießen, die mitten in meinen Stolz traf und mich vor der gesamten Klasse lächerlich machen würde.

Aber diesmal würde es nicht ganz so schlimm werden, weil ich mich bereits den ganzen Weg über darauf vorbereiten konnte. Sein Sarkasmus würde an mir abprallen. Ich blieb vor einer grauen Tür stehen. 10 a stand in fetten, schwarzen Lettern auf dem kleinen vergilbten Schild hinter Plexiglas. Ich atmete tief ein, ergriff die Klinke und öffnete die Tür.

Das Gemurmel, das vor meinem Erscheinen geherrscht hatte, verstummte, als ich ins Klassenzimmer trat. Dr. Grünwald drehte sich von der Tafel zu mir um und musterte mich einen Moment, ehe er sich wieder dem Tafelbild zuwendete und freundlich, wenn auch uninteressiert, sagte: »Schön, dass Sie doch noch den Weg zu uns gefunden haben, Lewin. Kommen Sie rein und schließen Sie die Tür hinter sich.«

War das alles? Ich stand mitten auf der Schwelle und wartete. Wo blieb der Haken, die bitterzynische Nuance in seiner niederschmetternden Bemerkung, die sonst nie fehlte. Wohl erstaunt, weil ich seiner Aufforderung nicht nachkam, drehte sich Grünwald erneut zu mir um.

»Nun kommen Sie schon«, drängte er. »Halten wir uns nicht unnötig auf.«

War das mein Krüppel-Bonus? Kam ich jetzt vielleicht auch ohne zu zahlen ins Kino? Ich schloss leise die Tür hinter mir und bewegte mich so geräuschlos wie möglich an der Wand entlang, bis ich die letzte Reihe erreichte, wo Wanda bereits mit vorwurfsvollem Blick auf mich wartete. Alle beobachteten wortlos meinen Gang, als warteten sie darauf, dass ich der Länge nach hinfallen würde oder so was in der Art. Sie wendeten ihre Aufmerksamkeit erst wieder nach vorne in Richtung Tafel, als ich meine Sporttasche absetzte und mich umständlich auf dem freien Platz neben Wanda niederließ. Mir war, als hörte ich ein enttäuschtes Seufzen durch die Reihen gleiten. Wanda stieß mich in die Seite.

»Wo, zum Teufel, bist du gewesen?«

Ich zog meine Mütze vom Kopf und fuhr mir schnell durch die feuchten Haare.

»Hab die Zeit vergessen«, murmelte ich.

»Ich vergesse gleich noch was ganz anderes, wenn du das noch mal machst.«

Sie wirkte schon weit weniger grantig, wobei sie mir mit ihrer Hand ebenfalls kurz durchs Haar fuhr und ihr rechtes Bein um meines schlang. Die Minuten vergingen träge, und meine Gedanken schweiften immer wieder von Dr. Grünwald und der menschlichen Historie ab, um sich anderen Themen zu widmen, bzw. ich dachte an gar nichts. Ich ließ mein Gehirn ausruhen. Es war Ende Februar, und ich saß wie an jedem Donnerstag gelangweilt neben Wanda im Geschichtsunterricht. Wir hörten etwas über das faszinierende Thema innereuropäische Beziehungen in den Fünfzigern und deren Einfluss auf internationale Handelsbedingungen, als die Tür geöffnet wurde und unser Rektor hereinkam, gefolgt von einem Mädchen.

Ein Raunen ging durch die Reihen. Anscheinend war ich nicht der Einzige, der aus seiner meditativen Phase aufgeschreckt worden war. Das Mädchen kam mir bekannt vor. Ihre glatten schwarzen Haare waren kinnlang und im Nacken gerade abgeschnitten. Sie wirkte erschreckend dünn. Ihr Körper wies keines der typisch weiblichen Merkmale auf, die sich, nicht nur zu meiner Freude, bei den anderen Mädchen ihres Alters bereits im Schnelltempo entwickelt hatten. Sie steckte in einem roten Strickpullover mit Rollkragen, dunkelblauen Jeans und klobigen braunen Lederstiefeln. Ihre Schultasche hielt sie derart fest an sich gedrückt, dass die Knöchel ihrer Finger bei der Umklammerung weiß hervortraten. Es schien fast so, als hätte sie Angst, jemand könnte sie ihr entreißen. Keine Bange, wir waren hier in der Klosterschule eines mittelgroßen Provinzkaffs und nicht in den Straßen der Bronx. Sie stand betont aufrecht. Mit herausfordernd vorgestrecktem Kinn musterte sie alle Schüler der Reihe nach kühl und ohne groß erkennbares Interesse. Bei mir angekommen, schien es, als ruhte ihr Blick eine Weile länger auf mir, als vorher bei den anderen. Ihr Gesichtsausdruck verriet dabei aber nicht, ob ihr das, was sie betrachtete, gefiel oder nicht.

Nachdem sie mich rund hundert Jahre angestarrt hatte, wandte sich Dr. Grünwald an die Klasse, um uns mitzuteilen, dass wir ab heute eine neue Mitschülerin hätten. Rahel Mathis.

»Du heilige Scheiße!«

Mir fiel schlagartig wieder alles ein, was ich erfolgreich verdrängt hatte. Die Klapsmühle, der rote Pullover und natürlich die Ohrfeige. Wie konnte ich das vergessen? Rahel, die meinen für alle gut verständlichen Ausruf gehört hatte, sah zu mir nach hinten. Ihre schmalen, verkrampft geschlossenen Lippen wurden noch dünner und ihre Augen verengten sich. Ich gab mich keinen weiteren Illusionen hin. Sie wusste, wen sie vor sich hatte. Ihr wurde ein Platz in der letzten Reihe zugewiesen, gleich neben Wanda und mir.

Rahel war ein Außenseiter. Im Unterricht sprach sie ungern, und auch nur, wenn sie ausdrücklich dazu aufgefordert wurde. Selbst während der Pause suchte sie keine Gesellschaft. Sie stand abseits. Nur ab und zu spürte ich ihren starren Blick. Wenn ich mich dann zu ihr umdrehte, sah sie mir geradewegs in die Augen, und das tat sie so lange, bis ich ihrem Blick auswich. Ihr Verhalten mir gegenüber verwirrte mich nicht sonderlich. Erstens wusste ich, woher Rahel kam, und zweitens war ich eine solche Behandlung bereits gewöhnt. Wanda trieb dieses Spiel, seit ich denken konnte, mit mir. Sie war es auch, die mich an jenem Vormittag immer heftiger drängte, Rahel endlich anzusprechen. Rahels ablehnendes Verhalten zog Wanda an wie Eisen einen Magnet. Dieses seltsame Mädchen hatte etwas an sich, dem sie nicht widerstehen konnte. Ich denke, es hatte mit unserem eigenen Anfang am St. Marien zu tun. Wir hatten damals keinen leichten Start.

Wir kamen aus einer von jeher kritisch beäugten Familie. Unser Kindermädchen war eine Hure. Unsere Mutter eine Violine spielende Schlampe. Keiner von uns hatte einen Vater, jedenfalls keinen, der noch atmete. Unsere Großmutter schrieb verrückte Geschichten. Unsere kleine Schwester sah Gespenster und unser Bruder war ein sprachloser Irrer.

Nein, man konnte wirklich nicht behaupten, dass wir wie alle anderen waren. Im Laufe der Zeit hatte sich die Skepsis uns betreffend gelegt, aber beliebt waren wir deshalb noch lange nicht. Wir wurden geduldet. Somit konnten wir Rahels Situation nur allzu gut nachempfinden. Sie war die aus der Irrenanstalt, und mit ihr wollte möglichst keiner etwas zu tun haben. Keiner außer Wanda.

Während der Zehn-Minuten-Pause lehnten wir am Tor. Wanda bearbeitete mich seit einer Ewigkeit, und obgleich ich wusste, dass ich letztendlich keine Chance hatte, verweigerte ich mich standhaft.

»Meine Güte, Wanda. Lass sie doch erst mal ankommen.«

Ich bereute es mit jedem Wort mehr, dass ich ihr von meiner Begegnung mit Rahel erzählt hatte. Jetzt würde sie mich nicht mehr in Ruhe lassen.

»Sie hatte vier Schulstunden Zeit, um anzukommen, Lea. Das dürfte doch wohl reichen.«

Meine Schwester umschlich mich mit faszinierter Miene.

»Wenn du sie unbedingt kennen lernen willst, warum gehst du dann nicht einfach zu ihr rüber?«

»Weil nicht ich diejenige bin, die ständig von ihr angestarrt wird, sondern *du*. Und weil ich sie auch nicht schon von früher kenne, so wie *du*, mein feiger Schatz. Dass du mir nichts davon erzählt hast, nehme ich dir noch immer schwer übel.«

Wanda änderte in Sekundenschnelle ihre Taktik. Sie sah mich mit ihren froschgrünen Augen bittend an, und ich spürte, wie mein Widerstand dahinschwand. Ich versuchte noch einmal aus dieser unangenehmen Diskussion zu entkommen.

»Also hör mal. Zu behaupten, dass ich sie kenne, ist wirklich stark übertrieben. Und außerdem darf ich dich daran erinnern, dass sie mir bei unserer letzten Begegnung eine runtergehauen hat. Und das brauch ich wirklich nicht noch mal.«

Wanda streichelte mir über die Wange.

»Ach, Lea. Nun hab dich doch nicht so und tu mir einfach mal den Gefallen, ja? Du tust ja gerade so, als wollte ich, dass du hier vor allen die Hosen runter lässt. Was macht es denn um Himmels Willen so schwer, dieses dürre Ding anzusprechen?«

»Versuch's doch mal, dann wirst du's merken. Die ist komplett irre.«

Ich scharrte mit dem Fuß auf dem groben Betonboden hin und her. Wanda legte ihre Handflächen zärtlich an meine Wangen und hob mein Gesicht. Ihre sanfte Berührung passte nicht zu dem feindseligen Ausdruck in ihren Augen. Ich fühlte mich extrem unwohl in meiner Haut.

»Heiliger Strohsack, Lea«, schimpfte sie. »Wie kann man sich deswegen nur so in die Hosen machen? Du benimmst dich wie eine zickige Jungfrau.«

Ich entwand mich ihren Händen.

»Verdammt, Wanda. Lass mich doch endlich in Ruhe.«

»Jammerlappen.«

Sie brannte mir mit ihrem sturen Blick Löcher durch den Pullover. Ich spürte ein unangenehmes Brennen auf der Haut, und mir war, als witterte ich bereits den Geruch von verbranntem Fleisch.

»Du kannst einem vielleicht auf die Nerven gehen. Aber ohne Anfassen.«

Ich packte sie unwirsch am Arm und zog sie hinter mir her zu dieser Rahel hinüber. Sollte sie sich doch auf mich stürzen und mich lautstark als den gottverdammten Lustmolch outen, der ich nun mal war. Wen kümmerte es schon, wenn sie mich zerfleischen würde? Keiner wäre darüber bestürzt. Alle sehnten sich nach Abwechslung. Also warum sollte der blöde Krüppel ihnen die nicht verschaffen? Wanda wollte ihren Spaß? Dann sollte sie ihn bekommen. Jetzt war mir auch schon alles egal. Ich hätte sowieso nie rausgefunden, was ich mit meinem Leben anfangen soll, also konnte es genauso gut heute zu Ende gehen.

Rahel saß auf einer der untersten Stufen der Außentreppe, die zur Turnhalle hinaufführte, und drehte unablässig etwas zwischen ihren nervösen Fingern. Sonst war das immer Jules Platz gewesen, als er noch hier war. Kein gutes Zeichen. Ich stellte mich direkt vor sie.

»Hallo«, sagte ich kurz angebunden und steckte dabei meine Hände tief in die Hosentaschen. Ich weiß, dass das kein besonders guter Anfang war. Aber ich konnte nicht freundlicher sein. Rahel legte die Zigarette neben sich auf die Stufe. Sie presste die Handflächen aneinander und sah dann zu mir auf.

»Wahrscheinlich kannst du dich nicht mal mehr an mich erinnern«, fuhr ich fort. »Ist jetzt schon eine Weile her. Als wir uns das letzte Mal gesehen haben, hast du mir ziemlich heftig eine verpasst.«

Ich machte eine vielsagende Andeutung seitens meiner Hand zu meinem Gesicht. Rahel stand auf. Ich wich instinktiv vor ihr zurück.

»Ich dachte schon, du würdest mir das nie verzeihen«, sagte sie mit dieser kratzenden Stimme, die mir immer noch Angst einjagen konnte. Ich stellte ihr Wanda vor, und die Mädchen begannen sich tatsächlich zu unterhalten. So konnte ich Rahel das erste Mal richtig aus der Nähe betrachten. Ihre Augen waren so dunkel, dass man die Pupille fast nicht von der Iris unterscheiden konnte. Sie hatte einen leichten Silberblick, der ihrem Gesicht den Ausdruck verlieh, als würde sie ihr Gegenüber ständig um etwas bitten. Ihre auffallend helle Haut spannte sich straff über die stark hervortretenden Wangenknochen. Alles in allem eine extrem kantige Gestalt. Alles an ihr war fremdartig, aber trotzdem hegte ich eine gewisse, nicht zuzuordnende Zuneigung zu der durchgeknallten Rahel. Ich fragte mich gerade zum tausendsten Mal, wie das kam, als sie sich eine Strähne ihres schwarzen Haares hinters Ohr legte. Ich war wahrlich kein allzu komplexes Geschöpf. Ihr glattes Haar hatte einen seidigen Glanz, der mich an Jules dunklen Schopf erinnerte.

Am Himmel zogen Wolken auf, und gleich darauf fielen die ersten Regentropfen. Der Frühling ließ sich in diesem Jahr viel Zeit.

12

Am Nachmittag lümmelte ich in einem riesigen wacholdergrünen Sessel neben dem knisternden Kachelofen in Mauds Schreibzimmer und hing meinen Gedanken nach.

Wenn es einen Platz gab, der sich perfekt zum Nachdenken eignete, dann war es Maud Lewins Arbeitszimmer. Meine Großmutter saß mit entrücktem Blick an ihrem Schreibtisch. Ihre Finger huschten eilig über die silbern glänzenden Tasten der alten Schreibmaschine, die ihrem Aussehen nach bereits ins Museum gehörte.

Maud Lewin war ihrerseits eine Antiquität. Mit ihren langen grauen Haaren und den altmodischen Kleidern, die immer ein Stück hinter ihr über den Boden schleiften, kam sie mir vor wie ein Relikt aus einer längst vergangenen Zeit. In Maud Lewins Kopf wimmelte es von Monologen und Zwiegesprächen. Egal was sie tat oder wo sie sich gerade befand, immer konnte man diesen Hauch eines Lächelns um ihren Mund erkennen, welches einem verriet, dass sie nicht allein war. Maud nannte diesen Zustand das Privileg der Dichter. Andere Leute wurden dafür in die Zwangsjacke gesteckt.

Während ich Maud bei der Arbeit beobachtete, gingen mir tausend Gedanken durch den Kopf. Die Frau, die dort saß und ihre Geschichten von tragischen Helden auf der endlosen Suche nach Erlösung zu Papier brachte, war eine typische Lewin. Sie war genau wie die anderen stur, zänkisch und streitsüchtig. Das alleine hätte völlig ausgereicht, um sie nicht sonderlich zu mögen. Aber das war nur eine Seite von Maud. Die andere bestach durch eine bezaubernde Mischung aus Charme, Selbstironie und einer großen Portion natürlichen Wahnsinns, der mich an den Tagen, an denen er nicht im Zaum gehalten werden konnte, in Grund und Boden zu rammen vermochte.

Hätten sich die Frauen meiner Familie nicht dazu entschlossen, mich zu schonen, hätte ich meine Jugend in diesem Haus nicht überlebt. Allein Wanda hätte mich durch ihre andauernde Präsenz in meinem Hirn zu Grunde richten können. Was mir zur Zeit aber die größten Schwierigkeiten machte, war ihr Versuch, ohne mich erwachsen zu werden.

Gestern Abend hatte ich sie beobachtet, während sie sich anzog. Wanda war Julia. Wie jedes Jahr gab es die grottenlangweilige Theateraufführung eines eingestaubten Klassikers zum Schuljahresende. Diesmal musste es ausgerechnet *Romeo und Julia* sein. Als ob die Schnulzgeschichte nicht schon jedem zum Hals raushängen würde. Aber diesmal spielte Wanda die weibliche Hauptrolle. Ein Grund, um das Spektakel zu ertragen. Ich selbst hätte niemals auf einer Bühne stehen wollen. Zu viel Aufmerksamkeit. Außerdem wollte ich nicht als tragisch hinkender Held für Gesprächsstoff sorgen.

Manchmal saß ich bei den Proben in der letzten Reihe. Gott, war ich froh, ein Niemand zu sein. Berger akzeptierte es nicht, dass die Jungen und Mädchen auf der Bühne ihre Charaktere nur spielten, er wollte, dass sie ihre Figuren lebten. Er strebte da so einem affektierten Amerikaner nach. Entdeckte er mich, dann musste ich ihn in seiner übertriebenen Geltungssucht unterstützen, oder ich flog hochkant raus.

Wenn Romeo um seinen ermordeten Freund Mercutio litt, dann wollte er das Leid sehen. Herzzerreißend! Hab ich Recht, Lewin, oder hab ich Recht? Er wollte, dass es ihm beim Zusehen vor Trauer den Hals zuschnürte. Schaut euch den Lewin an, der langweilt sich da hinten zu Tode! Genauso musste die Liebe zwischen Romeo und Julia so echt aussehen, dass ich schon bald begann, den Kerl, der den Romeo spielte, aus tiefster Seele zu hassen. Ist das jetzt Shakespeare oder was? Lewin, hab ich Recht, oder hab ich Recht? Verdammt ja, er hatte Recht. Schreiber und Wanda waren mit einer derartigen Leidenschaft bei der Sache, dass ich ihm am liebsten den Hals umgedreht hätte. Wenn sich die beiden berührten und wenn sie sich gar küssten, spürte ich, wie sich meine Hände zu Fäusten ballten, und ich hätte diesem Schreiber am liebsten eine verpasst und Berger gleich mit.

Schauspielerei war eine Sache und das wahre Leben eine andere, und das eine, wie auch das andere, konnte man übertreiben.

Als Wanda damit anfing, diesen perfekten Romeo auch noch nach den Proben zu sehen, um dann mit ihm bis tief in die Nacht wegzubleiben, spürte ich es zum ersten Mal. Es wand sich betont langsam und ungeahnt schmerzvoll durch jeden Quadratzentimeter meines Körpers und es schien, als bekäme ich diesen Parasiten der Eifersucht, der scheinbar mühelos von mir Besitz ergriff, nicht mehr los. Jeder Gedanke in meinem Kopf drehte sich nur noch darum, was die beiden jetzt wohl taten, und speziell darum, ob sie genau das taten, wovon ich dachte, dass sie es taten.

Am Abend ihrer dritten Verabredung konnte ich mich nicht mehr beherrschen. Wanda stand vor dem goldumrandeten Wandspiegel in ihrem Zimmer und begutachtete sichtlich zufrieden ihr Aussehen, während ich mit hinter dem Kopf verschränkten Armen auf dem Bett lag und ihr übel gelaunt dabei zusah.

»Warum gehst du nicht gleich ohne? Was du da anhast, das ist doch nichts. Was ist das überhaupt?«

»Das trägt man so.«

Sie schob die Träger ihres BH's unter die ihres Kleides und nahm dann je eine Brust in eine Hand um sie in die richtige Position zu schieben.

»Soll der dir etwa den ganzen Abend lang auf die Titten starren?«

»Und wenn schon? Das stört mich nicht.«

»Der Kerl kriegt schon 'ne Erektion, wenn er dich nur anschaut.«

»Jetzt übertreib doch nicht.«

»Du legst es drauf an, was?«

Jetzt sah sie interessiert zu mir herüber.

»Worauf lege ich es an?«

»Ach, vergiss es.«

Ich drehte mich von ihr weg und schaute zum Fenster hinaus. Ein Amselpärchen tobte gerade lauthals durch einen der Apfelbäume, und das außerhalb der Paarungszeit. Aber Vögel sind bekannterweise ein ausgesprochen lüsternes Volk.

»Nein, ich will wissen, was du damit meinst.«

Sie war zu mir aufs Bett gestiegen und setzte sich auf meinen Bauch.

»Findest du, ich sollte mir einen Sack über den Kopf stülpen und mich verstecken?«

»Nein«, entgegnete ich. »Aber du könntest ruhig weniger von dir zeigen.«

»Was denn weniger? Weniger davon?«

Sie schob meine Hände hinunter zu ihrem Hintern.

»Oder weniger hiervon?«

Ihre Brüste passten gerade richtig in meine Hände.

»Der Typ wird den ganzen Abend mit ausgebeulter Hose rumlaufen.«

»Du weißt, wovon du sprichst!«

»Natürlich.«

Sie ging, und ich wartete wie ein Idiot. Ich konnte mich auf nichts anderes konzentrieren als auf das Zifferblatt von Wandas Wecker, der auf ihrem Schreibtisch stand und höhnisch zu mir herübergrinste. Er machte den Anschein, als wäre er schon öfters auf diese Weise angestarrt worden und wüsste, wie wichtig er in diesem Moment war. Es war sein Abend. Scheißkerl.

Als Wanda nach drei Stunden, siebenundvierzig Minuten und zwölf Sekunden wieder nach Hause kam, lag ich immer noch auf ihrem Bett und glotzte wie gebannt auf die blöde Uhr.

»Du willst mir jetzt nicht erzählen, dass du dich den ganzen Abend über nicht vom Fleck bewegt hast, oder?«

Wanda sah belustigt auf mich herunter. Ich nahm die Augen von der mich hypnotisierenden silberglänzenden Scheibe und sah starr zu ihr auf. Der Sekundenzeiger bewegte sich eilig über Wandas rechte Wange.

»Weißt du eigentlich, wie spät es ist?«, fragte ich.

»Was?«

Ich stützte mich auf die Ellenbogen und wiederholte meine Frage.

»Weißt du, wie spät es ist?«

Wandas Gesichtsausdruck wechselte von nachsichtiger Belustigung in klar zu erkennenden Ärger.

»Oh, das hatte ich ganz vergessen«, meinte sie kalt. »Da sitzt ja mein Gewissen.«

»Und? Hat er's getan?«

Wanda begann ihr Kleid auszuziehen.

»Was getan?«

»Herrgott! Hat er dich angefasst?«

Sie drehte sich zu mir um und lächelte mich an, wie eine Mutter ihr schwachsinniges Kind anlächelt.

»Natürlich hat er mich angefasst. Schreiber fasst mich jeden Tag an.«

»Du weißt genau, was ich meine. Habt ihr . . . ?«

Wanda kam in Unterwäsche zu mir aufs Bett gekrochen.

»Du willst wissen, ob er seine Hände unter meinem Rock hatte?«, flüsterte sie.

Ich nickte tonlos. Die Verkörperung all meiner Phantasien schwebte über mir, und ich wagte nicht zu blinzeln oder sie gar anzufassen, aus Angst, sie könnte wie ein Traum in der Morgendämmerung verschwinden.

»Du willst wissen, ob er seine Zunge in meinem Mund hatte?«

Ich nickte. Wanda kam immer näher. Sie ließ mich nicht aus den Augen. Ich konnte das Zittern meines Körpers nicht mehr zurückhalten.

»Du willst also wissen, ob er mich gevögelt hat?«

Ich lag stocksteif da. Sie schob ihren Bauch nach vorne. Es gab keinen Zweifel daran, dass sie mich zwischen ihren Beinen spürte. Ich nickte wieder.

Eine Weile war ich mir nicht sicher, ob ich eine Antwort von ihr bekäme. Sie schaute mich zwar an, aber es machte den Eindruck, als wenn sie direkt durch mich durchsehen würde.

»Hat er nicht«, sagte sie nachdenklich. »Er wollte schon, aber ich hab es ihm nicht erlaubt.«

Ihre Stimme bekam einen gefährlichen Klang, als sie eindeutig an mich gewandt fortfuhr.

»Wir zwei haben uns eine Gebärmutter geteilt. Und bis heute habe ich das eigentlich noch nie bereut. Aber eines kannst du mir glauben. Im Moment hätte ich große Lust, dir etwas anzutun. Ich hoffe nur, das legt sich wieder. Und bis dahin hau lieber ab.«

Halb spielerisch, halb ernst schlug sie mir mit der flachen Hand gegen die Brust und stieg von mir runter. Ich ließ mich schwerfällig vom Bett rollen. An der Tür blieb ich stehen. Wanda drehte ihr Haar zu einem langen Zopf und sah mich dabei an, als hätte sie bereits geahnt, dass sie mir noch eine Frage beantworten müsste.

»Was?«, fragte sie.

»Warum nicht?«

Diesmal tat sie nicht einmal so, als würde sie mich nicht verstehen.

»Du weißt genau warum.«

»Weiß ich das?«

Sie wurde leise.

»Natürlich tust du das.«

Ich drehte mich um und schloss die Tür. Von außen lehnte ich mich dagegen und war mir ganz sicher, dass ich sie, wenn ich sie auch nicht behalten konnte, niemals verlieren würde.

»Du beschäftigst dich zu sehr mit ihr.«

Mauds Stimme brachte mich zurück ins Hier und Jetzt. Ich fuhr mir mit beiden Händen durch den grauen Filz auf meinem Kopf.

»Geht das denn? Ich meine, kann man sich überhaupt zu sehr mit jemandem beschäftigen?«

Maud lehnte sich in ihrem Stuhl zurück. Sie strich sich eine Haarsträhne aus der Stirn. Der weite Ärmel ihres Kleides rutschte dabei ein Stück nach hinten und ich konnte die blasse Nummer auf ihrem Innenarm sehen. Ich kannte die Zahlen auswendig. Sie sprach nie darüber, aber wir alle wussten, dass unsere

Großmutter drei Jahre in einem Konzentrationslager verbracht hatte. Im Grunde hatte sie keine Chance gehabt, zu überleben, aber die Pianistin der Lagerkapelle war am Tage vor Mauds Ankunft an Typhus gestorben und Maud Lewin war die Einzige unter den Frauen, die ein umfassendes musikalisches Klavierrepertoire vorweisen konnte. Von da an gehörte sie zum Lagerorchester und überlebte. Nach dieser Zeit hatte Maud das Piano nicht mehr angerührt.

»Gewiss, mein Schatz«, antwortete sie.

»Und woran merkt man das?«

»Es macht dich verrückt im Kopf.«

»Du hältst mich also für verrückt, Maud?«

Maud Lewin lächelte.

»Du bist auf dem besten Wege«, sagte sie. »Aber Schriftstellern wird es vergeben.«

Ich legte den Kopf in den Nacken und starrte an die Decke.

»Ich kann nicht anders.«

Maud nickte.

»Ich weiß, dass du das denkst, aber hör mir zu, Leander Lewin. Wir alle wählen unser Schicksal selbst. Manchmal legt man uns vielleicht Steine in den Weg, und wir glauben, wir könnten diese Hindernisse nicht überwinden, aber mancher von uns schafft es doch. Es kommt nur darauf an, ob du es auch schaffen willst, mein Prinz. Der Rest kommt von allein.«

Ihre dunkelblauen Augen blickten genau in meine, und die schmalen bernsteinfarbenen Ringe um ihre Pupillen schienen zu strahlen und zu glühen.

»Willst du?«, fragte sie.

Ich wand mich aus dem weichen Sessel und humpelte zu der alten Frau hinüber. Ich küsste sie auf die glatte Stirn, ehe ich mich umdrehte und meine Schulter gegen das schwere Holz lehnte. Die Tür öffnete sich knarrend. Ich spürte Mauds Blick unangenehm heiß in meinem Nacken.

»Ich weiß es nicht, Maud«, antwortete ich, ohne mich noch einmal zu ihr umzudrehen. Ich konnte sie doch nicht belügen.

Ich ging in mein Zimmer und holte meine Sporttasche. Ich hatte Wanda versprochen, sie von der Probe abzuholen. Bis es so weit wäre, würde ich mir die Zeit in der Schwimmhalle vertreiben. Ich packte meine Sachen und ging hinunter.

In der Halle traf ich auf meine Mutter. Sie durchwühlte gerade hektisch einen Stapel von Papieren, der auf der holzwurmzerfressenen Kommode lag, und mein Erscheinen schien ihr gerade recht zu kommen.

»Wo sind denn nur die Noten für das Schubert-Konzert?«, rief sie. »Leander! Du hattest sie als Letzter, also wo um alles in der Welt hast du sie hingelegt? Ich kann hier doch nicht stundenlang suchen. Was denkst du dir eigentlich dabei? Wie oft habe ich dir schon gesagt, dass du meine Sachen nicht nehmen sollst, wenn du sie danach nicht wieder zurücklegst, Herrgott noch mal!«

Sie warf die Tageszeitung nach mir. Ich duckte mich und entkam ihrem Angriff. Ohne ein Wort hinkte ich rüber ins Wohnzimmer.

»Kriegt man von dir irgendwann noch mal eine Antwort, Herr Arrogant?«

Ich nahm die gesuchte Partitur vom Klavier und ging zurück in die Halle.

»Bitte schön.« Ich drückte ihr die Seiten in die Hand. »Ich habe dir bereits vor Stunden gesagt, wo sie ist. Wenn du dich also erinnern möchtest, ja?«

Elisabeth Lewin lächelte erleichtert. Sie nahm die Noten wie ein Geschenk entgegen und versuchte ihren Irrtum, so gut es im Nachhinein möglich war, zu kaschieren.

»Ach, hast du das?«, fragte sie.

»Ja«, antwortete ich mit dem Selbstbewusstsein desjenigen, der sich seiner Sache völlig sicher war.

»Dann sollte ich jetzt sagen, dass es mir Leid tut?«

Ich nickte. »So was in der Art wäre angebracht.«

»Gut.«

Sie küsste mich auf die Wange und griff nach ihrem Geigenkasten.

»Kann ich dich mitnehmen, Schatz?«

»Das wäre wirklich ganz reizend von dir, aber ich nehme lieber mein Rad. Wer weiß, vielleicht vergisst du, dass ich direkt neben dir sitze.«

Ich hielt die Tür auf und folgte ihr dann nach draußen. Am Wagen angekommen, drehte sie sich noch einmal zu mir um. Ihre Finger spielten nervös mit dem Autoschlüssel.

»Du hattest es mir wirklich gesagt?«

»Na sicher«, entgegnete ich. »Aber das wäre das erste Mal gewesen, dass du mir zuhörst, also Schwamm drüber.«

Sie nickte ernsthaft und stieg ohne ein weiteres Wort in den Wagen. Ich sah ihr nach, bis der Variant verschwunden war. Eigentlich kannte ich sie nicht anders. Elisabeth Lewin war immer eine Spur zu beschäftigt, als dass sie sich an etwas, was ich sagte, hätte erinnern können. Aber in letzter Zeit war es selbst für ihre Verhältnisse auffällig geworden. Sie vergaß Dinge, über die wir noch vor zwei Minuten gesprochen hatten, und war sich dann völlig sicher, noch nie zuvor davon gehört zu haben. Etwas in mir gab mir ein Zeichen, dass es an der Zeit wäre, sich Sorgen zu machen. Ich war ein schrecklicher Pessimist. Doch wer gesteht sich selbst schon gerne ein, dass er an gar nichts mehr glaubt? Deshalb vertrieb ich die mahnende Stimme schnellstens aus meinem Kopf und fuhr los.

Ich war allein in der Schwimmhalle. Ich hatte gewartet, bis die Letzten nach dem Unterricht gegangen waren und hatte das Becken nun ganz für mich. Wandas Theaterprobe würde noch gut eine Stunde dauern, bis dahin hatte ich Zeit, mich bis ans Ende meiner Kräfte zu verausgaben und meinem Ruf als Spinner alle Ehre zu machen.

Doch schon nach sechs Bahnen fehlte mir der Anreiz. Ich schwamm so gut wie nie mehr alleine. Meistens war Staller dabei, und ohne seine Konkurrenz fehlte mir der Sinn an der Sache. Staller war ein komischer Kerl. Nicht nur, dass er mir den Spaß am Alleinsein vermiest hatte, nein, er tauchte jetzt auch immer öfter in meinen Gedanken auf. Er hatte dort rein gar nichts verloren. Schon der bloße Gedanke an ihn konnte mich fuchsteufelswild machen.

Am meisten regte es mich auf, dass er mir seit unserer Unterredung im Umkleideraum keinen Grund mehr lieferte, mich über ihn zu ärgern. Er verhielt sich perfekt. Ausgerechnet bei ihm hatte ich das Gefühl, sicher zu sein. Keine Fragen, keine aufdringlichen oder abschätzenden Blicke mehr, gar nichts. Wir kraulten einfach nebeneinander unsere Bahnen, und das war es dann. Verrückt war das. Ausgerechnet Staller, der verlogene Mistkerl, machte es genau richtig.

Ich trieb eine ganze Weile lustlos im Wasser, als ich ihn mit dem Rücken zum Duschraum stehen sah. Er beobachtete mich. Ich stützte beide Arme auf den Beckenrand, schüttelte mir das Wasser aus den Haaren und schaute zu ihm hinüber. Wir waren wieder am Anfang angekommen. Die Anstarrnummer. Ich würde wohl nie schlauer werden. Er machte keine Anstalten, seinen Beobachtungsposten zu verlassen.

»He, Staller!«, rief ich. »Was ist? Kommst du jetzt mal oder was?«

Er zögerte einen Moment. Dann sprang er kopfüber ins Wasser und tauchte kurz darauf neben mir auf. Er hielt sich mit beiden Händen am Rand fest und sah stumm über die Schulter zu mir rüber. Ich kannte diesen Blick genau. Das war Wandas Art mich anzusehen, wenn sie etwas auf dem Herzen hatte und sich nicht sicher war, ob es der richtige Zeitpunkt war, um mit mir darüber zu sprechen.

Ich spürte, wie sich mein Nacken verspannte. Außerdem machten mich lange Pausen generell wahnsinnig. Ich fühlte mich dann sofort schuldig. Ich wusste nicht, was los war, und wurde höllisch nervös.

»Was?«

Anstatt einer Antwort beugte er sich zu mir rüber und drückte seinen Mund auf meinen. Stallers Kuss war anders als der von Wanda. Seiner war fester und beinahe aggressiv. Er hatte mich überrumpelt und jetzt wartete er darauf, wie ich reagieren würde. Ich wusste nicht, was ich sagen sollte. Mein Kopf war völlig leer.

Das war so ziemlich das Letzte, womit ich gerechnet hatte. Er kam langsam wieder näher und ich schloss die Augen. Als ich ihn spürte, öffnete ich meine Lippen. Ich fühlte seine Zunge in meinem Mund, und anstatt mich davor zu ekeln und Zeter und Mordio zu schreien, wollte ich mehr davon. Gerade so, als hätte ich noch nie etwas anderes getan. Das fühlte sich gut an. Irgendwie richtig.

Ich legte meine Arme um seinen Hals und fuhr mit meinen Händen durch sein nasses Haar, während er sich fest gegen mich drückte. Er hatte nichts Erforschendes oder Unschuldiges an sich. Er wusste, was er wollte, und er wusste, wie er es bekommen würde. Stallers Hände waren überall. Ich fühlte sie in meinem Gesicht, auf meinem Rücken, an meinem Bauch, und als er mir in meine Shorts fasste und ich hörte, wie ich laut aufstöhnte, wusste ich, was die Stunde geschlagen hatte. Es war Zeit für mich. Im Alter von sechzehn Jahren wurde ich auf der 25-Meter-Bahn der Schwimmhalle von St. Marien entjungfert.

Das Ganze dauerte nicht übermäßig lange, doch ich bemerkte zu meinem Erschrecken, dass ich verrückt nach dem Kerl war. Meine bis dahin krampfhaft aufrechterhaltene Zurückhaltung schwand dahin, bis ich nichts mehr davon wiederfinden konnte. Staller hatte etwas in mir geweckt, was ich bis dahin im Tiefschlaf zu halten versucht hatte. Er brachte mich dazu, ihn zu wollen. Mit seinen verdammten Händen und seiner Unerschrockenheit trieb er mich in Gefilde, die ich sonst nur aus meiner Phantasie kannte. Kleine sexuelle Höhepunkte unter der Bettdecke, gepaart mit einem unnatürlich hohen Verbrauch an Papiertaschentüchern und gekrönt von der Bürde des schlechten Gewissens darüber, eine Sünde begangen zu haben, selbst wenn man gar nicht an diesen ganzen verdammten Sündenkram glaubte. Was ich hier tat, war selbstmörderisch. In meiner kühnsten Phantasie wäre ich nicht so weit gegangen. Aber was meine Zunge in seinem Mund machte, war keine Einbildung. Genauso wenig wie Stallers Bauch, den ich immer noch fest an meinem spürte. Entstand unser erster Kuss aus einer Art Panik, so war das, was ich jetzt fühlte, anders. Womöglich handelte es sich um Ergebenheit. Es kam von tief in mir, und noch als ich versuchte, jeden störenden Gedanken aus meinem Gehirn zu verbannen, überkam mich die Ahnung, dass man nichts auf der Welt umsonst bekommt. Man muss früher oder später dafür bezahlen. Für jeden Moment des Glücks und für jeden Augenblick der Unachtsamkeit.

Ein metallisches Scheppern lenkte uns voneinander ab. Ich ließ ihn los und sah in die Richtung, aus der der Krach gekommen war. Da stand der alte Hausmeister Kaulmann, und als er sah, was wir taten, war ihm vor Schreck der blecherne Putzeimer aus der Hand gefallen. Er stand mit vor Erstaunen – oder war es blankes Entsetzen – geöffnetem Mund am anderen Ende des Beckens.

Staller grinste mich an. Ich spürte seine Hand an meinem Hintern, ehe er zum gegenüberliegenden Beckenrand tauchte. Er stieg aus dem Wasser und ging an dem sichtlich verstörten Mann vorbei, als wenn nichts geschehen wäre.

»Noch nie was von griechischen Göttern gehört?«, fragte er.

Der Alte sah ihm entgeistert hinterher. Es dauerte nicht lange, da wandte er sich erneut mir zu und bewegte ein paarmal geräuschlos, wie ein Fisch an der Aquariumscheibe, die Lippen. Quälend tonloses Auf und Zu. Ich schnallte mein Bein an, um ebenfalls zu gehen. Es dauerte eine Weile, weil die ledernen Riemen durch die Feuchtigkeit immer leicht störrisch wurden, aber als ich endlich fertig war, zuckte ich nur kurz mit den Schultern und humpelte unter die Dusche. Warum sollte ich auch immer jedem alles erklären müssen?

Als ich die Schwimmhalle verließ, stand Staller schon im Schulhof. Er war nicht allein, sondern stand inmitten einer Gruppe rauchender Jungs aus seinem Mathematik-Kurs, die alle gleichzeitig redeten und sonst niemanden beachteten. Perfekte Voraussetzungen. Ich packte meine Sporttasche fester und warf sie mir über die Schulter. Als ich an ihm vorbeiging, zwinkerte er mir zu. Ich sah schnell zu Boden. Das konnte unmöglich die Realität sein.

Wanda und Rahel warteten schon auf mich. Bevor ich hinter ihnen durch das Schultor ging, drehte ich mich noch einmal um.

Staller schaute mir mit zusammengekniffenen Augen nach. Er steckte sich eine Zigarette an.

»Du hast uns ganz schön lange warten lassen. Fast wäre ich rein gekommen und hätte dich aus dem verdammten Wasser gezogen. Du wirst noch zum Fisch, wenn du so weiter machst.«

Wandas Hand strich zart über meine.

»Hallo? Hör mal, ich rede hier mit dir.«

»Was?«

Sie hakte sich bei mir unter.

»Du hast wieder mal zu viel Wasser geschluckt, Schatz. Das ganze Chlor weicht dein Hirn auf.«

»Wenn du das sagst.«

»Sag mal, stimmt irgendwas nicht?«

Wandas Schritte wurden langsamer. Ich schüttelte den Kopf.

»Nein. Alles in Ordnung. Wieso?«

Wanda musterte mich gekonnt.

»Du wirkst irgendwie abwesend.«

Ich umschloss ihre schmale Hand mit meinen Fingern.

»Ich bin nur müde. Das ist alles.«

Ich spürte Rahels schwarze Augen zwischen meinen verspannten Schulterblättern. Ich ertrug ihren Blick, so lange ich konnte.

Rahel hatte zum ersten Mal die Erlaubnis bekommen, uns nach Hause zu begleiten. Ein Pfleger sollte sie am Abend von dort abholen. Bedauernswerter Kerl. Bestimmt hatte sich keiner von denen freiwillig gemeldet.

Mit Rahel zusammen zu sein, war nie einfach. Ihre Stimmung war so unberechenbar wie das für solche Vergleiche gern zitierte Aprilwetter. Auch wenn sie jetzt wieder zur öffentlichen Schule ging, lebte sie weiterhin in der Klinik. Morgens hielt der Wagen vor dem Schultor, und nach Unterrichtsschluss stand die dunkle Limousine schon pünktlich an der gleichen Stelle, um Rahel wieder mitzunehmen. So hatte man sie für alle gut sichtbar unter Kontrolle.

Als wir die Halle betraten, kam uns Emma Seil springend entgegen. Sie blieb direkt vor Rahel stehen.

»Guten Tag. Ich bin Emma Lewin. Stimmt es, dass du verrückt bist?«, fragte sie und sprach die Worte dabei übertrieben deutlich aus, so als wäre Rahel taubstumm und müsste von ihren Lippen lesen.

Ich hielt den Atem an und wartete, wie Rahel die schonungslos offene Art meiner kleinen Schwester aufnehmen würde. Ich rechnete mit dem Schlimmsten. Das hier konnte nur in einer Katastrophe enden. Rahels Züge verfinsterten sich, als sie auf Emma hinunter sah.

»Du willst wissen, ob ich verrückt bin?«, fragte sie.

Emma hatte ihr Hab-ich-doch-gesagt-Gesicht aufgesetzt und neigte den Kopf zur Seite. Sie wartete. Wir alle taten es. Rahel machte eine kurze Pause, so als müsse sie tatsächlich erst darüber nachdenken.

»Ja, ich glaube schon. Aber es gibt Schlimmeres.«

Emma grinste Rahel zufrieden an.

»Keine Bange, wir kennen uns hier mit Spinnern bestens aus«, sagte sie und hüpfte singend in Richtung Wohnzimmer weiter. »Halte zu mir, guter Gott ...«, schallte ihre klare Kinderstimme durchs Haus.

Maud kam eiligen Schrittes die Treppe herunter. Ihren langen Rock und die darüber gebundene Schürze hielt sie mit beiden Händen gerafft. Dabei machte sie ein Gesicht, als hätte sie größte Lust, den Nächstbesten zu erwürgen. Ich trat vorsichtshalber einen Schritt zur Seite.

»Das kann doch wohl nicht wahr sein!«, schimpfte sie. »Meine eigene Enkelin schmettert Katholiken-Parolen! Gibt es etwas Peinlicheres auf dieser Welt? Vielleicht erklärst du mir, was dich gebissen hat, Kobold!«

Sie kam an uns vorbeigerauscht.

»Ihr seid spät dran. Hurtig, wascht eure Hände und kommt dann zum Essen. Keine Ausreden, hört ihr?«

Kurz vor der Küchentür stoppte sie, machte auf dem Absatz kehrt und kam zurück. Ihr Kopf war wie zuvor der ihrer jüngsten Enkelin zur Seite geneigt, und dieses für Maud typische Lächeln war in ihr Gesicht zurückgekehrt.

»Da bist du ja endlich«, sagte sie und strich Rahel dabei sanft übers Haar. »Wir haben schon recht lange auf dich gewartet, Kind.«

Mir war nicht ganz klar, was Maud Lewin damit meinte. Aber es war jetzt nicht die Zeit, um sich allein darüber zu wundern, denn es kam noch besser. Rahel wirkte verunsichert.

»Auf mich gewartet?«

Maud lächelte ihr unschuldig zu.

»Aber ja, Rahel. Du bist wegen Jules hier.«

Jetzt war unsere Freundin restlos verwirrt. Wir waren noch nicht einmal dazu gekommen, sie vorzustellen. Sie blickte Wanda und mich ratsuchend an, aber wir konnten auch nur ahnungslos mit den Schultern zucken, so wie es sonst eigentlich eher Jules Art entsprach.

»Wegen wem?«

Rahel machte einen letzten Versuch, Großmutters Andeutungen zu verstehen, aber Maud gab keine weiteren Erklärungen mehr ab.

»Du wirst schon sehr bald wissen, was ich meine.«

Damit drehte sie sich um und verschwand in der Küche. Wir konnten sie geschäftig mit Töpfen und Geschirr rumoren hören. Was dabei herauskam, war bei weitem nicht immer Nouvelle Cuisine und oft eine Mutprobe für alle Beteiligten. Einmal mussten wir alle in die Klinik, um uns die Mägen auspumpen zu lassen, weil Großmutters Pilzragout nahe daran war, unsere gesamte Familie auszulöschen.

Rahels Gesichtsausdruck wechselte von Ungläubigkeit über Angst zu Faszination. Maud hatte ihr Werk wieder einmal tadellos vollendet. Die Verwirrung war perfekt.

»Wer zum Henker war das?«

Rahel erwartete ganz klar eine Antwort.

»Maud Lewin, unsere Großmutter«, erklärte Wanda. »Sie wirkt im ersten Moment vielleicht ein bisschen durch den Wind, aber eigentlich ist sie normal. Wenigstens die meiste Zeit über.«

Wanda lauschte ungläubig in Richtung Küche, aus der jetzt

auch Mauds Stimme zu hören war. Sie sang. Wenn es etwas gab, das Maud ausgesprochen selten tat, dann war es lauthals zu singen. Sie summte oft pausenlos irgendwelche Melodien vor sich hin, so dass man der Meinung sein konnte, sie wolle die Menschen um sich herum damit bewusst in den Wahnsinn treiben, aber sie trällerte selten lautstark drauflos. Ich war mir sicher, dass Maud von etwas wusste.

»Wer oder was ist denn dieser *Jules*, von dem sie gesprochen hat?«

Gerade als Rahel diese Frage stellte, kam eben jener hastig die Treppe heruntergepoltert. Er trug einen zum Platzen vollgepackten Rucksack auf dem Rücken und eine große Bilderrolle unter dem Arm. Dazu sah er aus, als hätte er wieder mal in seinen Kleidern geschlafen. Es war Montagnachmittag, und unser Bruder war eindeutig mehrere Stunden zu spät dran.

Er nahm Wanda in den Arm und drückte ihr, Rahel und mir nacheinander einen dicken Kuss auf den Mund, ehe er zu Maud in die Küche eilte, um sich auch von ihr und Emma zu verabschieden. Eindeutig Doublemint. Was fanden nur alle an dem Zeug?

Auf seinem Rückweg zwinkerte er Rahel zu und strich sich verlegen eine seiner schwarzen Haarsträhnen aus dem Gesicht. Er stieg in sein mausgraues Vehikel, das beim Anlassen des Motors gequält aufheulte, ehe es sich, eine stinkende Abgaswolke zurücklassend, ganz gemächlich in Bewegung setzte.

Jules war im zweiten Semester an der Kunstakademie. Er kam nur noch an den Wochenenden nach Hause, und mit Jules kam Olympe. Wir konnten sicher sein, dass am Abend seiner Heimkehr der schmale Lichtstrahl unter seiner Zimmertür erst sehr spät verlosch, und wir konnten sein übergeschnapptes Lachen hören. Es war schön, wenn er da war.

»Das da war Jules«, erklärte Wanda.

Wir beobachteten den verbeulten Käfer, wie er die Allee entlang rumpelte, und als er schon längst auf die Landstraße abgebogen war, bemerkte ich, dass Rahel ihm noch immer hinterher sah. Ihr Gesicht wirkte seltsam entspannt, und sie sah beinahe hübsch aus ohne die strengen Falten um ihren Mund. Ich bekam den Hauch einer Ahnung davon, was Maud mit ihrer Bemerkung gemeint haben könnte.

13

Die Geschichte verbreitete sich wie ein Lauffeuer in der Schule. Zwei Typen sollten dabei erwischt worden sein, wie sie *es* miteinander getan hatten. Alle überschlugen sich mit lautstarken Verdächtigungen oder stellten vage Vermutungen an.

Ich wurde unter dem denkbar banalen Vorwand, es ginge wieder einmal um meine gefährdete Versetzung, zum Rektor gerufen. Staller lümmelte bereits breitbeinig in einem der beiden schwarzen Kunstledersessel, die vor dem Schreibtisch von Rektor Reifenstein standen. Er grinste mich breit an, als ich den Raum betrat.

Ich wusste, dass Staller in den vergangenen Jahren wegen den verschiedensten Verstößen gegen die Schulvorschriften schon öfter hier gesessen hatte. Solche Nachrichten machten in der Schule schnell die Runde. Aber für mich war es das erste Mal.

Reifenstein, ein Mann Ende fünfzig, ließ sich seufzend in seinem beeindruckenden Direktorensessel nieder. Ein erwachsener Mann konnte in dem Monstrum spurlos verschwinden. Erst begann er seine silberne Lesebrille zurechtzurücken, bevor er die Ellenbogen auf die Tischplatte stützte und uns eingehend betrachtete. Ich wurde nervös. Mit allzu langem Schweigen konnte ich, wie schon gesagt, nicht gut umgehen. Staller hingegen schien die Ruhe selbst zu sein.

Rektor Reifenstein lehnte sich in seinem Sessel zurück. Er seufzte abermals und blätterte scheinbar ziellos in seinem Terminkalender.

»Ihr beiden wisst, warum ihr hier seid?«, fragte er mit kaum ersichtlichem Interesse.

Stallers Stimme klang absolut gleichgültig, als er antwortete.

»Keine Ahnung. Oder weißt du was, Lea?«

Was für eine Frage! Natürlich wusste ich, warum ich hier war. Aber ich hätte mir lieber die Zunge abgebissen, als das zuzugeben. Also schüttelte ich den Kopf. Dann begann ich das bewusste In-den-Bauch-Atmen zu praktizieren, mit dem mich Emma seit Wochen während ihrer morgendlichen Meditation traktierte. Wer hätte je gedacht, dass ich die öde Luftholerei wirklich mal gebrauchen könnte. Aber ich musste Ruhe bewahren, und dazu war mir jedes Mittel recht, das nur eine geringe Chance in sich barg, mir meine Selbstbeherrschung zu erhalten.

Reifenstein stöhnte unzufrieden. Ihm war anzusehen, dass ihm das, was er zu sagen hatte, sichtlich unangenehm war. Er stand auf und sah aus dem Fenster. Während er mit einem Kugelschreiber auf das Fensterbrett trommelte, fixierte er einen festen Punkt auf dem Schulhof.

»Unser Kaulmann war bei mir und hat mir von einem pikanten Zwischenfall berichtet, der mit Ihnen beiden zu tun haben soll, meine Herren«, sagte er.

Staller grinste zu mir rüber. Ich war viel zu sehr damit beschäftigt, meine Verspannung loszuwerden, um darauf zu reagieren. Reifenstein nahm die Schultern zurück und drehte sich tief einatmend wieder zu uns um. Machte er etwa auch diese Atemsache?

Jedenfalls stemmte er beide Hände auf die Rückenlehne seines Schulleitungsthrones und meinte: »Er sagte, er hätte Sie beide in einer, sagen wir einmal, verfänglichen Situation in der Schwimmhalle überrascht. Sagt Ihnen das etwas?«

Er blickte von Staller zu mir und schnell wieder zurück. Staller antwortete.

»Was meint er denn mit verfänglich?«, fragte er. »Wir trainieren fast jeden Morgen dort. In zwei Wochen sind die Meisterschaften, und Lea und ich sind verdammt gut in Form. Also was soll sein? Hat einer ins Becken gepisst oder was?«

Reifenstein schaute ihn lange an. Staller starrte ohne mit der Wimper zu zucken zurück. Der Rektor setzte sich wieder.

»Sie beide standen also nicht in einem Kontakt zueinander, den man als besonders intim beschreiben könnte?«

Staller tat verständnislos.

»Intim?«

Er war richtig überzeugend. Also ich hätte ihm sein Erstaunen, ohne groß darüber nachzudenken, abgenommen. Rektor Reifenstein wand sich um die Wahl seiner Worte, die er dann doch, wenn auch widerwillig, zwischen den Zähnen hervorpresste.

»Ich meine sexuell.«

Staller sprang auf.

»Was soll das denn heißen, um Himmels willen?«, schrie er. »Wollen Sie damit sagen, dass Lea und ich rumfummeln? Sehen wir vielleicht aus wie arschwackelnde Schwuchteln?«

Reifenstein war ebenfalls aufgesprungen.

»Aber bitte, meine Herren. Lassen Sie uns doch in aller Ruhe darüber reden.«

Er zog Staller zurück zu dessen Platz und drückte ihn wieder in den Sessel. Mir stand vor Schreck der Mund offen, aber ich wusste beim besten Willen nicht, was ich hätte sagen sollen, um hier heil wieder rauszukommen.

Zum Glück interessierte sich der Rektor weniger für mich als für Staller. Der konnte sich nur schwer ein Grinsen verkneifen, als er mir hinter Reifensteins Rücken zuzwinkerte. Meine Welt war von Verrückten bevölkert. Reifenstein kehrte zu seinem Sessel zurück und fing wieder an, mit dem Kugelschreiber auf der verdammten Tischplatte herumzuknipsen.

»Ich habe mir das schon fast gedacht. Dass sich der alte Kauz geirrt haben muss, meine ich.«

Er fuhr sich fahrig mit der Hand über die Stirn.

»Wissen Sie was?«, rief er. »Wir vergessen die ganze Sache!« Seine Stimme klang beinahe heiter. »Tun wir einfach so, als wäre dieses Gespräch nie geführt worden. Es handelt sich alles um einen bedauerlichen Irrtum. Einverstanden?«

Ich nickte und stand auf. Ich war heilfroh, dass das alles zu Ende war, aber Staller musste noch einen draufsetzen. Mit der flachen Hand schlug er so hart auf den Schreibtisch, dass es krachte.

»Ein Irrtum?«, fragte er. »Meinen Sie vielleicht so eine Art Irrtum wie letztes Jahr mit Dr. Grünwald?«

Der Rektor schlug die Augen nieder. Oberhalb seines Hemdkragens kroch eine von Peinlichkeit getriebene Röte in Richtung Haaransatz. Was hatte Grünwald mit der ganzen Sache zu tun? Staller brachte es fertig, dass ich den Überblick verlor.

»Mit so was können Sie das ganze Leben von jemandem versauen«, tobte er. »Das könnte mich den Abschluss kosten. Und jetzt glauben Sie, dass das alles so einfach unter den Teppich zu kehren ist? Ich will eine Entschuldigung von dem Mistkerl!«

Mir reichte es jetzt gewaltig. Ich packte Staller am Arm und zog ihn zur Tür. Dabei beeilte ich mich, zu retten, was zu retten war.

»Das ist schon in Ordnung«, sagte ich in Reifensteins Richtung. »Wirklich. Kein Problem. Vergessen Sie es einfach.«

Als wir durch das Vorzimmer kamen, duckte sich Reifensteins Sekretärin schützend hinter ihre Schreibmaschine. Die Ärmste befürchtete wohl, dass wir ihr Büro in Schutt und Asche legen könnten. Ich schlug die Tür hinter uns zu.

»Sag mal, bist du bescheuert?« Es fiel mir schwer, leise zu sprechen. »Was war das denn? Willst du unbedingt richtigen Ärger kriegen?«

Staller drückte mich mit dem Rücken gegen die Wand.

»Wovor hast du eigentlich so großen Schiss, Lewin?«

Nicht zu fassen. Er wollte mir tatsächlich ein Gespräch auf dem Schulflur aufdrängen. Ich sah den Gang entlang. Es war niemand zu sehen.

»Wovor ich Schiss habe? Sag mal läufst du noch ganz rund?«

Er begann mit den Knöpfen an meinem Hemd herumzuspielen. Wenn uns jemand so sehen würde, dann wären wir endgültig geliefert.

»Ich meine es ernst, Lea. Wovor hast du nur solche Angst?«

Wovor ich Angst hatte. Also mir fiel da das ein oder andere als Antwort ein. Hingegen fiel es mir weit schwerer, den nötigen Flüsterton beizubehalten, wenn ich nicht die ganze Schule zusammenbrüllen wollte.

»Du machst mir vielleicht Spaß«, begann ich. »Dir ist es egal, was die anderen hier über dich denken. Du bist doch sowieso

Ralph Staller, der Supermann. Aber das ist eben der Unterschied zwischen uns. Ich bin ein Lewin. Und, verdammt noch mal, ich weiß, was es heißt, einer von denen zu sein. Verstehst du? Ich bin der Freak mit nur einem Bein. Ich bin der, über den hier jeder seine kleinen dreckigen Witze reißt. Ich bin der Bruder von 'nem Bekloppten, von 'ner vorlauten Göre und einer Zaubersprüche verteilenden Halbirren. Ich biete wahrlich genug Gesprächsstoff. Ich bin bis in hundert Jahren damit bedient, dass sich jeder über mich und meine Familie das Maul zerreißt. Ich hab genug davon. Ich brauch keinen Nachschub in Sachen Besonderheiten. Ich hab genug davon bis in alle Zeit. Kein weiterer Bedarf! Begreifst du das?«

Mir ging die Luft aus. Staller wirkte in keiner Weise anders als zu Anfang meines kleinen Vortrags. Er betrachtete grinsend mein zorngerötetes Gesicht. Na toll. Das ging wieder mal voll daneben.

»Scheiße, Staller!«

Ich schob ihn von mir weg und wollte gehen. Ich würde den Kerl nie im Leben verstehen. Für ihn war alles ein einziger Spaß. Ich konnte mir diesen Luxus nicht leisten.

»Toll, jetzt bin ich auch noch Komiker.«

Ich steckte die Hände in die Hosentaschen und hinkte den Flur entlang. Die Gänge waren derart glatt gebohnert, dass ich höllisch aufpassen musste. Die Welt konnte in die Brüche gehen, aber Hauptsache der verdammte Boden glänzte perfekt. Staller legte seinen Arm um meine Schultern. Wo hatte er an diesem Morgen nur sein Gehirn gelassen.

»Entschuldige. Aber du bist einfach zu niedlich, wenn du Schiss hast.«

Niedlich! Jetzt hatte ich den Salat. Der Kerl behandelte mich wie ein Mädchen. Ich kam ins Stolpern. Staller fing mich auf, und ich musste mich für einen Moment an ihm festhalten. Du meine Güte, auch mit Klamotten fühlte er sich ausgesprochen gut an. Ich stieß ihn von mir weg.

»Dir würde es also nichts ausmachen, wenn alles rauskäme, ja?«, fragte ich, während ich versuchte, meine Beine auf dem rutschigen Untergrund gerade nebeneinander zu stellen. Staller hob gelangweilt die Schultern.

»Dann sagen wir es eben allen.«

»Was denn?«

Ich spürte, wie sich mein Nacken verspannte.

»Na, das mit uns.«

Meine Hände wurden ganz taub vor Schreck.

»Es gibt ein *uns*?«

»Na klar. Wir erzählen allen, dass wir es überall wie wild miteinander treiben.«

Ich starrte ihm ins Gesicht. Ich hatte das Gefühl, ohnmächtig zu werden. In Stallers Mundwinkeln begann es zu zucken, und gleich darauf verzogen sich seine Lippen zu einem breiten Grinsen.

»Du solltest nicht alles so ernst nehmen, Lea. Die Hälfte reicht völlig.«

»Ich frage mich langsam, wer hier spinnt.«

Staller drückte seine Lippen kurz gegen meine und ging leise pfeifend zurück in seinen Physik-Kurs. Damit war das Thema für ihn erledigt. Ich kam aus meinen Problemen gar nicht mehr raus.

Wenn ich gedacht hatte, dass die Geschichte damit für alle erledigt sei, irrte ich mich gewaltig. Am selben Abend geriet die ganze Sache völlig außer Kontrolle.

»Unsinn, Lea. Warum sollte er so was überhaupt getan haben? Er ist doch kein Idiot! Außerdem war das alles nur ein dämliches Gerücht!«

»Schhh … !«

Ich versuchte zum tausendsten Mal, meine Schwester dazu zu bringen, leiser zu sprechen. Genauso gut hätte ich versuchen können, die Sonne vor den Mond zu schieben. Wanda dachte nicht im Traum daran, mir irgendeinen Gefallen zu tun.

»Dass ich jemanden wie dich ertragen muss, ist doch wirklich schon anstrengend genug«, schimpfte sie. »Musst du dir da noch immer einen solchen Scheiß ausdenken?«

Sie wurde still. Wenn auch nur für die Länge eines flachen Atemzugs. In altbewährter Heftigkeit fuhr sie fort.

»Du bist wie ein verdammter Fluch, den man nicht mehr los wird. Du bist ein richtiger Arsch, Lea!«

Ich hätte es wissen müssen. Ich war einfach nicht lernfähig. Wanda drückte mich grob gegen das brüchige Treppengeländer, das unter meinem Gewicht gequält knarrte.

»Gib es auf, mein großmäuliger Schatz. Du weißt einfach nicht, wovon du sprichst.«

Damit drückte sie mir einen schmatzenden Kuss auf die Lippen. Ich war fassungslos.

»Manchmal bist du wirklich die Pest.«

»Ich weiß«, stimmte sie mir bereitwillig zu. »Aber trotzdem hast du mich lieb wie keinen anderen. Und das wird so bleiben, bis wir alt und trottelig sind.«

»Wanda. Leander. Zu mir. Jetzt sofort!«

Maud Lewin rief uns von ihrem Arbeitszimmer aus zu sich. Wanda drehte sich um und ließ mich ohne ein weiteres Wort in der Halle stehen. Manchmal konnte man einfach nicht mit ihr reden.

Ich hinkte die 26 ausgetretenen Stufen in den Ostflügel hinauf. Mit wem hätte ich denn sonst sprechen sollen? Wanda war die einzige dafür in Frage kommende Person. Hätte ich ahnen können, dass sie sich derart aufregen würde?

Maud Lewin saß mit dem Rücken zur Tür an ihrem klobigen Schreibtisch aus dunklem Nussbaumholz. Sie benutzte eine herkömmliche Triumph mit normalen Lettern ohne Braille-Zeichen. Natürlich erforderte das eine gehörige Menge an Konzentration, weil sie ihre Kapitel ohne Unterbrechung beenden musste, aber sie verabscheute Veränderungen jeder Art. Ich unterbrach sie nur ungern bei ihrer Arbeit. Wanda hingegen drängte sich an mir vorbei, nicht ohne mich dabei gezielt mit ihrem Ellenbogen in die Rippen zu stoßen.

»Warum, zum Teufel, tust du das?«

Ich biss die Zähne fest aufeinander und hielt mir die schmerzende Seite.

»Was willst du dagegen tun? Willst du dich vielleicht wehren?«, zischte es ungerührt zurück.

Ich hätte die Prothese nach ihr werfen sollen.

»Wann hörst du endlich auf, mich fertig zu machen?«

Wanda zog verärgert die Augenbrauen zusammen.

»Warum musst du so etwas Schreckliches sagen?«

»Weil du immer aus dem Nichts heraus ein einziges großes Ich-weiß-nicht-was inszenierst, und wer dann alles wieder zurechtbiegen muss, interessiert dich einen Dreck.«

»Warum sagst du so was?«

Das wusste ich beim besten Willen nicht, aber es drang unbeirrt weiter aus mir heraus.

»Weil es die Wahrheit ist, Wanda«, sagte ich. »Du musst dir doch gar nichts Besonderes einfallen lassen. Allein ein Wort von dir reicht schon aus, um alles zu verdrehen, zu zerreden und kaputt zu machen.«

Wanda antwortete mir nicht mehr. Es gab nur eine Sache, die mich an meiner Schwester noch mehr beunruhigen konnte, als ihre nicht enden wollenden Schimpftiraden und das war – plötzliche Schweigsamkeit.

Als ich zu ihr aufblickte, sah Wanda starr auf mich herab. Dabei spiegelte sich keinerlei Gefühlsregung in ihren Augen. Ich war gewarnt.

Maud, die die ganze Zeit über noch kein Wort gesagt hatte, lehnte sich in ihrem Schreibsessel zurück.

»Komm her.«

Wanda senkte folgsam den Kopf. Die alte Frau strich sanft über ihre Wange.

»Keiner kann gegen seine Natur«, sagte sie. »Aber gib Acht, dass du dir dabei nicht selbst einmal den Hals brichst, Schatz.«

Das war wieder typisch für Maud. Sie hatte zu jeder Situation den passenden Spruch. Und alle in unserer Familie gaben ihr hinreichend Gelegenheit, dies anzuwenden. Gut gemeinte Ratschläge zu verteilen, war ein Lewinscher Familiensport.

»Was schreibst du gerade?«

Wanda saß breitbeinig nach hintenüber gelehnt auf dem

Schreibtisch und drehte das Papier, das noch gut bis zur Hälfte in der Maschine steckte, gerade so weit zu sich hin, dass es nicht knickte, um besser lesen zu können. Sie war barfuß und auf ihren Zehen leuchtete ein hellroter Nagellack, dessen grelle Farbe mich an Verkehrswarnschilder erinnerte. Sie trug ein enges, weißes T-Shirt mit fadendünnen Trägern, das mehr zeigte als es verbarg, und einen so kurzen Rock, zu dem mir die Worte fehlten.

Zwischen Wandas Oberschenkeln konnte ich ein Stück hellrosa Stoff erkennen, das dort hervorschimmerte. Ich war paralysiert. Als ich endlich dank all meiner mir verbliebenen Selbstbeherrschung meinen starren Blick hob, sah ich, dass Wanda mich über den Rand des Papiers hinweg beobachtet hatte.

Sie grinste zu mir rüber, während unsere Großmutter sich wieder in ihrem Sessel zurücklehnte und Wandas Frage beantwortete.

»Das weiß ich selbst nicht mehr genau«, murmelte sie. »Wie ärgerlich.«

Dabei zwinkerte sie mir zu. Ihre dunkelblauen Augen unter den sanft geschwungenen Augenbrauen wirkten immer so lebendig und interessiert, dass keiner, der sie zum ersten Mal sah, je darauf kam, dass diese freundlichen Augen nicht den kleinsten Schimmer von dem wahrnahmen, was für uns normal Sehende selbstverständlich war.

Maud Lewin war von Kindheit an blind. Meningitis im Alter von vier Jahren. Dennoch oder vielleicht eben deshalb besaß sie eine unbeschreibliche Phantasie, die es immer wieder vermochte, mich und meine Geschwister uneingeschränkt in ihren Bann zu ziehen.

Die Geschichten von Maud Lewin leuchteten in allen Farben. Ihre Gestalten sprühten vor Leben, und ihre skurrilen Landschaften erinnerten an verzauberte Märchen und heldenreiche Sagen einer verloren gegangenen Welt. Sie wand sich scheinbar mühelos durch das wirre Dickicht ihrer Seele, und die Quelle ihrer Vorstellungskraft schien unerschöpflich zu sein.

»Warum wolltest du uns sehen, Maud?«

Ich hatte den Mund noch nicht geschlossen, da hörte ich ein lautes Seufzen.

»Sag mal, hat dir jemand zu oft auf den Kopf gehauen, und muss ich mir jetzt ernsthaft Sorgen um dich machen? Kannst du mir vielleicht mal erklären, wie Maud das anstellen soll – uns sehen?«

Wanda hatte mir scheinbar gleichgültig den alten Köder zugeworfen, aber diesmal vermied ich es, wieder nach ihm zu schnappen.

Ein amüsiertes Lächeln huschte über Mauds Gesicht, gefolgt von einer düsteren Ernsthaftigkeit, die uns durchaus bekannt war. Es wurde neblig.

»Erklärt ihr mir nun, warum ihr gerade einen solchen Wirbel veranstaltet habt?«, fragte sie.

»Nicht so wichtig«, versuchte ich rasch das Thema zu wechseln. Doch ich hatte nicht mit der zähen Hartnäckigkeit meiner Schwester sowie der unbändigen Neugier meiner Großmutter gerechnet. Jetzt hatten sie mich am Haken, und sie waren entschlossen, die Leine einzuholen. Zwei gegen einen. Meine Chancen, unbeschadet aus der ganzen Sache herauszukommen, standen denkbar schlecht.

»Es war also nicht so wichtig, ja? Da greift dir ein Kerl an den Hintern, und alles, was dir jetzt dazu einfällt, ist, dass es gar nicht so wichtig war?«

Wanda sah mich entgeistert an.

»Aber wahrscheinlich passiert dir das ja ohnehin jeden Tag. Na klar, bei dir stehen die Kerle ja schon Schlange.«

»Jetzt hör schon auf, Wanda«, versuchte ich mich noch einmal zu retten. Ich bereute es zutiefst, Wanda von der Geschichte mit Staller erzählt zu haben. Und dass sie das Ganze jetzt auch noch vor Maud ausbreitete, das ging ganz eindeutig weit über meine Schamgrenze hinaus.

»Wanda, lass es gut sein.«

Die Stimme unserer Großmutter klang mitfühlend. Ich wusste aber auch, dass sie Wanda nicht noch einmal zum Schweigen auffordern würde. Das konnte sie gar nicht, denn dann wäre sie keine Lewin.

Innerlich flehte ich Wanda an, Großmutters Bitte nur dieses eine Mal zu erhören. Aber ein Blick in das arrogante Gesicht meiner Schwester, und ich konnte alle Hoffnung begraben. Ich schloss die Augen. Wanda war durch nichts mehr aufzuhalten.

»Aber Maud!«, rief sie. »Der Scheißer da behauptet tatsächlich, dass Ralph ihm an die Wäsche gegangen ist.«

Sie war vom Schreibtisch gesprungen. Es fehlten nur noch wenige Zentimeter, und wir hätten uns berührt. Ich befand mich in einer denkbar ungünstigen Position.

»Warum machst du so was nur?«, flüsterte sie.

Die Reaktion meiner Großmutter fand ich zugegebenermaßen erstaunlich.

»Nun ja«, sagte sie. » Ich kann mir schon vorstellen, dass er Ralph gefällt.«

Wanda drehte sich zu Maud um. Sie gewährte mir dadurch eine Pause von ihrer Anstarrerei. In ihrer Stimme klang ein Hauch Resignation.

»Warum sagst du das?«

Maud riss das Papier mit einem schnellen Ruck aus der Maschine.

»Ralph interessiert sich mehr für Hosen als für Röcke«, sagte sie. »Er bleibt gern unter seinesgleichen. Das ist auch schon alles.«

Der Bogen landete zu einer Kugel zerknüllt im Papierkorb.

»Ralph kann von mir aus sein, was er will«, rief Wanda aufgebracht, »der interessiert mich nicht die Bohne. Aber Lea ist doch kein Schwuler!«

»Nicht wenige geniale Schriftsteller waren homosexuell«, erwiderte Maud. »Denkt nur an Oscar Wilde. Und seine Märchen sind einfach wundervoll.«

»Oh Gott.«

Mir wurden die Knie weich. Wanda fuhr herum.

»Was soll das heißen?«, rief sie. »Willst du mir etwa allen Ernstes sagen, dass dir das gefallen hat? Verdammt, Lea. Wie hat er dich nur so weit gebracht?«

Ich hasste es, mich verteidigen zu müssen. Aber besonders hasste ich es, mich vor Wanda zu verteidigen. Egal, ich war im Spiel und gab mein Bestes.

»Er musste mich nicht gerade überreden«, sagte ich mit nicht allzu lauter Stimme.

»Aber das gibt's doch nicht. Was ist nur mit dir los?«

Sie ließ mich einfach nicht in Ruhe. Im Gegenteil. Ich versuchte ihrem vorwurfsvollen Blick standzuhalten, was mir auch fast gelang.

»Was soll mit mir los sein? Es geht mir gut.«

Meine Augenlider begannen bereits zu zittern. Lange würde ich diese geballte Aufmerksamkeit nicht mehr ertragen.

»Ja, vielleicht körperlich, aber dir hat doch jemand ins Gehirn geschissen. Du bist nämlich keiner von denen. Schließlich interessierst du dich doch für Sport, oder? Du bist kein Oscar Wilde. Das bist du einfach nicht, Lea.«

Ich kam aus der Verteidigungsposition nicht raus. Egal was ich jetzt noch sagen würde, es hätte das Ende des Ganzen, wenn überhaupt, nur geringfügig verändern können. Also tat ich das Dümmste, was man in einer derartigen Situation tun kann. Ich wurde mutig.

»Und was, wenn doch?«, fragte ich.

Wanda schüttelte bestürzt den Kopf.

»Was? Schnappst du völlig über?«

Ich dachte doch tatsächlich, schlimmer könne es nicht mehr werden, und äußerte dies in meiner Naivität auch noch lautstark.

»Und was, wenn doch?«, wiederholte ich, ohne mich groß um die Folgen meiner Beichte zu sorgen.

Ich spürte plötzlich ihre Hand zwischen meinen Beinen. Sie hatte mich fest im Griff. Für einen Moment blieb mir die Luft weg. Ihre feuchte Zunge glitt über mein Ohr.

»Das erlaube ich dir nicht«, flüsterte sie, ehe sie sich von mir abwendete und schweigend in einem Sessel verschwand.

Ich hatte ein eigenes Kapitel geschrieben. Aber ich erntete keinen euphorischen Beifall, sondern verwandelte meine Schwester damit in Xanthippe. Ich wusste, dass sie mich nur allzu gerne verprügelt hätte. Stattdessen kauerte sie mir abgewandt in einem der fünf riesenhaften, samtbezogenen Sessel, bei denen man das Gefühl bekam, wenn man erst einmal in ihnen versunken war, niemals wieder aufstehen zu können, und wenn, dann nur unter größten physischen Anstrengungen. Maud erhob sich.

»Wir können genauso gut auch später streiten, Kinder«, stellte sie in Aussicht. »Viel später, wenn ihr wollt.«

Sie ging aus dem Zimmer und schloss leise die Tür.

»Was willst du eigentlich von mir, Wanda?«

Als ich sie dabei beobachtete, wie sie sich aus dem Sessel kämpfte, spürte ich den Druck in meiner Brust. Die altbekannte Kraft, die mich daran hinderte, mich von der Stelle zu bewegen. Mich zu bewegen wäre das einzig Richtige gewesen.

»Willst du mich vor der ganzen Welt bloßstellen? Geht es darum?«

Ich bekam keine Antwort.

»Soll ich mich für das schämen, was ich vielleicht bin? Wunderbar. Wir können sofort aufhören. Das tu ich nämlich bereits.«

Sie kam näher. Mein Esprit schwand.

»Um Himmels willen, was willst du nur?«

Sie stand in diesem verboten kurzen Rock vor mir und knöpfte mein Hemd auf.

»Ich will, dass du mit mir genau das Gleiche machst, was du mit ihm gemacht hast«, flüsterte sie.

Ihre warmen Finger glitten unter mein T-Shirt, strichen über meinen Bauch und hinunter zu den Knöpfen meiner Jeans. Bevor sie diese öffnen konnte, packte ich schnell ihre Hände und hielt sie fest. Mein Herz klopfte dabei so wild, als suchte es einen Weg nach draußen.

»Wanda, das ist kein Spiel mehr!«

Ihre Stimme klang verstörend ruhig, als sie antwortete.

»Das war's noch nie.«

Ihre Zungenspitze strich langsam über mein Kinn. Ich wollte mich zurückziehen. Ehrenwort, das wollte ich wirklich. Ich hätte laufen sollen, was ich konnte. Aber meine Beine verweigerten den klaren Befehl, der von meinem Gehirn ausging. Ich spürte

Wandas Bauch, der sich verführerisch gegen meinen drückte, und erkannte zu meinem Schrecken, dass Nebel aufzog.

»Das hast du dir doch auch schon immer gewünscht«, flüsterte sie irgendwo zwischen meinem Hals und meinem linken Ohr.

»Wanda, verdammt. Hör auf damit.«

Ich hielt immer noch ihre Hände fest, aber was sie mit ihrem Mund machte, konnte ich nicht verhindern.

»Warum?«

Ihre Frage klang so verdammt unschuldig, als wenn alles, was jetzt passieren würde, allein von mir abhinge. Aber das, was sie mit mir tat, hatte nichts mit Unschuld gemein.

»Du weißt genau, warum.«

Mir schoss der Gedanke durch den Kopf, dass ich ihre Hände jetzt liebend gerne zurück auf die Anfangsposition legen würde. Ich verwarf ihn.

»Nein, weiß ich nicht. Sag's mir.«

Ich spürte ihre warmen Lippen an meinem Hals. Ich brauchte Argumente. Ich würde so viele davon brauchen, dass sie mich selbst überzeugen würden.

»Es geht nicht, weil du du bist«, stieß ich hastig hervor. »Deshalb.«

»Ja, und? Hat dich das vielleicht davon abgehalten, daran zu denken?«

Sie stellte sich etwas auf die Zehenspitzen und begann mich zart und auffordernd zu küssen. Ich hatte einen Punkt erreicht, an dem mein Verstand nahe daran war, auszusetzen, und ich unternahm einen letzten, halbherzigen Versuch, um uns aus dieser verfahrenen Situation zu retten.

»Das können wir nicht machen«, stöhnte ich.

»Aber wir machen es doch schon.« Sie küsste mich wieder. »Oder willst du, dass es ein anderer macht?«

Die Vorstellung, Wanda könnte von irgendeinem dahergelaufenen Mistkerl befingert werden, brachte mich endgültig von meinem Weg ab. Bevor ich nachdenken konnte, schüttelte ich den Kopf. Was ich hier tat, war nicht richtig. Ich wusste genau, dass ich das nicht machen sollte. Sie nahm meine Hände, die ihre noch immer sinnlos umklammert hielten, und führte sie unter ihr T-Shirt. Im selben Moment wurde mir klar, dass ich nicht mehr zurückkonnte. Ich hatte nur noch einen einzigen Gedanken, und der ging nicht etwa von meinem Gehirn, sondern von einem weit instinktiver reagierenden Körperteil aus. Mein T-Shirt landete auf dem Schreibtisch.

Ich packte Wanda grob um die Hüften und zog sie ganz nah an mich. Während ich sie küsste, wusste ich genau, wer ich war. Ein Hurensohn. Einer, der sein eigenes Verlangen über alles andere stellte. Einer, der vor seiner eigenen Schwester nicht zurückschreckte. Einer, der sich seinen Weg ins göttliche Paradies verbaute, indem er es sich bereits auf Erden nahm. Zum Teufel, war mir der ganze Scheiß egal!

Ich schob Wandas T-Shirt nach oben und zog es ihr aus. Dann vergrub ich meine Zunge wieder in ihrem Mund. Wenn ich etwas wollte, dann diesen Erdbeergeschmack, der sich in mir ausbreitete wie die härteste aller Drogen. Auch verschwendete ich kein Wort der Gegenwehr mehr, als sie die Knöpfe an meiner Jeans öffnete. Ich spürte, wie mich ihre Finger berührten, anders als sie es jemals zuvor getan hatten.

Ich zog den Reißverschluss an Wandas Rock auf, und er fiel zu Boden. Ich vergaß, dass es meine Schwester war, die ich im Arm hielt, und ich vergaß auch, dass wir uns im Arbeitszimmer unserer Großmutter befanden, als ich mich auf Wanda legte.

Alles an ihr war so weich, und sie wollte, dass ich all dies mit ihr machte. Ich durfte sie an Stellen berühren, von denen ich nicht einmal wusste, dass ich mich nach ihnen gesehnt hatte. Ich musste sie nicht überreden, und sie wehrte sich nicht, als ich in sie eindrang. Mit nie gekannter Bereitwilligkeit gab sie mir alles, was ich mir seit Monaten erträumt hatte.

Die Hitze ihrer Vagina raubte mir für Sekunden den Atem. Ich begann mich in ihr zu bewegen. Der dichte Nebel verschleierte die Sicht. Sie kam mir wie selbstverständlich entgegen, und ich nahm mir ihre Jungfräulichkeit mit der gleichen Unverfrorenheit, mit der sie mir meine Skrupel nahm.

Meine Bewegungen wurden schneller. Überhaupt war alles zu

schnell und zu plump, als dass es für sie hätte genügen können. Aber ich war nicht annähernd Herr über meine Sinne, als dass ich es hätte bemerken können. Mein Körper verspannte sich zu einem einzigen hormonellen Krampf, und als ich ein letztes Mal in sie hineinwollte, verweigerte sie mir den Weg und nahm mich stattdessen in die Hand. Feuerwerk. Der Nebel begann sich zu lichten.

Als wir nebeneinander auf dem harten, von jahrhundertealten Spuren gezeichneten Holzboden lagen und ich die Kilometer hohe Stuckdecke über mir sah, fühlte ich mich zum ersten Mal in meinem Leben wirklich frei. Aber welchen Preis würde ich für die Erhörung meiner Wünsche zahlen müssen? Die feist lachenden Engel dort oben konnten mich mal. Lachten sie, weil wieder einer gegen die Regeln verstoßen hatte, und sie wussten, was mich meine Läuterung kosten würde?

In mir regten sich erste Anzeichen von Reue. Aber wenn ich ehrlich war, dann war es mir gar nicht ernst damit. Ich wollte nichts bereuen, und ich wollte niemals an diesen Nachmittag zurückdenken, ohne dabei dieses bestürmende und mich gleichzeitig verzaubernde Gefühl von Wandas Innerstem zu spüren. Sollten sich andere mit ihrem schlechten Gewissen und der Erlösung für ihre Vergehen herumschlagen. Ich würde den Teufel tun und mich für das schämen, was ich getan hatte.

Wir hatten es hinter uns gebracht. Es war bestimmt nicht der beeindruckendste sexuelle Akt, der je auf Erden stattgefunden hatte, aber wir hatten es hinter uns.

»Leoniden«, sagte ich leise.

»Was?«

Wanda drehte sich auf die Seite. Ihr dunkles Haar lag noch wilder als sonst um ihr Gesicht. Ich streckte die Hand aus und berührte ihr zartes Kinn. Eine der vielen Stellen, an denen ich sie noch kurz vorher weniger zärtlich berührt hatte.

»Das sind Sternschnuppenschwärme«, erklärte ich. »Stehen gleich vor Lepra.«

Wandas Mund verzog sich zu einem Lächeln. Ich strich ihr die widerspenstigen Locken aus der Stirn.

»Hast du dich in ihn verliebt?«, fragte sie.

Ich nickte langsam. Sie küsste mich sanft und legte dabei ihr Bein um meine Hüfte. Mich überkam ein Gefühl, als ginge alles von vorne los. Ich rollte mich auf sie. In meinem Kopf zogen erneut dichte Nebelschwaden auf, und ich fühlte nur Wandas warmen Körper unter mir.

»Ich weiß noch nicht, wie ich das finde«, sagte sie leise.

Da wurde die Tür mit einem Ruck geöffnet, und Emma streckte ihren goldenen Lockenkopf ins Zimmer. Ihr ernster Blick musterte uns eingehend. Ich mit offener Hose und unsere Schwester nackt unter mir. Ich meine, dafür gab es doch wohl tausend Erklärungen. Vor allem für eine Zehnjährige. Emma enttäuschte mich nicht. Sie zuckte mit ihren winzigen Schultern.

»Ach, ihr schon wieder«, meinte sie in gelangweiltem Tonfall. Dann fiel die Tür krachend hinter ihr ins Schloss.

Ich betrachtete Wandas regloses Gesicht, während wir auf die Geräusche lauschten, die vom Flur zu uns drangen. Aber außer Emmas Schritten, die sich eilig die Treppe hinab entfernten, war nichts zu hören.

»Sie denkt, dass wir total bescheuert sind«, murmelte ich. Wanda lachte. Wir hörten Stimmen in der Halle. Heute war ein besonderer Freitagabend. Rahel durfte das Wochenende bei uns verbringen. Es war das erste Mal seit nunmehr fünf Jahren, dass sie die Anstalt länger als zwölf Stunden verlassen durfte. Pünktlich um sieben hielt der Wagen vor der Tür.

Während Wanda im Badezimmer verschwand, um die verräterischen Spuren unseres ersten Mals zu beseitigen, streifte ich mein T-Shirt über und ging die Treppe hinunter. Rahel wurde gerade von Emma begrüßt, und ich sah, wie Maud mit auf dem Rücken verschränkten Armen an der geöffneten Wohnzimmertür stand. Sie wirkte sehr zufrieden und wippte leicht auf den Zehenspitzen hoch und nieder.

»Du heckst doch nicht schon wieder irgendwelche Verrücktheiten aus, oder Großmutter?«

Ich lehnte mich neben die älteste Lewin gegen den Türrahmen. Maud tat meine respektlose Bemerkung mit einem Kopfnicken ab.

»Ich verstreue nur ein wenig Feenstaub.«

Da ich auf ihre Worte nicht reagierte, musste ihr klar sein, dass ich ihr wieder einmal nicht folgen konnte.

»Wir werden sehen, was passiert, mein Prinz«, sagte sie. »Wir werden sehen.«

14

Als wir uns an jenem Abend gegen halb acht zum Abendessen trafen, hatte ich das beruhigende Gefühl, es könne nichts Böses mehr geschehen. Wir waren in ausgezeichneter Stimmung, lachten viel und plauderten über Gott und die Welt. Als später auch noch Jules nach Hause kam, war die Familie komplett. Welch ein Idyll. Willkommen in Walton's Mountain.

Wanda saß wie alle Tage neben mir. Nur, dass heute meine verdammte Hand immer wieder unter dem Tisch verschwand, um über die Innenseite von ihrem Oberschenkel zu streichen. Allein diese Berührung reichte völlig aus, um mich höllisch zu erregen. Wanda schlug die Beine übereinander und hielt mich fest. Ich beobachtete Emma dabei, wie sie steif zur Seite kippte und dabei unter den Tischrand spähte. Albert tat es ihr nach. Wie konnte man nur so neugierig sein?

Jules saß Rahel am Tischende genau gegenüber. Wie ich bemerkte, war sie redlich bemüht, nicht allzu oft zu ihm hinüberzusehen. Jules dagegen musterte sie ganz offensichtlich. Wann immer sie seinem Blick begegnete, grinste er sie an.

Rahel starrte auf ihre Hände, deren Finger sich rhythmisch pochend ineinander verkrampften. Spätestens da beschlich mich ein ungutes Gefühl, welches gleich darauf seine Bestätigung fand, als Rahel aufsprang.

»Hör auf damit!«, schrie sie. »Hör doch, verdammt noch mal, endlich auf, mich so anzugaffen!«

Sie stieß ihren Teller in Jules Richtung, sodass dieser quer über den Tisch flog, träge über Jules Brust rutschte, um dann auf seinem Schoß zu landen.

Rahel griff nach allem, was sie um sich herum erreichen konnte, und warf es nach ihm. Kerzenständer, Messer, Gläser, um nur einige Dinge zu nennen. Sie schien sich immer mehr über ihn zu ärgern.

Jules hielt abwehrend die Arme vors Gesicht. Ein Wasserglas zersprang an seinem Ellenbogen, als er hinterrücks vom Stuhl kippte.

Rahel tobte. Sie machte nicht den Eindruck, als wolle sie sich jemals wieder beruhigen. Mein Blick schweifte besorgt zwischen Rahel und Jules hin und her, dabei streifte ich Emma. Im Gesicht meiner kleinen Schwester stand offene Begeisterung. Sie strahlte.

»Was tust du da, Liebes?«

Rahel hielt für einen Moment inne und sah zu unserer Mutter. Elisabeth Lewin hatte ihr Kinn in die Hand gestützt und musterte interessiert die junge Frau mit dem kampfbereit erhobenen Brotmesser in der einen und einer vierzinkigen Gabel in der anderen Hand.

»Was hast du vor, Rahel? Willst du ihn verspeisen?«, fragte sie.

Das Messer sowie die Gabel fielen zu Boden. Jules kam gerade wieder auf die Beine. Er wirkte überhaupt nicht betroffen. Die ganze Situation schien ihn tatsächlich zu amüsieren. Rahel ging langsam an der Tischseite entlang, bis sie direkt vor ihm stand. Er schaute sie schon wieder an. Er musste es natürlich übertreiben.

Rahel schlug ohne weitere Warnung zu, und Jules steckte ein. Aber als er spürte, dass sie nicht bereit war aufzuhören, sondern ganz im Gegenteil immer heftiger wurde, handelte er. Mit beiden Armen umfasste er Rahels Oberkörper und drückte zu. Er hielt sie so fest, dass sie sich nicht mehr bewegen konnte. Das war die einzig effektive Methode.

Sie beschimpfte ihn so lange, bis ihr die Luft ausging.

»Hör auf«, bat sie schließlich. »Lass mich los.«

Ihre Stimme zitterte. Jules lockerte seinen Griff. Rahel regte sich nicht. Ihr verkrampfter Körper mit den geschlossenen Augen und den hängenden Schultern wirkte wie ein gefallener Engel in Pfarrer Grimms Nachschlagewerk der Heiligen.

Unser Bruder legte sich behutsam Rahels Arme um den Hals

und hielt sie. Wenngleich nicht ganz so fest wie zuvor, denn jetzt gab er ihr die Möglichkeit zu atmen. Er steckte sein Gesicht in Rahels Haar. Als ich ihn das letzte Mal so gesehen hatte, hielt er Olympe in seinen Armen. Rahel machte keine Anstalten mehr sich zu wehren. Es schien, als hätte sie vor ihm kapituliert. Wenigstens für dieses eine Mal.

Im Moment, als Rahel aufgesprungen war, hielt ich vor Schreck den Atem an. Wanda warf mir einen ernsten Blick zu. Als fest stand, dass ich mich gefangen hatte, begannen wir damit, die Reste der Schlacht wegzuräumen, während unsere Mutter die beiden heftig widersprechenden, aber sich dann doch ihrer Macht fügenden Jüngsten zu Bett brachte. Jules folgte ihnen nach oben.

Zwanzig Minuten später kauerte Rahel neben Wanda auf dem großen roten Samtsofa. Ihr Kopf ruhte an Wandas Schulter, die sich immer wieder spielerisch eine von Rahels dunklen Haarsträhnen um den Finger wickelte.

Rahel sah schuldbewusst zu unserer Mutter hinüber. Diese blätterte konzentriert in einem Stapel Musiknoten, die auf dem Klavier lagen. Einige Seiten verschwanden in ihrer dunkelbraunen Aktentasche, während andere einen neuen Stapel bildeten. Dieses Ritual wiederholte sich an jedem Abend.

»Wenn Sie mich wieder zurückschicken möchten, dann ist das richtig. Ich hab mich schrecklich benommen.«

Rahel begann hektisch ihre Umhängetasche zu durchsuchen. Sie kramte einen kleinen, zerknitterten Papierbogen hervor und ging damit in die Halle. Sie griff nach dem Telefonhörer und begann die Nummer zu wählen.

»Ich bin noch nicht so weit. Es ist noch nicht richtig«, versuchte sie zu erklären, während sie sich hastig eine Träne von der Wange wischte. Ihre Hände waren nervöser, als ich sie je zuvor gesehen hatte. Sie zitterte und zog unentwegt die Ärmel ihres Pullovers weit über ihre Handgelenke. Ihre Finger wirkten völlig blutleer, so verkrampft hielt sie sich am Hörer fest.

Eine Gestalt mit langen blonden Haaren und belustigt hochgezogenen Augenbrauen nahm ihn ihr aus der Hand. Die Frau verschränkte die Arme hinter dem Rücken und spitzte die Lippen, als wolle sie das Mädchen vor sich zurechtweisen. Gerade so, wie sie es früher mit den Kindern des Hauses getan hatte, wenn diese im Begriff waren, sich ihren Anweisungen zu entziehen.

Jules kam in sauberen Sachen die Treppe herunter. Olympe strich ihm zärtlich über sein nasses Haar, bevor sie ihn auf die Stirn küsste und mit einem zufriedenen Lächeln auf ihrem lieben Gesicht verschwand.

Wir alle waren Zeugen von Olympes endgültigem Abschied. Sie kam seit jenem Abend nicht wieder zurück. Sie hatte ihre Sorge um Jules abgegeben. Dabei wurde niemand gefragt. Ein Plan war ein Plan. In dem Moment, als sie Jules berührte, war mir, als spürte ich ihren kühlen Hauch durch mich hindurchhuschen. Ich bekam eine Gänsehaut.

Rahel wirkte verstört. Während sie noch nach Worten suchte, legte ihr Elisabeth Lewin beruhigend einen Arm um die Schultern.

»Was denn. Was denn ...«, sagte sie.

Maud nickte ihrer Tochter zu. Und während diese Rahel nach oben auf ihr Zimmer führte, hörten wir sie sagen: »Wieder zurückschicken. Ist das zu fassen. Hier bist du doch genau richtig. Wie könnten wir dich wieder wegschicken?«

Unsere Familie hatte sich um ein Mitglied vergrößert. Die weibliche Seite war nun mehr als offensichtlich in der Überzahl. Rahel ist tatsächlich geblieben. Konnte mein Leben noch schlimmer werden?

Es ist mir nach wie vor unverständlich, mit welchen Mitteln Elisabeth Lewin die Ärzte in der Klinik überzeugen konnte, Rahel bei den verruchten Lewins leben zu lassen. Auch weiß ich nicht, warum wir anderen nicht gefragt wurden. Aber als ich den Blick sah, den Maud und Elisabeth Lewin sich zuwarfen, als Olympe für immer verschwand, da wusste ich, dass die beiden Frauen einen Plan verfolgten. Ich wusste nur noch nicht welchen.

Rahel hatte keine Familie. Jedenfalls wollte sie keiner mehr zurückhaben. Ihre Mutter war gestorben, als Rahel noch ein kleines Mädchen war. Sie schien eine seltsame Frau gewesen zu sein, denn man fand sie eines Wintermorgens, nur mit ihrem dünnen Nachthemd bekleidet, im Schnee. Von ihrem Vater wussten wir, dass er seine Tochter auf eine Art und Weise angesehen hatte, wie kein Vater seine Tochter ansehen darf. Er war vor fünf Jahren ums Leben gekommen, als Rahel das Haus abbrannte.

Rahel war anders. Aber ganz ehrlich, wer von den Lewins war das nicht? Sie passte auf ihre meschuggene Art genau zu uns, also was sprach dagegen, es miteinander zu versuchen?

Wenn Jules jetzt zu Hause war, dann hatte ich nicht mehr viel von ihm. Jede freie Minute hing er mit Rahel herum, die ihn behandelte, als wäre er Luft. Sie hatte sich angewöhnt, in psychologischen Büchern nach der Lösung ihres Problems zu suchen. Fünf Jahre Irrenhaus hatten ihr nicht gerade weitergeholfen, also wollte sie die Sache letztendlich selbst in die Hand nehmen.

Meistens hockte sie in der Bibliothek und hatte die Nase in einem Buch vergraben. Jules saß in sicherer Entfernung und hörte mit geschlossenen Augen zu, wenn sie ihm die heikelsten Passagen laut vorlas.

»... und so kann sich dieses Phänomen praktisch von selbst erklären.«

Rahels Gesicht war in scharfer Konzentration erstarrt. Sie fuhr sich einmal hektisch mit der Hand über die Stirn. Ihre verkrampfte Wangenmuskulatur begann sich zu entspannen. Sie nickte zu Jules rüber. Der sah aufmerksam in die andere Richtung.

»Hast du das verstanden?«, fragte sie streng.

Jules, der die oberste Reihe des Bücherregals fixierte, schüttelte den Kopf.

»Verdammt! Ich auch nicht.«

Rahel biss die Zähne aufeinander. Die nervösen Muskeln an ihren Wangen traten wieder deutlich hervor.

»Also noch mal.«

Sie blätterte drei Seiten zurück. So verbrachten die beiden Irren ihre Wochenenden.

Ich machte mich auf den Weg zu Dr. Ehrlich. Ich hatte ein Problem und ich wusste, dass, wenn überhaupt jemand, er der Einzige war, der mir dabei helfen konnte. Er hatte Schweigepflicht. Mehr war nicht nötig.

Ich stellte mein Fahrrad an der Klinikmauer ab und quetschte mich am Hintereingang durch den Spalt zwischen Mauer und Gartentor. Es war mit einer groben Eisenkette verschlossen und ließ gerade soviel Platz, dass sich ein nicht allzu großer Kerl wie ich hindurchzwängen konnte.

Der Doktor selbst hatte mir die Stelle gezeigt. Er meinte, das erspare mir neugierige Fragen von Seiten des Klinikpersonals. Außerdem müsste er mir ansonsten unsere Gespräche als Therapiesitzungen berechnen. Das wäre ja noch schöner. Ich kam schließlich nicht hierher, um mich bei einem der Seelenklempner auszuheulen, sondern lediglich deswegen, weil ich mich gern mit dem Doktor unterhielt.

Wir hatten uns einige Male getroffen, als Jules noch seine Zwangsstunden bei Dr. Petrus absitzen musste. Aber als Jules dann weggegangen war, um zu studieren, kam ich trotzdem weiterhin einmal die Woche, um Dr. Ehrlich zu besuchen.

Wir saßen im Klinikpark auf der fürchterlich unbequemen Bank am Brunnen. Heute waren wir die Einzigen, die sich im Park aufhielten. Es war kalt, und ab und zu fielen Schneeflocken vom Himmel.

»Kaugummi?«

Dr. Ehrlich hielt mir die verquetschte kleine Packung unter die Nase.

Er war schon zu lange hier. Man sagte ja auch, dass sich Ärzte im Laufe der Jahre ihren Patienten angleichen. Oder waren das Hunde und ihre Besitzer? Egal. Ich war heute nicht zu meinem Vergnügen hier.

»Nein, danke.«

Er steckte das Päckchen zurück in seinen Mantel. Dann schaute er mich geradeheraus an. Er wartete, dass ich den Mund aufmachte und ihm erzählte, warum ich hier war. Ich hatte mir noch keinen halbwegs verständlichen Plan zurechtgelegt, nach dem ich hätte vorgehen wollen. Ich hatte keine Ahnung, wie ich anfangen sollte.

»Du scheinst also restlos glücklich und zufrieden zu sein, was, mein Sohn?«

Das machte er jetzt schon seit Wochen. Er nannte mich seinen Sohn. Das war schon in Ordnung, aber wenn er dachte, dass ich Vater zu ihm sagen würde, dann hatte sich der Kerl geschnitten. Nicht mal Pfarrer Grimm bekam ein Vater von mir. Nicht mal in seinem Beichtstuhl, wenn ich den jemals von innen sehen sollte.

»Sehe ich vielleicht glücklich aus?«, gab ich zur Antwort.

»Nicht unbedingt«, konterte er. »Aber das wäre bei dir auch nicht unbedingt leicht zu erkennen, Leander Lewin.«

Er legte das Silberpapier seines Kaugummis glatt und ordentlich auf das grüne Außenpapier und drehte das Ganze dann in die Form einer Zigarette. Er schlug die Beine übereinander und tat so, als nähme er einen tiefen Zug. Mit geschlossenen Augen ließ er den imaginären Rauch langsam zwischen seinen Lippen entweichen.

»Wenn das Zeug nur nicht so giftig wäre.« Er öffnete die Augen und schnippte die nicht vorhandene Asche von der Zigarette. »Hast du schon einmal eine Raucherlunge von nahem gesehen?«

Da fiel mir nur Staller ein. Ich schüttelte den Kopf.

»Ein wahrlich ekelerregender Anblick. Als hätte man den Sonntags-Hackbraten im Ofen vergessen. Bah. Wirklich widerlich.« Er nahm noch einen tiefen Zug. »Aber solange man nicht daran denkt, ist es einfach köstlich.«

Er schnippte wieder.

»Ich habe da ein Problem«, begann ich zögernd.

»Ich habe längst aufgegeben mitzuzählen, wie oft ich die Raucherei aufgeben wollte. Es kommt einfach nichts dabei heraus. Ich denke, ich habe nicht genug Rückgrat.«

Er starrte mit einem Ausdruck völliger Leere auf den Brunnenboden. Hallo? War da wer?

»Ich meine, ich habe ein richtiges Problem«, versuchte ich es noch einmal.

Er nickte versonnen. Mir platzte der Kragen. Ich sprang von der Bank auf.

»Jetzt hören Sie mir endlich zu«, schrie ich ihn an. »Ich habe ein wirklich verdammt großes und elementares Scheißproblem!«

»Na, dann lass mal hören, mein Sohn. Wäre doch gelacht, wenn wir das nicht hinkriegen.«

Er zog wieder an dieser Kaugummizigarette. Das sah so lächerlich aus, dass mir plötzlich Zweifel kamen, ob er wirklich der Richtige war, mit dem ich sprechen sollte. Aber mit wem hätte ich dieses Gespräch sonst führen können? Etwa mit Maud oder mit meiner Mutter? Die beiden hätten mich mit hundertprozentiger Sicherheit vom Dach gestoßen. Und Jules? Der hätte mir die Eier abgerissen, soviel stand fest. Ich setzte mich wieder hin.

»Ich krieg ein Mädchen nicht mehr aus dem Kopf.«

Er drehte sich zu mir. Ehrliche Verblüffung stand in seinen Gesichtszügen.

»Und?«

Und? Würde mir mal irgendeiner zuhören? Er zischte unwirsch durch die Zähne und fuchtelte mit seiner blöden Möchtegern-Zigarette in meine Richtung.

»Und wo liegt das Problem?«, raunzte er mich an.

Ich hielt den Blick auf den eingeschneiten Fisch gerichtet. Wir hatten mittlerweile Juni. Bald würde ich siebzehn sein. Wir liefen seit Wochen in T-Shirt und Jeans rum, und kaum kam ich zu diesem Irrenarzt, da trug ich meinen Parka und es schneite den blöden Fisch ein. Das musste doch etwas bedeuten.

Ich schloss die Augen und schüttelte heftig den Kopf. Als ich wieder zum Doktor rübersah, hatte sich auch auf seinen Haaren eine feine Schneeschicht abgesetzt.

»Ich mache ständig irgendwelchen schmutzigen Kram mit ihr«, sagte ich.

Der Doktor wirkte endlich interessiert.

»Welchen?«, fragte er.

»Welchen was?«

»Welche Art von schmutzigem Kram? Buddelt ihr im Dreck oder reden wir hier über richtige Freudsche Sauereien, mein Lieber?«

»Herrgott, Sie wissen genau, wovon ich rede, Doktor. Es geht immer um Sex und so was.«

Ich sah zu ihm rüber. Er schnippte schon wieder an seiner lächerlichen Papierzigarette.

»Und?«

»Und?«

Du liebe Güte, reichte das denn nicht schon aus, um mich als hochgradig krank einzustufen? Er zwinkerte mir aufmunternd zu.

»Das ist doch kein Problem, Junge. Ich finde sogar, die trieblastige Qual hat dich ziemlich spät erreicht.«

Wie konnte er heute nur so schwer von Kapee sein.

»Aber es geht doch gar nicht um mich.«

»Ach? Sohn, du verwirrst mich. Klärst du mich bitte auf?«

»Es ist Wanda.«

Ich fuhr mir durch die Haare.

»Wie, deine Schwester? Ungewöhnlicher Name. Hatte ihn vorher noch nie gehört.«

»Genau.«

»Was ist mit ihr?«

Ich stützte die Ellenbogen auf die Knie und verbarg mein Gesicht in den Händen. Meine Stimme klang dumpf durch meine erstarrten Finger, als ich antwortete.

»Sie ist es.«

»Sie ist wer?«

Jetzt hatte ich es anscheinend endgültig geschafft. Der Doktor war von meinem Gestammel restlos verwirrt. Ich schloss die Augen.

»Himmel, sie ist das Mädchen.«

»Träum weiter.«

Ich glaubte, mich verhört zu haben.

»Was?«

Dr. Ehrlich trat mit ernstem Gesicht seine Zigarette aus. Er trat sie nicht nur aus, er richtete sie regelrecht hin.

»Solange du nur von ihr träumst, tust du schließlich nichts Verkehrtes.« Schnell wich ich seinem strengen Blick aus. Er war zu aufmerksam, um das zu übersehen. »Du verschweigst mir doch nicht etwa wichtige Details, mein Sohn?«

»Ich habe sie geküsst«, murmelte ich.

Stille. Wenn ich jetzt zum Doktor rübersehen würde, dann wüsste er es. Er würde meine Beichte erkennen, als hätte ich sie mir mit Großbuchstaben auf die Stirn geschrieben. Ich hielt diese Schweigerei nicht aus.

»Ich hab's mit ihr getan«, presste ich durch meine Kapuze.

Ehrlich sprang auf.

»Was hast du?«, schrie er.

Ich zuckte zusammen.

»Ja, aber nur einmal.«

»Einmal zuviel, mein Lieber.«

»Ich weiß.« Ich konnte spüren, wie sich etwas Schweres in meiner Brust zusammenzog. Mein Nacken war schon total verkrampft. »Und jetzt sitzt sie in meinem Kopf fest, und ich krieg sie nicht mehr raus.«

»Kein Wunder, wenn du in ihr drin warst.«

Ehrlich setzte sich zurück auf die Bank und sah mich nicht mehr an. Ein Vorgeschmack auf meine Strafe, die sicher noch folgen würde. Er presste seine Hände fest gegeneinander und starrte dabei auf den bescheuerten Fisch mit der dämlichen Schneehaube auf dem Kopf.

»Der Kerl treibt es mit seiner Schwester. Pfui Teufel, noch mal. Dass du dich nicht schämst«, knurrte er.

»Und wie ich mich schäme. In Grund und Boden, wenn Sie wollen. Aber das hilft mir nicht. Sie ist in mir drin und der Mistkerl zwischen meinen Beinen macht, was er will, verdammt noch mal.«

Er antwortete mir nicht. Er ließ mich einfach hängen. Gerade von ihm hatte ich mir mehr erwartet.

»Was denken Sie denn, warum ich mit Ihnen darüber spreche? Um uns beiden die Zeit zu vertreiben?«

Er reagierte immer noch nicht. Ich zog mir die Mütze über den Kopf und stand auf.

»Wirklich toll. Genauso habe ich mir das vorgestellt. Danke auch vielmals für Ihre große Hilfe, Doktor.«

Ich drehte mich um und ließ ihn sitzen. Nachdem ich ein paar Schritte gegangen war, hörte ich seine Stimme.

»Setzen!«

Er sprach nicht laut, aber die Strenge in seinem Befehl ließ mich zumindest stehen bleiben. Ich drehte mich zu ihm um.

»Was?«

Er saß noch immer in der gleichen Haltung auf der Bank, aber jetzt starrten seine zusammengekniffenen Augen nicht mehr den Fisch an, sondern mich.

»Ich sagte hinsetzen, Junge!«

»Damit Sie mich noch mal fertig machen können?«

Er antwortete mir nicht. Ich ging zurück und setzte mich neben ihn.

»Du hast ein Problem, Lewin.«

»Was Sie nicht sagen.«

»Nimm es ernst!«, fuhr er mich an.

»Wäre ich sonst hier?«

»Gut. Dann hör jetzt zu.« Er machte eine dramatische Pause. »Verlasse das Land.«

»Was?«

»Besorge dir einen Pass, pack deine Sachen und verschwinde nach Übersee.«

»Sind Sie komplett irre?«

In diesem Moment hielt ich es für das Klügste, ihn an einen seiner Kollegen zu überweisen. »So was machen nur irgendwelche bescheuerten Kerle in irgendwelchen bescheuerten Filmen«, rief ich. »Scheiße, Doktor. Ich bin keine Romanfigur, die Sie mal schnell nach Amerika verschiffen können. Ich bin's, Leander Lewin.«

Er wollte sich nicht so leicht von seinem Plan abbringen lassen.

»Weißt du etwas Besseres?«, fragte er. »Und warum sollte es nicht funktionieren?«

»Wahrscheinlich deshalb, weil ich noch nicht mal volljährig bin.«

»Andere waren noch jünger.«

»Klar. Andere waren auch jünger, als sie ihre gesamte Familie gelyncht haben. War das deshalb ein guter Plan?«

Er betrachtete mich mit kritischem Blick. Seine Diagnose stand fest. Ich war mir hundertprozentig sicher. Er wollte mich so schnell es ging los werden. Nicht mit mir. Ich würde so lange hier bleiben, bis er mir eine ernsthafte Lösung für die Sache anbieten würde. Himmel noch mal, der Kerl hatte das studiert. Irgendwas musste er mir doch verkaufen können. Er begann damit, eine neue Zigarette zu bauen.

»So komme ich nie von dem Teufelszeug los«, knurrte er verärgert. »Du hast zwei Möglichkeiten, Junge. Die eine wäre, dass du dich aus dem Staub machst. Aus den Augen – aus dem Sinn, wenn du verstehst. Die andere lautet: Lass deine Finger von den Geschlechtsteilen Verwandter ersten Grades. Selbstbeherrschung, verdammt noch mal! Wenn du nicht herausfindest, dass sie in Wahrheit gar nicht deine Schwester ist, sondern eine entfernte Cousine oder ein Findelkind, das in sternenklarer Nacht an eurer Haustür ausgesetzt wurde, dann hast du um alles in der Welt nichts in ihr zu suchen. Ich muss endlich mit diesem Dreckszeug aufhören, sonst bringt es mich noch um!«

Er warf die Zigarette in den Brunnen. Sie schwamm schaukelnd auf der Wasseroberfläche davon.

»Haben Sie nichts anderes für mich?«

Das grüne Kaugummipapier verfing sich gerade in einem Teppich aus Algen und kam nicht mehr weiter.

»So Leid es mir tut, Junge. Aber für manche Probleme gibt es einfach keine passende Lösung.«

Der Doktor seufzte und begann gleich darauf zu niesen. Wir froren uns hier draußen die Ärsche ab.

»Ich muss jetzt wieder rein. Verflucht noch eins, jetzt erwartet mich dieses scheußliche Zeug, das sie dort drinnen beim ersten Kitzeln in der Nase parat haben. Das Mistzeug tötet alles ab, was nicht schnell genug wieder draußen ist. Die Schwestern übertreiben so gern in ihrer Fürsorglichkeit.«

Er stand auf und strich mir über den Kopf.

»Bis zum nächsten Mal, mein Sohn. Und bis dahin halte die Hände und vor allem den Lümmel da unten still.«

Er stapfte über die aufgeweichte Wiese und schlurfte dann weiter die Stufen zur Veranda hinauf. Bevor er im Haus verschwand, drehte er sich noch einmal zu mir um. Es schien, als haderte er mit sich selbst. Schließlich hob er aber doch die Hand und winkte mir zum Abschied. Ich nickte ihm wohlerzogen zu.

Eine Weile starrte ich noch auf den blöden Fisch. Was hatte ich erwartet? Etwa, dass er mir auf die Schulter klopfen und mich beglückwünschen würde? Es gab nur eine Lösung, das wusste ich genauso gut wie er. Und die hieß: Selbstbeherrschung, verdammt noch mal!

15

Ich kam gerade die Allee entlang, als ich von einem schwarzen Mercedes überholt wurde. Schlamm spritzte von den Reifen bis hoch an meine Brust. Der Schnee hatte sich in Regen verwandelt; und bei jedem meiner Schritte wurde es spürbar wärmer.

Ich schob meine Kapuze ein Stück zurück und beobachtete den Wagen. Hinter den dunkel getönten Scheiben war nichts zu erkennen. Ich hatte ihn noch nie zuvor gesehen, so viel stand fest.

Der fremde Wagen hielt vor unserem Haus; und ein Mann stieg aus. Soweit ich das auf die Entfernung hin erkennen konnte, war er um die Vierzig und mindestens einen Meter neunzig groß. Sein volles blondes Haar lag brav nach links gescheitelt; und eine schmale, silberne Lesebrille verfeinerte seine Nase. Unter einem dunklen Kaschmir-Mantel trug er einen Anzug, der seine edle Herkunft selbst auf die Entfernung von guten dreißig Metern hochnäsig präsentierte. Der Kerl war noch nicht mal an der Tür angekommen, als diese schon geöffnet wurde, eine Frau über die Schwelle trat und dem Mann um den Hals fiel.

Die Frau, die den hünenhaften Kerl gerade innig küsste, war unsere Mutter.

Hatte ich irgendetwas nicht mitbekommen? Meine Mutter umarmte keine unbekannten Kerle, und Lippenkontakt kam gleich gar nicht in Frage. Die beiden verschwanden im Haus. Es war etwas im Gange, und ich hatte wieder mal keine Ahnung.

Ich humpelte eilig über den Vorplatz und stemmte mich gegen die Haustür. Als ich in die Halle trat, saßen meine Geschwister auf der Treppe und betrachteten mich schlecht gelaunt. Keiner sagte ein Wort. Freitag Nachmittag und alle Lewins befanden sich zu Hause. Noch dazu die meisten von ihnen auf einem Fleck. Wenn das nicht unheimlich war.

Ich hängte den tropfenden Parka an den Türknauf.

»Wo bist du denn gewesen? Maud war schrecklich wütend, weil du nicht hier warst.«

Wanda machte eine Handbewegung, dass ich zu ihr kommen sollte. Also hinkte ich die Stufen hoch und setzte mich neben sie.

»Was macht ihr alle hier?«, fragte ich, während ich mein Hemd aufknöpfte. Es war warm hier drinnen.

»Maud wollte, dass wir um sechs hier sind. Mensch, Lea, kannst du dir denn gar nichts merken?«

Sie strich mein Haar zur Seite. Natürlich blieben die Dinger nicht liegen. Sie drückte noch ein paar Mal mit der flachen Hand dagegen.

»Nichts zu machen«, seufzte sie und gab es auf, mich zu meinem Vorteil verändern zu wollen. Sie nickte in Richtung Wohnzimmer. »Hat wohl mit dem feinen Pinkel zu tun, der gerade angekommen ist.«

Emma saß eine Stufe unter uns. Ihr schmaler Hintern hockte auf dem Geigenkasten, den sie sich untergeschoben hatte, und ihr mürrisches Kinn war zwischen ihren Fäusten verschwunden. Albert kauerte wie gewohnt neben ihr. Als ich mich zu ihr beugte, legte er seinen braunen Zeigefinger an die Lippen. Mit ein wenig Vorstellungsvermögen konnte man die Gewitterwolke erkennen, die über Emma schwebte. Wanda legte zärtlich ihre Arme um sie.

»Welcher Bär tanzt denn heute aus der Reihe, kleine Nebelelfe?«, fragte sie.

»Sie wird ausgehen. Und was danach kommt, wage ich gar nicht auszusprechen«, brummte es missmutig von unten herauf.

»Du meinst Mama?«

»Wen sollte ich sonst meinen, etwa Maud?«

Wie lange war es her, dass unsere Mutter das zuletzt getan hatte? Ich begann nachzudenken. Es mussten mindestens zehn, wenn nicht gar elf Jahre vergangen sein, seit unsere Mutter ihre letzte Verabredung gehabt hatte. Sie hielt sich von Männern fern. Sie meinte, sie brächte dem männlichen Geschlecht Unglück, und diese Meinung bestand unumstößlich. Bis heute.

Ich bekam keine Luft mehr. Jules rechter Arm hatte sich von hinten wie der Fangarm eines Riesenkraken um meinen Hals gelegt. Er drückte zu. Verflucht, er hatte mir verboten, seinen Parka zu nehmen, und jetzt sah das Ding aus wie Sau. Zugegeben, blöd gelaufen, aber dafür bringt man doch noch lang keinen um. Ich umfasste seinen Unterarm mit beiden Händen und versuchte ihn nach vorne zu ziehen.

Die Tür öffnete sich, und unsere Mutter kam in die Halle. Sie musterte uns streng. Na, wunderbar. Wie war das gleich wieder mit dem ersten Eindruck? Elisabeth Lewins Blick blieb an mir hängen.

»Sollte ich fragen, was ihr gerade wieder getrieben habt?«

Dieser Satz verunsicherte mich. Jules ließ mich endlich los. Emma streckte ihren schmalen Rücken durch und begann zu sprechen, bevor Wanda ihr den Mund zuhalten konnte.

»Die Frage müsste doch eher lauten, was der hier macht«, rief sie vorlaut.

Sie meinte damit den großen Blonden im Anzug. Ich konnte sehen, wie es in Elisabeth Lewins Mundwinkeln nervös zuckte. Sie warf mir einen bittenden Blick zu.

Warum ich? Ich war nicht zum Schlichter geboren. Wenn ich überhaupt ein Talent hatte, dann das, eine verfahrene Situation völlig zu vermasseln. Aber ihre Bitte galt ausdrücklich mir. Da war kein Irrtum möglich. Deshalb tat ich etwas, was ich noch nie zuvor getan hatte. Ich ergriff die Initiative, ehe Emma richtig Probleme machen würde.

Ich wischte meine regenfeuchte Hand an meiner Jeans ab, während ich auf den Mann zuhinkte. Dann hielt ich sie ihm hin.

»Leander Lewin. Und Sie sind ...?«

Der blonde Kerl war wirklich riesig. Er überragte mich um gut eine Kopflänge.

»Mein Name ist Johannes Dessauer. Ich bin ein alter Freund eurer Mutter.«

Der Kerl hatte eine ziemlich gewinnende Art an sich, und einen festen Händedruck. Mann, oh Mann.

»Na, so alt ja auch wieder nicht. Sie sind nicht zufällig der

Genspender von einem von uns, oder?«, klang es misstrauisch vom Treppenabsatz.

Emma musterte ihn noch immer feindselig. Also, die Vermutung war nicht ganz von der Hand zu weisen. Barg sie doch eine gewisse Möglichkeit in sich, die die karge Ungewissheit unserer Herkunft ein klein wenig greifbarer hätte machen können. Elisabeth Lewin teilte diese Ansicht nicht. Sie warf ihrer Jüngsten einen tadelnden Blick zu. Diese hob unschuldig die blonden Brauen und sah wieder mal aus wie ein Mensch gewordener Engel.

»Es läge zumindest im Bereich des Möglichen. Habe ich nicht Recht?«, stellte sie selbstbewusst fest. Ich nickte Wanda zu und diese legte daraufhin endlich die Hand vor Emmas Mund.

»Also bringen wir es hinter uns«, murmelte ich und wandte mich meinen Geschwistern zu.

»Das vorlaute Gör heißt Emma, die Jüngste von uns. Was man bei dem lockeren Mundwerk fast nicht glauben möchte. Der dort drüben, das ist Jules. Er redet nicht viel.«

Jules hob grüßend die Hand.

»Genauso wenig wie Rahel«, fuhr ich fort. Die familiären Verbindungen eines jeden Einzelnen zu erklären, schien mir weder nötig noch angebracht. Sie sah sofort zu Boden.

»Wanda ist dort oben. Die, die sich gerade aus dem Staub machen will ... «

Sie schenkte mir ein boshaftes Lächeln.

» ... und der Schokozwerg, der sich hinter dem Pfosten versteckt, ist Albert. Eine wirklich enorm große Familie, meinen Sie nicht auch?«

Ich nickte ihm vielsagend zu. Ein wenig Übertreibung konnte nie schaden. Er sollte besser gleich wissen, mit wem er es zu tun hatte.

»Es hat mich gefreut. Wir sehen uns bestimmt wieder«, entgegnete er. Feste Stimme, gute Haltung. Er wirkte gefasst. Gerade so, als wenn wir ihn tatsächlich nicht erschreckt hätten. Also, wenn er uns etwas vorspielte, dann war er ein Meister seines Faches. Er und unsere Mutter wandten sich zur Tür, um zu gehen.

»Moment!«

Ich war noch nicht fertig. Elisabeth Lewin seufzte vorbeugend. Ich ignorierte es großzügig.

»Was wollen Sie eigentlich hier?«, fragte ich.

Die Antwort kam postwendend.

»Ich werde eure Mutter bitten, mich zu heiraten.«

Seine dunkle Stimme hing noch in der Halle, als sich die Haustür bereits hinter den beiden geschlossen hatte. Wir waren erschlagen. Wanda gab mir ein Zeichen, ihr zu folgen, und ich gehorchte. Ich war bereits auf halbem Wege die Treppe hoch, als ich Mauds Blick in meinem Nacken spürte. Für jemanden, der nicht mal die eigene Hand vor Augen sehen konnte, traf sie diese Stelle in meinem Genick mit einer Geschicklichkeit, die mich ungeheuer irritierte. Sie lauerte in der Tür zur Bibliothek.

»Herhören!«, hallte ihre Stimme von den brüchigen Wänden wider. Alle drehten sich zu ihr um. Selbst Albert folgte ihrem Befehl. Maud hatte die Hände auf dem Rücken verschränkt und sah mit dem autoritär vorgestreckten Kinn eines Gardegenerals zu uns herüber.

»Ich erwarte, dass ihr euch benehmt wie halbwegs gut erzogene Menschen«, forderte sie. »Wenn ihr nicht freundlich zu ihm seid, dann verwandle ich euch in Nacktschnecken, so wahr ich hier stehe!«

Ich legte die Hand an die Stirn und salutierte. Alle übrigen murrten gekränkt. Das hatten wir nicht verdient. Schließlich waren wir keine Monster.

»Das habe ich gesehen, Leander!«

Die Strenge ihrer Stimme ließ mir die Haare zu Berge stehen. Ich musste unbedingt vorsichtiger werden.

Unsere Mutter hatte mit Männern kein Glück gehabt. Letztendlich waren sie allesamt tot. Das klang nicht gerade verlockend. Johannes Dessauer war demzufolge ein mutiger Mann. Er war außerdem der einzige Sohn seiner Eltern und entstammte einer der einflussreichsten Familien unserer Stadt. Was meiner Meinung nach gegen die Eheschließung hätte angeführt werden müssen. Ich hasste das versnobte Pack aus der Weststadt. Vielleicht mit einer Ausnahme.

Vater Dessauer war Mitbegründer der meistgelesenen Tageszeitung und gehörte dadurch zu den so genannten angesehenen Bürgern. Ich glaube nicht, dass die Dessauers und die Lewins je zuvor in persönlichem Kontakt miteinander gestanden hatten. Sie lebten in völlig verschiedenen Welten.

Johannes besuchte mit Elisabeth die gleiche Jahrgangsstufe am St. Marien. Während sich Elisabeth für die Musik entschied, ging Johannes zur Zeitung und schlug seine von Geburts wegen vorbestimmte Laufbahn als Journalist ein. Er beobachtete die Lewins aus professionellen Gründen. Eine üble Angewohnheit, die man nur schwer wieder los wird. Er war einer von den Schmierfinken, die die Geschichten um unsere Familie so breitgeklopft hatten, bis sie ihnen zum Schluss selbst zum Hals raushingen.

Er beobachtete Elisabeths Karriere, er beobachtete ihre Liebhaber, er beobachtete ihre stetig wachsende Kinderzahl, und er beobachtete ihre Familie. Kurzum – er beobachtete ihr Leben. Der Kerl konnte einem richtig unheimlich werden.

Warum er nach so langer Zeit doch noch den Mut fand, Elisabeth Lewin in sich verliebt zu machen, das weiß der Himmel. Aber aus welchem Grund heraus er es auch immer getan haben mochte, er schaffte es in kürzester Zeit.

Nach vierundzwanzig Stunden waren meine Geschwister und ich uns einig. Johannes war der Richtige. Er war besonnen, taktvoll, zuvorkommend, und vor allem stand er mit beiden Beinen fest auf dem Boden. Er vereinigte all die Eigenschaften in sich, die uns fehlten. Es war mehr als eindeutig – Johannes war der Richtige für uns. Natürlich ließen wir uns nichts anmerken.

»Ich bin da!«

Ich kam gegen drei Uhr nachmittags vom Mathematik-Zusatzkurs und stemmte gerade die Haustür auf, als ich Emma am Telefon sprechen hörte.

»Nein. Er ist nicht da«, sagte sie, »und ich weiß auch nicht, wann er kommt. Ihr haltet euch wohl für den Nabel der Welt, was?«

Sie knallte den Hörer auf.

»Verflucht noch mal, ich hab dir doch gesagt, dass ich da bin!«, rief ich.

Emma zuckte mit den Schultern.

»Emma!«

Ich warf meine Schultasche nach meiner Schwester. Sie sprang erschrocken zur Seite. Die Tasche krachte gegen die marode Vitrine.

»Bist du jetzt total verrückt geworden, Lea?«, schrie sie. »Denkst du vielleicht, es ist besonders männlich, sich an kleinen Frauen zu vergreifen?«

»Dann schau endlich zu, dass du wächst, Kobold. Wer hindert dich daran?«

»Kerle wie du wahrscheinlich. Ihr glaubt doch wirklich, nur weil ihr ein drittes Bein habt, gehört euch die Welt und ihr könnt auf ihr rumtrampeln, wie es euch gefällt.«

Sie ließ den Kopf hängen und schlich die Treppe hoch.

»He, Kobold!«, rief ich ihr nach. Es tat mir schon wieder schrecklich Leid, dass ich so grob zu ihr war. Emma war elf Jahre alt und sah immer noch aus, als sei sie höchstens sechs. In mir spürte ich das heftige Verlangen, sie auf den Arm zu nehmen und zu trösten. Am oberen Treppenabsatz holte ich sie ein.

»Hör mal, Kleines. Es tut mir Leid, o.k.? Ich dachte, es wäre für mich.«

Sie sah zu mir auf. In ihren Augen glitzerte es verräterisch. Emma presste die Lippen fest zusammen und versuchte, die Tränen zurückzuhalten. Sie schaffte es binnen zwei Atemzügen.

»Wer soll dich denn schon anrufen?«, fragte sie. »Das hat doch noch nie einer gemacht. Noch nie, Lea. Irgendwer von der Zeitung wollte Johannes.«

Ich hob ihr Kinn.

»Was stimmt denn nicht?«

Emma setzte sich auf die oberste Stufe und umfasste mit ihrer Kinderhand mein Knie. Ich verstand. Ich setzte mich neben sie.

Emma legte ihr Gesicht auf meinen Oberschenkel und schwieg nach wie vor. Jetzt erst fiel mir auf, dass hier jemand fehlte.

»Wo ist eigentlich Albert?«

Ich sah mich um, aber von dem Jungen war nichts zu sehen.

»Der steht neuerdings auf Arsch und Titten«, hörte ich ihre Stimme. Ihr Atem drang warm durch meine Jeans. Das war es also. Der kleine Mistkerl hatte seinen speziellen Spielkameraden entdeckt und war auf der Suche nach Anregungen für seine schmutzigen Lümmelphantasien.

»Bist du sicher?«

Noch während ich fragte, wusste ich, dass es stimmte. Ich erinnerte mich genau daran, wie es war, dreizehn zu sein. Und wenn bei Albert alles seinen geregelten Gang ging, dann war er gerade in einer Phase des Lebens, die von Mädchen und ihren hervorspringendsten Merkmalen bestimmt wurde. Ich zweifelte nicht länger. Albert war ein Junge, und er stand zweifellos auf Arsch und Titten.

»Das tut mir Leid, Schatz.«

Ich strich durch ihre hellen Locken. Ich hatte keine Ahnung, was ich sonst hätte sagen können. Dreizehnjährige Jungs waren einfach zum Kotzen.

»Er wird schon wiederkommen«, schniefte sie an meinem Knie. »Aber dann ...«

Ich streichelte sie weiter.

»Was dann?«

»Ich hab keine Ahnung.«

Sie setzte sich auf meinen Schoß und legte ihr Gesicht an meinen Hals. So, wie sie es schon ihr ganzes Leben machte. Ich hielt sie mit beiden Armen fest an mich gedrückt.

»Vielleicht solltest du dir das mit dem Wachsen noch einmal überlegen.«

»Meinst du?«, flüsterte sie an meiner Wange.

Ich nickte. Über ihre schmale Schulter sah ich in die Halle hinunter. An der Tür lehnte Staller. Ich drückte Emma noch einmal fest an mich, ehe ich sie ein Stück von mir weg hielt, um ihr ins Gesicht schauen zu können.

»Gut.« Sie küsste mich auf die Wange und stand auf. »Vielleicht werde ich es versuchen. Aber das ist kein Versprechen.«

Ich nickte ihr zu und ging dann die Treppe runter.

»Ich dachte, du wolltest anrufen.«

Ich vergrub die Hände in den Taschen meiner Jeans.

»Ich dachte, ich komme gleich her. Spart die Telefongebühren«, meinte er grinsend.

»Ach, hat Papa Klein-Staller das Taschengeld gestrichen?«

Er legte den Kopf in den Nacken und zog die Unterlippe zwischen die Zähne.

»Du kannst es nicht lassen, was?«

»Warum sollte ich?«

Er zog sein Zigarettenpäckchen aus der Hose und bedeutete mir, mit nach draußen zu kommen. Wir setzten uns hinter dem Haus auf die Mauer zum Obstgarten. Ich beobachtete ihn dabei, wie er sich die Zigarette ansteckte.

»Hackbraten«, murmelte ich.

»Was?«

Er sah mich fragend an.

»Nichts. Schon gut. Hab mich nur gerade an etwas erinnert.«

Ich fuhr mir mit der Hand übers Gesicht.

»An Hackbraten«, sagte er trocken.

Ich hatte mich wieder im Griff.

»Genau.«

»Lea, du spinnst.«

»Das muss einer wie du gerade sagen.«

Staller legte den Arm fest um meinen Hals und zog mich zu sich rüber. Ich versuchte, mich aus seinem Griff zu befreien. Dabei verloren wir das Gleichgewicht und kippten nach hinten über. Diesmal hatte ich Glück. Die Mauer war nicht allzu hoch, lediglich die Prothese hatte sich um neunzig Grad verdreht. Ich schob das Hosenbein nach oben und rückte mein Bein in die richtige Position. Wenn ich nicht besser aufpasste, dann bräuchte ich bald neue Gurte, weil diese hier die rüpelhafte Behandlung nicht mehr lange mitmachen würden. Stellenweise waren die Bänder schon recht brüchig.

Ich legte mich mit dem Rücken ins Gras und schloss die Augen. Die Sonne schien heiß auf mich herunter und tauchte die Bilder, die in mir auftauchten wahlweise in Rosa oder grelles Gelbrot.

»Guten Tag, Ralph.«

Ich legte eine Hand über meine Augen und sah nach oben. Emma stand in ihrer weiten Latzhose über mir und lächelte auf mich herunter. In ihren Händen hielt sie einen Pack abgenutzter Tarot-Karten. Ich wusste, was jetzt kam. Emma Lewin würde einen Blick in Stallers Seele wagen.

»Was hast du vor?«

Er setzte sich auf und musterte die jüngste Lewin interessiert.

»Höre nur zu. Keine Fragen.«

Emma zog ihre Turnschuhe aus und kniete sich ins Gras. Dann mischte sie das Kartenpaket gut durch und hielt es Staller unter die Nase.

»Zieh eine«, befahl sie.

»Sagst du mir dann auch, was wir hier machen?«

Er amüsierte sich über das kleine Mädchen, aber Emma ignorierte es großmütig. Sie streckte ihm noch immer die Karten entgegen. Staller zögerte.

»Komm schon«, drängelte sie. »Ich schicke dir schon keine Sackläuse auf den Hals.«

Sie lächelte zufrieden.

»Dieses Geschenk hat bereits ein anderer erhalten.«

»Emma!«, entfuhr es mir heftig. »Du hast doch nicht ... «

Ich verschluckte das Ende meines Satzes.

»Wieso nicht?«

Sie machte große Augen. Ich war entsetzt. Auch wenn ich nicht recht an Emmas Hexereien glauben wollte, so bescherte mir der alleinige Gedanke daran, dass es funktionieren könnte, Panikattacken.

»Das hat er nicht verdient«, versuchte ich Albert und den Rest unserer männlichen Artgenossen zu verteidigen.

»Ich werde es mir überlegen, Schatz.«

Ihr kleiner Mund lächelte weiter. Ich war keineswegs beruhigt. Staller beobachtete uns schweigend. Dann streckte er die Hand aus und zog souverän den Gehenkten. Eine wirklich grausige Karte mit einem Kerl, der an den Füßen kopfüber an einem Kreuz baumelt. Emma strahlte.

»Sehr gut«, sagte sie.

»Du machst das doch nicht professionell, oder?«

Staller zwinkerte ihr neckisch zu.

»Habe ich dich nicht eben gebeten, den Mund zu halten?«, erinnerte sie ihn streng.

Er beobachtete Emma dabei, wie sie die Karten vor sich auf dem Boden ausbreitete.

»Ich meine, du wirst mir doch jetzt nicht meine Zukunft vorhersagen, oder? Ich weiß nämlich gar nicht, ob ich das alles unbedingt wissen will.«

Emma antwortete nicht. Sie legte konzentriert eine Karte neben die andere.

»Bei solchem Zeug bin ich abergläubisch. Also lass die schlechten Dinge einfach weg, ja?«

Emma betrachtete ihr Werk und berührte dann kurz jede der sieben Karten mit den Fingerspitzen. Sie deckten sich wie von selbst auf. Emma konnte mich immer wieder überraschen.

»Dein Weg beginnt auf ungeraden Straßen«, begann sie mit gewohnt ernster Stimme. »Sich zu wehren, bedeutet den Verlust von Zeit ... «

Staller versuchte gerade zum wiederholten Male, meiner kleinen Schwester ins Wort zu fallen. Ein Vorhaben, das von vornherein zum Scheitern verurteilt war, denn Emma war nicht bereit, durch Zwischenfragen den Faden zu verlieren. Auch Staller musste das erkennen. Er verdrehte die Augen und ließ sich nach hinten ins Gras fallen. Emma störte das keineswegs. Sie sprach ruhig und deutlich weiter, ohne sein Gebaren zu beachten. Sie wusste, dass er ihr zuhörte.

» ... und du wirst auf deiner Reise nirgends ankommen, wenn du nicht die Macht der Kelche der der Königin der Stäbe vorziehst. Aber dein Prinz wird dich auf jeden Fall verraten, und du kannst ihn nicht verstehen, außer du begibst dich für eine Weile auf seinen Weg.«

Sie sah für einen Moment zu mir auf, ehe sie weitersprach.

»Tust du das nicht, wirst du ihn verlieren, und es besteht die Möglichkeit, dass du ihn nie mehr wiederfindest. Was aber nicht weiter tragisch wäre, würdest du den Narren erkennen, der sich dem Magier anschließt. Was soviel heißt wie, hüte dich vor zu schnellen Entschlüssen und mache so viele Fehler, wie du nur kannst. Wie solltest du sonst etwas lernen? Und das ist es doch, weswegen wir hier sind.«

Emma strich nachdenklich mit ihrer kleinen Hand über Stallers Stirn.

»Hast du das verstanden?«, fragte sie.

Staller stützte sich auf den Ellenbogen ab.

»Ich hab's versucht, göttliche Kassandra. Ehrlich, das hab ich wirklich. Aber ich glaube, irgendwo in der Mitte hab ich was verpasst. Das mit den Kelchen und Königen hab ich einfach nicht mehr begriffen.«

Emma strich ihm übers Haar.

»Das macht nichts«, sagte sie in ihrem mütterlichen Ton, den ich so gut kannte. »Auch du wirst noch dahinter kommen. Warum solltest ausgerechnet du der Blöde sein, der gar nichts versteht?«

»Emma!«

Meine Schwester suchte eilig ihre am Boden verstreuten Karten zusammen und warf sie in den Geigenkasten, ehe sie auf die Füße sprang, um unserer Mutter entgegenzulaufen, die bereits wartend am Auto stand. Auf halbem Wege stockte sie in ihrem Vorhaben und kam zu uns zurück. Sie beugte sich zu Staller hinunter und legte ihre durchsichtige kleine Hand ein zweites Mal auf seine Stirn, bevor sie mit beiden Händen sanft über seine Wangen strich.

»Du trägst keine Schuld daran«, flüsterte sie.

Staller zuckte vor ihr zurück.

»Du trägst keine Schuld«, wiederholte das Mädchen und lief nun eilig über die Wiese zu unserer Mutter. Die beiden waren auf dem Weg zum Konservatorium. Jetzt waren Ralph und ich allein. Außer uns beiden war niemand mehr hier.

Außer natürlich Maud. Wir konnten das gleichmäßige Rattern der Schreibmaschine durch die geöffnete Balkontür bis hinunter in den Garten hören.

Ralph kramte das zerknautschte Päckchen Zigaretten aus seiner Hosentasche und steckte sich eine zwischen die Lippen. Seine Hände zitterten.

»Die Kleine ist richtig anstrengend.«

Ich nahm ihm das Zigarettenpäckchen aus der Hand und klopfte den Inhalt in eine gerade Reihe.

»Was hat sie damit gemeint?«

Das Lächeln verschwand so schnell aus seinem Gesicht, wie es gekommen war. Er wich meinem Blick aus.

»Was?«

Er wirkte zerstreut.

»Die Schuldsache gerade. Was war das?«

»Keine Ahnung.«

Er zog lange an seiner Zigarette. Er log mich an. Er wusste ganz genau, wovon Emma gesprochen hatte. Ich knickte einen Grashalm ab und fixierte damit einen Punkt in seinem Nacken. Mauds sichere Methode, um meine Aufmerksamkeit zu gewinnen. Langsam beherrschte ich das Spiel. Staller sah zu mir rüber.

»Vergiss es einfach, Lea«, bat er.

Dann legte er sich wieder zurück ins Gras und schloss die Augen. Ich wickelte mir zum wohl hundertsten Mal den Grashalm um den linken Zeigefinger, dessen Spitze mittlerweile schon ganz blau und völlig gefühllos war, und legte mich neben ihn. Die Sonne schien seit Wochen heiß und stechend auf die Erde und trocknete sie dabei jeden Tag mehr und mehr aus.

Ich legte mir eine Hand schützend über die Augen und sah in den Himmel über mir. Er war vollkommen wolkenlos und von ungesund wirkender Farbe. Da war kein strahlendes Blau. Nicht einmal wässriges Hellblau. Alles, was ich erkennen konnte, war flimmerndes Grau.

Eben dieses trostlose Grau erinnerte mich an meinen Traum der vergangenen Nacht. Ich bekam die Ereignisse nicht mehr in die richtige Reihenfolge. Je mehr ich forschte, umso unklarer wurden die Bilder. Alles, was ich noch wusste, war, dass Wanda darin vorgekommen war und jede Menge hellgrüner Plüschhasen.

»Lea!«

Stallers Stimme riss mich aus meinen Gedanken. Die Sonnenstrahlen stachen mir hemmungslos in die Augen, sodass ich für Sekunden blind war. Er grinste übers ganze Gesicht.

»Du hast mir schon wieder mal gar nicht zugehört. Hab ich Recht?«, stellte er fest.

Da war schon wieder dieses verhasste Gefühl von schlechtem Gewissen.

»Stimmt. Tut mir Leid. Was ist?«

Er drehte sich zu mir auf die Seite und strich mit einem vertrockneten Grashalm über mein Gesicht.

»Das muss dir nicht Leid tun«, sagte er und rollte ganz nah zu mir herüber. Seine Augen waren jetzt genau über mir, und ich blickte direkt in das leuchtende Blau, das ich zuvor gesucht hatte. Er wirkte sehr ernst, während er mit dem Grashalm sanft über meine Lippen strich.

»Das Einzige, was dir wirklich Leid tun sollte, ist, dass du dir so viel Zeit damit lässt, dich um mich zu kümmern«, sagte er und fiel dabei zurück ins Gras. Er verschränkte die Arme im Nacken und schaute angestrengt in den Himmel, als wenn es dort etwas ungemein Interessantes zu sehen gäbe.

Ich setzte mich langsam und umständlich auf seinen Bauch. Er sah immer noch trotzig an mir vorbei. Ich zog die Zigarette aus seinem Mund und nahm einen Zug. Schnell stieß ich den Rauch wieder aus. Wie konnte einem das Zeug nur so gut schmecken, dass man gar nicht mehr ohne auskam? Ich drückte den glimmenden Tabak sorgfältig auf dem trockenen Boden aus. Dann beugte ich mich zu Staller runter und küsste kurz seine Lippen. Während ich mich wieder aufrichtete, fragte ich: »Meinst du vielleicht so?«

Er wirkte immer noch nicht ganz zufrieden.

»Oder vielleicht so?«

Ich legte mir seine Arme auf die Hüften und mich mit meinem vollen Gewicht auf ihn.

»Schon besser«, brummte er. Wie konnte man nur so gut aussehen wie der Kerl unter mir? Noch hielt ich mich zurück, ihn anzufassen. Ich küsste seine Stirn, die Wangen und seinen leicht geöffneten Mund, bevor ich seine Hand in meine nahm und sie hinunter zu meiner Jeans schob.

»Und wie ist es damit?«

Er legte seinen freien Arm fest um meine Schultern und rollte sich auf mich. Dann zog er sein T-Shirt über den Kopf und meinte: »Das ist perfekt.«

Mit Staller zusammen zu sein, war wie der erste fieberfreie Tag nach einer heftigen Grippe. War ich in seiner Nähe, hatte ich das Gefühl, als könnte es keine schlechten Tage mehr geben. Ihn anzusehen bedeutete, Wanda zu verdrängen. Ihn zu berühren bedeutete, Wanda zu vergessen, und ihn gehen zu lassen hieß, sie schmerzhaft wieder in mir zu spüren. Rückfälle auf der ganzen Linie.

Aber noch war er da. Seine Hand strich fest über meinen Bauch, und zufrieden genoss ich alles, was er tat. Seine Zunge strich an meinem Hals entlang, und ich stöhnte leise, als ich seine Zähne an meiner Kehle spürte.

»Hast du's schon mal mit einem Mädchen gemacht?«

Ich war in Sekundenschnelle bei mir.

»Was?«

Mein Blick schärfte sich. Stallers Gesicht war zu nah an meinem, als dass ich ihn hätte belügen können. Er hätte es sofort am schuldbewussten Flackern in meinen Augen erkannt. Warum hätte ich auch lügen sollen? Keiner konnte mir vorschreiben, was ich tun durfte und was nicht. Trotzdem war mir nicht wohl bei der Sache.

»Du hast mich schon verstanden«, sagte er.

Er hatte Recht. Ich hatte ihn verstanden, und ich sah noch immer keine Notwendigkeit, ihm etwas vorzumachen. Also hielt ich es mit der Wahrheit.

»Ja«, antwortete ich.

Er zog die Augenbrauen hoch.

»Und?«

»Was und?«

Unser Gespräch gefiel mir nicht besonders.

»Wie war's?«

Warum interessierte ihn das? Ich kam mir vor, als sei ich auf der Mädchentoilette unserer Schule gelandet. Dort wurden auch ständig die neuesten Sexgeschichten herumgetratscht. Der Wahrheitsgehalt spielte dabei eine eher nebensächliche Rolle. Ich wusste das, weil ich auf meiner Suche nach Wanda öfters mal in solche Gespräche geplatzt war. Jedenfalls fragte er mich nicht, wer das Mädchen war.

»Sie war toll«, sagte ich und zuckte mit den Schultern. Er nahm's gelassen.

»Wie oft?«

Er stützte sich mit beiden Armen ab und fixierte mein Gesicht. Ich versuchte ihn von mir runter zu schieben, aber es gelang mir kein Stück.

»Staller, was soll das?«

»Einmal oder öfter?«

»Hör schon auf.«

Ich bekam ihn einfach nicht runter.

»Warum?«

Er war hartnäckig. Aber alle, die ich liebte, waren hartnäckig. Ich machte es mir nicht leicht.

»Gott, weil ich jetzt nicht darüber reden will.«

»Warum nicht? Ich dachte, es war gut.«

»War's auch.«

»Also, wo liegt dann das Problem?«

Ich schlug ihn hart in die Seite, und er rutschte endlich von mir ab. Nur sein rechtes Bein blieb schwer auf meinem Bauch liegen.

»Du bist mein Problem«, schnauzte ich ihn an und wollte aufstehen, aber er hielt mich mit seinem verdammten Bein am Boden. Mit einer schnellen Bewegung schob er sich wieder über mich und setzte sich auf meinen Bauch. Der Kerl war schwer. Mir ging wieder mal die Luft aus.

»Verdammt, Staller! Jetzt hör schon auf!«

Ich drückte meine Hände gegen seinen Bauch, um sein

Gewicht zu verlagern. Er gab ein klein wenig nach. Ich musste flach atmen.

»Warum sagst du's nicht einfach?«, fragte er.

»Was hast du schon davon?«

Je ärgerlicher ich wurde, umso sanfter klang Stallers Stimme.

»Na, dann weiß ich es.«

Kein Grinsen, kein Lächeln, gar nichts. Er wirkte erschreckend ernsthaft. Ein Streit mit Staller war wie ein Streit mit Wanda. Ich kam keinen Schritt vorwärts, und selbst wenn ich noch so beherzt versuchte mich zu wehren, meine derzeitige Position stand fest. Ich war eindeutig der Unterlegene.

»Ist das wieder so ein krankes Spiel von dir, oder was?«, schrie ich ihn an.

»Vielleicht.«

Einen Moment schien es, als wolle er mich freigeben, aber dann besann er sich anders. Er beugte sich vor und küsste mich auf den Mund. Gott, hätte ich ihn gerne geschlagen. Es war zum Kotzen. Kaum war der Kerl nett zu mir, da wollte ich all den Mist so schnell es ging vergessen. Er knüpfte einfach an die Vergangenheit an, als wäre nichts gewesen.

Ich öffnete seine Jeans und er machte Platz für meine Hand. In Männerunterhosen kannte ich mich aus. Ich hatte ihn fest im Griff.

»Warum ich?«, raunte ich gefährlich nah an seinem Ohr. Staller stockte.

»Ich steh auf Krüppel«, antwortete er leise und drückte sich fester gegen meine Hand. Ich konnte dem Kerl einfach nicht böse sein.

16

Am Abend gipfelte die ohnehin angespannte Stimmung in hemmungslos um sich greifende und unkontrollierbar eskalierende Hysterie. Uns allen wurde mit einem Schlag bewusst, dass sich etwas Grundlegendes in unserem Leben ändern würde. Elisabeth Lewin würde heiraten. Es würde einen Mann in unserem Haus geben. Einen erwachsenen, vernünftig denkenden und handelnden Mann. Du meine Güte, was für eine Vorstellung. Kein Wunder, dass uns bei so viel Fremdartigkeit die Angst packte.

Maud murmelte schon den ganzen Tag wirres Zeug vor sich hin, so dass man hätte denken können, sie hätte ihren letzten Rest gesunden Menschenverstand verloren.

Jules und Rahel hingegen saßen auf der Gartenmauer und qualmten schweigend eine Zigarette nach der anderen, während unsere Mutter hektisch die Treppe rauf und runterrannte, um in regelmäßigen Abständen auszurufen: »Was mache ich da eigentlich? Warum habe ich mich nur darauf eingelassen?«

Alle paar Minuten kam sie an uns vorbei und gab uns dabei jedes Mal den gleichen Text.

»Wollt ihr mir denn gar nicht sagen, dass ich es besser sein lassen sollte? Könnt ihr nicht einmal den Mund aufmachen und mir sagen, was ihr wirklich denkt?«, schimpfte sie mit überkippender Stimme, wonach sie – ohne eine Antwort abzuwarten – erneut ihren manischen Gang aufnahm.

Ich saß neben Wanda auf dem Sofa im Wohnzimmer, und durch die weit geöffneten Flügel der Terrassentür drang das monotone Zirpen der Grillen durch die angenehm kühle Nachtluft aus dem Garten zu uns herein.

Eigentlich hätte an jenem Abend alles friedlich sein können. So sehr ich mich auch auf die anscheinende Problematik der bevorstehenden Eheschließung unserer Familie mit einem potenziellen Todeskandidaten konzentrieren wollte, musste ich mir eingestehen, dass ich in Gedanken nicht ganz bei der Sache war.

Während ich versuchte, mir die möglichen Konsequenzen aus dem morgigen Vorhaben auszumalen, unterbrachen immer wieder Szenen der Vergangenheit meine Überlegungen. Ich musste daran denken, was ich mit Wanda auf den Dielenbrettern von Großmutters Arbeitszimmer gemacht hatte, und daran, wie wir uns danach gegenseitig versprachen, dass es das erste und gleichzeitig auch das letzte Mal war, dass wir uns auf diese Art miteinander beschäftigten. Und ich dachte an Staller.

»Du hast dich von ihm küssen lassen.«

Wandas Hand strich an meinem Hals entlang. Sie rieb ihre Wange an der gleichen Stelle, an der ich am Nachmittag Stallers Mund gespürt hatte. Ich schloss die Augen und folgte dem Weg von Wandas Fingern. Sie berührten meine Stirn, meine Augen, Lippen und den Hals. Es könnte immer so sein. Bis ans Ende meiner Tage wollte ich, dass sie genau das mit mir machte.

»Könntet ihr endlich mal Ruhe geben?«

Ich fand unsanft in die Realität zurück. Emma stand in ihrem geblümten Pyjama auf der untersten Treppenstufe und wirkte sichtlich verärgert.

»Dieses stetige Rauf und Runter und Mauds Geschwätz und Mamas Getobe. Wer soll das denn aushalten?«, rief sie. »Denkt denn keiner von euch auch mal an mich? Ich bin elf Jahre alt, und ich brauche genau die Menge an Schlaf, die Elfjährigen zusteht. Wenn dieser Wahnsinn hier so weitergeht, dann schaffe ich das nie!«

Für Emma war die Hochzeit eine willkommene Abwechslung, und sie konnte nicht verstehen, warum man einen solchen Aufstand um drei kleine Worte machen musste. Denn schließlich hätte unsere Mutter ihrer Meinung nach nichts weiter zu tun als hübsch auszusehen und »Ja, ich will« zu sagen. Das konnte doch nun wirklich nicht allzu schwer sein. Welch rührende Naivität einer Elfjährigen.

Als wir uns am nächsten Morgen vollzählig um den Küchentisch versammelt hatten, schien die Aufregung der vergangenen Nacht verschwunden. Jules lümmelte gewohnt bucklig auf seinem Stuhl und schaffte es irgendwie, ein Lächeln auf Rahels Gesicht zu zaubern, die wiederum, den Blick in einem ihrer dicken Bücher vergraben, krampfhaft versuchte unseren Bruder zu ignorieren.

Emma und Albert saßen friedlich nebeneinander. Albert war schließlich nach zwei Tagen reumütig zu Emma Lewin zurückgekehrt. Lag es an Emmas zweifelhaften Methoden, oder hatte er sie einfach nur vermisst? Sicher war nur, dass den beiden hinsichtlich dessen, was sie von Wanda hörten, die Kinnladen heruntergefallen waren. Diese war nämlich gerade dabei, unsere Mutter mit ihrer überaus bildhaften Schilderung der anstehenden Hochzeitsnacht in Verlegenheit zu bringen. Elisabeth Lewin bedeckte schamhaft ihr Gesicht mit beiden Händen, während ihr die Röte ins Gesicht stieg, als wir von draußen das Aufheulen eines gestressten Motors hören konnten. Gefolgt von einer solch harten Vollbremsung, dass die Kieselsteine und der Sand in der Einfahrt wild durcheinander flogen und der verzweifelte Motor daraufhin endgültig versagte.

Maud seufzte.

»Wenn ich jemanden kenne, der seinen Wagen derart unsensibel behandelt, dann ist es Amanda.«

Sie stand auf und ging zur Haustür, an die mittlerweile, begleitet von lautem Rufen, schon heftig geklopft wurde.

»Hallo?«, rief es mit deutlich französischem Akzent. »Ist denn niemand zu Hause? Ich denke heute wird gefeiert. Raus aus den Federn, ihr Faulpelze.«

Etwas leiser, wie an eine weitere Person gewandt: »Liebes, wir haben uns doch wohl nicht im Tag geirrt? Sind wir bestimmt richtig?«

Wir kamen allesamt in die Halle gelaufen. Den Auftritt von Amanda Lewin wollte sich niemand entgehen lassen. Kaum war die Tür auch nur einen Spaltbreit geöffnet, da flog sie auch schon krachend gegen die dahinterliegende Wand, und hereingeeilt kam der unangefochtene Paradiesvogel unserer Familie. Amanda Lewin. Die kleine Schwester unseres verstorbenen Großvaters und unsere einzige blutsverwandte Seele.

Schwester war nicht exakt die richtige Bezeichnung für Amanda, wenngleich sie keine andere duldete. Faktum war, dass sie sich im Alter von sechzehn Jahren, wie sie es auszudrücken pflegte, ihr Pendant selbst gewählt hatte. Somit wurde aus einem Bruder eine Schwester und aus Anton wurde Amanda. Um es mit Amanda Lewins eigenen Worten auszudrücken, hatte sie dem Herrgott ins Handwerk gepfuscht.

Wir sahen sie für gewöhnlich einmal im Jahr an den Weihnachtstagen. Uns allen stockte, wie jedes Mal bei Amanda Lewins Anblick, der Atem. Ihre mollige Gestalt hatte sie in eines ihrer unzähligen buntgeblümten Kostüme gezwängt, bei denen sich einem der Eindruck aufdrängte, dass sie bei Amandas nächster Bewegung mit einem gewaltigen Knall, einen prächtigen Konfettiregen zurücklassend, zerbersten müssten.

Ihre Füße, immerhin Größe 46, steckten in grellroten hochhackigen Pumps, und ihr ohnehin ungewöhnlich großer Mund war mit einer leuchtend roten, fettig glänzenden Farbe bemalt, die ihn beinahe nicht mehr menschlich erscheinen ließ.

Auf ihrem runden Kopf mit dem hellrot gefärbten, dauergewellten Haar saß ein riesiges, rosa-gelb kariertes Ding, das von zwei rhythmisch auf und ab wippenden Straußenfedern gekrönt wurde.

Großmutter behauptete einmal, wenn Amandas Eltern sie in ihrer Kindheit mit Puppen hätten spielen lassen, dann wäre uns einiges erspart geblieben.

Dieses farbenprächtige Wesen in Form eines überdimensionalen Tropenschmetterlings betrat mit weit ausgebreiteten Armen die Halle, spähte suchend um sich und fand sein erstes Opfer wie immer in Maud.

Indem sie unsere Großmutter beinahe zerquetschte, rief sie: »Gott, hab ich dich vermisst. Du siehst aber recht überanstrengt aus, meine Gute. Bringt dich die Bande etwa um den Schlaf? Na, das kriegen wir schon wieder hin. Schließlich ist jetzt Amanda da!«

Danach griff sie sich unsere Mutter.

»Elisabeth, mein Liebling. Du glaubst gar nicht, wie sehr ich mich für dich freue. Es ist in der Tat ein wahres Fest, den Menschen zu finden, der einen ein Leben lang ertragen will.«

Sie rümpfte plötzlich die Nase und fügte raunend hinzu: »Aber sag mir, Schatz, warum denn nur um Himmels Willen einen Mann?«

Dann war Jules dran.

»Seht euch nur diesen Prachtjungen an«, hieß es. »Ist er nicht bezaubernd? Welch ein Engel. Ach, wenn sie nur immer so blieben. Ein Traum.« Sie küsste ihn schmatzend auf den Mund und strich sich eine Träne aus dem Augenwinkel. Danach folgte ein langer, kritischer Blick auf Wanda.

»Alle Achtung, kleines Mädchen. Halt dir bloß die Kerle vom Leib, hörst du?« Sie fasste Wanda unter dem Kinn und hob es etwas an, um sie noch eingehender betrachten zu können. »Oder wenn ich es mir recht überlege, vielleicht solltest du es damit doch nicht allzu genau nehmen. Sonst endest du als vertrocknete alte Jungfer, wie deine grässliche Großtante Henriette. Gott hab sie selig.«

Wanda pustete eine der Federn, die ihr genau ins Gesicht wippte, zur Seite.

»Aber was wäre denn so schlimm daran? Ich dachte, Großtante Henriette wäre 83 Jahre alt geworden.«

»Das ist schon richtig, mein Täubchen«, gurrte Amanda. »Aber sie war bereits am Tage ihrer Geburt 83. Wenn du verstehst, was ich dir damit sagen will.«

Wanda verstand. Unsere Großtante presste mich fest gegen ihren perfekt gepolsterten, mütterlichen Busen und küsste mich schallend einmal auf die linke und einmal auf die rechte Wange. Ich umfasste den hölzernen Handlauf in meinem Rücken fester. So konnte ich unmöglich umfallen.

»Mein Söhnchen. Mein kleiner Junge. Mein Prinz. Du willst doch wohl nicht auch schon erwachsen werden, oder? Seht doch nur, wie er sich in den letzten Monaten verändert hat. Nicht mehr lange und er wird sich regelmäßig rasieren, und wir wissen doch alle, was das bedeutet. Schluss mit der Unschuld.«

Mein Prinz! Grundgütiger, wenn ich das schon hörte. Aus irgendeinem mir unbekannten Grund, wurde ich bereits Zeit meiner Entstehung mit dieser majestätischen Beleidigung bedacht.

Unsere Mutter meinte, es wäre Amanda gewesen, die damit anfing. Die wiederum schob jegliche Verantwortung an Maud weiter, die ihrerseits darauf beharrte, dass Wanda diejenige welche war. Mir war es ehrlich gesagt vollkommen egal, wer damit angefangen hatte, wenn sie nur endlich alle damit aufhören würden.

Albert versuchte vergeblich, sich hinter dem Rücken seiner Freundin zu verstecken. Emma hielt seine Hand eisern fest, und so war er gezwungen, dem leibhaftigen Grauen in Gestalt Amanda Lewins gegenüberzutreten.

»Wen haben wir denn da?«

Sie beugte sich vor wie eines der alten Muttchen, die in jeden Kinderwagen hineingrinsten. »Was seid ihr beiden doch noch niedlich. Nehmt euch bloß vor eurem Karma in Acht, hört ihr? Meine Güte, ich werde jede Minute älter!«

Wir waren alle noch völlig benebelt vom süßen Duft aus wilden Rosen und Honig, welchen Amanda in wahrhaft verschwenderischem Übermaß benutzte, als der aufmerksame Blick unserer Großtante an Rahel hängen blieb. Rahel stand ein wenig abseits und beobachtete die Begrüßungszeremonie mit sichtlichem Unbehagen. Körperlicher Kontakt gehörte für sie zu den am leichtesten entbehrlichen Dingen des Lebens. Tante Amanda hingegen riss erfreut die Augen auf.

»Was ist denn das?«, donnerte sie. »Ist euch etwa schon wieder ein Kind zugelaufen? Wie macht ihr das denn nur immer wieder? Zieht ihr sie aus dem Gully?«

Sie steuerte auf Rahel zu. Hier wurde keiner ausgelassen. Keine Chance.

»Ich grüße dich, mein Liebes. Gott, was bist du dünn. An deinen Rippen sticht man sich. Wirst du hier nicht richtig gefüttert?« Sie schnellte herum. »Wartet einen Augenblick! Nicht bewegen! Ich bin gleich wieder zurück!«

Damit schwebte sie hinaus, und wir konnten hören, wie sie, laut mit sich selbst sprechend, in ihrem Kombi herumkramte.

Amanda war für mich die Frau mit den tausend Stimmen. Ich konnte mich nicht daran erinnern, dass sie jemals zwei Sätze in ein und derselben Stimmlage gesprochen hätte. Vielmehr fiel sie von einer Oktave in die nächste. Sie wurde selten unterbrochen, da sich der Zuhörer darauf konzentrieren musste, über ihr Tremolo hinweg den Zusammenhang ihrer Worte nicht zu verlieren.

In diesen wenigen Minuten der Ruhe, in denen Amanda das Innere ihres antiquarischen, durch die Kunst geschickter Mechanikerhände zusammengehaltenen Kombis auf den Kopf stellte, fanden wir endlich die Zeit, um Estelle zu begrüßen.

Estelle kam aus Frankreich, genauer gesagt aus einem kleinen Nest unweit von Lyon, welches sie im Alter von 19 Jahren verlassen hatte, um nach Paris zu gehen, wo sie eine Schneiderlehre begann, um mindestens genauso berühmt zu werden wie zu ihrer Zeit Coco Chanel. Estelle wurde berühmt. Aber nicht in der Haute Couture. Sie war die unumstrittene Nr. 1 unter den Variete-Designern.

Sie und Amanda hatten sich in den frühen Fünfziger Jahren in Paris kennen und lieben gelernt. Amanda trat als Chansonette im Varieté auf und ließ dabei, wie sie immer wieder betonte, höchst künstlerisch die Hüllen um ihren damals beeindruckenden Körper fallen. Sie sang immer noch. Lediglich das Entblättern hatte sie mittlerweile aufgegeben.

Estelle war eine ausgesprochen zierlich wirkende Frau. Hatte unsere Großtante eine Vorliebe für auffällige Kleidung, bevorzugte Estelle eher die schlichte, klassische Mode. Meistens trug sie dunkelgraue Flanellhosen, weiße Blusen und dazu passende Tweedjacken. Sie hatte hellbraunes, zu einem Pagenkopf geschnittenes glattes Haar und runde braune Augen unter dichten, dunklen Augenbrauen.

Die Konturen ihrer ungeschminkten und dennoch tiefroten Lippen waren exakt symmetrisch. Für mich hatte Estelle den perfektesten Mund, den ich je gesehen hatte. Der Teint ihres feingeschnittenen Gesichts schimmerte wie heller Bernstein, und wenn sie lächelte, zog sie die Augenbrauen ein Stück nach oben, und es schien, als gäbe es für sie in diesem Moment wirklich nur einen Menschen auf der Welt, nämlich den, auf den ihr Blick gerichtet war. Immer wenn sie das tat, war mir, als sähe ich Olympe vor mir. Dann musste ich blinzeln, und sie war verschwunden.

Als Amanda wiederkam, waren wir gerade dabei, unsere Französischkenntnisse anzuwenden. Estelle amüsierte sich über unsere mehr oder weniger erfolgreichen Verständigungsbemühungen, als Tante Amanda zum zweiten Mal innerhalb der jüngst vergangenen fünf Minuten lautstark das Haus betrat.

Sie schleppte ein circa zwei Meter hohes, schwarzglänzendes Gebilde mit sich, das sie polternd mitten im Raum abstellte.

»Elisabeth, Schatz. Das ist für dich«, verkündete sie.

Unsere Mutter schrie gellend auf. Wir trauten unseren Augen nicht. Es handelte sich um eine Art Skulptur. Ein sperriges Ding, das eine vornübergebeugte Frau – unverkennbar wegen der spitz nach vorne zeigenden Brüste – und einen dahinter stehenden, die Frau um die Hüften fassenden Mann – ebenso klar erkennbar anhand seiner steil in die Höhe aufgerichteten Männlichkeit – in einer absolut unabstrakten und eindeutigen Stellung zeigte.

»Wo um alles in der Welt findest du immer solche Sachen, Amanda?«

Es war Wanda, die sich die überlebensgroße Figur interessiert von nahem betrachtete. Nicht ohne mir einen eindeutigen Blick zuzuwerfen. Mir entfuhr ein nervöses Lachen, und ich wandte mich vorsichtshalber von ihr ab.

Maud strich mit den Fingerspitzen über den runden Hintern der Frau und landete letztendlich auf dem zugegebenermaßen beeindruckenden Penis des Mannes. Sie legte die Stirn in Falten, ehe sie sich schnell die Hand vor den Mund hielt und krampfhaft versuchte, ein Kichern zu unterdrücken.

»Amanda, das kann unmöglich dein Ernst sein«, hörten wir die Stimme unserer Mutter.

»Gefällt es dir etwa nicht, Liebchen?«

Amanda Lewin blinzelte ihre Nichte verwundert an. Elisabeth rang sichtlich verzweifelt nach den passenden Worten.

»Es ist sehr beeindruckend. Wirklich, das ist es«, sagte sie.

»Ohne jeden Zweifel. Aber ich weiß nicht recht, ob es zu mir passt. Es ist so überaus direkt, wenn du verstehst.«

Da blitzte es in den Augen der sechzigjährigen Dame hoffnungsvoll auf.

»Aber natürlich, meine Liebe«, rief sie. »Als ich die beiden entdeckte, da habe ich sofort an dich gedacht und zu mir gesagt: Amanda, das ist genau das Richtige für das kleine Mädchen! Ein beständiges Symbol für die Liebe. Erinnerst du dich noch, wie wir letztes Jahr bei diesem Vortrag über die verschiedenen Liebesgewohnheiten aller Völker der Welt waren, da warst du doch ganz hingerissen. Das hat dir doch so gut gefallen.«

Amanda nickte wie ein Papagei auf der Stange.

»Dir hat es gefallen«, entgegnete unsere Mutter schwach.

»Na, siehst du. Ich wusste doch, dass es eine von uns beiden war.«

Amanda nickte wieder zufrieden. Sie zog ihre Nichte zu sich heran.

»Du sollst es doch auch nicht hier mitten im Wohnzimmer stehen lassen«, raunte sie ihr zu. »Es bekommt seinen Platz selbstverständlich in eurem Schlafzimmer. Das ist doch der Sinn der Sache, wenn du verstehst.«

Sie zwinkerte unserer Mutter zu, und diese gab jeden weiteren Versuch auf, doch noch von Amandas Geschenk verschont zu bleiben. Das lüsterne Monstrum reihte sich in unser häusliches Inventar ein, und nachdem Emma unwirsch sagte: »Meine Güte, Mama. Ich weiß, was Sex ist. Ich bin zwar noch ein Kind, aber deshalb bin ich nicht unbedingt doof. Bei Lea und Wanda hab ich mich doch auch nicht erschrocken. Warum also das ganze Theater?« – lenkte sie schlagartig die Aufmerksamkeit aller Anwesenden auf mich und Wanda.

Im gleichen Moment, in dem die verräterischen Worte über die Lippen meiner kleinen Schwester kamen, schloss ich die Augen und wünschte mich weit fort. Am liebsten hätte ich mich in Luft aufgelöst und alles um mich herum gleich mit. Aber als ich die Augen wieder öffnete, war ich immer noch da, und alle schauten mich an.

Wanda packte Emma am Kragen und zog sie mit sich in die Halle. Die Tür fiel krachend hinter den beiden ins Schloss. Ich war allein. Natürlich nur dann, wenn man die sieben Augenpaare nicht dazurechnete, die mich beobachteten.

»Was hat sie denn damit schon wieder gemeint?«

Elisabeth Lewin wirkte überfordert, und wenn dem so war, dann konnte mir das zugute kommen. Vor allem deswegen, weil mir im Moment nichts Besseres einfiel, als naiv mit den Schultern zu zucken.

»Ach, ihr kennt doch Emma«, sagte ich mit einer mir sonst selten zur Verfügung stehenden Lässigkeit.

Es schien zu wirken. Niemand schien weiter über die Äußerung des Kobolds nachzudenken. Sie vertieften sich erneut in die Betrachtung des Hochzeitsgeschenkes. Ich ließ mich aufs Sofa fallen. Aber ich war noch lange nicht gerettet. Ich spürte vielmehr dieses unangenehme Kribbeln im Nacken, das ich nur allzu gut kannte. Ich drehte mich um und sah direkt in Rahels schwarze Augen. Sie stand mit einer Zigarette in der Hand an der Tür zum Garten und beobachtete mich.

Eine Stunde später brachen wir zum Standesamt auf. Die Lewins waren entgegen ihrer sonstigen Gewohnheit pünktlich. Trotzdem waren die Dessauers vor uns da. Vor allem der Blick von Johannes' Mutter war mehr als eindeutig.

Amanda Lewin hätte zu gerne eine giftige Bemerkung in Richtung der Dessauers abgeschossen, aber ein Blick auf ihre Nichte brachte sie von ihrem Vorhaben ab. Dies war ihr großer Tag, und sie wollte ihn nicht verderben. Amanda schwieg.

Rahel zog ohne Unterlass an den Ärmeln ihres Pullovers, als wolle sie ihn sich am liebsten vom Leib reißen. Sie bemerkte meinen Blick.

»Keine Sorge, Lea. Ich werde schon nichts nach dem Standesbeamten werfen«, warf sie mir zickig entgegen. Hatte ich irgendetwas gesagt?

Albert trug zur Feier des Tages einen geflochtenen Kranz aus

Gänseblümchen in seinen kurzen, dunklen Locken. Emmas Zeit der Rache schien noch nicht vorüber zu sein. Mädchen konnten so grausam sein.

Auf dem Standesamt ging alles sehr schnell. Amanda gab dem Standesbeamten unmissverständliche Zeichen, sich zu beeilen, sodass dessen Stirn zu glänzen begann, aber ansonsten war es beinahe genauso, wie Emma es vorhergesagt hatte. Mama sah hübsch aus, und als sie sagte: »Ja. Ich will«, murmelten wir leise mit und waren mit einem Mal eine richtige Familie. Komplett, sozusagen. Lediglich auf den Anhang Dessauers hätten wir verzichten können.

Die anschließende Hochzeitsfeier fand in unserem Haus statt. Es sollte eine kleine Feier mit nur den engsten Angehörigen und Freunden werden. Außer unserer Familie, die derzeit zehn Personen umfasste, waren nur noch ein paar Gäste der Dessauers zugegen.

Wenn ich mich recht erinnere, umfasste die Gästeliste letztendlich 173 anstatt wie vorgesehen 174 Personen, und das auch nur deswegen, weil die Großmutter väterlicherseits unseres neuerworbenen Familienzugangs – womöglich in weiser Voraussicht – drei Tage vor dem Hochzeitstermin ihres Enkels im stolzen Alter von 99 Jahren das Zeitliche gesegnet hatte.

Die Beisetzung und die Trauerfeier für Großmutter Hedwig Dessauer waren auf den kommenden Morgen neun Uhr dreißig angesetzt. Wir alle sollten erscheinen, um uns dort erstmalig öffentlich als Familie zu präsentieren.

Die Musiker, allesamt Studenten des Konservatoriums, hatten ihre Instrumente in der Halle aufgebaut und unterhielten die Gäste anfangs mit Klassikern, um dann nach Mitternacht bis in die frühen Morgenstunden hinein – in eindeutig angetrunkenem Zustand – die alten Mauern mit wehmütigen Jazzklängen zu erfüllen.

Jules, Rahel, Wanda und ich hatten uns bereit erklärt, uns um die Gäste zu kümmern. Was bedeutete, dass ich den ganzen

Abend hindurch eine Weinflasche nach der anderen in meinen Händen hielt, um mit deren Inhalt die mir lächelnd entgegengehaltenen Gläser neu zu füllen.

Wanda blieb auf ihrem Weg durch die Halle immer wieder bei dem Kerl mit dem Saxophon hängen. Ein Blick hier und ein paar Worte da. Der Kerl beobachtete jeden ihrer Schritte. Ich konnte den gleich von Anfang an nicht leiden. Musiker. Ich konnte mir schon denken, was der mit seinem Instrument zu kompensieren versuchte. Traurige Gestalt von einem aufgeblasenen Schleimer.

Rahel kippte einem grinsenden Kerl gerade zum dritten Mal rein zufällig Sekt über das Hemd. Er war nicht älter als wir, aber er hatte einen schweren Fehler begangen. Er hatte Rahel am Hintern angefasst. Ich fand, er kam mit seiner Strafe noch gut davon.

Es war gegen halb drei Uhr morgens. Gut drei Viertel der Gäste waren endlich gegangen. Die Älteren hingegen, die sich entweder noch nicht verabschieden wollten oder den rechten Zeitpunkt verpasst hatten und vom Schlaf übermannt worden waren, dösten bereits leise schnarchend in den Sitzmöbeln vor sich hin. Als sich noch einmal jemand aufraffte, um sich das alte »... Ich weiß nicht, zu wem ich gehöre ...« zu wünschen.

Mir war bekannt, welche Attraktion damit heraufbeschworen werden konnte. Dieses Lied führte bei unserer Familie zu deutlichen Nebenwirkungen.

Als die ersten Takte erklangen, war es schon zu spät, um noch jemanden aufzuhalten. Ich sah mich nach Maud um, die es sich in einem Sessel nahe dem Klavier bequem gemacht hatte. Sie hatte ihren rechten Ellenbogen auf der Armlehne aufgestützt und legte gerade ihr Kinn in die dazugehörige Hand, während sie mit der anderen immer wieder versonnen über Emmas Locken strich. Meine kleine Schwester, die neben Albert auf dem Boden kauerte, kämpfte bereits deutlich sichtbar gegen die Müdigkeit an.

Unsere Mutter und Johannes saßen eng beieinander auf dem gewaltigen Jugendstilsofa, als Amanda dem jungen Mann das Mikrophon stahl. Elisabeth Lewin stand auf und zog einen widerwilligen Johannes hinter sich her in die Halle. Ihre Arme legten sich zärtlich um seinen Hals und ihr Kopf lehnte an seiner Schulter.

Sie sah wunderschön aus in dem dunkelroten Kleid mit den schmalen Trägern, dessen samtweicher Stoff eng an ihrem schlanken Körper anlag. Ihre rotbraunen Locken fielen offen über die gesamte Länge ihres Rückens. Sie war die schönste Frau, die ich jemals gesehen hatte.

Als sich die beiden langsam im Rhythmus der Musik bewegten, sah ich in ihr Gesicht. Sie lächelte mir zu, und mir war, als würde sie leuchten wie ein Stern am dunklen Nachthimmel. So glücklich sah sie aus. Mir konnte der ganze Dessauer-Clan gestohlen bleiben. Wir brauchten nur den einen von ihnen.

Wanda ließ unsere Mutter ebenfalls nicht aus den Augen. Gerade legte sie ihre Wange an die unserer Großmutter und flüsterte ihr etwas zu. Maud nickte und lachte leise.

Jules saß auf einer der untersten Treppenstufen und wirkte wieder einmal ziemlich abwesend. Rahel konnte ich nirgends entdecken. Einer der acht Dessauer-Cousins versuchte, mit Estelle ins Gespräch zu kommen. Da begann Amanda zu singen. Ihre Stimme klang angenehm dunkel und ihre Leidenschaftlichkeit erfüllte uns mit Ehrfurcht. Sie war eine Offenbarung. Ich schloss die Augen und lehnte mich gegen die Wand in meinem Rücken.

»... wir folgen alle demselben Stern, und dein Schicksal ist auch meins ...«

Gab es göttlichere Worte? Es war mir, als wären eben diese Worte allein für mich geschrieben worden. Ich öffnete die oberen Knöpfe an meinem Hemd, um frei zu atmen. Wir waren gebannt. Amanda traf uns in unserem tiefsten Inneren. Da, wo es mit Genuss weh tat; sie kannte kein Mitleid mit uns.

Wanda lehnte sich an mich. Ihre Hände verschwanden unter meinem Hemd. Ich fühlte sie warm auf meinem Rücken. So hörten wir der beschwipsten Amanda Lewin zu, bis diese das Gleichgewicht verlor und dem jungen Mann, der mit seinem gewaltigen Kontrabass direkt hinter ihr stand, kichernd in den Schoß sank.

Estelle erhob sich dankbar und half dem zart gebauten Musiker, sich von seiner üppigen Last zu befreien. Amanda drückte ihr einen Kuss auf die perfekten Lippen.

»Du bist eine Göttin!«, säuselte sie.

Mit einer weit ausholenden Geste drehte sich Amanda summend einmal um sich selbst, wobei sie im Vorbeigehen die Weinflasche in meiner Hand traf, deren restlicher Inhalt sich eilig und tiefrot über meine graue Anzugshose ergoss. Daraufhin ließ sie sich von der unbeirrt weitersteuernden Estelle zum Sofa lenken, auf dem sie keine Minute später, lang ausgestreckt, entschlummerte.

Ich lief hinauf ins Badezimmer, um die unangenehm feuchtklebrige Hose loszuwerden. Ich hielt sie unter den Wasserhahn und rieb unbeholfen an dem Rotweinfleck herum, der sich als ausgesprochen hartnäckig erwies. Weder seine Größe noch seine Farbe wollten sich verändern. Es war sinnlos. Ich kapitulierte und warf den nassen Stoff in die Badewanne, bevor ich in meine ausgebeulten Jeans stieg. Auf dem Weg zurück nach unten kam ich an Jules Zimmer vorbei. Die Tür war nur angelehnt, und einer alten Angewohnheit folgend, sah ich durch den geöffneten Spalt hinein.

Drinnen war es still. Mein Bruder saß auf seinem Bett. Er war nicht allein. Rahel saß ihm gegenüber. Jules zog sich gerade sein schwarzes T-Shirt über den Kopf. Er beugte sich ein Stück nach vorne. Kurz vor Rahels Gesicht hielt er inne. Es fehlte nur noch ein kleines Stück, aber Jules ging nicht weiter. Der Kerl hatte sie wirklich nicht alle beisammen. Er verspielte die Chance des Abends.

Die ganze Zeit über sah er Rahel fest in die Augen, während sie ihrerseits versuchte, seinem Blick auszuweichen. Ihre Hände waren in den Ärmeln ihres Pullovers verschwunden. Alles an ihr machte den Eindruck, als würde sie am liebsten laut schreien und davonlaufen. Aber sie tat es nicht. Ich hätte zu gerne gewusst, welches Spiel die beiden da drinnen spielten. Aber ich kannte weder den Namen noch die Regeln.

Jules schob Rahels Pullover nach oben. Wie ein kleines Kind hob sie die Arme und ließ zu, dass er ihn ihr auszog.

Wie sie so dasaß, mit ihrem weißen Unterhemd über den knochigen Schultern, konnte ich zum ersten Mal Rahels nackte Arme sehen. An den Innenseiten ihrer blassen Handgelenke zogen sich lange, rosablau leuchtende Narben bis zur Armbeuge hoch.

Sie wollte sie hinter ihrem Rücken verbergen, aber Jules ergriff ihre widerstrebenden Hände und drückte sie fest zwischen sich und Rahel auf die Bettdecke. Ich konnte sehen, dass Rahel Tränen in den Augen standen.

Sie beugte sich plötzlich zu Jules vor und berührte mit ihren Lippen seinen Mund. Nur ganz kurz, um danach gleich wieder den sicheren Abstand zwischen sich und ihm herzustellen.

»Wenn du willst, dass ich das noch mal mache, dann musst du es mir sagen.«

Rahels Stimme zitterte bei ihren Worten. Jules nickte. Aber das reichte nicht. Sie schüttelte den Kopf.

»Nein! Sag es«, forderte sie.

Jules kam ganz nah an sie heran. Sie nahm sein Gesicht in ihre Hände. Tränen traten über ihre Wimpern. Sie rannen, feuchte Spuren hinterlassend, über ihre Wangen, um dann schwer auf ihre und Jules Hände zu tropfen.

»Ich will, dass du es mir sagst«, flüsterte sie.

Jules versuchte es noch einmal. Seine Lippen strichen sanft über die von Rahel. Sie drehte ihr Gesicht zur Seite und wollte aufstehen, aber Jules Hände fassten schnell in die hinteren Taschen von Rahels Jeans und drückten sie zu sich hinunter.

»Sag es mir!«, forderte sie wieder.

Jules starrte stumm auf ihren Bauch.

»Herrgott, wie kann einer nur so stur sein!«

Sie zog unter Verwendung übelster Flüche ihr Unterhemd über den Kopf.

»Bist du jetzt zufrieden?«, stieß sie zwischen den verkrampften Lippen hervor. Jules Finger fuhren die breiten Narben entlang. Er strich über ihr Haar und löste ihren Zopf. Rahel zuckte zusammen, als die Haarspitzen ihre nackten Schultern berührten.

»Ja.«

Ich traute meinen Ohren nicht. Das war die Stimme meines Bruders. Nach vier Jahren hörte ich endlich wieder seine Stimme. Sie war dunkler, als ich sie in Erinnerung hatte, aber es war unverkennbar die von Jules.

»Du willst also, dass ich es noch mal mache?«, fragte sie.

Er zog Rahel noch dichter an sich heran.

»Unbedingt«, murmelte er und drückte sie nach hinten in die Kissen.

Ich ging eilig nach unten. Heute Nacht hing eindeutig zu viel erotische Spannung in der Luft. Ich musste raus, bevor ich noch irgendetwas richtig Dummes tun würde. Ich kam nicht weit. In der Halle traf ich auf Wanda. Sie schloss gerade die Haustür. Alle waren gegangen. Das Haus lag wieder still und abseits.

Wanda legte ihre Arme um meinen Hals, und langsam begannen wir uns zu bewegen. Es gab keine Musik mehr, aber das war egal. Wir konnten sie immer noch hören. Ich spürte ihren Bauch an meinem und zog sie ganz nah an mich. Mein Gesicht lag in ihren Locken und ich fühlte mich absolut sicher.

Gemeinsam gingen wir nach oben. An der Tür zu ihrem Zimmer griff ich nach ihr, aber sie fing meine Hände ab, ehe ich sie berühren konnte. Ohne ein Wort drückte sie meine Arme nach hinten. Ich spürte ihren Mund sanft an meinen Lippen und schloss die Augen.

Mit dem üblichen Knarren fiel die Tür ins Schloss. Ich stemmte mich gegen die Wand in meinem Rücken und rutschte zu Boden. Ob ich wollte oder nicht, ich hatte mich an die Spielregeln zu halten.

17

»Scheiße!«

Ich weigerte mich, vollends wach zu werden. Mir dröhnte der Schädel. Das Resultat meiner persönlichen Weinprobe. Auch wenn man immer nur den letzten Schluck aus der Flasche abbekam, reichte das vollends aus, um sich am nächsten Morgen beschissen zu fühlen.

Ich hatte das bestimmte Gefühl, als könnte ich mich sowieso nicht auf den Beinen halten, und drehte mich, den Schrei ignorierend, auf die andere Seite.

Aber an jenem Morgen war mir die Ruhe nicht vergönnt. Kurz nach dem ungläubigen Aufschrei polterte es heftig auf dem Flur und besagter Ruhestörer klopfte an alle Türen.

»Steht auf!«, schrie er. »Jetzt macht schon! Beeilt euch! Himmel, Herrgott! So ein verfickter Scheißdreck!«

Die letzten beiden Ausdrücke machten mich stutzig. Noch nie zuvor hatte ich irgendwelche Schimpfworte aus Johannes Dessauers Mund kommen hören, und jetzt sprudelte er damit förmlich über. Konnte es möglich sein, dass er schon nach nur einer Nacht in unserem Haus einer von uns geworden war?

Ich kroch aus dem Bett und streckte meinen Kopf zur Tür raus. Im Flur herrschte bereits wildes Durcheinander, und hätte mich Emma nicht im Vorbeigehen aufgeklärt, wäre ich sicherlich noch länger dort gestanden und hätte mir den Kopf darüber zerbrochen, welches Stück sich vor meinen Augen abspielte. Meine kleine Schwester rannte, mit einem sichtlich verschlafenen Albert im Schlepptau, an mir vorbei. Hatte der Junge kein Zuhause?

»Bist du da angewachsen, Lea?«, rief sie. »Na, jetzt mach schon hin! Wir müssen eine Oma begraben, schon vergessen?«

Urgroßmutter Hedwig. Die kalte Unbekannte. Die Erinnerung schoss mir schmerzhaft durch den dröhnenden Kopf. Im Schnelltempo schnallte ich mein Bein an und stieg in meine Jeans.

Trotz der ganzen Hektik war es seltsam still. Jeder war damit beschäftigt, sich voll und ganz auf seine nächste Handlung zu konzentrieren, und nur kurz angebundene Anweisungen wie: »Platz da! Jetzt geh doch mal zur Seite!« oder »Lass mich durch!« und »Hände weg von meiner Hose!« stellten unsere Kommunikation untereinander dar.

Als ich wenige Minuten später neben Wanda auf der Rückbank von Amandas schaukelndem und wie mir schien stoßdämpferlosem Kombi saß, war es so weit. Mir wurde schlecht. Unsere Tante musste halten, und ich kotzte mir im Straßengraben die Seele aus dem Leib. Als nichts mehr in mir war, was herausgekonnt hätte, stieg ich wieder ein und wir fuhren weiter in Richtung Stadtfriedhof.

Amanda saß hinter dem Steuer und versuchte gerade den Rückspiegel so einzustellen, dass sie sich während der Fahrt rasieren konnte. Mit der einen Hand hielt sie das Lenkrad und mit der anderen führte sie den leise schnurrenden Apparat über ihr stacheliges Kinn.

»Gibt es etwas Unangenehmeres als diese ständige Rasiererei?«, stöhnte sie in angewidertem Tonfall. »Lea, was sagst du dazu?«

Ich konnte nur kurz mit dem Kopf schütteln. Eigentlich meinte ich damit, dass ich im Moment nicht in der Lage war, mich mit ihr über grundlegende Themen wie dem der männlichen Körperpflege zu unterhalten, aber Amanda sah darin lediglich die willkommene Bestätigung ihrer Frage. Mir war's egal.

»Dieser Bart treibt mich noch mal in den Wahnsinn. Ohne ihn bräuchte ich bei weitem nicht soviel Make-up.«

Sie musterte mich eingehend im Rückspiegel. Ihr mitleidiger Blick erinnerte mich an den eines treuen Beagle.

»Du bist ganz schön grün um die Nase, mein Prinz«, stellte sie fest. »Aber mach dir nichts draus, heute morgen könnte keiner von uns mit seinem Aussehen auch nur einen Blumentopf gewinnen.«

Wie Recht sie hatte. Als wir am Friedhof ankamen, war die Beisetzung bereits in vollem Gange. Wir eilten auf das frisch ausgehobene Erdloch zu, in das gerade der schwere, blankpolierte Sarg aus dunklem Eichenholz versenkt wurde, und mischten uns unter die Trauernden.

Weder ich noch der Rest meiner Familie waren Hedwig Dessauer, die hier ihre letzte Ruhe finden sollte, jemals im Leben begegnet. Es wäre daher übertrieben zu behaupten, dass wir ihren Tod überaus bedauerlich fanden, besonders hinsichtlich des beachtlichen Alters, welches besagte Großmutter erreicht hatte. Aber Johannes zuliebe wollten wir wenigstens so tun als ob.

Keinem von uns fiel es sonderlich schwer, mitgenommen auszusehen. Schon gar nicht nach einer durchzechten Nacht und viel zu wenig Schlaf und zu viel Aspirin, um wiederum einen klaren Kopf zu bekommen. Wir sahen schrecklich aus. Großmutter hatte ihr Haar in aller Eile zu einem Zopf geflochten, und außer, dass ihr der Saum ihres Unterkleides über die Fußknöchel gerutscht war, wirkte sie gepflegt wie immer. Wanda hingegen, die direkt neben ihr stand, sah ungesund blass aus. Sie trug Mamas rosaroten Sommermantel, der ihr bis kurz über die Knie reichte und den sie streng bis zum Kragen hoch zugeknöpft hatte. Ich wollte mir gar nicht vorstellen, wie sie darunter aussah.

Johannes versuchte sein zerknautschtes Hemd möglichst unauffällig in seine Anzughose zu stecken, Mutter trug wieder ihr Hochzeitskleid, in dem sie einfach unerhört aussah. Bis darauf, dass Jules gerade fahrig sein wirres Haar glatt strich, wirkten er und Rahel wie sonst auch. Ernst und weggetreten. Mir konnten die beiden nichts vormachen.

Emma und Albert standen in der ersten Reihe, mit dem besten Blick in die Graböffnung. Keinem war bis dahin aufgefallen, dass Albert Cronen in einem viel zu kleinen blassrosa Mädchenkleid steckte. Keiner hatte es in all der Aufregung bemerkt, und jetzt war es für eine Änderung der Kleiderordnung ohnehin zu spät. Emma war eine Hexe.

Wir alle hörten die letzten Worte des Pfarrers mit Ehrfurcht und dem Hauch eines schlechten Gewissens.

»... und in der Gewissheit um die Vergebung aller Sünden und die Aufnahme in dein himmlisches Reich legen wir die Seele deiner Tochter Hedwig Luise Dessauer in deine gütigen Hände, o himmlischer Vater, wo sie dich schauen wird von Angesicht zu Angesicht.«

Der Priester ließ eine Schaufel Erde auf den Sarg niederpoltern und sprach salbungsvoll weiter: »... Asche zu Asche und Staub zu Staub.«

Emma hatte sich weit nach vorne gebeugt und sah auf das schimmernde Eichenholz hinab. Sie legte die Stirn in Falten, wie sie es immer tat, wenn sie angestrengt nachdachte und trotzdem zu keinem plausiblen Schluss ihrer Gedankengänge fand.

»Aber wie um alles in der Welt soll sie denn jetzt noch von da unten nach dort oben kommen?«, fragte sie.

Pfarrer Grimm sah wortlos auf Emma herab. Unsere Jüngste meinte achselzuckend: »Na, ich frage mich gerade, wie sie es durch den schweren Sarg und die ganze Erde drumherum schaffen soll, da unten jemals wieder rauszukommen.«

Jetzt lächelte Grimm nachsichtig und antwortete: »Emma Lewin, nur ihre unsterbliche Seele steigt zu unserem göttlichen Vater auf.«

»Also ich weiß ja nicht, ob Ihr Vater göttlich ist, aber meiner war's bei Gott nicht, da können Sie meine Mama fragen. Sie sagt immer, ich wäre ein himmlisches Versehen gewesen.«

Emma lachte, ehe ihr Gesicht wieder ernst zum Pfarrer aufblickte.

»Aber weiß sie denn den Weg?«, fragte sie.

Grimm zog die Augenbrauen hoch. Emma hatte ihren Spaß mit ihm.

»Ich meine«, fuhr sie unbekümmert fort, »findet sie allein dorthin, von wo Sie sagen, dass sie hingeht, oder wird sie von jemandem abgeholt?«

Was konnte dieses Kind reden. Grimm tat ihr den größten

Gefallen, den man Emma nur tun konnte. Er ließ sich auf ein Gespräch mit ihr ein.

»Abgeholt? Was meinst du damit, ob sie abgeholt wird?«, fragte er.

»Ich meine, wartet ein Engel auf sie und trägt sie auf seinen Flügeln in den Himmel, oder trifft sie Gevatter Tod und muss ein paar Schritte hinter ihm gehen?«, bohrte die kleine Lewin.

Jetzt suchte Grimm mit besorgtem Blick eine ganz bestimmte Person. Unsere Großmutter lächelte ihm unschuldig zu, als wollte sie sagen: »Das sind Ihre Geschichten. Da müssen Sie alleine durch.« Er wandte sich mit einem tiefen Seufzen wieder an das kleine Mädchen, das geduldig auf seine Antwort wartete.

»Hör zu, Emma«, sagte er. »Keiner weiß genau, was nach unserem Tod mit uns geschieht, aber ich als Christ glaube daran, dass wenn unsere Zeit abgelaufen ist und wir die Erde verlassen müssen, wir in ein göttliches Himmelreich kommen, wo wir unseren Vater treffen und Zeugnis über unser Leben ablegen.«

Emma kniff die Augen zusammen.

»Du glaubst also wirklich, dass da einer im Himmel sitzt und auf dich wartet, wenn du den Löffel abgibst?«

Sie ging um die Grube herum auf Grimm zu. Ihr kleiner Zeigefinger gebot ihm, sich zu ihr hinunterzubeugen. Sie flüsterte ihm etwas ins Ohr. Zuerst blickte er höchst erstaunt drein, ehe eine feurige Röte sein Gesicht überzog und er ein Stück vor Emma zurückwich.

Er warf mir einen erbosten Blick zu. Ich wusste beim besten Willen nicht, um was es eigentlich ging. Die Kleine stand mit unverändert ernstem Gesicht vor ihm.

»Ich glaube nicht, dass mir Beerdigungen jemals richtig Spaß machen werden«, sagte sie schließlich. »Hier weiß doch rein gar keiner Bescheid.«

Dann drehte sie sich um und ging zu ihrer Mutter. Mit enttäuschtem Blick legte sie die Arme um Mamas Hüften und drückte ihren Kopf an deren Bauch. Elisabeth Lewin strich über Emmas Locken. Ich konnte sehen, wie die Dessauers ihrem Sohn einen missbilligenden Blick zuwarfen. Wer hätte es ihnen verübeln wollen, schließlich kannten sie bis dahin weder Emma noch den Rest unserer Familie. Gestern nach der Trauung hatten sie kein einziges Wort mit Amanda gewechselt, und wahrscheinlich würde es uns Übrigen heute nicht anders ergehen.

Die Trauergemeinde löste sich schnell auf. Nur Wanda blieb. Sie sah dem Totengräber zu, der schwitzend all die Erde in das Loch zurückschaufelte. Als ich hinter sie trat, lehnte sie sich gegen mich.

»Was denkst du, hat sie zu ihm gesagt?«, fragte sie.

Ich zuckte mit den Schultern.

»Ich hab keine Ahnung.«

Wanda drehte sich zu mir um.

»An was glaubst du, Lea?«

»An was ich glaube?«

Ich war ehrlich verblüfft.

»Ja. Wenn wir tot sind und sie uns in der Erde verscharren. Was glaubst du, was dann passiert?«

Ich hatte mich mit dieser Frage noch nie zuvor ernsthaft beschäftigt, und dass sie mir jetzt ausgerechnet von Wanda gestellt wurde, verwirrte mich obendrein. Wenn wir Lewins eines geschafft hatten, dann, uns von Ideologien fernzuhalten. Wir glaubten an gar nichts.

»Ich weiß nicht«, antwortete ich und steckte meine Hände so tief in die Hosentaschen meiner Jeans wie es ging, als könnte ich die Antwort dort finden.

»Ich weiß, dass sich die Würmer über uns hermachen werden, das weiß ich genau«, sagte ich. »Aber ob uns danach etwas erwartet? Vielleicht ist es ja so, wie Grimm sagt, und wir müssen uns für das rechtfertigen, was wir hier getan haben. Aber vielleicht ist es auch ganz anders und es gibt gar nichts. Wir sterben einfach weg. Als wären wir nie da gewesen.«

Die Hälfte des Kranzes aus weißen Rosen verschwand unter einer weiteren Schaufel Erde. Der Arbeiter hielt plötzlich inne und ging etwas in die Knie. Er stützte sein Kinn auf den Griff des Spatens, den er in der Hand hielt, und sah versonnen in die Grube.

Völlig unvermittelt legte er sich flach auf den Bauch und griff mit der Hand hinunter. Dann robbte er schwer ächzend und mit den Bewegungen einer Eidechse ein Stück nach hinten und zog dabei den Rosenkranz aus dem Loch heraus. Sehr behutsam blies er die Erde von den zarten weißen Blütenblättern. Dann wand er jede einzelne der Blumen aus dem Kranz und legte sie sorgsam neben sich auf den Rasen. Als er fertig war, warf er das jetzt schmucklose Kranzgerippe wieder zurück in die Grube und fuhr fort, die ausgehobene Erde hineinzuschaufeln. Heute Abend würde sich jemand über sein Geschenk freuen.

»Vielleicht werden wir auch immer wieder zurückgeschickt und müssen wieder und wieder von vorne anfangen bis in alle Ewigkeit«, überlegte ich. »Millionen Leute glauben das jedenfalls, und vielleicht liegen sie damit gar nicht so falsch. Vielleicht irren sich aber auch alle. Ich weiß es nicht.«

Wanda umfasste meine Hände und drückte so fest zu, dass es wehtat.

»Ich will nichts erklären müssen«, sagte sie. »Ich will danach niemanden sehen, der über mich und über das, was ich getan habe, urteilt, hörst du? Sag mir, dass das nicht passieren wird. Sag, dass da nichts ist, was auf mich wartet.«

Ich konnte nichts anderes tun, als sie in den Arm nehmen und sie ganz fest an mich drücken. Die Angst in ihren Augen hatte mich für einen Moment zu Tode erschreckt. In meinem Kopf kreiste immer wieder ein und derselbe Gedanke. Ich würde da sein. Nur ich und sonst keiner. Das versprach ich ihr.

Als wir die anderen eingeholt hatten, nahm ich Emma beiseite. »Was hast du um Himmels willen zu dem Pfaffen gesagt?«, fragte ich. »Der hat mich angeschaut, als würde er mir am liebsten die Pest an den Hals wünschen.«

»Das darf er doch gar nicht«, meinte Emma gleichgültig. »Dafür landet er im Fegefeuer, und stell dir nur mal vor, wie peinlich das für so einen dort sein muss, mit seinem weißen Kragen. Also keine Angst, Lea.«

Sie wollte weitergehen, aber ich war nicht fertig.

»Emma!«

Meine kleine Schwester drehte sich seufzend zu mir um.

»Hat dir schon mal jemand gesagt, dass du das Leben viel zu ernst nimmst?«, sagte sie. »Es war absolut unspektakulär. Ich habe ihm nur erzählt, worüber wir beide geredet haben. Du weißt schon, die Geschichte über den Tod und Gott und die Priester. Aber er hört so was anscheinend nicht allzu gerne. Ich glaube, ihr beide seid euch im Grunde ganz schön ähnlich. Der Pfaffe und du. Ihr kriegt alles viel zu schnell in den falschen Hals. Viel zu schnell.«

Sie warf mir mit theatralischer Geste eine Kusshand zu und lief zu Albert und unserer Mutter hinüber, die gerade zusammen mit Johannes dessen Eltern begrüßten.

Emma mochte sechs Jahre alt gewesen sein, es war also schon eine Weile her, als sie mich eines Tages fragte, warum Pfarrer Grimm keine Frau hätte. Ich antwortete ihr, dass kein katholischer Priester eine hätte und sie auch nicht sonderlich scharf darauf wären und das außerdem auch gar nicht sein dürften. Worauf mich Emma fragte, ob alle Priester schwul wären, weil wenn sie schon zu Lebzeiten auf Erden nicht ans Vögeln denken durften und sie dann im Himmel auch schon wieder von einem Kerl erwartet würden, dann müsste da doch was faul sein, worauf ich wiederum antwortete, dass ich das nicht sicher wüsste, aber wahrscheinlich hätte sie mit ihrer Vermutung Recht. Jetzt konnte ich Grimms Blick deuten.

»Wanda! Lea! Kommt ihr jetzt mal?«

Jules winkte uns vom Parkplatz aus zu. Emma und Albert kletterten gerade in den Variant, und Rahel versuchte beide dazu zu überreden, sich anzuschnallen. Bevor wir in Amandas Wagen stiegen, drehte sich Wanda noch einmal zu Jules um, der an der geöffneten Wagentür lehnte und sich eine Zigarette ansteckte.

»Entschuldige bitte, aber hast du gerade etwas gesagt?«, fragte sie.

»Na klar.«

Er zuckte mit den Schultern und stieg in den Wagen. Amanda ließ den Motor an.

Meine Schwester konnte es nicht lassen. Wir saßen gemeinsam auf der Rückbank von Amandas Vehikel, und Wanda legte ihre Beine über meine Oberschenkel. Meine Hand ruhte zwischen ihren nackten Knien. Immer wieder erwischte ich mich bei dem Gedanken, sie ein Stück höher zu schieben, aber ich beherrschte mich.

Gegen Abend wurde es zunehmend schwüler. Wanda lungerte mit einem Buch auf ihrem Bett, während ich auf dem breiten Holzsims in der Fensternische saß und versuchte, mich auf die Algebraaufgaben vor mir zu konzentrieren.

Ich wusste, dass das ein ziemlich aussichtsloser Versuch war, weil in meinem Gehirn anscheinend keine Synapsen für das logische Denken vorhanden waren, aber ich gab die Hoffnung nicht auf. Gerade als ich eine wenn auch zugegeben schmale Spur zu einer eventuellen Lösung verfolgte, riss mich Wandas Stimme aus meiner vermutlich letzten Chance, die Gipfel der höheren Mathematik zu erklimmen. Das Kinn in die Handflächen gestützt, schaute sie zu mir auf. Ich hatte ihr nicht zugehört, und demzufolge wusste ich nicht, was sie von mir wollte. Wanda rollte sich auf den Rücken.

»Ich will wissen, ob dieser Arsch, mit dem du ständig rumhängst, heute wieder hier auftauchen wird«, sagte sie.

Ich klappte das Lehrbuch zu und rutschte vom Fensterbrett. Ich hatte es aufgegeben, mich über Wandas Äußerungen zu ärgern. Es war zu anstrengend.

»Staller ist kein Arsch«, meinte ich daher knapp.

Wanda verdrehte die Augen und sah an die Decke.

»Aber ganz offensichtlich liebt er deinen Arsch. Und wenn er deinen mag und du magst seinen, dann ist er doch ein Arsch. Genau wie du.«

Ich warf mein Buch nach ihr und ging aus dem Zimmer. Es war unmöglich, mit Wanda über Staller zu sprechen. Auf der Treppe holte sie mich ein. Sie umarmte mich hinterrücks und legte ihren Kopf an meine Schulter.

»Es tut mir Leid«, murmelte sie.

Sie küsste mich auf den Nacken und drückte sich an mich.

»Ich werde mich ab heute zusammenreißen. Ich verspreche es. Ich weiß nicht, ob es funktioniert, aber ich werde es versuchen, ja? Bist du wieder gut mit mir?«

Ich umfasste ihre Hände und zog sie mit einem Ruck nach unten. Wanda hing wehrlos auf meinem Rücken. Sie schrie auf, als ich so mit ihr die Treppe runterhumpelte.

»Lass mich runter! Lass mich sofort runter, Lea!«

Ich bewegte mich weiter ohne meinen Griff zu lockern.

»Nicht, bevor du mir sagst, dass du ihn magst«, forderte ich.

Sie trat nach mir.

»Vergiss es«, rief sie.

»Tu uns beiden einen Gefallen damit.«

»Niemals.«

Wir waren fast unten.

»Heiliger Strohsack! Ich weiß, dass du ihn nicht schrecklich findest. Also warum kannst du's nicht einfach sagen?«

»Weil ich nicht lügen kann.«

»Was?«

Ich kam ins Stolpern.

»Du hast ganz richtig gehört. Bei gewissen Dingen, da kann ich es nicht.«

Ich fing mich wieder.

»Na, jetzt mach aber mal halblang.«

»Erwarte bloß nicht von mir, dass ich deine Schwulereien toll finde, Herrgott!«

»Wanda!«

»Mensch, Lea! Der Typ will dich doch nur ficken. Merkst du das denn nicht?«

Sie biss mir kurz, aber heftig in den Nacken. Es tat weh und ich schrie auf. Aber ich ließ sie nicht los.

»Woher willst du das wissen? Und außerdem – wann begreifst du das endlich? Es stört mich nicht.«

»Mich aber.«

Damit ließ sie ihre Beine um meine Hüften schnellen und

drückte zu. Ich spürte, wie der letzte Rest Atem aus meinen Lungen entwich und war nicht in der Lage, erneut einzuatmen.

Der Druck ihrer Oberschenkel auf meine Innereien war derart stark, dass ich mich nicht mehr aufrecht halten konnte. Die Prothese knickte unter mir weg und ich ging zu Boden. Ich dachte, dass jetzt endgültig alles aus wäre. Ich war bereit zu sterben. Von irgendwoher durch das Rauschen in meinem Kopf hörte ich Wandas leise Stimme.

»Sag, dass du nur mich liebst und sonst niemanden.«

Indem ich meine letzte Kraft zusammennahm, brachte ich es fertig, mit dem Kopf zu nicken. Im selben Moment gab sie mich frei.

Ich rollte zur Seite und zog die Knie an meinen Bauch. Während ich mein Gesicht gegen die kalten, abgetretenen Fliesen drückte, fühlte ich, wie der Schmerz langsam meinen Körper verließ. Ich sah zu Wanda auf, die sich immer deutlicher von dem hellgrauen Nebel, der noch alles in meinem Blickfeld bedeckte, abhob.

»Du würdest mich wirklich umbringen, was?«

Wanda kniete neben mir nieder und strich mir sanft durchs Haar. Ich fühlte mich wie ein angefahrener Hund, dem besser gleich das Genick gebrochen werden sollte.

»Nur, wenn es unbedingt sein müsste«, erwiderte sie.

Ich versuchte mich aufzurichten.

»Komm schon her, Hinkebein.«

Wanda reichte mir ihre Hand und zog mich hoch. Sie nahm mein Gesicht in beide Hände. Ich lehnte meine Stirn an ihre. Sie war mir so nah wie schon lange nicht mehr. Wanda drückte ihre Lippen gegen meine und ich fasste sie fester. Millionen Jahre konnten meinetwegen vergehen, wenn ich sie nur küssen durfte.

Natürlich reichte es nicht. Ich war ein Kerl von siebzehn Jahren, und wenn einer wie ich sagt, dass es ausreicht, ein Mädchen, nach dem man völlig verrückt ist, und das man noch dazu schon einmal hatte, nur zu küssen, dann lügt er.

Ich drängte mich fester an sie und drückte sie dabei grob gegen das Geländer. Wanda schob mein Hemd ein Stück hoch. Ich spürte ihre Hände erst an meinem Rücken und dann auf meinem Bauch. Kleine, streichelnde Berührungen, die alles wie von selbst in Gang brachten. Sie lächelte zu mir auf. In ihren Augen erkannte ich denselben lockenden Ausdruck wie damals in Mauds Zimmer. Meine Hand schob sich zwischen ihre Beine. Ich konnte durch die Jeans spüren, wie sich ihre Muskeln zusammenzogen.

Als ich aufschaute, sah ich ihn. Sein Gesicht verriet nicht im Geringsten, was in ihm vorging. Ohne ein Wort drehte er sich um. Verdammt! Ich rannte raus. Er reagierte nicht, als ich nach ihm rief. Als ich endlich vor ihm stand, fiel mir nur eines ein. Derselbe dämliche Satz, der in jedem miserablen Film mindestens zwanzigmal vorkommt.

»Hör mal, das ist nicht so, wie du denkst.«

Er lachte und schlug seinen Helm heftig auf den schwarzen Ledersitz seiner Maschine.

»Mensch, Lea. Bitte, hör auf so einen Mist zu reden. Das da eben war doch wirklich nicht falsch zu verstehen.«

Ich versuchte zu retten, was zu retten war.

»Ach, meinst du? Man kann alles falsch verstehen, wenn man will.«

Das Lächeln auf seinem Gesicht passte nicht zu dem, was er sagte.

»Du bist ein echtes Arschloch, Lea.«

»Was?«

»Du bist ein verdammter Mistkerl, und du hast Schiss.«

Er hatte vollkommen Recht. Dennoch sagte ich: »Schiss? Ich? Wovor denn, um Himmels willen?«

Das Lächeln verschwand.

»Du hast eine Affenschiss davor, dass irgendjemand spitzkriegt, dass du ein Schwuler bist. Ein warmer Bruder, eine Schwuchtel. Nämlich das bist du. Stockschwul, verdammt. Da kannst du dich noch so unter Weiberröcken verkriechen. Du stehst auf Männer, und keiner weiß das besser als ich.«

Er ließ seine Maschine an.

»Du verdammter Arsch. Du hast doch die Hosen voll bis oben hin.«

Dann war er zum Tor raus, und ich sah nur noch, wie der rote Schein des Rücklichts immer kleiner wurde, bis es am Ende der Allee völlig verschwand. »Du kannst mich mal!«, war das Einzige, was ich ihm noch aus sicherer Entfernung mit auf den Weg gab.

Als ich zurück ins Haus ging, saß Wanda auf der Treppe. Ich setzte mich neben sie.

»Du wusstest, dass er da war?«

Wanda wich meinem Blick aus, indem sie auf die schiefe Treppenstufe unter ihren nackten Füßen starrte. Sie rutschte ganz nah an mich heran und legte ihren Kopf an meine Schulter.

»Es tut mir so leid, Lea. Das wollte ich wirklich nicht.«

Ich küsste sie auf die Stirn.

»Ich weiß.«

18

Viertel vor acht an einem Montagmorgen im November saßen wir alle in der Küche. Nur Johannes fehlte. Nein, er hatte noch nicht genug von uns. Er war beruflich in Südfrankreich und würde erst in zwei Wochen zurück sein. Ich hatte versucht, Staller zu erreichen, aber bei denen war immer nur der Anrufbeantworter dran. Nicht in hundert Jahren würde ich auf so ein Ding sprechen. Seit jenem Abend, der alles andere als romantisch verlaufen war, hatte ich ihn nicht wieder gesehen. Er war weg. Verschwunden aus meinem Leben.

Emma stocherte lustlos auf ihrem Teller herum, ständig beobachtet von den aufmerksamen Augen unseres sabbernden Katers, und Jules drückte wie immer seinen Teebeutel zwischen Daumen und Zeigefinger aus, während Wanda ihn zum wohl tausendsten Mal anfauchte, ob er das nicht endlich sein lassen könnte, als Elisabeth Lewin alle Aufmerksamkeit auf sich zog: Sie rutschte von ihrem Stuhl und blieb reglos am Boden liegen. Wir brachten sie sofort in die Klinik. Als sie wieder zu sich kam, standen wir um ihr Krankenbett. Unsere Mutter blickte uns der Reihe nach an und versuchte streng auszusehen.

»Warum seid ihr nicht in der Schule?«, fragte sie.

Emma setzte sich zu ihr aufs Bett und strich ihr eine Locke aus der Stirn.

»Warum bist du hingefallen?«

Bevor Elisabeth Lewin antworten konnte, rauschte eine Gruppe weißbemantelter Herren herein, und ihr Anführer, ein großer grauhaariger Kerl mit einem wilden Schnauzbart, forderte uns barsch auf, den Raum zu verlassen, da er sich mit unserer Mutter allein unterhalten müsse.

Wir standen ratlos auf dem Krankenhausflur wie in diesen

tragischen Filmen, in denen der Arzt den Hinterbliebenen mit gesenktem Blick und betroffenem Kopfschütteln mitteilte, dass es für den Patienten keine Rettung mehr gegeben habe. Das alles bestärkte uns nicht gerade darin, positiv zu denken. Nach fünf Minuten wurde die Tür geöffnet und einer der Ärzte bat Maud, hereinzukommen. Hinter ihr schloss sich die Tür erneut.

All diese Bilder zogen an mir vorbei, als säße ich im Kino und beobachtete die Personen vor mir wie Schauspieler auf einer Leinwand. Ich schien gar nicht richtig da zu sein.

»Verdammt, warum dauert das so lange? Was machen die da drinnen?«

Wanda holte mich auf den Boden zurück und schaute zum hundertsten Mal innerhalb der jüngst vergangenen zehn Minuten auf die Uhr. Emma lehnte sich an mich.

»Lea, nimmst du mich ein bisschen auf den Arm?«

Ich hatte noch immer keine Probleme, sie hochzuheben. Wanda küsste zuerst Emma und dann mich auf die Wange.

»Du verwöhnst sie zu sehr, Lea«, meinte sie.

Die Tür des Krankenzimmers öffnete sich abermals, und die düster dreinblickenden Weißen schwebten, ohne uns auch nur eines Blickes zu würdigen, an uns vorbei, um unheilvoll hinter der nächsten Tür zu verschwinden.

Einen Moment scheuten wir uns davor, das Krankenzimmer erneut zu betreten. Der Hauch einer Vorahnung lag zwischen uns und dem, was uns darin erwartete. Am liebsten hätten wir einfach kehrtgemacht und wären nach Hause gegangen, so als wäre nichts geschehen, nichts hätte sich verändert und alles wäre beim Alten.

Es herrschte absolute Stille. Maud stand am Fenster und drehte sich nicht zu uns um. Lediglich unsere Mutter sah uns an. Ihr Blick lag lange auf jedem Einzelnen.

»Es ist nichts«, meinte sie lächelnd.

Im Gegensatz zu der optimistischen Art, wie sie es sagte, klang ihre Stimme so schwach und tonlos, dass ich wusste, sie log uns an.

Am darauf folgenden Mittwoch war sie wieder zu Hause. Johannes war früher als geplant zurückgekommen und holte sie am Nachmittag von der Klinik ab.

Wir setzten uns zu ihr auf das Sofa und erwarteten mit bangem Interesse, was sie uns zu sagen hatte. In den jüngst vergangenen 48 Stunden hatten wir weder von Johannes Dessauer noch von Maud Lewin auch nur hinlänglich befriedigende Antworten auf unsere Fragen bekommen. Sie meinten immer nur, dass unsere Mutter selbst mit uns sprechen wolle, wenn sie wiederkäme. Wir wurden ganz eindeutig belogen.

Da saßen wir nun. Emma kauerte auf Elisabeth Lewins Schoß.

»Bist du jetzt wieder ganz gesund?«, fragte sie.

Wir starrten sie an, als würde der Fortbestand allen irdischen Lebens von ihrer Antwort abhängen. Sie wickelte sich eine von Emmas blonden Locken um den Finger.

»Nein, mein kleiner Schatz«, entgegnete sie. »Ich werde sterben.«

Das waren die Worte, die sie wählte. Nein, mein Schatz. Ich werde sterben.

Wanda griff nach meiner Hand, während Emma ihren kleinen Kopf zur Seite neigte und im Gesicht ihrer Mutter nach einer anderen Wahrheit forschte. Jules, der sich nervös mit beiden Händen durch die Haare fuhr, sprach als Erster aus, was wir anderen dachten.

»Komm schon«, forderte er. »Machst du dich jetzt über uns lustig? Nur, weil wir uns Sorgen um dich gemacht haben? Das ist nicht besonders komisch.«

Seine Mutter strich über sein schwarz glänzendes Haar.

»Keiner weiß, wie lange es noch dauern wird«, erklärte sie. »Aber in der Zeit, die uns noch bleibt, möchte ich, dass ihr hin und wieder mal lacht. Denkt ihr, dass ihr das könnt?«

Wir nickten stumm, und jeder griff nach einem Stück von ihr, an dem er sich festhalten konnte. Gerade so, als hätten wir dadurch verhindern können, dass sie uns allzu früh entschwindet.

In Elisabeth Lewins Kopf wuchs ein Tumor. Eine Operation

war nicht möglich. Wir konnten nur abwarten. Die Ärzte gaben unserer Mutter acht bis zehn Monate. Drei Wochen später war sie tot. Sie wurde 39 Jahre alt.

Elisabeth Lewins Beerdigung fiel auf einen Freitag. Es war ein bitterkalter Dezembermorgen, an dem wir uns stillschweigend um ihr Grab versammelten. Sie wurde auf dem kleinen Friedhof oberhalb unseres Hauses beigesetzt. Inmitten der von dicht wachsenden Eichen umrandeten Wiese, mit den uralten Grabsteinen. Einfache, grau verwitterte Sandsteine.

Zu sagen, sie wurde beigesetzt, ist nicht richtig, denn Elisabeth Lewins letzter Wunsch war es, dass wir ihre Asche über dem Anwesen verstreuen sollten. Womöglich dachte sie, dass sie uns dadurch nahe bleiben würde.

Wir traten durch Mauds Arbeitszimmer auf den Balkon hinaus, der sich von einer steinernen Balustrade gesäumt rund um das erste Stockwerk entlangzog. Der kalte Wind blies uns um die Ohren, als Maud die Urne öffnete. Jeder von uns griff einmal hinein und nahm eine Hand voll Asche heraus.

Ich öffnete meine Finger und sah auf das bröcklige, hellgraue Pulver in meiner Hand. Das war alles, was uns von ihr geblieben war.

Johannes stand gebeugt. Seine Hand war zu einer Faust geballt, und es sah nicht so aus, als wollte er seine Frau loslassen. Emma hingegen warf ihren Teil hoch in die Luft.

»Flieg, Liebes! Flieg, so hoch du kannst«, rief sie ihr nach.

Wanda stand neben mir und blies den Staub ganz langsam von ihren Händen. Dicke Tränen rollten über ihre Wangen.

»Bis zum Frühling, Mama«, flüsterte sie.

Jules lümmelte etwas abseits. Er steckte erst seine Zungenspitze in die Asche, ehe er den Arm ausstreckte und den Rest über die steinerne Balkonbrüstung kippte. Sie schien in kleinen Wirbeln in der Luft zu schweben. Rahel legte ihre Arme um ihn, und er verbarg sein Gesicht in ihrem Haar.

Ich selbst hob meine Hand und sah verschwommen, wie der

Wind meine Mutter Stück für Stück davontrug, bis nichts mehr von ihr da war. Das war ihr Ende.

Wie ich dem Wind zuschaute, der Elisabeth Lewin so selbstverständlich mit sich nahm, kam mir wieder in den Sinn, was Maud vor Jahren zu mir gesagt hatte. Sie meinte damals, dass wir alle unsere ganz eigenen Kapitel schrieben, und doch wären wir zeitlebens nur auf der Suche nach dem passenden Ende.

An jenem Abend hörten wir noch lange, wie Jules einen weiteren Namen in den Sandstein im Totenwald klopfte.

19

Nachdem unsere Mutter uns verlassen hatte, wurde es ruhig. Lange konnten wir nicht begreifen, was da so vollkommen unvorhersehbar geschehen war. Vor allem Maud hatte es schlimm getroffen. Nachdem sie ihre Tochter verloren hatte, wurde sie verdrehter denn je. Sie lebte nun ganz in ihrer eigenen Welt, und wir waren gezwungen, uns um uns selbst zu kümmern.

Ich war noch nie ein sonderlich guter Schüler und brachte meine mir verbleibende Schulzeit mehr schlecht als recht hinter mich. Wanda meinte, ich hätte sie regelrecht abgesessen.

Wie ich trotzdem durchs Abitur kam, erscheint mir bis heute rätselhaft. Ich denke, die wenig verlockende Aussicht darauf, dass ich der Schule noch ein weiteres Jahr erhalten bleiben könnte, ließ die Lehrer am St. Marien alle Augen zudrücken. In der mündlichen Latein-Prüfung redete ich einen derartigen Blödsinn, dass ich sicher war, durchzufallen, aber als ich nach den der Ewigkeit gleichenden zwanzig Minuten entlassen wurde, rief Dr. Grünwald: »Wunderbar, Lewin! Bestanden!«, und alle applaudierten.

Im darauf folgenden Sommer stand ich vor der Entscheidung, wie es mit mir weitergehen sollte. Die Erinnerung an jene Zeit scheint mir heute wie ein Traum, von dem man zwar weiß, dass man ihn hatte, ihn aber nicht rekonstruieren kann. Meine Welt hatte ihr Zentrum verloren und zerbrach jeden Tag ein Stück mehr. Was daran lag, dass alle um mich herum verschwanden.

Jules war nach wie vor an der Kunstakademie, während Rahel zwar noch bei uns wohnte, aber durch ihr Studium an der Universität, das sie, wie es ihrer Art entsprach, sehr ernst nahm, sah ich sie manchmal ganze Tage nicht. Wenn Jules am Wochenende nach Hause kam, stritten die beiden wie die Wilden. Meistens ging es darum, dass Rahel die Stadt nicht verlassen wollte, um bei Jules zu leben. Rahel war der Meinung, dass sie dafür zu jung wären, während Jules ihr vorwarf, keine Risiken eingehen zu wollen, weil sie ihm schlicht und einfach nicht vertraute. Am Schlimmsten wurde es, wenn sie mich in ihre Streitereien mit hineinzogen. Am Ende war ich immer der, der gar nichts verstand und den man nie hätte fragen sollen. Genau das sagte ich ihnen jedes Mal gleich zu Anfang, aber die beiden wollten einfach nicht auf mich hören. Ich war die unfähigste Anlaufstelle überhaupt, wenn es darum ging, Beziehungsfragen zu erörtern. Ich hatte keinerlei Erfahrungsschatz. Aber hatte sich jemals einer um meine Meinung gekümmert? Die beiden trennten sich.

An jedem Sonntagabend für genau vierundzwanzig Stunden. Ich konnte die Uhr danach stellen, dass Jules montags pünktlich um acht Uhr abends anrief und Rahel sich tausendmal für ihre Sturheit entschuldigte, während Jules seine aufbrausende Art zutiefst bereute und um Vergebung bat. Die beiden waren anstrengend. Woher nahmen sie die Energie?

Emma verbrachte mehr Zeit am Konservatorium als sonst wo, und ihre ohnehin spärliche Freizeit widmete sie Albert. Im Alter von vierzehn Jahren reiste sie bereits durch die ganze Republik und stellte sich bei Dutzenden Professoren vor, spielte Konzerte und ließ ihre Kindheit endgültig hinter sich. Sie wurde mir fremd. Auch erschien es mir als purer Zufall, dass sie den Weg zur Schule noch fand.

Selbst Wanda hatte mich verlassen. Sie entschloss sich von einem Tag auf den anderen dazu, fortzugehen. Zwar hatte sie öfter davon gesprochen, aber ich hatte ihre Überlegungen nie richtig ernst genommen. Es schien mir undenkbar, dass sie Pläne verwirklichen könnte, die mich nicht mit einschlossen. Ich wurde eines Besseren belehrt. Eines Tages stand sie mit ihrem gepackten Koffer vor mir und sagte: »Lea ich gehe.« Und alles, was mir dazu einfiel, war: »Wann kommst du wieder?« Statt einer Antwort nahm sie mich in den Arm und drückte sich fest an mich. Dann stieg sie in das Taxi, das vor unserer Tür wartete, und war weg.

Eine Woche später erhielt ich ihren ersten Brief. Sie war in Wien und ging dort zur Schauspielschule. Ich sah sie nur noch alle paar Monate. An schlechten Tagen reifte in mir die Gewissheit, dass sie vor mir geflüchtet war. Ich konnte es ihr nicht verdenken.

Ich kümmerte mich um Maud, so weit es mir möglich war, um Emma und irgendwie auch um mich selbst. Um ehrlich zu sein, wusste ich einfach nicht, was ich mit mir anfangen sollte.

Jules hatte die Malerei, Wanda das Theater, Rahel ihre verworrene Psyche, und Emma steckte mitten in der Pubertät. Alle waren mit sich selbst beschäftigt.

Ich versuchte mich in den verschiedensten, wenn auch erdenklich anspruchslosesten Betätigungen. Ich schrieb mich sogar für das Fach Betriebswirtschaft an der Universität ein, bin aber nie hingegangen.

Nachdem ich als Assistent eines Fotografen nach nur zwei Wochen entlassen worden war, angeblich wegen wiederholter Beleidigung der Kunden – ich würde es eher einen ehrlichen Blick auf das eigene Unglück nennen –, ging ich vier Wochen lang bei einem Restaurator in die Lehre.

Meine Tätigkeit während dieser Zeit beschränkte sich auf das Abkratzen von beschädigten Farbschichten. Ich feilte an seit Jahrhunderten vor sich hingammelnden, unglücklich und leidend dreinschauenden Heiligenfiguren herum. Ich mochte diese Männer und Frauen, die ganz offensichtlich den Sinn ihres Lebens im Leiden gefunden hatten. Tief in meinem Inneren fühlte ich mich ihnen verbunden.

Wogegen ich aber binnen kürzester Zeit eine derart heftige Stauballergie entwickelte, dass ich bei einem meiner Niesanfälle durch akuten Sauerstoffmangel beinahe weggeblieben wäre. Rahel meinte, das sei ganz offensichtlich psychosomatisch. Die Allergie sei der Ausdruck für meine Ablehnung der Dogmen der katholischen Kirche, und da ich mich mit dem Thema nicht offen auseinandersetzen wollte, suche es sich seine Aufmerksamkeit eben auf diese Weise. Also ganz ehrlich, so hatte ich das noch nie gesehen.

Aber wenn das, was sie sagte, wirklich zutraf, dann mochte ich gar nicht erst wissen, was sonst noch verborgen in mir schlummerte und somit jederzeit in der Lage gewesen wäre, mich umzubringen.

Danach folgten einige Wochen in der Redaktion der lokalen Tageszeitung. Ich hatte den Job ohnehin nur dank Johannes' Zuspruch bekommen. Dort wurde mir alsbald nahe gelegt, die journalistische Arbeit, wenn überhaupt, mit der literarischen zu tauschen. Gott bewahre!

Meine Ausdrucksweise sei zu blumig und selbstverliebt und mein Schreibstil zu weitschweifig, außerdem sprach man mir jegliche Kenntnis der Interpunktion ab. Mir wurde vorgeworfen, ich fände nicht zum eigentlichen Kernpunkt der Themen, und als ob das nicht schon genügen würde, neige ich außerdem zur Phantasterei. Nachrichten seien Nachrichten und keine Kurzgeschichten. Also war ich auch diesen Job los. Letztendlich landete ich über eine Annonce im Stadtanzeiger bei Herrmann Weinberg.

Herrmann Weinberg war der Besitzer des bekanntesten und somit florierendsten Bestattungsunternehmens unserer Stadt. Daher war er auch der Einzige, der es sich leisten konnte, seine Tätigkeit hauptberuflich auszuüben.

Im Gegensatz zu den Feierabendbestattern, wie er die Nebenberuflichen nannte. Nicht allein, dass er sie verachtete. Er denunzierte sie als seelenlose, raffgierige Leichenfledderer und verbat es sich aufs Schärfste, mit ihnen in einem Atemzug genannt zu werden.

Ich begann als Fahrer des Leichenwagens, auf dessen blankpolierten Seiten das Logo der Familie Weinberg in goldglänzenden Lettern prangte. Es war ein wirklich guter Job, ohne Stress und Hektik. Unsere Fahrgäste hatten es nicht mehr eilig.

Manchmal vergingen Tage des Nichtstuns, ehe jemand sein Leben aushauchte und wir dadurch beschäftigt wurden. Wir waren wie die Geier, die seelenruhig auf ihr Aas warten konnten, weil sie wussten, dass sie es bekommen würden.

Dabei hatte Herrmann ohne Frage den aufwendigeren Part in

unserem Team. Während ich wartend im Wagen saß, regelte er den geschäftlichen Teil und spendete den Hinterbliebenen tröstende Worte.

Hatte er dies hinter sich gebracht, nahmen wir den Leichnam mit ins Institut, wo er dann »zurechtgemacht« wurde. Auch das erledigte Herrmann selbst, und ich ging ihm dabei zur Hand. Er liebte seine Arbeit, und mit aller dafür erforderlichen Geduld verwandelte er jedes Gesicht in eine ätherische Schönheit.

Herrmann Weinberg war um die fünfzig und ein Bulle von einem Mann. Er wog gut und gerne drei Zentner und hatte ein Kreuz, hinter dem sich zwei von meiner Sorte mit Leichtigkeit hätten verstecken können. Auf seinem Kopf wuchs dichtes schwarzes Haar, welches er mit Hilfe von Unmengen Pomade nach links scheitelte, und auf seiner Nase lehnte Tag und Nacht eine goldene Nickelbrille, deren Bügel er im Zustand größtmöglicher Konzentration so weit auseinanderbiegen konnte, dass ich jedes Mal, wenn er das tat, auf den Knacks wartete, was bedeutet hätte, dass das Metall seiner Behandlung nicht länger standhalten konnte. Was aber erstaunlicherweise nie passierte.

Im Gegensatz zu seinem derben Äußeren barg sein Innenleben die Feinfühligkeit eines wahren Künstlers. Er war schrecklich sensibel. Herrmann lebte bereits seit zehn Jahren ganz alleine im Hause seiner Eltern. Die beiden waren vor ebenso langer Zeit verstorben. Damals hieß das Bestattungsunternehmen noch Weinberg und Sohn, aber seit dem Ableben seines Vaters nannte er sich nur noch schlicht und einfach Weinberg.

Böse Zungen behaupteten, dass er dem Leben seiner Eltern gewaltsam ein Ende gesetzt hätte. Welch absurde Vorstellung.

Nun gut, er hätte nicht gerade vier Tage warten müssen, bis er den Totenschein ausstellen ließ, aber er war in allem, was er tat, nicht der Schnellste. Dafür aber gewiss einer der Gründlichsten. Es war ihm ausgesprochen wichtig, dass alles, was er machte, perfekt war.

Es rührte ihn zu Tränen, wenn er nach getaner Arbeit in ein Gesicht blickte, dessen Züge er in ein engelsgleiches Lächeln geformt hatte. Herrmann meinte, jeder sollte in seinem Leben wenigstens einmal so gelächelt haben. Demnach war er auch noch ein Romantiker.

Sein Haus stand völlig unauffällig inmitten einer Reihe von Einfamilienhäusern mit sauber gepflegten Vorgärten. Auf einem schwarz glänzenden Flügel im Wohnzimmer befand sich eine goldgerahmte Schwarzweiß-Fotografie seiner Eltern. Sie sahen durch das große Panoramafenster hinaus auf die Straße. In ihren grauen, faltigen Gesichtern war nicht einmal der Anflug eines Lächelns zu erkennen.

Ich war zwei Jahre lang Herrmanns Fahrer, und in all der Zeit wurde der Flügel nicht ein einziges Mal geöffnet, geschweige denn, dass darauf gespielt wurde.

Nach den ersten drei Monaten, die ich für ihn arbeitete, nahm er mich mit in seine »Werkstatt«.

So nannte er den Raum, in dem er an den Toten arbeitete. Dort gab er mir einen ersten Einblick in seine Passion. Er unterrichtete mich im Fach der Leichenwäscherei, dem der richtigen Positionierung sowie der Kosmetik.

Anfangs hatte ich große Probleme, die starren Körper zu berühren, aber mit der Zeit wich die Scheu dem beruflichen Interesse. Und so begann ich, die jüngst Verblichenen mehr und mehr lieb zu gewinnen.

Wir konnten sie zu dem machen, was viele von ihnen zu Lebzeiten sicher nie waren, es sich aber möglicherweise immer gewünscht hatten zu sein. Wir machten sie zu Engeln. Unschuldige, liebenswerte, bezaubernde Engel. Nicht immer war dies ein leichtes Unterfangen. Bei weitem nicht. In den seltensten Fällen fanden wir einen entspannt entschlafenen Leichnam vor, der nur wenig Zeit beanspruchte, um ihn für seinen letzten Auftritt vor Verwandten und Freunden vorzubereiten.

Vor allem die Arbeit an Gewalt- und Unfallopfern, die uns nach der Obduktion von der Gerichtsmedizin herübergeschickt wurden, barg eine besondere Herausforderung. War die Leichenstarre bereits vor mehreren Stunden eingetreten, mussten nicht selten Knochen gebrochen werden, um die gewünschte Sarglage zu erhalten.

War der mühevolle Teil geschafft, die natürliche Körperflüssigkeit gegen eine formaldehydhaltige Lösung auszutauschen, um das unästhetische Aufquellen des Leichnams zu verhindern, begann die Feinarbeit. Der Verblichene wurde angekleidet, die Frisur gerichtet, und dann ging Herrmann ans Werk, um dem Gesicht seinen ganz speziellen, glückseligen Ausdruck zu verleihen.

Einmal hatten wir so viel zu tun, dass wir bis tief in die Nacht hinein arbeiten mussten, um die Opfer eines Busunglücks rechtzeitig für die Trauerfeier am kommenden Morgen herzurichten.

Ich versuchte, die blonden Haare des Mädchens so über die bleiche Stirn zu kämmen, dass die tödliche Wunde darauf nicht mehr zu erkennen war. Ich hatte sie mit Make-up abgedeckt, aber manchmal war selbst damit nicht mehr viel zu machen, und ich musste improvisieren.

Herrmann war gerade mit dem Busfahrer, einem kleinen Mann um die fünfzig, mit schütterem Haar und riesigen Füßen, beschäftigt, als das Telefon klingelte. Er richtete sich ächzend auf.

»Wenn jetzt noch einer reinkommt, dann müssen wir ihn ins Wohnzimmer legen«, knurrte er und schlurfte schwerfällig die fünf Stufen nach oben.

Ich beugte mich wieder über das entstellte Gesicht vor mir. Ein Mädchen in meinem Alter. Gerade mal zwanzig Jahre alt. Tot, weil wieder mal so ein dämlicher Idiot nicht richtig Auto fahren konnte.

»Du hast verdammt noch mal richtig Scheiße gebaut«, murmelte ich.

»Und du hast deine Schwester gevögelt, glaubst du, dafür kommst du in den Himmel?«

Ihre dunkelbraunen Augen musterten mich.

»Nicht ablenken«, entgegnete ich leise.

Ich verteilte den feinen Puder am Haaransatz. Es gibt bei weitem angenehmere Unterhaltungen, als sich mit gekränkten Frauen zu streiten. Jahrelange Erfahrung.

»Was hat der gemacht?«

Das war der Kerl mit der zweifachen Oberschenkelfraktur und

dem Genickbruch. Seinem Aussehen nach war er bereits zu Lebzeiten kein Erfolgsmensch gewesen. Um die dreißig, unrasiert, und er lag auf meiner Seite zwischen dem Fahrer und einer der beiden Nonnen. Warum musste es bei Busunglücken eigentlich immer Nonnen treffen?

»Er hat's mit seiner Schwester getrieben und will mir was von Scheiße bauen erzählen.«

Sie legte zornig die Stirn in Falten.

»Du hast sie richtig flachgelegt? Wahnsinn!«

Er johlte wie die beknackten Typen beim Fußball. Dabei pfiff es laut durch seine eingedrückte Luftröhre.

»Hörst du eigentlich zu?«, drang es unter mir vor. »Sie war seine Schwester. Dafür kann er in den Knast kommen, Schätzchen.«

Sie grinste süffisant zu mir rauf.

»Lass ihn doch endlich in Ruhe. Wenn's beiden gefallen hat. Was soll's, wer sie war?«

Das war wieder der röchelnde Dreißiger.

»Du bist doch genauso pervers«, seufzte sie.

Damit meinte sie eindeutig ihn und mich.

»Wieso pervers? Er hat's doch nicht mit 'ner Ziege gemacht, oder?«

Das kam von dem Zwerg in Uniform, der den Bus gefahren hatte.

»Was mischst du dich da ein? Wüsstest du wenigstens, wie man einen Bus fährt, dann wären wir jetzt nicht hier, und ich müsste mich nicht von dem Perversling begrapschen lassen.«

Sie funkelte wieder zu mir hoch.

»Wenn du auf deiner Seite geblieben wärst, Kleines, dann wäre gar nichts passiert«, erwiderte er.

»Willst du mir erzählen, dass du nicht sternhagelvoll warst? Du kurzsichtiger Zausel hast uns mit deinen zwanzig Dioptrin doch gar nicht gesehen.«

Es wurde interessant.

»Das is nich nett von dir, Mädchen. Ich bin noch nie, auch nur ein einziges Mal betrunken am Steuer gesessen«, nuschelte er.

»Ach, ne. Dann ist das auch nicht dein Flachmann?«

Das silbrig schimmernde Streitobjekt lag neben der Schirmkappe des Fahrers und seiner zerbrochenen Brille auf dem kleinen Rolltischchen, neben den Lockenwicklern und dem Haarspray.

»Lasst mich doch alle in Ruhe.«

Er drehte sich von uns weg auf die andere Seite und schloss die Augen.

»Ja, genau. Halt doch endlich die Klappe. Ihr seid doch voll reingekracht«, lispelte es hinter mir.

Das war der Junge mit der Zahnspange. Er war höchstens elf Jahre alt.

»Was weißt du denn schon davon?«

In der Stimme des Mädchens klang ein Hauch von Kummer.

»Ich hab dich gesehen. Du warst mit dem Kopf zwischen den Beinen von dem Typen neben dir. Wo ist der überhaupt?« Er schaute sich suchend im Raum um. »Also ich könnte das gar nicht. Wenn ich beim Fahren nicht raus schau, dann wird mir nämlich kotzschlecht.«

Der Kleine machte das passende Geräusch dazu.

»Der is nicht mal hier«, maulte er.

»Und wenn schon. Euer Fahrer war ein verflucht kurzsichtiger Säufer.«

Mittlerweile fuhr ich mit dem blassrosa Konturenstift zum dritten Mal an ihrer Oberlippe entlang. Wenn sie nicht endlich still wäre, würde ich es nie schaffen eine gerade Linie zu ziehen.

»Wäre es wohl zu viel verlangt, wenn ich Sie bitte, sich etwas ruhiger zu unterhalten?« Das war eine der beiden Nonnen. Die Jüngere. Die andere gab keinen Ton mehr von sich. Sie lächelte bereits Herrmanns Lächeln.

»Immerhin befinden wir uns hier auf unserer letzten Reise, und die sollten wir in Stille antreten«, erklärte sie in demütigem Ton.

»Wieso? Ich meine, wer sagt das denn?«

Das war der Dreißiger.

»Das mit der letzten Reise mein ich. Vielleicht kommen wir schon morgen als Küchenschaben zurück.«

Er lachte gackernd.

»Ach kommen Sie, Schwester, ein kleiner Scherz«, versuchte er die Stimmung zu retten. Aber die Braut des Herrn antwortete ihm nicht mehr. Es schien ihn nicht zu stören.

»Aber ich hab mal was darüber gelesen«, erzählte er unbeirrt weiter. »Einer konnte sich echt daran erinnern, dass er in seinem früheren Leben so ein Jack-the-Ripper-Typ war und massenhaft Weiber um die Ecke gebracht hat. Also das hat den Kerl echt fertig gemacht. Den mussten sie am Ende einsperren. Mit den Händen auf dem Rücken, du verstehst?«

Die Frau im Schleier zuckte zusammen.

»Wie bitte?«

»Na, wie willst du denn heute schon wissen, was du morgen machst?«

»Grundgütiger!«

Sie bekreuzigte sich erschrocken und küsste schnell das Bild der Madonna, das an einer schmalen goldenen Kette um ihren Hals hing.

»Küss mich!«

»Was?«

Ich schaute verblüfft auf das Mädchen unter mir.

»Ich sagte, küss mich. Auch wenn du aussiehst, als wärst du gerade erst zwölf geworden. Du bist der letzte Kerl, den ich sehe, also musst du mir auch meinen letzten Wunsch erfüllen. Küss mich!«

Ich wich vor ihr zurück.

»Warum denn? Du magst mich doch nicht mal«, wehrte ich ab.

»Na und? Ich hab doch wohl keine große Auswahl mehr, oder?«

»Na, jetzt zier dich mal nicht so, Kleiner. Am liebsten würde ich's ja selber machen.«

Der Dreißiger bekam vor Aufregung keine Luft mehr. Ich zuckte mit den Schultern und beugte mich über das fahle Gesicht.

»Also wenn ich es mache, dann hältst du gefälligst die Klappe, ja?«

»Du wirst auch noch früh genug hier liegen, verlass dich drauf.«

Ein Schauer durchfuhr mich. Himmel noch mal, waren die alle empfindlich. Das ganze Theater ging also selbst nach dem Tod weiter. Na, da hatte man doch etwas, worauf man sich freuen konnte.

»Ist an der Sache mit deiner Schwester was dran?«

Der Dreißiger schnappte mittlerweile lautstark nach Luft. Ein bläulicher Schimmer lag auf seinem Gesicht. Dabei grinste er noch immer.

»Herrgott noch mal. Was geht euch das alles überhaupt an?«, schimpfte ich.

Das Ganze wurde mir eindeutig zu persönlich.

»Kein Grund sauer zu werden.«

Seine Hand rutschte vom Tisch. Ohne einen Laut zu verursachen, schwang sie vor und zurück.

»Und jetzt mach schon«, drängte er. »Die Süße wird sonst noch kalt.«

Ich beugte mich über das junge Gesicht. Sie sah mir ohne mit der Wimper zu zucken in die Augen.

»Lass mich bitte nicht aussehen wie eine vertrocknete Jungfer. Tust du mir den Gefallen?«

Ich versicherte ihr, mich darum zu kümmern, ehe ich meine Lippen auf ihre legte.

»Wenn du anfängst, Sauereien mit den Kunden zu machen, dann kommst du mir hier nicht mehr rein.«

Ich zuckte zusammen. Herrmann ließ sich auf den von seinem breiten Hinterteil abgewetzten Hocker plumpsen und schielte misstrauisch zu mir rüber. Er hatte mir einen gehörigen Schrecken eingejagt. Trotz seines korpulenten Erscheinens konnte er sich wie ein Raubtier auf Beutezug vollkommen lautlos anschleichen.

»Ich wollte gar nicht, aber die beiden haben nicht locker gelassen.«

Ich zeigte auf das Mädchen und den Dreißiger, die mit geschlossenen Augen da lagen. Im selben Moment wurde mir bewusst, wie verrückt ich mich anhören musste. Herrmann stützte auch gleich die Hände auf seine Oberschenkel und äffte:

»Aber die haben nich lockergelassen. Sag mal, wie alt bist du eigentlich?«

Er kam zu mir rübergerollt und tippte mit seinem Kosmetikpinsel an meine Stirn.

»Du denkst doch bestimmt, dass du mit deinen zwanzig Jahren ein erwachsener Mann bist, oder?«

Ich nickte.

»Irgendwie schon, ja.«

Er tippte noch einmal. Der Puder rieselte mir in die Augen, die sofort zu tränen anfingen.

»Na also, dann hör auf zu flennen und erzähl mir lieber, was sie gesagt haben.«

Er rollte zurück und deckte den Fahrer mit einem weißen Leinentuch ab.

»Ach, fast hätte ich's vergessen, Lewin.«

Er tippte noch einmal mit seinem Pinsel in meine Richtung, während er sich über den schmächtigen Körper des Jungen beugte.

»Eine Wanda hat angerufen. Sie kommt um halb zwölf am Bahnhof an, und du sollst sie abholen. Also wörtlich hat sie gesagt, dass du bloß nicht zu spät kommen sollst, weil sie dir sonst dein wichtigstes Stück abreißt. Mann, die hat vielleicht 'ne Art zu telefonieren. Ich sag dir. Die is' nich von schlechten Eltern.«

Er lachte vor sich hin. Ich sah auf die Uhr.

»Du hast noch genau zwei Stunden und dreizehn Minuten Zeit, mein Freund. Also nimm dich zusammen und mach die Kleine vor dir erst mal so hübsch, wie sie es verdient. Hast du mich verstanden?«

Ich nickte und tauchte in meinen Gedanken unter. Wanda kam. Bei unserem letzten Telefonat hatte sie nichts davon erwähnt, und es waren auch keine Semesterferien. Ich wurde nervös.

Obwohl ich mich beeilte, war ich kurz nach elf immer noch mit dem Dreißiger beschäftigt. Ihm wollte der gebrochene Kiefer einfach nicht halten. Immer wieder klappte er zur Seite weg.

Ich hantierte seit einer Ewigkeit mit dem dünnen Draht in seinem Mund herum, aber er wollte sich partout nicht schließen. Nachdem ich es zum wiederholten Male vergeblich versucht hatte, die oberen Backenzähne mit den unteren zu verbinden, platzte mir der Kragen.

»Wenn du jetzt nicht endlich die Klappe hältst, dann siehst du morgen aus wie ein verdammter Zombie, und rate mal, wem das dann scheißegal ist!«, schrie ich ihn an.

Herrmann sah erstaunt über die zweite Nonne zu mir herüber. Normalerweise war ich nicht so aufbrausend.

»Ich glaube, du hast genug für heute«, nuschelte er. »Geh und schau zu, dass du die kleine Wilde abholst, bevor sie ihre Drohung wahrmacht.«

»Mensch, Herrmann. Du bist bei der Schwester doch auch noch nicht fertig.«

Es war mir unangenehm, ihn alleine sitzen zu lassen. Er winkte ab.

»Aber fast. Ich schaff das hier schon, keine Sorge. Ich hab das auch schon vor deiner Zeit geschafft.«

Er schob seine runde Nickelbrille von der Nasenspitze zurück auf die Nasenwurzel und blinzelte kurzsichtig. Ich musste grinsen. Er sah aus wie ein überarbeiteter Buchhalter.

»Du hattest aber auch noch nie zuvor so viele auf einmal hier unten liegen. Und du bist auch nicht mehr der Allerjüngste. Was, wenn sie dich zu irgendwelchen Schweinereien überreden?«

»Du nimmst den Mund heute aber ganz schön voll, Bürschchen. Wenn du jetzt nicht sofort verschwindest, nehm ich dich beim Wort und behalte dich bis morgen früh hier. Mal sehen, was deine Freundin dazu sagen wird.«

Ich streckte die Beine durch und fuhr mir mit beiden Händen durchs Haar. Der Rücken schmerzte von der gebückten Haltung. Als ich aufstand, krachte es laut in meiner Wirbelsäule. Mein Bein knarrte.

»Von wegen Freundin«, gähnte ich. »Wanda ist meine Schwester.«

Herrmann sah mich mitleidig an.

»Aber sicher. Und deshalb nennt sie dich auch ihren Prinzen. Das macht ja so ziemlich jede Schwester, die ich kenne.«

Er kicherte und wendete sich erneut seiner Arbeit zu. Wir hatten noch nie über persönliche Dinge gesprochen. Anscheinend wusste er nichts über meine Familie. Da war er einer der wenigen in dieser Stadt. Ich würde das nicht ändern.

»Ich bin dann mal weg«, sagte ich und rannte – was man bei meinen eingeschränkten Möglichkeiten mit rennen bezeichnen konnte – die Straße runter in Richtung Bahnhof. In der Eile hatte ich vergessen, dass ich meinen Wagen direkt vor Herrmanns Haus geparkt hatte.

Es gibt eine spezielle Art von Menschen, die sich das Leben unnötig erschweren, indem sie die Dinge immer noch komplizierter machen müssen, als sie es im Grunde schon sind. Ich gehöre zweifelsfrei zu ihnen.

Als ich verschwitzt durch die Drehtür des Bahnhofgebäudes stolperte, kam sie mir schon lachend entgegen. Ihre langen Haare waren zu zwei dicken Zöpfen geflochten. Sie trug ihre alten Turnschuhe und den langen dunkelroten Rock mit den großen Blumen darauf, den Emma ihr zu unserem letzten Geburtstag geschenkt hatte. Über ihrer Schulter hing eine vollgestopfte Reisetasche. Sie sah wie immer wunderschön aus.

Als ich sie in den Armen hielt, war alles gut. Wir gingen gemeinsam zurück zu Herrmanns Haus, um den Variant zu holen. Wanda hatte sich bei mir untergehakt. Alles war wie immer. Warum hatte ich dieses bedrohliche Gefühl in meinem Nacken? Ich packte ihre Tasche auf den Rücksitz.

»Warst du etwa bis jetzt da drin?«, fragte sie mit einem Seitenblick auf das Haus.

Ich nickte. Wanda stieg in den Wagen.

»Ich werde nie begreifen, wie du das tun kannst.«

Ich ließ den Motor an und fuhr los.

»Es ist schön, wieder hier zu sein«, flüsterte sie.

Wanda beugte sich zu mir rüber und lehnte ihren Kopf an meine Schulter. Hier stimmte etwas nicht. Aber ich scheute mich davor, sie nach dem Grund zu fragen. Zu Hause angekommen hielt ich den Wagen an und wollte aussteigen, aber Wanda hielt mich zurück.

»Lea. Ich gehe nach New York.«

Das war sie. Die Bombe, die seit Wandas Anruf über mir schwebte. Jetzt war sie mit einem riesigen Knall explodiert. Ich drehte mich zu ihr um und suchte nach dem Grinsen in ihrem Gesicht, welches mir erklären würde, dass sie mich auf den Arm nahm, aber ich konnte es nicht finden.

»Was?«, fragte ich.

»Sie haben mich angenommen.«

Wanda schaute mich an, als müsste ich jetzt in Jubelrufe ausbrechen, aber das konnte ich nicht. Ich saß immer noch wie vom Donner gerührt, und wäre die ganze Welt um mich herum zusammengestürzt, ich hätte es nicht bemerkt. Meine eigene lag nämlich bereits in Trümmern. Ich suchte nach einer Antwort.

»Warum, Wanda?«, fragte ich.

»Warum die mich haben wollen?«

Wanda machte ein erstauntes Gesicht. Mein Kopf drehte sich wie in Zeitlupe von links nach rechts.

»Unsinn. Warum willst du unbedingt dorthin?« Ich starrte auf das Armaturenbrett. »Ist Wien nicht weit genug? Warum muss es unbedingt Amerika sein? Die sprechen dort nicht mal unsere Sprache.«

»Lea. Du weißt doch, dass ich mir das schon immer gewünscht habe.«

Wanda sprach jetzt ganz leise. Sie wusste, wie weh sie mir tat. Meine Hände umklammerten das starre Lenkrad des alten Variant, als gelte es, einen Erzfeind zu erwürgen.

»Verdammt, Wanda. Das ist so weit weg.«

»Wir telefonieren. Jeden Tag.«

»Verdammt.«

»Kannst du dich denn gar nicht ein bisschen mit mir freuen?«

Ich starrte weiter geradeaus. Mein Mund verzog sich zu einem eigenartig steifen Lächeln, aber mir standen Tränen in den Augen.

»Lea, bitte. Lass mich gehen. Bitte.«

Sie drehte mein Gesicht zu sich. Mir liefen bereits Tränen über die Wangen. Mir lag nichts daran, sie zurückzuhalten. Ich schluckte schwer. Meine Stimme klang kratzend.

»Könnte ich dich daran hindern?«, fragte ich.

Sie nickte.

»Das weißt du ganz genau. Aber ich bitte dich, tu es nicht.«

Wanda strich mit beiden Händen über meine Wangen und wischte die feuchten Spuren weg.

»Weich wie ein Babypopo. Du rasierst dich immer noch nicht, was?«

Jetzt musste ich wirklich lachen.

»Da ist doch nichts. Weißt du doch.«

Ich zog sie ganz nah an mich und hielt sie fest.

»Ich werde dich schrecklich vermissen.«

»Ich muss da einfach hin, Lea«, flüsterte sie. »Ich muss.«

Ich nickte stumm. Was hätte ich sagen sollen?

20

Zwei Wochen später war sie weg. In einem fremden Land. In einer riesigen, mir unbekannten Stadt mit Millionen fremder Menschen, und noch dazu war zwischen uns dermaßen viel Salzwasser, dass ich es mir unmöglich in seinem tatsächlichen Ausmaß vorstellen konnte.

Maud hatte Wandas Abreise nicht einmal mitbekommen. Nach dem Tod ihrer Tochter hatte sie keine Zeile mehr geschrieben. Stattdessen saß sie in ihrem Zimmer und unterhielt sich, wenn überhaupt, mit sich selbst.

Sie hörte nicht auf, immerfort die gleichen Geschichten zu erzählen. Geschichten aus ihrer Jugend und aus Elisabeths Kindertagen. Sie sprach von glücklichen Zeiten. Die Gegenwart interessierte sie nicht mehr.

Von ärztlicher Seite wurde uns angeraten, sie in ein Pflegeheim zu geben, aber das kam nicht in Frage. Maud Lewin blieb da, wo sie hingehörte.

Ich war mit Maud und Emma allein. Eine schreckliche Zeit, in der ich Emma und Albert verständlich machen musste, warum sie nicht mehr im gleichen Zimmer, sprich im gleichen Bett übernachten sollten.

Mir war aufgefallen, dass, nachdem die beiden in Emmas Zimmer verschwunden waren, das sonst übliche kindliche Lachen und Schreien fehlte.

Natürlich kam ich nicht selbst darauf, sondern ich erwähnte es beiläufig am Telefon, und Wanda meinte, ob ich mir nicht vorstellen könnte, was diese Ruhe bedeuten könnte. Da wurde mir diese Möglichkeit zum ersten Mal bildhaft bewusst.

Emma war meine kleine Schwester. Die Betonung lag hierbei auf *klein*. Es traf mich wie ein Regenschauer aus wolkenlosem

Himmel, dass sie sich schon im Alter von vierzehn Jahren mit Geschlechtsverkehr beschäftigen könnte. Albert Cronen, dieser kleine Dreckskerl.

Ich kann nicht behaupten, dass ich ein ausgesprochenes Gespür für den richtigen Zeitpunkt oder die hierfür angebrachten Worte besaß, aber ich stellte mich meiner Aufgabe und betrat eines Tages unaufgefordert Emmas Zimmer.

Sie und Albert saßen auf dem Bett. Der große Junge hatte die Augen geschlossen, und Emma hielt ihren Zeigefinger und den Mittelfinger ihrer linken Hand an seine Stirn. Als ich so unvermittelt hereinplatzte, sah meine Schwester verwundert zu mir auf.

»Hast du nicht eine Kleinigkeit vergessen?«, flüsterte sie.

Ich stellte mich dumm.

»Was meinst du?«

Emma legte den Kopf zur Seite, und ihr Blick verriet mir eindeutig, dass sie mich durchschaute.

»Die gegenseitige Hochachtung und der damit verbundene Respekt fordern, dass du zuerst anklopfst, bevor du ein Zimmer betrittst, das definitiv nicht dein eigenes ist. Schon vergessen?«

»Ach das. Hab ich nicht gemacht, was?«

Emma schüttelte betont vorwurfsvoll den Kopf.

»Nein. Hast du nicht«, sagte sie.

Sie lehnte ihren Kopf an Alberts Schulter. Ein schmaler Schatten wanderte an der Wand entlang und setzte sich interessiert auf den hinteren Bettpfosten.

»Was willst du, Lea?«, fragte sie.

Jetzt steckte ich in der Klemme. Denn ich hatte mir vorher nicht im Geringsten überlegt, was ich sagen würde, wenn die Situation, in der ich die beiden überraschen würde, nicht im Mindesten so verfänglich sein würde, wie ich sie mir in meiner überspannten Erziehungsberechtigtenphantasie ausgemalt hatte.

Ich musste genauso ausgeschaut haben, wie ich mich fühlte, nämlich ausgesprochen geistlos. Die beiden Teenager warteten eine Weile, aber als mir absolut nichts einfiel und ich nur ratlos mit den Schultern zuckte, konnte Emma nicht mehr länger an sich halten.

»Du hast gedacht, wir machen Schweinereien. Hab ich Recht?«, wisperte sie.

Wie gern wäre ich jetzt wieder draußen gewesen. Gott, war das peinlich.

»Lass mich raten«, fuhr sie fort. »Du dachtest bestimmt, wir hätten …«

Sie machte eine dramatische Pause.

»Sex!«

Ich musste mich verteidigen und wählte in der Eile eine zugegeben plumpe Strategie, die ausgesprochen selten zum gewünschten Erfolg führt. Ich stellte mich blöd und versuchte mich rauszureden.

»Wie kommst du denn auf so was?«, begann ich. »Ich wollte nur …«

Emma unterbrach mich.

»Du wolltest lediglich ein wenig im Intimleben deiner Schwester schnüffeln, in dem du aber auch rein gar nichts zu suchen hast. Ist es nicht so, Bruder?«

Ich fuhr mir nervös durchs Haar und versuchte es mit einem Grinsen.

»Es tut mir leid, Emma. Ich glaube, das war jetzt wirklich scheiße.«

Emma nickte ernst. »Ja, genau«, stimmte sie mir zu. »Das trifft es ziemlich gut, mein Schatz.«

Ich drehte mich um und wollte gehen, aber Emma war noch nicht fertig.

»Sag Wanda, dass ich mittlerweile weiß, wie das mit den Blumen und den Bienen funktioniert, und sie soll sich keine Sorgen machen. So weit sind wir nämlich noch nicht.«

»Also, ich schon«, ertönte es im Brustton der Überzeugung. Emma nahm Alberts schmales Gesicht in beide Hände.

»Du bist so weit, wenn ich es auch bin, verstanden?«, entschied sie.

Es bot sich mir die Chance, unbemerkt zu verschwinden. Die

Tür schloss sich hinter mir. Ich hatte sie nicht zugezogen. Was hatte ich mir nur dabei gedacht? Emma war ein Teenager. Niemand hätte ihr noch etwas beibringen können.

Eine Stunde später war ich mit Großmutters Abendessen in den Händen auf dem Weg in deren Zimmer. Ich stellte das Tablett auf dem Schreibtisch ab und zog die Vorhänge auf.

Das warme Licht der untergehenden Sonne durchdrang den Raum innerhalb eines Bruchteiles einer Sekunde. Ich blieb an der Balkontür stehen und sah in den sommerlichen Garten. Alles dort draußen war so vollkommen, dass es mir vor Bewunderung ganz warm im Bauch wurde. Manche Dinge waren von Natur aus so wunderschön, dass einen das Gefühl überkommt, so viel Schönheit fast nicht ertragen zu können. Ich holte tief Luft, so als könnte ich dadurch einen Teil der Vollkommenheit in mich einatmen.

Maud wippte mit geschlossenen Augen vor und zurück. Um ihren Mund spielte dieses Lächeln, von dem ich noch immer nicht wusste, woher es kam. Ich zog den schweren Sessel vom Schreibtisch zum Schaukelstuhl und setzte mich ihr mit dem Tablett auf den Knien gegenüber.

»Maud?«

Vor und zurück.

»Heute bin ich leider zu nichts anderem gekommen. Rahels Fahrrad ist kaputt, und ich musste erst sie zur Uni und danach Emma ins Konservatorium fahren. Sie hat doch morgen dieses Konzert, bei dem furchtbar wichtige Musikmenschen da sein werden, und musste noch mal mit dem ganzen Orchester ran. Du hättest sie sehen sollen. Sie war noch nie so aufgeregt, das kann ich dir sagen.«

Ich pustete kurz über den dampfenden Haferbrei, der zäh vom Löffel tropfte.

»Findest du nicht auch, dass ihre Röcke ein ganzes Stück zu kurz sind?«, fragte ich. » Ich weiß, dass wir das gleiche Thema schon damals bei Wanda durchgekaut haben, aber Wanda war immerhin schon sechzehn. Ich weiß wirklich nicht, warum die Mädchen es mit dem Erwachsenwerden so eilig haben.«

Maud nickte vor und zurück. Ich wertete es als Zustimmung.

»Auch weiß ich wirklich nicht, ob ich das alles richtig mache. Das mit Emma meine ich. Sie kommt mir älter vor als ich selbst. Du kannst dir nicht vorstellen, was sie jetzt schon wieder mit Albert macht. Sie versucht doch tatsächlich seine Gedanken zu lesen. Der arme Kerl weiß gar nicht mehr, was er denken darf und was nicht.«

Die Temperatur schien jetzt zu stimmen.

»Probierst du es wenigstens?«, fragte ich und führte den Löffel bis kurz vor Mauds Mund. Ich hielt abrupt inne. Maud Lewin sah mich an. Kein Vor und kein Zurück mehr. Mit ihrem durchdringend dunkelblauen Blick sah sie mir direkt ins Gesicht.

Ich saß wie erstarrt. Der Löffel fiel in den zähen Brei zurück, wo er langsam unterging. Maud fuhr sich mit der Hand übers Gesicht, als würde sie einen Schleier lüften.

»Hole Wanda nach Hause«, sagte sie.

»Bitte?«, fragte ich zurück.

»Hol sie heim.«

Großmutter griff nach meiner Hand.

»Ich sterbe bald, mein Junge. Also tu es schnell.«

Da war es wieder. Diese erschreckend offene und dabei völlig unpreziöse Art und Weise, sein Gegenüber bis ins Mark zu erschüttern. Maud Lewin hatte es nach zwei Jahren Pause sofort geschafft, dass in meinem Gehirn absolute Funkstille herrschte.

»Aber warum willst du jetzt sterben, Maud?«

Ich verstand sie einfach nicht. Maud neigte ihren Kopf geduldig zur Seite und erklärte es mir.

»Es hat nichts damit zu tun, ob ich es will oder nicht«, sagte sie. »Es wird einfach passieren, und das ist gut so. Ich bin alt, Lea. Es wird Zeit für mich.«

Hätte ich mit ihr streiten sollen?

In unsere Freude über Mauds Wiederauferstehung mischte sich drückend schwere Wehmut angesichts des nahenden Abschieds. Maud hingegen blühte noch einmal richtig auf. Sie verließ endlich ihr Zimmer, und wir machten wie früher ausgedehnte Spaziergänge über die Hügel. Es war ein wunderbarer Sommer.

Johannes rief mindestens einmal die Woche an, um sich nach uns zu erkundigen. Wir sahen ihn nur noch drei- bis viermal im Jahr. Er hatte die Stadt verlassen, erneut geheiratet und war drei Monate später wieder geschieden. Wir alle versuchten auf unsere Weise mit der Trauer umzugehen.

Eines Morgens kam Maud nicht aus ihrem Zimmer. Als ich die Türklinke niederdrückte und die Tür sich wie von selbst öffnete, wusste ich es. Sie lag in ihrem Bett und sah unbeschreiblich zufrieden aus.

»Lea«, sagte sie. »Sei so gut und rufe die anderen. Ich möchte mich verabschieden.«

Unsere Großmutter lag mit rosigen Wangen in den dicken weißen Kopfkissen. Sie sah so lebendig aus, dass nichts unwirklicher schien als der Gedanke an den Tod. Emma kniete neben Maud auf dem Bett. Sie strich liebevoll über deren graues Haar.

»Gibt es jetzt keine Geschichten mehr, Maud Lewin?«

Ein Schatten huschte über das alte Gesicht.

»Im Leben ist es wie im Märchen, mein Liebling«, entgegnete Maud nachdenklich. »Manchem bringt es das, was er sich ersehnt, und manch einem von uns offenbart es Dinge, von denen wir nicht einmal wussten, dass es sie überhaupt gibt. Du wirst dir deine eigenen Geschichten erzählen. Du bist wahrlich wundersam, Emma Lewin. Lass dir von keinem etwas anderes erzählen.«

Sie richtete sich auf und blickte suchend in die Runde.

»Wanda? Bist du hier?«

Wanda griff nach Mauds Hand.

»Aber natürlich«, sagte sie. »Wie könnte ich deinen Befehl missachten?«

Unsere Großmutter sank kichernd zurück in die Kissen.

»Du warst schon immer das frechste Kind, das ich in meinem

ganzen Leben getroffen habe«, sagte sie. »Aber auch eines der ehrlichsten. Wenn du noch eine Frage an mich hast, Schatz, dann beeile dich und frage mich jetzt. Morgen kann ich dir nicht mehr antworten.«

Wanda sah zu Boden. Ihre Locken verdeckten ihr Gesicht, als sie sagte: »Hört das irgendwann einmal auf?«

Maud Lewin legte den Kopf zur Seite.

»Was meinst du?«, erkundigte sie sich.

»Na, dieses dauernde Kommen und Gehen.«

Es dauerte eine Weile, ehe Wanda ihre Antwort bekam.

»Ich weiß es nicht.«

Wanda blickte ihre Großmutter ungläubig an. Maud grinste über das ganze Gesicht.

»Nein«, sagte sie. »So sehr es mich auch wurmt, das zugeben zu müssen. Ich weiß es wirklich nicht.«

Wanda lachte laut auf und küsste die alte Frau dankbar auf die Wange. Jetzt war ich an der Reihe. Ich fühlte mich nicht besonders wohl in meiner Haut, denn wenn Maud Lewin mir etwas zu sagen hatte, dann war das selten etwas Angenehmes.

»Und nun zu dir, mein Prinz«, begann sie unheilvoll. »Ich sage dir nur so viel: Zwar kannst du nur selten alles haben, was du willst, aber verlange alles, und dann sieh zu, was man dir gibt. Du wirst vielleicht überrascht sein.«

Ihre schmale Hand strich mir sanft über die Wange, und ich erkannte den sorgenvollen Ausdruck auf ihrem Gesicht, mit dem sie mich schon mein ganzes Leben angesehen hatte.

»Du wirst alles aufschreiben müssen«, sagte sie.

Ich war irritiert.

»Ich bin kein Schriftsteller, Maud«, wehrte ich ab.

Sie legte die Stirn in strenge Falten.

»Woher willst du das wissen? Hast du es etwa schon ausprobiert, ohne mir etwas zu sagen?«

Sie strich mir mit ihrer Hand durchs Haar und griff dann fest zu. Es tat weh und mir traten sofort Tränen in die Augen, sodass ich blinzeln musste. Sie zog mich zu sich herunter und schaute mich fest an.

»Dann wirst du eben einer«, sagte sie. »Niemand entgeht seiner Bestimmung, Leander Lewin. Selbst du nicht.«

Ich nickte, wenn auch nur, damit sie mich losließ. Mauds Aufmerksamkeit richtete sich daraufhin auf Jules und Rahel.

»Euch beiden sage ich nur soviel: Hört endlich damit auf, euch das Leben noch schwerer zu machen als es ohnehin schon ist.«

Jules beugte sich zu Maud hinunter, und wir konnten hören, wie er leise zu ihr sprach: »Geh noch nicht, Maud. Geh jetzt noch nicht.«

Maud nahm sein Gesicht in ihre Hände.

»Halte mich nicht fest, mein Liebling«, sagte sie. »Es wäre einfach nicht meine Art, hier herumzuspuken. Ich weiß, dass meine Zeit gekommen ist. Das weiß ich ganz sicher.«

Mit diesen Worten schloss sie die Augen und ging.

Wir alle saßen noch lange an Mauds Bett, und erst, als der Letzte von uns begriffen hatte, dass wir ab heute uns selbst überlassen waren, stand ich auf und ging zum Schreibtisch hinüber. Ein unberührter Stapel weißer Blätter lag dort. Es war mir, als warteten sie. Maud Lewin hatte an alles gedacht.

Ab dem Tag von Mauds Abschied herrschte eine Woche lang richtiges Mistwetter. Das ist der einzig passende Ausdruck für das, was sich Tag und Nacht über uns ergoss.

Ich stand im Kreise meiner Geschwister auf Mauds Balkon, und der herunterprasselnde Regen wusch uns ihre Asche von den Händen. Maud und Elisabeth Lewins Namen standen jetzt beide auf dem Grabstein inmitten der verzauberten kleinen Wiese im Eichenwald. Der bemooste Grabstein meiner Familie sah den drei übrigen schon sehr ähnlich.

Bis tief in die Nacht saßen wir beisammen und erzählten uns Geschichten aus der Vergangenheit. Es war keiner mehr da, der uns hätte berichtigen können, und das war auch nicht wichtig. Ob sich alles tatsächlich genauso zugetragen hatte? Wen interessierte das schon?

»Jules, lass das!«, rief Emma lachend. »Himmel noch mal, immer muss er diese ollen Kamellen ausgraben!«

Jules dachte gar nicht daran aufzuhören. Er erzählte die Geschichte zum wohl tausendsten Mal. Als Fünfjährige hatte sich Emma in den Kopf gesetzt, sie müsse fliegen. Jeder mickrige Vogel konnte es, wieso also nicht auch Emma Lewin? Sie hatte sich damals fast umgebracht. Wäre Jules nicht da gewesen, um sie aufzufangen, als sie mit ihren engelhaften Gazeflügeln vom Dach schwebte, hätte sie sich mit Sicherheit ihren starrsinnigen Hals gebrochen. Nach fünf Wochen wurde Jules der Gips abgenommen. Er hatte Glück gehabt. Sein rechter Unterarmknochen war glatt durchgebrochen.

»Die haben damals vergessen, seinen Kopf zu untersuchen«, überlegte ich. »Vielleicht hätten sie da etwas Interessantes finden können.«

Jules warf den Korken der Rotweinflasche nach mir, die er gerade geöffnet hatte. Ich glaube heute noch, dass es in seinem Kopf anders aussieht als in anderen. Aber die Ignoranten hatten nicht nachgesehen.

Es wollte keine rechte Trauer aufkommen. Wir fühlten uns wie die Kinder von früher. Wie oft hatte uns Maud erklärt, der Tod sei lediglich ein weiterer Schritt auf unserem Weg. Es schien, als hätten wir alle etwas dazugelernt. Vielleicht lag es aber auch nur am Wein, oder hatten wir uns an den Tod gewöhnt? Egal wo der Grund auch zu finden sein mochte, ich bin mir sicher, Maud Lewin hätte es gefallen.

Der Mond schien hell in jener Nacht. So hell, dass ich dachte, ich könnte unmöglich einschlafen. Aber kaum hatte ich mein Bein abgeschnallt und mich ausgestreckt, übermannte mich bleierne Müdigkeit.

Ich wurde wach, weil sich etwas neben mir bewegte. Ich suchte unter meinem Kopfkissen nach dem kleinen Wecker, den ich abends immer tief darunter schob. Er riss mich an jedem Morgen mit einem Ruck aus dem Schlaf. Wie ich dieses aufdringliche Ding verabscheute. Ich sah auf das grünleuchtende Zifferblatt. Es war halb vier morgens.

Ich drehte mich zur Seite und erkannte Wanda. Sie lag zusammengerollt neben mir. Zwischen ihren Fingern hielt sie eine Falte meiner Pyjamahose. Vorsichtig, um sie nicht zu wecken, rückte ich näher an sie heran. Ich legte meinen Arm um sie und vergrub mein Gesicht in ihren Haaren. Wandas ruhiger Atem schläferte mich schnell wieder ein.

Ich war gerade in dem Zustand, den man auch als Prädormitium bezeichnet und an den sich der orthodoxe Schlaf anschließen wollte. Das wusste ich deshalb, weil mich Rahel mit diesem Thema vor ihrer Semesterprüfung fast in den Wahnsinn getrieben hatte. Einfacher ausgedrückt, war ich gerade wieder im Begriff, einzuschlafen, als Wanda meine Hand nahm. Ihre Finger legten sich sanft um meine und zogen mich über ihren Bauch hinunter zwischen ihre Beine. Ich kannte diesen Ort. Mein gesamter Körper sprang sofort auf ihre Berührung an, und ich brauchte mich nur ein wenig nach vorne zu beugen, um mit geschlossenen Augen Wandas Lippen zu finden. Ich spürte ihre warmen Hände auf meinem Rücken und den Druck ihrer Beine an meinen Hüften. Himmel noch mal, wer hätte in so einem Moment schon denken können? In jener Nacht sprachen wir nicht miteinander. Wir liebten uns ohne vorherige Diskussionen und ohne schlechtes Gewissen. Als ich am nächsten Morgen erwachte, war sie fort.

21

Nun lebten nur noch Emma und ich in dem großen Haus, das früher von lauten Stimmen und Musik geradezu überfüllt schien. An manchen Tagen war es so still, dass ich es nicht aushalten konnte. Dann fuhr ich hinunter in die Stadt. Ab und zu ging ich ins Kino. Manchmal setzte ich mich in ein Café und verbrachte Stunden über einem Bier oder einer Tasse Kaffee. Dabei kritzelte ich ein paar Wörter und mitunter ganze Sätze auf die Tageszeitung oder eine vergessene Rechnung. Ich ließ es immer liegen. So sehr ich auch Mauds drängende Stimme in mir hörte, ich würde auf keinen Fall anfangen zu schreiben.

Hin und wieder verbrachte ich Abende mit Kerlen, die ich danach ohnehin nicht mehr sehen wollte. Mich interessierten weder ihre Namen noch ihre Gesichter. Ich war tot.

Wenigstens hatte ich noch meine Arbeit bei Herrmann Weinberg, und wenn er mich nicht auf seine ganz spezielle Art und Weise entlassen hätte, wäre ich bestimmt heute noch bei ihm, und alles wäre anders gekommen. Gestern hätte ich mir das vielleicht gewünscht. Heute nicht mehr.

Es war gegen acht an einem Mittwochabend. Herrmann war damit beschäftigt, die kleinen schwarzen Gardinen in seinem Firmenwagen zurechtzuzupfen. Er gebrauchte niemals das Wort Leichenwagen.

Er hatte seine Körpermasse in das Innere des Wagens gezwängt und sorgte nun dafür, dass jede der steifen Stofffalten exakt im gleichen Abstand neben der nächsten hing. Er legte großen Wert auf ein gepflegtes Erscheinungsbild. Bei sich selbst wie bei seinem beruflichen Werkzeug.

Er wollte, dass sich die Hinterbliebenen bei seinem Erscheinen sicher sein konnten, dass er sich respektvoll um den Verblichenen kümmern würde. Er meinte, der Tod sei erschütternd genug, da müsste er nicht auch noch als schwarz gewandeter Helfershelfer vom Sensenmann auftreten und zusätzlich Furcht und Schrecken verbreiten. Ich war mir nicht sicher, ob das an der ganzen Sache etwas änderte.

Ich fuhr gerade noch einmal mit dem Leder über die verchromten Scheinwerfer, als sich Herrmann aus dem Wagen herauswand. Sichtlich zufrieden stand er vor seiner Arbeit. Er nahm seine Brille ab und bearbeitete die Gläser umständlich mit einem Zipfel seines Hemdes. Immer wieder hielt er sie prüfend vor seine kritisch zusammengekniffenen Augen.

»Was hast du heute Abend noch vor?«, fragte er.

Ich blickte erstaunt über die blitzende Kühlerhaube zu ihm rüber.

»Meinst du mich?«

»Ja, klar, mein ich dich. Wer ist denn sonst noch da?«

Ich zuckte mit den Schultern.

»Ich weiß nicht. Vielleicht schau ich mal, was im Fernsehen kommt.«

»Ist das dein Ernst?« Er blinzelte ungläubig zu mir rüber. »Ein junger Kerl wie du sitzt abends auf dem Sofa rum?«

Ich konnte ihm ja schlecht erzählen, dass ich mich besaufen würde, bis ich selbst meinen eigenen Namen nicht mehr wusste. Ich zuckte wieder mit den Schultern und polierte weiter den Wagen. Wir hatten für den kommenden Morgen einen Termin, und da musste das gute Stück perfekt aussehen. Herrmann konnte es anscheinend noch immer nicht fassen.

»Ich dachte Kerle in deinem Alter wären ständig unterwegs, flirten mit jedem Mädchen, das ihnen über den Weg läuft und machen die Nächte durch.«

Der machte mir vielleicht Spaß. Sah ich vielleicht aus wie andere Kerle?

»Wo hast du das denn gelesen?«, warf ich zurück.

Mit aufmerksamem Blick ging ich ein letztes Mal um den Wagen herum. Er war perfekt.

Ich setzte mich auf die Kühlerhaube.

»Wenn das, was du gerade gesagt hast, normal ist, und wenn ich das nicht so mache, was bin ich dann?«

Herrmann legte die Stirn in Falten.

»Ein Langeweiler«, überlegte er.

Er hatte mich durchschaut. Ich drückte ihm das Fensterleder in die Hand.

»Und wenn ich ein Langeweiler bin, was bist du dann?«

Er machte den Eindruck, als hätte ich ihn beim Beichten erwischt.

»Ich? Wieso ich?«

»Warum nicht du? Was machst du denn schon, wenn du nicht gerade einen Kalten unter den Fingern hast?«

Herrmann zwinkerte nervös und schaute zu Boden. Ich verschränkte die Arme vor der Brust. Er nahm seine Brille ab und bog sie beherzt auseinander, um sie daraufhin gleich wieder aufzusetzen. Er wirkte wie ein kleiner Junge in zu kurzen Hosen.

»Nichts«, antwortete er.

»Was meinst du mit nichts?«

»Na, nichts eben.«

»Du nimmst mich auf den Arm. Ich meine, das geht doch gar nicht, dass du gar nichts machst. Irgendwas macht man doch immer. Klar sind das nicht immer die wildesten Geschichten, aber man macht doch irgendwas.«

»Ich nicht.«

»Du wirst mir unheimlich.«

»Das muss ein Lewin grad sagen.«

»Was?«

»Na, die Geschichten über euch kennt doch jeder.«

»Ich weiß.«

Irgendwann musste er ja damit anfangen.

»Aber du bist auch nicht gerade ein Unbekannter«, sagte ich.

»Wie meinst du das?«

Seine Augen zwinkerten wieder.

»Ich sage nur vier Tage. Mensch, Herrmann. Wieso hast du das gemacht? Vier Tage lässt du doch sonst auch keinen liegen.«

»Manche Dinge brauchen eben ihre Zeit«, antwortete er.

Das klang, als hätte er einen Grundkurs in Diplomatie absolviert.

»Ganze vier Tage?«

Er sah mich noch zwei Sekunden an, dann begann er das Fensterleder zusammenzufalten. Eine Ecke perfekt auf die andere. Wir hatten genug geredet.

Um halb zehn am nächsten Morgen parkte ich den Variant vor Herrmanns Haus. Ich stieg aus und versuchte trockenen Fußes und unverletzt die Haustür zu erreichen, was in Anbetracht der Witterung keine einfache Sache war.

Es war Anfang April und so kalt, dass sich der Regen, der in wahren Strömen vom Himmel fiel, bei seinem Auftreffen auf dem gefrorenen Erdboden sofort in eine alles überziehende Eisdecke verwandelte.

Bei solchem Wetter in ein Auto zu steigen war ausgesprochen selbstmörderisch, aber wer schon einmal versucht hat, sich mit einem Holzbein auf spiegelglattem Untergrund fortzubewegen, der kann meine Entscheidung, doch lieber den Wagen zu nehmen als einen schmerzhaften Bruch zu riskieren, sicher verstehen.

Ich hatte es im Schneckentempo und von einem Randstein zum anderen rutschend, ohne dabei ein geparktes Fahrzeug ernstlich zu rammen, bis vor Herrmann Weinbergs Haus geschafft, war ausgestiegen und klatschnass an dessen Haustür angekommen.

Da stand ich. Niemand reagierte auf mein penetrantes Klingeln, und auch mein Rufen wurde ignoriert. Ich spürte kalte Tropfen über meinen Nacken und in meinen Hemdkragen rinnen. Mistwetter. Ich lehnte mich fluchend gegen die Tür. Sie gab nach, so dass ich rücklings ins Haus stolperte. Noch nie zuvor war diese Tür unverschlossen. Herrmanns größte Angst war es nämlich von jeher, dass man bei ihm einbrechen könnte.

Ich hatte noch nie davon gehört, dass jemand in ein Bestattungsunternehmen eingebrochen wäre. Ich meine, was außer totem Gebein hätte man dort schon holen können? Aber Herrmann war geradezu von der Vorstellung besessen, dass er sich vor dem Diebesgesindel dort draußen schützen müsste. Das war genau der Ausdruck, den er gebrauchte. Diebesgesindel. Du meine Güte, nicht einmal Maud hätte ein so altes Wort benutzt.

Ich hatte schon den ganzen Morgen ein schlechtes Gefühl wegen der Sache, über die ich mich am vergangenen Abend mit Herrmann unterhalten hatte. Was hatte ich mich in sein Leben einzumischen? Ich hätte besser meinen Mund gehalten.

Ich ging den schmalen Flur entlang und sah in die Küche. Alles war ordentlich aufgeräumt und wirkte dadurch absolut falsch. Üblicherweise sah es hier anders aus. Herrmann benutzte ausschließlich Pappteller und Plastikbecher. Diese wiederum stapelte er zu mannshohen Türmen auf – und erst, wenn er wirklich keinen Platz mehr fand, an dem er seinen Unrat hätte abstellen können, dann holte er einen der schwarzen Müllsäcke aus dem Keller, und der ganze Kram verschwand innerhalb von Minuten aus dem Haus.

Für ihn war das die gezielteste Art und Weise, um Ordnung und Sauberkeit schnell und mit dem kleinstmöglichen Aufwand wiederherzustellen. Eine Putzfrau wäre ihm nie ins Haus gekommen, eben wegen der zwanghaften Vorstellung, ein jeder hätte es auf sein Hab und Gut abgesehen. Die verkorkste Erziehung seiner Eltern hatte zu einhundert Prozent gewirkt. Herrmann Weinberg vertraute niemandem.

Ich ging weiter zur Kellertreppe. Dort rief ich hinunter, bekam aber keine Antwort. Als ich die Hintertür zur Werkstatt öffnen wollte, hielt sie meinem Druck stand. Sie war verschlossen. Der Schlüssel steckte nicht wie sonst im Schloss, also rief ich noch einmal. Wieder keine Antwort.

Ich drehte mich um und betrat das Wohnzimmer. Hier stand alles an seinem gewohnten Platz. Der schwere, achtarmige Kronleuchter hing wie immer reglos über dem schwarz glänzenden Flügel, und Herrmanns Eltern blickten goldgerahmt und ausdruckslos wie eh und je aus dem Fenster über den Vorgarten auf die Straße hinaus. Ich folgte ihrem Blick.

Da sah ich ihn. Draußen vor dem Fenster. Seine Hände lagen mit den Innenflächen flach an seinen Oberschenkeln, und sein Rücken war kerzengerade durchgestreckt, ebenso wie die Beine. Eine Linie bis hinunter zu den Schuhen. Er bewegte sich nicht.

Die goldene Brille war ihm bis auf die Spitze seiner knubbeligen Nase gerutscht, und seine kleinen blauen Augen sahen gutmütig wie immer zu mir herein. Ich ging zum Fenster und schaute ihn an. Er war von oben bis unten von einer feinen Eisschicht überzogen, genauso wie der Strick, an dem er hing.

Er wirkte völlig gelassen und entspannt, so, als wäre er mit sich zufrieden. Die Regenrinne bog sich bereits V-förmig über seinem Kopf. Offensichtlich hatte er dieses Problem bedacht, denn sie war in regelmäßigen Abständen von circa einem Meter zu beiden Seiten hin mit schweren Holzpfählen abgestützt. Pfähle, wie man sie verwendet, um im Spätsommer die Äste der schwer tragenden Obstbäume zu stützen, wenn sie unter der Last ihrer eigenen Früchte zusammenzubrechen drohen.

Ich drehte mich um und wollte zurück in den Flur, dahin, wo das Telefon stand. Ich wusste gar nicht recht, wen ich anrufen sollte, aber was ich genau wusste, war, dass ich zu diesem Telefon musste. Da fiel mein Blick auf einen schmalen, mit meinem Namen versehenen Briefumschlag, der mitten auf dem glänzenden Flügel lag. Es war einer von den unscheinbar grauen Umschlägen, in denen Herrmann die Rechnungen für seine geleisteten Dienste an seine Kunden überreichte.

Ich nahm ihn an mich und zog einen grauen Bogen Papier heraus. Oben in der Mitte glänzte das Firmenzeichen der Familie Weinberg in Gold. Es machte einen verwaisten Eindruck. Es gab jetzt niemanden mehr, zu dem der Name gehörte.

Auf dem Papier standen nur wenige Worte. Ich las, was Herrmann mir in seiner kindlichen Handschrift hinterlassen hatte:

»Es gehört alles dir«, stand da. »P.S.: Leichenbestattung ist ein krisensicheres Gewerbe, aber vier Tage sind wirklich zu lang! Hochachtungsvoll, Herrmann Weinberg, jr.«

Ich blickte von dem Schreiben auf und starrte ihn an. Er schaute noch immer in absoluter Unschuld zu mir herein. Ich drehte mich um und betrachtete die leblose Fotografie auf dem Flügel. Die alten Weinbergs sahen aus wie immer. Aber ich hätte schwören können, dass sie kurz zuvor gelächelt hatten.

Ich hätte meine Seele dafür verwettet, dass an dem Gerede über Herrmann kein Wort stimmte. Ich steckte den Brief in meine Hosentasche. Die Wette hatte ich verloren.

Als ich nach Hause kam, saß Emma auf der Treppe. Auf ihrem Schoß lag Wagner. Emmas Finger strichen liebevoll über das getigerte Fell des alten Katers. Sein struppiger Schwanz stand starr von seinem Körper ab. Emma sah zu mir auf, und in ihren Augen schimmerten Tränen.

»Jetzt auch noch er«, flüsterte sie.

Ich setzte mich neben sie. Alles um uns herum verschwand. Wie bei einem dieser Spiele, bei denen am Ende nur einer übrig bleibt. Ich zog sie an mich und hielt sie fest.

Ich beerdigte Wagner im Totenwald, gleich neben meinem Bein, das Wanda an unserem unglückseligen 16. Geburtstag hier oben vergraben hatte. Ich strich über den kleinen Hügel, unter dem Wagner seine letzte Ruhe gefunden hatte, und klopfte die Erde fest. Vielleicht bekam ich einen Sonderaufschub, weil ein Teil von mir bereits hier oben lag.

»Du musst nur höher fliegen«, hörte ich eine dunkle Stimme dicht an meinem Ohr. Ich blickte suchend zur Seite. Es war keiner außer mir hier. Nur die Blätter rauschten leise.

Mein Großvater, Dr. Gabriel Lewin, war der Überflieger in unserer Familie gewesen. Nachdem er nach dem Krieg nach Hause zurückkehrte, war er ein gebrochener Mann. Im Lager hatten sie ihn für medizinische Tests benutzt, und nachts schob er die Leichenkarren mit den Überresten derer, die es nicht geschafft hatten, zu den Öfen. Es ging über Jahre. Er wachte jede Nacht schreiend auf und saß danach bis zum Sonnenaufgang auf dem Dach unseres Hauses, von wo er die Wildgänse beobachtete, die von ihrem Innersten getrieben vom Fluss heraufkamen, die Allee entlangbrausten und dann mit lautem Rufen über unser

Haus hinwegflogen. Vier Wochen vor Wandas und meiner Geburt starb er. Er hatte versucht, sich den Vögeln anzuschließen. Maud Lewin war der Meinung gewesen, unser Großvater flog nie hoch genug.

Ein paar Wochen später verkaufte ich Herrmanns Haus an eine normale, bürgerliche Familie. Hätte er nur eine Spur mehr am Leben gehangen, hätte er es bereits vor Jahren selbst getan. Ich saß an Mauds Schreibtisch und lehnte mich in dem mächtigen Sessel zurück. Ich betrachtete den Stoß weißer Blätter. Sie warteten mit einer Seelenruhe, die mich deprimierte. Ich öffnete eine Schublade. Es widerstrebte mir, in Mauds Sachen zu schnüffeln. Ich hatte das Gefühl, etwas Verbotenes zu tun.

In der Schublade lagen Zeitungen der vergangenen zwanzig Jahre. Zeitungen in Blindenschrift. Ich wollte das Fach wieder schließen, da fiel mein Blick auf einen vergilbten Zeitungsartikel vom 16. Oktober 1973. Er war nicht in Braille-Zeichen verfasst. Es ging um einen Mordfall. Eine der Hauptverdächtigen war eine gewisse Elisabeth L. Warum hatte ich eigentlich nie damit gerechnet? Irgendwo musste das hartnäckige Misstrauen gegenüber dieser Familie schließlich begründet sein. Welche dunklen Geheimnisse hielten die Lewins noch für mich bereit? Die folgenden Wochen verbrachte ich im Zeitungsarchiv. Johannes hatte mich eingeschleust, und ich las mich durch die mittleren siebziger Jahre.

Was ich erfuhr, gefiel mir nicht. Am 16. Oktober 1973 wurde ein Arzt der Universitätsklinik im Obduktionsraum aufgefunden. Er hatte eine Kugel im Kopf und soll sofort tot gewesen sein. Unsere Mutter kam deshalb ins Spiel, weil sie besagten Mediziner einen Monat zuvor schwer belastet hatte. Er wurde der Vergewaltigung in mehreren Fällen beschuldigt, aber keine der anderen Frauen sagte aus. Somit wurde die Klage fallen gelassen.

Der Mörder hinterließ keine Spuren, aber jede Menge Fragen, und ich kannte die verdammten Antworten. Aber ich würde den Teufel tun und Namen nennen. Emma wurde im Februar 1974 geboren. Ich ließ den Artikel verschwinden. Sie würde ihn nie im Leben zu Gesicht bekommen, dafür würde ich sorgen.

Ich durchblätterte gerade die Ausgabe vom 22. September 1976, da fiel mein Blick auf das Foto eines schwarzhaarigen Mädchens. Es handelte sich um eine Suchmeldung. Vermisst wurde die 8-jährige Eva Staller. Sie wurde das letzte Mal gesehen, als sie am Vortag die Schule verließ. Ihr Bruder sollte sie abholen, kam aber zu spät, und seitdem fehlte von dem Kind jede Spur. Zwei Monate später fand man sie unter einem Holzstapel am Waldrand. Wo hatte ich bislang gelebt?

Ich kam spät abends nach Hause. Ich hatte den Wagen in der Stadt stehen lassen und war mit dem Taxi gefahren. Ehrlich gesagt, wusste ich nicht mal mehr, wo ich geparkt hatte. Ich war in einer Kneipe versackt und hatte dort ein paar Bier getrunken. Höchstens zwei. Vielleicht auch mehr, ich wusste es nicht mehr. Der Fahrer wartete, als ich die Tür aufriss und ins Haus stolperte.

»Emma!«, schrie ich in der Halle. »Emma! Komm runter, verdammt noch mal!«

Das erschrockene Gesicht meiner Schwester tauchte an der Galerie auf.

»Sag mal, bist du wahnsinnig?«

»Gib dem Mann sein verfluchtes Geld«, befahl ich ihr und deutete auf den Kerl am Taxi.

Ich versuchte die Treppe hochzukommen. Schaffte es aber nicht, weil die Stufen höher waren als sonst. Stattdessen schlurfte ich ins Wohnzimmer. Dort ließ ich mich aufs Sofa fallen. Nachdem sie die Tür geschlossen hatte, kam Emma zu mir.

»Warum tust du das, Lea?«

Ihre Stimme zitterte.

»Sie fragt nach dem Warum!«

Ich lachte böse.

»Sie sind alle weg!«, schrie ich. »Und du wirst auch nicht mehr lange da sein, Kobold!«

»Du bist betrunken«, stellte sie fest.

»Ja, das bin ich«, pflichtete ich ihr bei.

»Du machst mir Angst, Lea.«

»Ich mache mir selbst Angst, Herzchen.«

Emma rannte die Treppe hoch. Ich hörte, wie sie ihre Tür zuwarf und den Schlüssel umdrehte.

Ich erwachte, weil mir die Sonne mitten ins Gesicht schien. Ich lag in meinen nach Bier und kaltem Rauch stinkenden Kleidern vom Vortag auf dem Sofa und fühlte mich schrecklich. Nachdem ich meinen Körper halbwegs unter Kontrolle hatte, hinkte ich hoch ins Bad und übergab mich. Dann wusch ich mein Gesicht. Das kalte Wasser brachte mich zurück. Ich sah in den Spiegel.

»Bist du es, Lea?«

Ich drehte mich um. Emma stand in der Tür und sah schüchtern zu mir herüber. Ich wusste nicht, was ich ihr hätte sagen sollen. Mir fiel keine passende Entschuldigung ein. Sie legte ihre Arme um mich.

»Du verträgst das Alleinsein nicht«, sagte sie zu dem fahlen Kerl im Spiegel. »Du wirst noch verrückt. Aber ich will nicht dabei zusehen, Lea. Wir werden gehen.«

22

Ich saß neben Emma im Flugzeug, das uns dem amerikanischen Kontinent mit jeder Minute näher brachte, und starb dabei tausend Tode. Wir flogen nun schon länger als sechs Stunden, und ich fragte mich zum wiederholten Mal, warum ich das tat.

Allein der Gedanke daran, dass sich unter meinen Füßen ein kilometerweites Nichts befand, trieb mir den Angstschweiß auf die Stirn. Meine Finger umklammerten den Sicherheitsgurt. Ich musste an all die schrecklichen Bilder von Flugzeugabstürzen, die ich im Laufe der Jahre im Fernsehen gesehen hatte, denken. Überall zerschmetterte Wrackteile, und keiner der Passagiere hatte überlebt.

Emma war anders. Mit angezogenen Beinen lümmelte sie in ihrem Sitz und hörte mit geschlossenen Augen ihr geliebtes Violinkonzert von Mendelssohn über Kopfhörer. Sie wirkte ausgesprochen gelassen. Wie konnte man diesen Zustand erreichen? Meine Schwester sah seufzend zu mir hoch.

»Meine Güte, Lea. Warum entspannst du dich nicht endlich? Wenn du weiterhin so verkrampft bist, dann wirkt sich das am Ende negativ auf deine weiblichen Hormone aus. Das ist wissenschaftlich bewiesen.«

Ich grinste gequält zu ihr hinüber und drückte mich dabei noch ein Stück tiefer in den Sitz.

»Hast du denn gar keine Angst, dass es runterfallen könnte?«

Emma verdrehte die Augen.

»Mensch, Lea. Die Dinger fliegen zu Tausenden in der Luft rum. Warum glaubst du immer, dass gerade dir etwas passieren muss?«

Wo nahm sie nur dieses Vertrauen in die Technik her? Sie tätschelte mir mütterlich die Hand.

»Sie hätten dir auch eine von den Tabletten geben sollen«, sagte sie. »Du weißt schon. Die, die sie den Hunden geben, damit die den Flug über schlafen und nichts mitkriegen. Erinnere mich das nächste Mal daran.«

Sie gab sich wieder der Musik hin, und keine fünf Minuten später war sie eingeschlafen. Wie konnte sie nur?

Stunden später landeten wir unbeschadet auf dem J.F.K. International Airport. Ich hätte am liebsten in tiefer Dankbarkeit den Boden unter meinen Füßen geküsst.

Aber ich war mir sicher, dass Emma auch dafür wenig Verständnis aufgebracht hätte, also ließ ich es bleiben. Ich war wieder auf der Erde. Jetzt konnte mir nichts mehr geschehen. Aber es war ein selbstgerechter Fehler, sich allzu sicher zu fühlen. Das wurde mir klar, als ich Wanda sah. Sie stand winkend inmitten einer Million fremder Menschen, als ich mit Emma an meiner Seite die Ankunftshalle betrat. Wir schoben uns durch die laute, warme Masse. Dabei ließ ich Wanda nicht aus den Augen. Sie wartete seelenruhig, bis ich die Reisetasche absetzte und sie daraufhin in den Arm nahm. Sie drückte ihren Mund fest auf meinen, und ich hätte sie am liebsten gar nicht mehr losgelassen, hätte mich nicht etwas auf Abstand gehalten.

Ich schaute an Wanda hinunter und dann wieder hinauf in ihr Gesicht. Sie steckte in einer weiten Latzhose, die sich am Bauch zu einer großen Kugel nach außen beulte.

»Warum bist du so dick?«, fragte ich.

Ich weiß selbst, dass das nicht besonders taktvoll war, aber Wanda lachte und fuhr mir schnell mit ihrer Hand durchs Haar.

»Ich bin nicht dick«, erklärte sie. »Ich bin nur schwanger.«

»Was bist du?«

Emma konnte kaum überraschter geklungen haben als ich. In meinem Kopf begann sich alles zu drehen.

»Was? Warum ... «, stotterte ich.

Ich stand da, als hätte mir gerade jemand eröffnet, dass die Erde doch eine Scheibe sei und ich ein Wesen von einem anderen Stern. Das hätte mich nicht mehr erstaunt als Wandas Anblick.

»Ist das so wichtig?«, fragte sie.

Also für mich war es das. Wanda gab mir zu verstehen, dass ich die Tasche wieder aufnehmen und ihr folgen sollte. Im Taxi setzte ich mich nach vorne neben den Fahrer. Es schien, als sei ich der Einzige, der mit der Situation ein Problem hatte.

Meine kleine Schwester hingegen hatte ihren Kopf an Wandas Schulter gelehnt und streichelte mit ihrer Hand immer wieder liebevoll über Wandas Bauch.

»Da hat sich etwas bewegt«, flüsterte sie. »Himmel, Lea. Es hat sich bewegt. Ist das nicht phantastisch? Jetzt sind wir wieder eine richtige Familie.«

Emma drückte Wanda einen heftigen Kuss auf die Wange. Ich drehte mich um und sah nach hinten. Wanda sagte nichts. Wir waren alle zu still. In meinem Kopf überschlugen sich tausend Fragen, aber ich war nicht in der Lage, auch nur eine davon halbwegs verständlich zu formulieren. Meine Hände fuhren immer wieder hektisch durch meine struppig grauen Haare. Ich bemerkte es erst, als der Typ hinter dem Steuer mitfühlend zu mir rübersah.

Nachdem wir bereits an zahlreichen Häuserblocks vorbeigekommen waren, musste ich mich noch einmal umdrehen. Wanda hatte ihr Ist-schon-gut-Lea-Gesicht aufgesetzt. Sie wollte mich beruhigen, aber diesmal schaffte sie es nicht.

Wie konnte so etwas passiert sein, ohne dass ich davon wusste? Wer war der Mistkerl, der meiner Schwester ein Kind gemacht hatte? Hatten die noch nie was von Verhütung gehört? Wanda war gerade mal zwanzig. Herrgott, wie konnte man nur so verantwortungslos sein? Ich hasste den Kerl jetzt schon.

Wanda wohnte am nördlichen Ende von Brooklyn. Sie lebte im dritten Stock eines dieser typischen heruntergekommenen New Yorker Wohnhäuser, wie man sie aus amerikanischen Kriminalgeschichten kannte. Ausziehbare Feuerleitern, aber kein Aufzug. In einer Seitenstraße, die sich scheinbar kilometerweit hinzog, ohne je das Ende erkennen zu lassen.

Die Gegend war keinesfalls feudal, aber wie ich gesehen hatte, gab es in der näheren Umgebung noch weit Schlimmeres. Die Wohnung, die aus zwei kleinen Zimmern mit Verbindungstür und einem winzigen Bad bestand, hatte Ausblick auf den gegenüberliegenden Wohnblock. Alles hier sah extrem gleich aus. Grau, verschlossen und fremd.

Wanda meinte, es sei nichts Besonderes, aber für sie reiche es allemal. Die Miete war nicht allzu hoch und die Nachbarn waren auch in Ordnung. Sie wurde von niemandem belästigt, und das war alles, was sie wollte.

Ich warf meine Tasche in die nächste Ecke und ließ mich aufs Sofa fallen, während Emma mit ihrem Geigenkasten unter dem Arm von einem Zimmer ins nächste pilgerte. Als ich sie so beobachtete, wurde mir bewusst, dass Emma niemals ohne ihren schmalen, dunkelbraunen Lederkoffer unterwegs war. Ganz unbemerkt war er zu einem Körperteil von ihr geworden. Sie sah ungeniert in alle Ecken. Sie öffnete Türen und selbst Schubladen. Wanda sah Emma eine Weile amüsiert zu, ehe sie sich an mich wandte. Sie neigte den Kopf zur Seite und erforschte die Lage.

Noch immer fiel mir nichts weiter ein, als ratlos mit den Schultern zu zucken. Wanda ging zwischen meinen Beinen in die Knie und legte ihre Arme auf meine Oberschenkel. Es war mir, als fände ich in ihren Augen unsere verstorbene Großmutter wieder, und dieses Ich-weiß-alles-Lächeln, das ich von Maud kannte, lag um Wandas Mund. Diese verdammten Lewin-Frauen brachten mich noch um den Verstand.

»Es ist in Ordnung, Lea«, sagte sie. »Mach dir keine Sorgen, ja?«

Wanda strich mir über die Wange. Sie hatte leicht reden. Sie war hochschwanger, und ich hatte nichts davon gewusst. In den vergangenen acht Monaten hatten wir wie gewohnt mehrmals in der Woche miteinander telefoniert, und sie hatte es die ganze Zeit über nicht für nötig befunden, mir auch nur ein einziges Wort von dem unerwarteten Zustand, in dem ich sie jetzt vorfand, zu erzählen.

»Von wem ist es?«, fragte ich und deutete dabei auf Wandas Bauch. Sie antwortete mir nicht. In mir wuchs ein Verdacht. Ich verwarf den Gedanken gleich wieder. Das war zu absurd.

»Wanda. Das geht doch nicht«, brachte ich endlich über die Lippen.

Sie blieb völlig ruhig.

»Und ob das geht. Mach jetzt bitte kein Problem daraus, o.k.?«

Mich überkam das gleiche Gefühl wie damals, als ich am Morgen nach der Hochzeit um ein Haar Amandas Auto vollgekotzt hätte. Mir wurde schlecht. Meine Hände fuhren wie von selbst durch meine Haare. Ich holte tief Luft.

»Aber wie soll das gehen? Ich meine ... «

Wanda zog sich an meinen Beinen hoch und setzte sich zu mir. Sie legte zärtlich ihr Gesicht an meinen Hals. Ich schloss die Augen.

»Hab keine Angst, Lea.« Ich spürte ihre Lippen an meinen. »Verstehst du es denn nicht? Es gehört zu uns. Zu uns, die noch übrig sind. Und alles, was wir tun müssen, ist, es lieb haben. Das kann doch nicht so schwer sein.«

»Wir müssen umziehen.«

Emma stand in der Tür zum Nebenraum. Das, was sie sagte und vor allem der Tonfall, in dem sie es sagte, klangen bedenklich.

»Es gibt hier nicht mal genügend Platz für meine Geige«, stellte sie fest. »Wie soll denn hier um alles in der Welt erst ein Klavier reinpassen? Geschweige denn ein Kinderbett. Eines steht fest. Wir brauchen eine größere Wohnung.«

Wanda nickte.

»Siehst du? Emma hat es verstanden.«

Emma hatte Recht. Wandas 35 Quadratmeter boten unmöglich ausreichend Platz für uns alle. Außerdem wäre es immer Wandas Wohnung geblieben. Wir brauchten etwas Neues. Also zogen wir in ein 5-Zimmer-Apartment nach Manhattan. Ganz in die Nähe des Central Park.

Wanda meinte, wenn wir schon umziehen müssten, dann sollten wir es gleich richtig machen, und es wäre nie verkehrt, in unmittelbarer Nähe eines Parks zu wohnen, schon gar nicht, wenn man ein Kind hätte. Wir mussten uns um den finanziellen

Aspekt keine großen Gedanken machen. Seit Mauds Tod konnten wir uns ziemlich viel leisten. Denn eigenartigerweise verkauften sich Mauds Bücher jetzt besser als je zuvor. Die Auflagen wurden ständig erhöht, weil plötzlich alle eine Lewin im Buchregal stehen haben wollten.

Die Kritiker hatten es natürlich schon immer gewusst. Was für eine literarische Begabung! Eine Perle aus den eigenen Reihen! Vom bloßen Zuhören konnte einem speiübel werden. Verlogenes Pack. Die Jahre zuvor hätte Maud Lewin verhungern können, und das hätte die am wenigsten gestört. Jetzt war sie ein literarisches Heiligtum. Also soll ich die Schmierfinken von der Presse jetzt verfluchen oder mich bei ihnen bedanken?

Wir wohnten im sechsten Stock eines Apartmenthauses in der 61sten Straße Upper East Side. In der New Yorker Architektur entsprach dies dem Parterre. Für jemanden, der Weite und Stille gewohnt war, war diese Stadt zu Anfang – und damit meine ich die ersten Jahre – nicht leicht zu ertragen. Monströse Straßenschluchten, aus denen heraus man an manchen Tagen auch mit extrem in den Nacken gelegtem Kopf nicht einmal ein winziges Stück blauen Himmels über sich erkennen konnte, erfüllt vom Geräuschpegel eines in helle Aufregung versetzten Wespennestes. Außerdem verzweifelte ich an der Sprache. Die Stadt und ich brauchten eine Ewigkeit, um uns aneinander zu gewöhnen.

Das Haus hatte einen Lift mit dazugehörigem Knopfdrücker in dunkler Uniform. Sein Name war Edward. Ein wirklich netter Kerl. Vielleicht zehn oder elf Jahre älter als ich. Er hatte sich in den Kopf gesetzt, mich und meine Geschwister mit väterlicher Sorgfalt zu beobachten, denn in den zwei mal zwei Meter engen, blechernen Kasten zu steigen, forderte jeden Tag erneut meine ganze Überwindung. Ganz offensichtlich konnte ich noch immer nicht mit Höhe umgehen.

Hingegen begann ich mich für meine Zukunft zu interessieren. Ich entschied mich letztendlich, wie die meisten Unentschlossenen, vergleichende Literaturwissenschaften an der N. Y. University zu studieren. Schließlich bedeutete das noch lange nicht, dass ich selbst schreiben müsste.

Wie es für Emma typisch war, lebte sie sich von einem Tag zum nächsten ein. Emma Lewin hatte mit Veränderungen noch nie Schwierigkeiten gehabt. Sie fand sich mühelos am Konservatorium zurecht. Ihre Lehrer waren von ihrem Können beeindruckt, und sie liebte es, sich neu zu orientieren und zurechtzufinden, während Wanda weiterhin auf der Bühne stand. Das Baby konnte jeden Tag kommen, aber Wanda sagte, dass sie sich sehr wohl fühle und sie würde das Stück so lange spielen wie möglich. Bei Wanda bedeutete das ungefähr so lange, bis der Kopf zu sehen war.

Ich ließ sie bereits seit Tagen nicht mehr allein zum Broadway fahren, sondern begleitete sie hin und auch wieder zurück. Ich kannte das Stück bereits auswendig und konnte problemlos den Text ganzer Passagen mitsprechen. Es handelte sich um ein modernes Stück. So nannte man das, wenn einer seine verkorksten Ansichten unters Volk brachte, ohne dafür in der Irrenanstalt zu landen. Dieses Stück war ausgesprochen modern. Wanda spielte eine schwangere Frau, die von ihrem Mann verprügelt und zur Prostitution gezwungen wird, bevor sie ihn dann letztendlich mit Hilfe eines Küchenmessers meuchelt.

Ich wartete unterdessen hinter der Bühne. Die Stimmen der Schauspieler, die durch die Vorhänge gedämpft zu mir nach hinten drangen, ergaben genau die nötige Atmosphäre, um mich auf Whitmans und Rimbauds Gedichte zu konzentrieren. Am Abend des 8. Juni wurde ich plötzlich aus meiner Versenkung herausgerissen. Irgendetwas stimmte nicht.

Wanda war an der Stelle, an der sie mit einem Freier um die Bezahlung ihrer Dienste feilschte, zu schnell, und sie machte eindeutig zu viele Pausen. Als endlich der Vorhang fiel, ging das anarchische Treiben erst richtig los. Wanda kam, schwer auf ihren blutüberströmten Partner gestützt, in die Garderobe. Ihr verbissener Gesichtsausdruck sagte alles. Es war so weit.

Alle riefen durcheinander. Der Beleuchter wollte einen Krankenwagen rufen, die Garderobiere meinte, dass es dafür bereits viel zu spät sei, und Wandas Partner wiederum lief in den Zuschauerraum, um einen Arzt aufzutreiben.

Aber natürlich läuft das nur im Film ohne Probleme ab. Dort braucht einer nur laut und verzweifelt zu schreien: »Gibt es hier einen Arzt? Wir brauchen einen Arzt!«, und schon schiebt sich sofort eine absolut Vertrauen erweckende Person durch die aufgeregte Menge und verkündet mit souveräner Stimme: »Ich bin Doktor Soundso. Bitte gehen Sie zur Seite.«

Aber wir waren nicht im Film. Der einzige Mediziner, der aufgetrieben werden konnte, war ein Orthopäde mit absolut keiner Ahnung von Geburtshilfe. Wanda saß während des ganzen Wahnsinns mit in sich gekehrtem Blick auf dem schmalen Holzstuhl vor ihrem Spiegel und brachte es als Einzige zu Stande, ruhig zu bleiben. Endlich kam der Krankenwagen. Keine fünf Minuten später wurden sie auf dem französischen Bett aus der zweiten Szene geboren. Lilith und Jack Lewin. Zwillinge. Wie hätte es anders sein können?

23

Hat irgendwann mal jemand erwähnt, wie anstrengend Babys sind? Wenn ja, warum glaubt das keiner? Es ist nun mal eine Tatsache, dass diese winzig kleinen Wesen Lärm wie Presslufthammer machen, und außerdem sind sie undankbar und hemmungslos egoistisch.

Wie kommt es aber, dass man sie trotz ihrer unerträglichen Eigenschaften über das eigene Leben hinaus lieben kann? Ein Mysterium, das ich sicherlich nie enträtseln werde.

Doch kaum hatten sich die beiden kleinen Lewins bei uns eingenistet, wollte ich sie nicht mehr aus den Augen lassen. Wanda meinte, ich sei eine richtige Glucke. Damit konnte ich leben. Womit ich dagegen überhaupt nicht zurechtkam, war, die Kleinen schreien zu lassen. Ich ertrug es einfach nicht, wenn sie sich verlassen fühlten, also trug ich sie die meiste Zeit des Tages und des Abends und der Nacht mit mir herum. Ich nahm sie sogar einmal mit zur Universität, weil niemand von uns Zeit hatte, sich um die beiden zu kümmern. Meine Kommilitoninnen waren begeistert. Die Professoren weniger, also beließ ich es bei dem einen Versuch und wurde ein wahres Planungsgenie.

So lange, bis meine Bandscheiben nach achtzehn Monaten ihren Dienst versagten und ich für vier Wochen ein Stützkorsett tragen musste, das es mir unmöglich machte, auch nur einen der beiden hochzuheben. Wanda benutzte diese Gelegenheit dazu, Jules und Rahel einzuladen. Zwar hatten wir Emma, die so oft es ging als Babysitter einsprang, aber auch Emmas Zeit war begrenzt. Wir brauchten Hilfe.

Noch am Tag ihrer Ankunft hatten wir alle das Gefühl, dass es besser für uns wäre, zusammenzubleiben. Jules und Rahel zogen bei uns ein.

Jules mietete sich den Anteil eines Ateliers in Tribeca, und Rahel arbeitete unter anderem als Sozialarbeiterin für die Children Aid Society. Manchmal bekamen wir sie tagelang nicht zu Gesicht. Es war wie zu Hause. Rahel war nicht selten bis zu zwanzig Stunden am Tag auf den Beinen, und wenn sie dann nach Hause kam, fiel sie ohne ein Wort zu verlieren ins Bett. Unsere Tage waren ausgefüllt.

Lediglich Emma machte mir Sorgen. Für Emma war unsere Familie nicht komplett, solange Albert fehlte. Seine Mutter hatte ihm die Erlaubnis verweigert, zu uns nach New York zu kommen. Albert sollte zu Hause das Abitur machen, und dann könne man weitersehen. Was bedeutete, dass sich die beiden über ein Jahr nicht sehen würden. Dann meldete sich die Bundeswehr. Wieder ein Jahr.

Emma fiel die Trennung schwerer, als ich es zu Anfang vermutet hätte. Aber sie war ein erschreckend tapferes Mädchen und brachte die Zeit in bemerkenswerter Selbstbeherrschung hinter sich. Sie reiste umher und spielte auf Drängen ihres Professors mit den Größen der klassischen Musik. Eine großartige Ablenkung, aber ihr wichtigster Lebensinhalt war und blieb ihre Liebe zu Albert Cronen.

Am Tag, an dem Emma morgens mit dem Taxi zum Flughafen fuhr, um Albert abzuholen, trafen alle möglichen überflüssigen Verwirrungen auf einmal bei uns ein. Den Anfang machte ein rechthaberischer Granithändler, der uns doch tatsächlich drei Rohlinge in der Form von überdimensionalen Kühlschränken im Wohnzimmer abstellen wollte.

Ich kämpfte so lange gegen ihn und seinen Kollegen an, bis der Kerl sich wenigstens dazu überreden ließ, erst mit Jules zu sprechen, ehe er das erste der Dinger über die Schwelle wuchtete. Ich weiß bis heute nicht, wie er den überhaupt an Edward vorbei bringen konnte.

Jules, der verschlafen und wortkarg den Irrtum aufklärte, indem er dem Mann die Adresse des Ateliers auf dem Lieferschein markierte, schüttelte nur ungläubig den Kopf, bevor er im Bad verschwand.

In der Zwischenzeit klingelte das Telefon alle übrigen wach. Wanda eilte an mir vorbei und rief mir zu, dass die Generalprobe auf zehn Uhr vormittags vorverlegt wurde, sie müsste jetzt sofort gehen, und Rahel, der der zweite Anruf galt, schrie ihr hinterher, dass sie sich das Taxi teilen könnten, sie müsse in dieselbe Richtung. Wenige Minuten später waren alle drei weg.

Ruhiger wurde es trotzdem nicht, weil mittlerweile die Zwillinge aufgewacht waren und lauthals durch die Wohnung krähten. Ich war damit beschäftigt, meine Gedanken zu sortieren. Dazu ließ ich den Stundenplan der wichtigen sowie der eher unwichtigen und damit entbehrlichen Vorlesungen des Tages vor meinem inneren Auge ablaufen, als es abermals an der Tür klopfte.

An einem meiner Hosenbeine und meinem gleichseitigen Arm hing Jack und versuchte mittels Fußtretens und kirrendem Geschrei seine Schwester von sich fern zu halten, die allem Anschein nach nichts Gutes mit ihm vorhatte, als ich öffnete. Vor mir stand ein schwarzer Riese. Es war eine derart imposante Erscheinung, dass selbst Lili ihr herrisches Treiben unterbrach, um den Mann mit offenem Mund anzustarren.

Er trug eine schwarze Baseballkappe der New York Yankees und ein langärmliges T-Shirt mit der roten Aufschrift: *»It' s me!«* Dazu weite Jeans, bei denen der Hintern bis zu den Knien hing, und Turnschuhe. Er grinste so breit, dass wir aber auch alle seine weißen Zähne sehen konnten.

»Tut mir wirklich leid, aber ihr habt euch verpasst«, sagte ich schnell. »Sie ist schon weg.« Für mich war klar, dass es sich bei dem Jungen entweder um einen Mitarbeiter von Rahel handelte oder dass er jetzt gleich eine Knarre rausholen würde, um sie mir an den Kopf zu halten. Ich war ein weißer Arsch. Der Typ breitete seine riesigen Arme aus und zerquetschte mir beinahe den Brustkorb. Lili lief schreiend davon.

»Mensch, Lea«, grinste er. »Krieg ich jetzt mal 'ne richtige Begrüßung oder soll ich gleich wieder abhauen?«

Hinter dem Kerl erschien ein Engel.

»Himmel, Albert!«

Ich streckte meinen freien Arm aus – an dem anderen hing immer noch ein versteinerter Jack – und zog ihn zu uns herein. Er musste sich bücken, um sich nicht den Kopf am Türrahmen zu stoßen. Neben Emma ließ er sich aufs Sofa fallen. Obwohl Albert stundenlang im Flieger gesessen hatte, wirkte er völlig entspannt und ausgeruht. Ein mir unverständlicher Zustand. Meine Schwester beugte sich zu mir.

»Wäre es möglich, dass du mit den beiden in den Park gehst, Lea?«, fragte sie.

Ich war ehrlich verblüfft.

»In den Park? Um diese Zeit? Emma, es ist noch nicht mal zehn.«

Sie legte den Kopf schief und sah mich so eindringlich und bittend an, dass es mir mit einem Schlag klar wurde, was die beiden vorhatten. Ich würde ihnen gegenüber ganz bestimmt kein Wort mehr über die besagte Sache verlieren. Ich hatte mich einmal zum Idioten gemacht, was ausreichen musste.

»Klar«, entgegnete ich daher knapp.

Ich stand auf und sammelte alles Nötige für die Zwillinge zusammen. Emma und Albert waren bereits in Emmas Zimmer verschwunden, als wir aufbrachen. Ich hörte ihre Stimmen leise durch die geschlossene Tür.

Einen Moment lang überlegte ich noch, ob ich ihnen die Kondompackung aus Jules Kommode hineinreichen sollte. Schnell verwarf ich den Gedanken wieder.

Es herrschte schon reges Treiben auf den Straßen. Männer mit Handys in der einen Hand und Aktentaschen in der anderen. Perfekt gestylte Business-Frauen in makellosen Kostümen. Ungeschminkte Hausfrauen auf dem Weg zum Shopping. Selbst die Obdachlosen, die ihre festen Plätze vor den Apartmenthäusern hatten, saßen schon da und grüßten uns freundlich mit geöffneter Hand. Schüler, bei denen es nicht sicher war, ob sie erst später Unterricht hatten, oder ob sie sich bei dem herrlichen Wetter selbst schulfrei gaben, schlenderten schwatzend umher.

Tatsächlich schien die Julisonne mit erbarmungsloser Intensität auf die Straßen, und der Asphalt erhitzte sich bereits spürbar. Bis auf die Menschen schien alles stillzustehen. Nicht der geringste Luftzug war zu spüren. Es war einer der typischen Tage, an denen ich den Himmel suchte. Ich hielt mir schützend die Hände über die Augen. Die Helligkeit machte mich für ein paar Sekunden blind. Mein Blick wanderte an steilen, spiegelnden Fassaden entlang. Irgendwo dort oben musste es sein. Das endlose Blau.

»Leander Lewin, bist du das?«

Die Stimme kam mir bekannt vor. Ich nahm die Arme runter. Mein Nacken fühlte sich an, als wenn er tagelang in Gips gelegen hätte. Ich kreiste ein paar Mal mit den Schultern, um die Verspannung loszuwerden.

Vor mir stand ein Mann in dunkelgrauem Jogginganzug. Er lehnte an einem schwarzen Fahrrad. Seine grellrote Schirmmütze war so tief ins Gesicht gezogen, dass ich mich nach vorne beugen musste, um darunter schauen zu können.

»Kennen wir uns?«, fragte ich.

Er schob die Kappe nach hinten und grinste.

»Na, das möchte ich meinen«, erwiderte er.

In dem Moment, als ich sein Gesicht sah, war ich wieder siebzehn Jahre alt und verliebt bis über beide Ohren. Er hatte sich kaum verändert. Lediglich seine dunklen Haare waren mittlerweile raspelkurz. Aber das gleiche jungenhafte Grinsen, das ich von früher kannte, lag auf seinem Gesicht, aus dem heraus mich die zwei blauesten Augen der Welt anschauten.

»Staller! Was machst du hier?«

»Ich versuche, in dieser verrückten Stadt am Leben zu bleiben«, erwiderte er.

Mein Gesicht verzog sich automatisch zu einem Lachen. Ich schüttelte den Kopf.

»Du weißt, was ich meine. Was tust du hier?«, fragte ich noch einmal.

Er schaute mich eine Weile schweigend an.

»Falsch«, sagte er ernsthaft. »Die Frage lautet: Was um alles in der Welt macht Leander Lewin auf der Madison Avenue in New York?«

Mir wurde rasch klar, dass ich, wenn ich eine Antwort von ihm wollte, den Anfang machen musste.

»Hast du ein paar Minuten Zeit?«

Er hob die Schultern.

»Ich stehe zu deiner Verfügung«, antwortete er gewohnt zweideutig.

Wir gingen ein paar Schritte und setzten uns dann bei »Antonio's« an einen der freien Tische. Er begrüßte uns mit dem üblichen überschwenglichen, aber mir nach wie vor unverständlichen Redeschwall. Antonio war Italiener. Genauer gesagt Sizilianer. Wenn wir zum Essen ausgingen, dann meistens zu ihm. Er kochte phantastisch. Die kleinen Gesichter der Kinder begannen zu strahlen, als er sich zu ihnen hinunterbeugte und mit ihnen schäkerte. Noch hatte er Zeit für sie. Das übliche Gedränge würde erst in knapp eineinhalb Stunden beginnen. Kurz nach zwölf, wenn die meisten hier Beschäftigten Mittagspause hatten. Ralph und ich konnten uns in aller Ruhe unterhalten. Ich drückte Lili und Jack jeweils einen Muffin in die Hand. So konnte ich relativ sicher sein, dass sie in den nächsten zehn Minuten mit mir zufrieden waren.

Ich spürte, dass Staller zuerst die Kinder und dann mich kritisch betrachtete.

»Die beiden sehen aus wie Wanda und du«, stellte er fest.

»Ich weiß«, antwortete ich.

Er erwiderte nichts und stellte keine Fragen. Ich stellte ihm die jüngsten Lewins vor, ehe ich den Verlauf der letzten fünf Jahre schilderte. Als ich Mauds Tod erwähnte, legte sich ein Schatten über sein Gesicht. Er ersparte mir jegliche Beileidsbekundung, und ich war ihm dafür dankbar.

Von ihm erfuhr ich, dass er seit Jahren in den Staaten lebte. Er hatte sich erst an der Westküste mit allerlei Jobs über Wasser gehalten, ehe er sich entschied, zur Universität zu gehen. Er kam nach New York und studierte Medizin. Er war mitten im Abschlussexamen und seine Chancen, eine Assistentenstelle zu bekommen, standen anscheinend nicht schlecht. Wen hätte es schon verwundert. Nach einer halben Stunde wurden die Zwillinge merklich unruhig. Ich gab ihm unsere Adresse und lud ihn ein, am Abend bei uns vorbeizukommen.

Lili, Jack und ich wollten zu unserem Lieblingsplatz im Park. Er lag etwa fünfzehn Minuten von unserem Apartment entfernt unter riesigen alten Bäumen. Dort herrschte himmlische Ruhe. Dieser Ort war ein bisschen wie zu Hause. Ich setzte mich zu Lili und Jack in die Wiese und musste dabei an Staller denken. Unser Streit lag Jahre zurück, aber trotzdem konnte ich mich an jede Einzelheit erinnern. Undankbarerweise bleibt die Erinnerung an den Schmerz lebendiger in uns zurück als die Erinnerung an glückliche Zeiten.

Kurz nach zehn war er da. Wie ein Teenager grinsend stand er in der Tür und machte keinerlei Anstalten, reinzukommen.

»Was ist?«, fragte ich.

»Komm mit.«

»Wohin?«

»Wirst du schon sehen.«

Ich zögerte.

»Na gut«, sagte ich. »Ich sage nur schnell Bescheid. Für den Fall, dass die Kleinen aufwachen.«

Ich ging zu Emmas Zimmertür und klopfte an. Emma und Albert waren den ganzen Tag nicht rausgekommen, und ich befürchtete schon, sie könnten ausgegangen sein, als Emma rief, ich solle sie in Ruhe lassen. Ich erklärte ihr schnell, dass ich für eine Weile wegmüsse, und sie sagte, es wäre in Ordnung.

Ich wusste nicht, ob sie es wirklich so meinte oder ob sie mich nur einfach loswerden wollte, aber ihre Antwort war die, die ich brauchte, und ich wollte sie nicht ein zweites Mal fragen.

Wir fuhren mit dem Taxi bereits über sechs Blocks, aber aus Staller war nicht herauszubringen, wohin die Fahrt ging. Irgendwann hielten wir an. Wir waren in einer Seitenstraße am Ende des Times Square, in der sich ein Nachtclub an den anderen reihte. Ich war noch nie zuvor hier gewesen.

Wir standen vor einer Neonleuchte, die immer wieder rot aufflackerte, und der Schriftzug lautete »Pik-it« oder »Pink-Pit« oder jedenfalls so ähnlich. Ich war mir nicht ganz sicher, weil zwei Buchstaben nicht mitleuchteten, und immer wenn ich dachte, dass ich den gesamten Namenszug endlich erfassen könnte, fing das blendende Flackern der übrigen Lichter auch schon wieder an. Staller steuerte direkt darauf zu. Ich hielt ihn am Ärmel seiner Jacke zurück.

»Du glaubst doch nicht, dass ich da mit reingehe, oder?«, fragte ich.

Er nickte nur.

»Das musst du aber, weil ich da drinnen was zu erledigen habe.«

Nachdem ich immer noch zögerte, meinte er: »Jetzt komm schon. Ich arbeite hier.«

»Hier?«, fragte ich ungläubig.

Er nickte wieder, und ich folgte ihm. Drinnen war es stockfinster. Nachdem mehrere Sekunden vergangen waren, gewöhnten sich meine Augen an die schummrige Beleuchtung. Wir standen an einer Bar.

»Warte hier, Lea. Ich bin gleich wieder da.«

Bevor ich etwas erwidern konnte, war er auch schon in der Dämmerung verschwunden. Der Alkohol hinter meinem Rücken machte mich nervös. Mir fiel auf, dass das Publikum fast ausschließlich aus Frauen bestand. Sie saßen an den Tischen oder standen um die Bar, und es schienen immer mehr zu werden. Innerhalb der nächsten Viertelstunde war der Raum so voll, dass ich mich suchend auf die Zehenspitzen stellen musste, wenn ich mich nach Staller umsah. Er war immer noch nicht zu sehen.

Da tippte mir jemand auf die Schulter. Ich drehte mich um und sah in das Gesicht des Barkeepers. Er war ein Mann um die vierzig und bereits völlig ergraut. Kein Wunder bei der Dauerdämmerung hier drinnen.

Er drückte mir ein gefülltes Glas in die Hand. Ich haderte mit mir selbst. Ich vertrug das Zeug nicht besonders, und Emma hatte mir verboten, auch nur in die Nähe von Alkohol zu kommen. Andererseits musste sie es nicht unbedingt erfahren. Ich entschied mich und kippte den Inhalt auf einmal runter. Ich spürte, wie sich die Wärme in mir ausbreitete. Ich stellte das Glas auf den Tresen und nickte. Ich wollte mehr.

Staller blieb weiterhin verschwunden. Wie in alten Zeiten. Ich war ein Idiot. Ich griff in meine Jacke und fischte ein paar Dollarnoten heraus, die ich dem Untoten hinhielt. Er schüttelte den Kopf und ging an mir vorbei. Der Kerl wollte mein Geld nicht.

Ich entschied mich zu gehen. Da ertönte plötzlich laute Musik. Irgendwo hatte ich das schon mal gehört. Bevor ich mir den Kopf darüber zerbrechen konnte, wurde meine Aufmerksamkeit auf die Bühne gelenkt.

Die Frauen um mich herum begannen alle wie wild zu kreischen und zu johlen, als drei New Yorker Motorradcops anfingen, sich von ihren Uniformen zu befreien. Ich war in einer Stripper-Show gelandet. Heilige Scheiße!

Ich versuchte, mir meinen Weg in Richtung Ausgang zu bahnen, wurde aber von einer Horde Frauen mittleren Alters aufgehalten, die ohne mich zu kennen ihre Arme um mich legten und keinen Widerspruch hinnahmen. Ich war gefangen. Es war höllisch eng und ich konnte nicht raus. Mir blieb nichts anderes übrig, als auf das Geschehen auf der Bühne zu achten, wenn ich keinen hysterischen Anfall riskieren wollte.

Die drei dort oben waren nicht hässlich. Vor allem der in der Mitte erinnerte mich an jemanden. Als sie sich, begleitet vom wilden Kreischen ihres Publikums, ihre Hemden vom Leib rissen und lasziv über die Ränder ihrer silbernen Sonnenbrillen schauten, wusste ich auch an wen. Ich verschluckte mich fast an dem brennenden Zeug in meinem Glas. Diese verdammten Augen, und auch den Rest, würde ich überall wieder erkennen. Ich hatte wirklich schon von einigen Jobs gehört, mit denen man sich sein Studium finanzieren konnte, aber das hier war mir neu. Was war ich doch für ein Landei.

Er zwinkerte mir zu, während er sein Hemd in meine Richtung warf. Die Menge um mich herum tobte, und das war mindestens so ansteckend wie eine Kinderkrankheit. Ich bemerkte, dass ich mit den anderen mitpfiff und gröhlte wie ein übernächtigter Freier auf St.Pauli.

Das Glas in meiner Hand hatte bereits zigmal gewechselt und aller Wahrscheinlichkeit nach war ich betrunken, aber nachdem ich mich noch immer an alles erinnern konnte, was an jenem Abend passierte, hatte ich noch nicht den Zustand erreicht, den man als ausgewachsenen Rausch bezeichnen könnte.

Als Staller endlich kam, um mich mit nach draußen zu nehmen, war ich mit den mich umgebenden weiblichen Wesen eng befreundet und redete peinlichen Unsinn.

»Lernen Sie so was im Anatomiekurs, Doktor Staller?«, fragte ich und hätte mich am liebsten über meinen eigenen Witz totgelacht.

»Wieviel hast du getrunken, Lea?«, fragte er besorgt.

Ich riss mich zusammen. Ich versuchte, gerade zu stehen und dabei ein ernstes Gesicht zu machen.

»Frag doch lieber *was.*«

Er seufzte und ließ sich auf mein Spiel ein.

»Also gut. *Was* hast du getrunken, Lewin?«

Ich zerriss mich innerlich.

»Weiß ich nicht. Sag du's mir.«

Dann kippte ich vorne über und konnte nicht aufhören, kindisch zu lachen, bis Staller mich zu Hause aus dem Taxi zog und nach oben brachte. Im Lift spürte ich, wie mein Kopf von einer Etage zur nächsten langsam wieder klarer wurde.

Staller versuchte, mich auf den Beinen zu halten, die immer wieder unter mir wegrutschten, während er den Schlüssel aus meiner Jackentasche herausfummelte. Wie er so nah bei mir stand, hätte ich ihn am liebsten angefasst. Aber ich tat es nicht. Er öffnete die Tür. Alles war dunkel und still. Um diese Zeit war das auch kein Wunder. Es war schon weit nach ich-weiß-nicht-wieviel. Ich warf meine Jacke in die Dunkelheit.

»Komm rein«, flüsterte ich in Stallers Richtung.

»Ich glaube, ich geh jetzt lieber«, erwiderte er leise.

Ich drehte mich zu ihm um. Er stand an den Türrahmen gelehnt, und das Licht aus dem Flur beleuchtete die eine Hälfte seines Gesichts, während die andere im Schatten lag. Ich schüttelte den Kopf.

»Warum?«

Er steckte die Hände tief in die Hosentaschen.

»Es ist spät, und ich muss morgen früh im Krankenhaus sein.«

»Dann bleib doch hier.«

Ich wusste auch nicht, warum ich das gesagt hatte. Ich setzte sogar noch einen drauf.

»Du kannst doch hier übernachten. Wir haben jede Menge Platz. Das ist überhaupt kein Problem.«

Er winkte ab.

»Lass mal, Lea. Ist schon in Ordnung. Wir sehen uns.«

Er ging zurück zum Lift, der noch immer mit geduldig geöffneten Türen wartete. Er wollte wirklich gehen. Aber ich wollte das nicht.

»Ralph, bleib doch«, rief ich hinter ihm her.

Er drehte sich noch mal zu mir um.

»Warum?«

Ich sah ihm an, dass ihm die Frage wichtig war. Verdammt. Ich bekam keinen klaren Gedanken zusammen. Wie er so mit in den Hosentaschen vergrabenen Händen dastand und auf seine Antwort wartete, wusste ich nur, dass ich nicht wollte, dass er ging. Ich zuckte mit den Schultern.

»Du weißt warum«, sagte ich.

Er kam zögernd zurück.

»Vielleicht. Sag's mir«, forderte er mich auf.

»Du magst mich nicht mehr, hab ich Recht?«

Klar, er kannte mich schließlich. Lewin allein reichte schon, aber Lewin und Alkohol, das war eine abstoßende Mischung. Er kniff die Augen zusammen.

»Mein Gott, Lea«, sagte er. »Was redest du für einen Scheiß?«

Ich strich über seine Haare. Es war Jahre her, dass ich das zuletzt getan hatte, aber das warme Gefühl, das ich dabei hatte, war noch immer das gleiche. Es kam von irgendwo ganz tief in mir drin, und wenn mich nicht alles täuschte, hatte es das gleiche Zentrum wie meine Albträume.

»Du hast mir gefehlt«, sagte ich leise.

Er bewegte sich nicht.

»Hab ich das?«

Ich nickte.

»Das letzte Mal hab ich mich wie ein echter Vollidiot benommen. Und das hat dir gefehlt?«

Ich schüttelte den Kopf.

»Das ist schon so lange her. Das solltest du einfach wieder verdrängen.«

Er grinste und strich mir mit seinen Fingern zart übers Gesicht. Ich spürte, wie ein heißes Zittern durch meinen gesamten Körper lief. Wie damals, als ich sieben Jahre alt war und auf Wandas Bitten hin mit einer von Olympes Stricknadeln in der Steckdose unseres Zimmers herumstocherte. Der Stromstoß hatte mich gut einen Meter weit geschleudert, und Wanda meinte, dass das damals möglicherweise der Grund dafür war, dass ich nicht immer sofort wüsste, auf welche Seite ich gehörte.

Ralphs Finger waren am Ausschnitt meines T-Shirts angekommen und bewegten sich unter meiner stetigen Beobachtung abwärts.

»Weißt du, was ich rausgefunden hab?«, fragte er.

»Was?«

»Wenn du jemanden wirklich liebst, dann benimmst du dich eben immer wieder mal wie ein absolutes Arschloch, und es stört dich nicht weiter.«

»Ehrlich?«

»Hm.«

»Na, dann ist es ja gut. Das sagst du genau dem Richtigen. Kommst du jetzt endlich rein?«

»Du bist betrunken, Lea.«

»Bin ich nicht.«

»Doch das bist du.«

»Und wenn schon. Auch das geht vorbei.«

Als ich am nächsten Morgen aufwachte, wurde es gerade hell. Ich sah auf den Wecker neben meinem Bett. 5:49 Uhr. Es war mitten in der Nacht. Ich drehte mich auf die andere Seite und schaute direkt auf Ralphs nackten Rücken. Er saß auf der Bettkante und zog seine Jeans an.

Ich fuhr mir kräftig mit beiden Händen durch die Haare. Bei mir wirkte das immer, um schnell richtig wach zu werden. Ralph drehte sich zu mir um.

»He, Lea«, flüsterte er.

Ich stützte mich auf die Ellenbogen.

»Wo willst du denn um diese Zeit hin?«

Ich war immer noch reichlich verstört. Er zog sich sein T-Shirt über.

»Ich muss in die Klinik. Um sieben fang ich an«, sagte er.

Ich rollte mich zu ihm rüber und erwischte ihn gerade noch an seiner Hose. Ich hatte ihn wohl etwas zu heftig angefasst, denn er fiel zurück aufs Bett und begrub mich halb unter sich. Ich stöhnte gequält auf, und Ralph musste so laut lachen, dass ich ihm den Mund zuhalten musste, wenn wir nicht alle anderen aufwecken wollten.

»Du hast gerade mal zwei Stunden geschlafen«, sagte ich. »Du kannst jetzt nicht gehen und über Leben und Tod entscheiden.«

»Na, so schlimm wird es schon nicht werden«, meinte er. »Außerdem lassen sie mich da sowieso noch nicht ran.«

Ich fuhr mit meinen Fingern seinen Rücken entlang. Ich würde ihn jederzeit überall ranlassen. Verdammt, hätte ich ihn gern hier behalten.

»Sehen wir uns?«, fragte ich.

»Klar. Um fünf«, sagte er.

Ich schloss leise die Wohnungstür hinter ihm. Als ich kehrtmachte, um zurück in mein Zimmer zu gehen, sah ich Wanda. Sie lehnte an ihrer Zimmertür und beobachtete mich. Seit die Kinder auf der Welt waren, hatten wir beide einen extrem leichten Schlaf. Wanda neigte den Kopf zur Seite.

»War er das, von dem ich denke, dass er es war?«, fragte sie.

Wortspiele am frühen Morgen waren anstrengend. Vor allem

dann, wenn einem der Schädel dröhnte. Ich ging zu ihr rüber und gab ihr einen Kuss auf die Stirn.

»Das war Ralph«, sagte ich.

Wanda legte einen Arm um meine Hüfte und zog mich sanft in ihr Zimmer. Sie schnupperte an meinem Hals.

»Du riechst nach ihm«, murmelte sie. »Oder nach Jack Daniels. Erzähl mir alles.«

Wir krochen beide zurück unter Wandas Bettdecke, und ich erzählte ihr, wie es dazu gekommen war, dass Ralph die Nacht bei uns verbracht hatte. An der Stelle, an der ich den Nachtclub erwähnte, zog sie interessiert die Augenbrauen hoch.

»Das muss ich auch sehen.«

Ich stieß sie sanft in die Seite, und sie kuschelte sich an mich.

»Na hör mal«, murmelte sie. »Der hübsche Kerl liegt ohne alles neben dir. Da darf ich doch wenigstens mal aus sicherer Entfernung einen Blick auf ihn werfen.«

Wir lagen eine Weile still da, und ich dachte schon, Wanda wäre in meinem Arm eingeschlafen, als sie plötzlich sagte: »Bring ihn heute Abend mit. Ich werde noch eine Karte für ihn auftreiben. Irgendwie geht das schon. Also bring ihn mit, hörst du?«

Ich war ehrlich erstaunt. Ich hätte nicht damit gerechnet, dass Wanda Ralph häufiger als unbedingt nötig sehen wollte. Aber sie hatte sich anders entschieden.

»Meinst du wirklich?«, fragte ich.

»Natürlich, Lea«, flüsterte sie. »Wir sind doch keine kleinen Kinder mehr.«

Dann schlief sie an meiner Brust ein. Ich musste noch lange über Wandas letzten Satz nachdenken. Ich hörte ihre Stimme in mir. Wir sind keine Kinder mehr. War es soweit? War es endgültig Zeit, erwachsen zu werden?

24

Vier Stunden später saß ich in der Vorlesung von Professor Ellington und konnte ihren Worten nicht folgen. Zum Glück beachtete mich die dunkelhäutige Lehrerin nicht weiter. Dieses Glück war mir nicht häufig beschieden. Sie hatte bislang zwei Kurzgeschichten und eine Buchbesprechung von mir gelesen, und seitdem hielt sie mich für einen verwirrten Geist, der zurechtgerückt werden müsste.

Ich war unruhig. Ich hatte vergessen, Joey zu benachrichtigen. Ich hatte vorgehabt, ihn heute morgen zu fragen, hatte es aber in der Eile vergessen. Gleich nach der Uni musste ich am Lebensmittelladen von Mr. Jefferson vorbeischauen.

Joey Patinskie war ein guter Freund und unser Babysitter für den absoluten Notfall. Emma meinte einmal, er sei nicht von dieser Welt, und das wäre die Verbindung zwischen uns. Womit sie nicht wirklich meinte, Joey wäre ein Außerirdischer oder etwas in der Richtung. Wobei ich mir da auch heute noch nicht hundertprozentig sicher bin. Er war nur anders. Er war sogar ziemlich anders.

Joey Patinskie war etwa in Emmas Alter. Also siebzehn, höchstens achtzehn. Er arbeitete im Lebensmittelladen von Mr. Jefferson. Cirka fünf Minuten die Straße runter in Richtung Bloomingdale's auf der linken Seite gleich neben Green's Blumenladen. Emma war die erste von uns, die Joey näher kennen lernte, indem sie ihn damit verblüffte, dass sie seine Fragen bereits kannte, bevor er sie aussprechen konnte.

Was Emma hingegen ihrerseits sprachlos machte, war, dass Joey diese Kunst ebenfalls beherrschte. Joey brauchte Emma nur anzusehen, und schon wusste er, was sie wollte. Er kannte ihr Alter, ihren Namen und ihre Vorlieben und Abneigungen noch bevor die beiden ein einziges Wort miteinander gewechselt hatten.

»Dein Name ist Emma Lewin, du bist keine Amerikanerin, und dass du die ganze Zeit an einen anderen denkst, stört mich nicht. Tomaten und Apfelsinen, bitte schön«, war sein erster an Emma gerichteter Satz, mit dem er ihr die volle Einkaufstüte in die Hände drückte.

Emma war beeindruckt. Es passierte nicht oft, dass sie jemanden traf, der ihr Wesen aus eigener Erfahrung heraus verstand. Genau genommen, war das noch nie vorgekommen.

Joeys Vorfahren stammten aus Polen und seine Familie lebte bereits in der dritten Generation in den Vereinigten Staaten. Man hätte denken können, Menschen wie Joey und seine Familie wüssten, wohin sie gehörten. Aber weit gefehlt. Selbst Albert war amerikanischer als die Patinskies.

Joey's Großeltern sprachen nie in ihrem Leben auch nur ein englisches Wort, und auch seine Eltern beherrschten die Sprache ihres Geburtslandes nur gebrochen. Er selbst hingegen dehnte den typischen New Yorker Slang wie einen schmackhaften Kaugummi.

Die Patinskies waren eine sehr gottesfürchtige Familie. Dementsprechend wuchs Joey strenggläubig auf. Ich kann nur erahnen, woran es lag, aber die Verbindung aus einerseits alt-christlicher und andererseits neo-amerikanischer Weltanschauung machte sich in Joey selbstständig. Er hielt sich für eine Mischung aus Jesus und Superman.

Dass er hin und wieder auf Lili und Jack aufpasste, war ein Handel. Wir tauschten die Zwillinge gegen Mouse. Die drei waren im gleichen Alter und machten gemeinsam die kleinkindlichen Entwicklungsphasen durch. Mouse war ein Hund. Joeys Hund. Wenn auch kein gewöhnlicher Hund. Er war genauso ungewöhnlich wie sein Herr.

Wenn man davon ausging, dass alle Geschöpfe erstrangig nach solch äußerlichen Attributen wie dem der Schönheit bewertet werden, dann kam man nicht darum herum, zu sagen: Mouse war hässlich. Er war sogar so hässlich, dass die Menschen, wenn sie uns auch nur von weitem sahen, auf die andere Straßenseite wechselten.

Sein wuchtiger, viereckiger Kopf saß auf mächtigen Schultern, die sich unter seinem dunkelgrauen, struppigen Fell wie die Kolbenstange einer Dampfmaschine auf und ab bewegten. Mouse wirkte wie ein Skelett, dem man einen viel zu großen Fellmantel übergeworfen hatte.

Joey zu beschreiben ist nicht ganz einfach, weil man dabei jeder seiner vielzähligen Persönlichkeiten gleichermaßen viel Platz einräumen müsste. Ich möchte es folgendermaßen ausdrücken: Joseph Patinskie jr. war ein Phänomen.

Tag ein, Tag aus lieferte Joey Bestellungen aus. Dabei erledigte er seine Gänge immer zu Fuß. Egal wie weit er zu gehen hatte. Manchmal brauchte er einen halben Arbeitstag, nur um ein Glas eingelegte Gurken, Toast, eine Flasche Milch und eine Packung Cornflakes abzuliefern. Joey weigerte sich strikt, Verkehrsmittel zur Fortbewegung zu benutzen. Er meinte, dass er sich am New Yorker Verkehrswahnsinn nicht beteiligen wollte.

Dazu gehörte ebenfalls, dass er keine Straßen überquerte. Jedenfalls nicht, solange sich das vermeiden ließ, und auch nur dann, wenn sich kein Fahrzeug darauf bewegte. Er konnte stundenlang an einer Ampel am Straßenrand stehen und auf den passenden Moment warten. Er belauerte die Fahrer hinter ihren Windschutzscheiben wie eine Katze das Mauseloch, ehe er dann in Höchstgeschwindigkeit, in geduckter Haltung und laut hupend über die Straße sprintete.

Joey war nicht übermäßig groß. Höchstens 1,70 m. Schmales Gesicht, keinerlei Auffälligkeiten und kurze, dunkelgelockte Haare. Nichts an ihm wirkte außergewöhnlich. Joey hätte ein ganz normaler New Yorker Junge sein können.

Aber sobald er ein Gebäude verließ, stülpte er sich seinen verbeulten silbernen Motorradhelm, der noch aus den Anfängen der Motorenforschung stammen musste, und die riesige Fliegerbrille über, womit er aussah wie ein überdimensionales Insekt, und bewaffnete sich zudem noch mit einer blechernen Hupe. So geschützt machte er sich dann auf den Weg durch die Gefahren, die ein Leben, wie er es führte, mit sich brachte.

Selbstverständlich gab es einen Grund für Joeys Verhalten. Im

Alter von dreizehn Jahren war er auf dem Weg von der Schule nach Hause, als ihm aus heiterem Himmel etwas Schweres gegen den Kopf schlug. Seitdem hatte er permanent den Geruch von chinesischem Essen in der Nase.

Das Schwere war eine Bratpfanne, die just in dem Moment, in dem Joey um die Ecke bog, vom Koch eines chinesischen Restaurants in Richtung des Geschäftsführers geworfen wurde, diesen aber verfehlte und Joey mit voller Wucht an der Stirn traf. Ein Drittel seines zertrümmerten Stirnknochens wurde durch eine Metallplatte ersetzt, und anscheinend war diese an Joeys charakterlicher Veränderung nicht ganz unbeteiligt. Er meinte, er höre seitdem pausenlos gregorianische Gesänge. So, als hätte man ein Radio in seinem Kopf angestellt und fände den Knopf nicht mehr, um es wieder abzudrehen. Gregorianische Chöre und Reis mit Hühnchen. Und das tagein, tagaus. Ich denke, das entschuldigt einiges.

Im Theater lag elektrische Spannung in der Luft, die sich erst dann auflöste, nachdem der letzte Satz gesprochen und der Vorhang gefallen war. Wanda war an jenem Abend Nina aus Čechovs »Die Möwe«. Das Theater war bis auf den letzten Platz besetzt. Das verhaltene Gemurmel im Raum machte mich nervös. Es wurde dunkel. Der Vorhang glitt zur Seite und gab den Blick auf das erste Bild frei. Ein Obstgarten und dahinter das Meer. Ich dachte an zu Hause. Ich vermisste die alten Mauern und den Hügel.

Wanda war wie immer wunderbar. Sie richtete den erfolglosen Schriftsteller mit einer Mühelosigkeit zu Grunde, die mir die Tränen in die Augen trieb. Als am Ende der Applaus anschwoll, bemerkte ich, dass Ralph und Albert aufgesprungen waren. Albert steckte zwei Finger in den Mund und pfiff. Ralph machte es ihm nach, und selbst Emma rief unserer Schwester etwas entgegen. Wanda sah gequält in unsere Richtung. Während sie sich wieder verneigte, schnitt sie uns eine eindeutige Grimasse. Rahel sah streng zu mir herüber. Aber was hätte ich tun sollen? Ralph und die anderen benahmen sich wie ein Haufen Verrückter. Das war der Peinlichkeits-Risiko-Faktor eines jeden Schauspielers, wenn die Familie im Zuschauerraum saß.

Wir drängten durch Hunderte Premierengäste und bahnten unseren Weg konsequent zu Wandas Garderobe. Sie saß vor ihrem Spiegel und versuchte das Make-up abzubekommen. Als sie uns sah, sprang sie lachend auf. Ich nahm sie fest in den Arm. Dann wurde sie mir von Jules entrissen.

Ich beugte mich über den Spiegel, um den Lippenstift und die schmierige Schminke abzuwischen, die sich von Wandas Gesicht auf meine Wange gelegt hatte, als ich sie sah. Wanda stand mit dem Rücken zu mir und unterhielt sich leise mit Ralph. Er strich ihr gerade eine ihrer langen Locken aus der Stirn und legte sie ihr sanft hinters Ohr. Meine Schwester hatte den Kopf leicht geneigt, und dieses Lächeln, welches ursprünglich Maud gehörte, lag auf Wandas Gesicht. Es schien, als wäre die Zeit vor Jahren stehen geblieben. Ich erkannte noch immer keine Zeichen.

Wir hielten uns zwei Stunden auf der Premierenfeier auf. Dabei lernten wir den Regisseur des Stückes, Wandas Schauspielerkollegen und jede Menge anderer Menschen kennen, deren Namen und Gesichter wir gleich nach der Vorstellung wieder vergaßen. Wanda gab mir ein klares Zeichen. Ich nickte. Es war an der Zeit aufzubrechen. Wir besorgten Unmengen chinesisches Essen und fuhren nach Hause.

»Nicht schon wieder chinesisch«, maulte Joey verschlafen vom Sofa zu uns herüber. Sein Haar war mit bunten Bändern zu vielen kleinen Zöpfen gebunden. Eindeutig Lilis Werk. Ich fragte mich, wer von den Dreien zuerst eingeschlafen war. Die Zwillinge lagen quer über Joeys Bauch. Vorsichtig nahm ich Jack hoch.

»Daddy«, murmelte er und legte seine kleinen Arme fest um meinen Hals.

»Schlaf weiter, mein Schatz«, sagte ich leise und brachte ihn ins Bett. Jules folgte mit Lili.

Rahel drückte Joey einen Pizza-Karton in die Hand. Er lächelte glücklich. Thunfisch mit extra viel Käse. Jetzt begann der gemütliche Teil des Abends.

Ich holte zwei Flaschen Rotwein aus der Küche. Ich spürte Emmas Blick. Ich würde sie nicht enttäuschen. Wir kauerten auf den Sofas und redeten. Ich füllte Wandas Glas und starrte dabei in die rote Flüssigkeit. Ich hatte zu lange hineingesehen.

»Bitte nicht, Lea«, hörte ich Emmas Stimme in meinem Kopf.

Ich sah auf. Emma blickte ängstlich zu mir herüber. Ich versuchte zu lächeln.

»Keine Angst, Kobold«, sagte ich und reichte das Glas an Wanda weiter. Ralph sah von mir zu Emma. Sie lehnte an Albert, der seine riesigen Arme liebevoll um seine Freundin gelegt hatte. Ich erkannte die Sorge in ihren Augen und griff nach dem Mineralwasser. Emma lächelte erleichtert. Wir redeten so lange, bis Emma um halb drei auf die Uhr sah und erschrocken ausrief: »O mein Gott! Ich werde morgen wieder zu spät kommen.«

Damit meinte sie ihre allmorgendliche Übungsstunde im Konservatorium, pünktlich um sieben Uhr dreißig. Die einzige Entschuldigung war der Tod. Emmas Professor kannte da keinen Spaß. Emma war seine beste Studentin, und er hatte noch viel mit ihr vor. Sie sprang auf und zog Albert hinter sich her. Ralph stand ebenfalls auf und griff nach seiner Jacke, aber Wanda hielt ihn zurück.

»Du kannst nicht allein nach Hause gehen«, sagte sie.

Ralph sah erstaunt auf die Frau hinunter, deren Wange vertrauensvoll an meiner Schulter lehnte.

»Und warum nicht?«, fragte er.

»Erstens hast du, wie wir alle, zuviel getrunken«, erwiderte sie. »Und zweitens vereinfachen wir die ganze Sache, wenn du hier bleibst. Meinst du nicht auch, Lea?«

Ich nickte und die anderen nickten. Sie wussten, dass sie alle zu oft an den Weinflaschen genippt hatten. Wanda sprach weiter.

»Außerdem bleibt Mr. Patinskie auch hier. Hab ich nicht Recht?«

Sie beugte sich zu Joey runter. Der lag mit seinem Kopf auf ihrem Schoß. Sie strich ihm zärtlich übers Haar. Er blieb ihr die Antwort schuldig, denn seine Augen waren geschlossen und er schnarchte leise. Wanda breitete eine Wolldecke über ihm aus. Es war wirklich spät.

Keine halbe Stunde später rief eines der Kinder. Der gequälten Stimmlage nach zu schließen war es Jack, dem seine Schwester ein Bein in den Bauch gestoßen hatte. Die beiden schliefen wie Wanda und ich in ihrem Alter zusammen. Nicht, dass wir es nicht mit getrennten Betten versucht hatten, aber die beiden schliefen einfach nicht ein. Sie lagen eine ganze Nacht lang wach und starrten stur an die Decke. Das machten sie so lange, bis ich nicht mehr durchhielt und die beiden im Morgengrauen wieder zusammenlegte. Im nächsten Moment fielen ihnen die Augen zu. Sie blieben zusammen. Manche Dinge ändern sich nie.

Ich hörte, wie Wanda ins Kinderzimmer ging und mit Jack flüsterte. Kurz darauf war Ruhe. Als sie wenig später an meiner Tür vorbeikam, setzte ich mich auf.

»Wanda«, flüsterte ich.

Sie steckte den Kopf zur Tür herein, die ich wegen der Zwillinge immer nur anlehnte.

»Was ist?«, wisperte sie zurück.

Ich hob die Bettdecke etwas an und winkte sie zu mir. Sie schlüpfte darunter und kuschelte sich mit dem Rücken an meinen Bauch. Ich spürte ihren warmen Hintern an meinen Beinen. Sie trug wie immer meine Pyjamajacke und sonst nichts. Ich zog sie ganz nah an mich. Ralph bewegte sich im Schlaf. Ich steckte mein Gesicht in Wandas Haar.

»Über was habt ihr beide gesprochen?«, fragte ich.

»Lea. Du weißt doch, dass man sich mit Jack noch nicht unterhalten kann«, murmelte sie müde.

Ich knuffte sie leicht in die Seite. Es war nicht klar ersichtlich, ob sie mich auf den Arm nahm oder ob sie das, was sie sagte, wirklich ernst meinte.

»Ich meine doch auch nicht Jack«, sagte ich. »Ich meine dich und Ralph. Du weißt schon. Im Theater. Über was habt ihr da gesprochen?«

Wanda seufzte. Ihre Stimme wurde immer leiser.

»Über was wir gesprochen haben?«, fragte sie. »Du machst mir Spaß. Über dich natürlich.«

Das war mir eindeutig zu wenig. Ich drehte sie zu mir um und schaute in ihr erschöpftes, aber wunderschönes Gesicht.

»Und?«

Sie seufzte wieder.

»Du kannst schrecklich sein«, bemerkte sie. »Aber jetzt wissen wir, dass wir glücklich sind, wenn du glücklich bist, und deswegen geht es uns ab heute allen so gut.«

Ich spürte ihre warmen Finger an meinem Bauch und ließ meine von ihrem Knie über ihren Oberschenkel gleiten. Wanda sah mich erstaunt an, ehe sie mich zu sich hinzog. Sie küsste mich lange. Seit Jahren hatten wir das nicht mehr getan. Zu lange. Meine linke Hand knöpfte ihren Pyjama auf. Ich zog ihn ihr aus und beugte mich über ihren nackten Bauch. Mit der Zungenspitze fuhr ich um ihren Nabel und hinauf zu ihren Brüsten. Dann berührte ich ihre Kehle, bis ich wieder ihren Mund fand.

Wandas Hand fasste mich fester. Sie spreizte die Finger und drückte mich kräftig nach hinten. Während ich ihre Lippen an meinen spürte, sah ich nach unten. Das war nicht Wandas Hand. Ich kannte sie, aber es war eindeutig nicht die von Wanda. Ich spürte ihn warm an meinem Nacken und drehte mich zur Seite. Wandas Finger strichen durch sein Haar. Er beugte sich über mich und küsste mich flüchtig, bevor er fordernd Wandas Lippen berührte. Ich strich fest über seinen Rücken, während Wandas Hand in meine Pyjamahose glitt. Ich wandte mich ihr zu, so dass sie sich auf mich legen konnte. Sie war so weich und zart wie ich sie in Erinnerung hatte. Ralphs Arme umfingen sie, und sein Mund wanderte über ihren Rücken. Sie schloss die Augen. Ich spürte seine Hand zwischen meinen Beinen. Ich hatte die beiden Menschen bei mir, die ich auf der Welt am meisten liebte. Unser Leben konnte endlich beginnen. Ich zog die Kondompackung unter dem Kopfkissen hervor. Noch mal würde uns das nicht passieren.

25

Wir waren eine normale Familie. Weit weg von zu Hause hatten wir unseren Frieden gefunden. Wanda pendelte seit zwei Jahren zwischen New York und der Westküste hin und her. So ziemlich jeder kannte ihr Gesicht. Sie lächelte von Werbetafeln und Kinoleinwänden. So oft es ging, besuchten wir sie. Manchmal durften wir ihr mit den Kindern am Set zusehen. Danach gingen wir ans Meer, wo Ralph den beiden das Schwimmen beibrachte. Er war großartig. Die beiden liebten ihn abgöttisch. Er arbeitete weiterhin in der Klinik und saß bereits seit Monaten nächtelang über seiner Dissertation. Morgen würden die Zwillinge fünf Jahre alt werden. Das hieß: Wanda kam nach Hause. Es ging mir in meinem ganzen Leben noch nie so gut, und ich wurde unachtsam.

Ich kam von der Universität und warf meine Bücher auf den Tisch. Professor Ellington hatte meine neueste Arbeit gelesen, und wir hatten ein unerfreuliches Gespräch geführt. Sie hatte von mir verlangt, dass ich mich einer psychiatrischen Untersuchung unterziehen sollte. Warum konnte sie mich nicht endlich in Ruhe lassen?

Emma, Albert und Joey lümmelten auf dem Sofa. Sie beachteten mich nicht weiter. Ich ging zum Kühlschrank.

»Will noch jemand ein Bier?«, rief ich zu den dreien hinüber. Ich packte zwei Coladosen in jede Hand und ging zurück ins Wohnzimmer. Emma saß mit entsetztem Gesicht wie versteinert auf dem Sofa. Ich warf eine Cola in ihre Richtung.

»Reingelegt«, grinste ich.

»Du bist ein richtiges Kind, Lea«, seufzte sie und schenkte mir ein Lächeln. Ich nahm das Telefon in die Hand und wählte Wandas Nummer. Der Anrufbeantworter ging ran. Ich sagte kurz, wie sehr wir uns auf sie freuten und dass wir sie vom Flughafen abholen würden, dann legte ich auf.

»Was macht das Spiel, Albert?«, fragte ich und öffnete meine Dose. Er grinste zufrieden.

»Alles im grünen Bereich, mein Freund«, nickte er. »Die werden sich umschauen, sag ich dir. Denen versenke ich morgen den Korb.«

Albert war am College so etwas wie ein Basketball-Star. Kein Wunder bei der Größe. Aber der Kerl konnte noch dazu richtig gut spielen. Nicht mehr lange, und die Teams würden sich um ihn reißen. Emma und Joey debattierten gerade heftig darüber, welchen Film sie sich heute Abend ansehen würden, als Joey plötzlich wie von der Tarantel gestochen aufsprang.

»Mein Gott, der bringt mich um. Ich bin meinen Job los!«, schrie er, während er wild mit einer klappernden Papiertüte herumfuchtelte.

»Gott, Joey. Jetzt beruhige dich mal wieder«, rief Emma erschrocken, aber Joey wurde immer hektischer.

»Ich muss es zurückbringen. Jetzt sofort«, überlegte er aufgeregt. »Ich kann die Tageseinnahmen doch nicht ... Das geht doch nicht.«

»Morgen früh reicht doch auch noch«, mischte sich Albert ein, aber Joey starrte seinen Freund entgeistert an.

»Ich kann keine fremden Dollar an meinem Hintern tragen«, rief er und griff entschlossen nach seinem Helm. Emma und Albert folgten ihm. An der Tür drehte Joey sich zu den beiden um.

»Ich bin kein Säugling«, meinte er verächtlich. »Ihr müsst euch nicht an mich ranhängen. Seit ein paar Tagen kann ich schon allein laufen, und sprechen kann ich auch.«

Er richtete sich auf und holte tief Luft. Wir wussten, was jetzt kam. Ich lehnte mich erwartungsvoll zurück. Emma sank in sich zusammen und rutschte über die Sofalehne.

»Joey, nein. Bitte nicht schon wieder«, seufzte sie.

Aber für Bitten war es bereits zu spät. Joey zeigte mit ausgestrecktem Arm auf Albert, und seine Stimme klang tief und theatralisch, als er sprach:

»Da wär, gegen sein Los, zugrunde gegangen Odysseus,
Hätte Athene nicht ihm klare Besinnung gegeben.
Aufgetaucht aus der Woge – sie brach sich gegen das Festland –,
Schwamm er zur Seite und blickte zum Land hin, ob er wohl fände
Flache bespülte Gestade und seichte Buchten des Meeres.
Als er die Mündung dann eines schön hinströmenden Flusses
Schwimmend erreichte, erschien ihm dieser Platz als der beste.
Frei von Steinen war er, dazu geschützt vor dem Winde;
Und er spürte sein Strömen und betete in seinem Herzen:
›Höre, Herr, wer du auch bist, zu dir, dem sehnlich Erflehten,
Komme ich aus dem Meer, vor Poseidons Drohungen fliehend;
Ehrwürdig ist doch auch der Mann den unsterblichen Göttern,
Welcher Schutz erflehend umherirrt, so wie auch ich nun
Zu deiner Strömung und deinen Knien komme, der vieles
Durchstand. Erbarme dich, Herr; Schutz flehend nenne auch ich mich.‹«

Joey verharrte regungslos in seiner dramatischen Pose. Hätte jetzt auch nur einer von uns ein Wort der Anerkennung von sich gegeben, wäre er nicht mehr zu bremsen gewesen. Das wussten wir nur zu gut. Wir hatten schon Zeiten erlebt, zu denen er uns die halbe Odyssee ohne Punkt und Komma heruntergebetet hatte. Eine Vorstellung, die zweifelsohne ihren Reiz besaß, die man aber trotzdem nicht zu jeder Zeit ertragen konnte.

»Wir kommen gar nicht mit, um dich zu beschützen«, erklärte Emma trocken, »sondern um Mr. Jefferson beizustehen, der wieder mal nichts von alldem verstehen wird.«

Joey seufzte.

»Ihr seid wahre Freunde.«

Sichtlich gerührt strich er über seine Hupe. Albert legte seinen mächtigen Arm um den schmächtigen Jungen.

»Ganz genau«, nickte er und schob Joey breit grinsend zur Tür hinaus.

Die drei gingen zurück zu Jefferson's Laden. Es war bereits geschlossen. Durch die gläserne Ladentüre mit dem Schild CLOSED konnte man Mr. Jefferson zwischen den Regalen sehen. Er sortierte Konservenbüchsen.

Joey klopfte gegen das Schaufenster, und Mr. Jefferson tauchte hinter den Ravioli auf. Als er die drei erkannte, winkte er ihnen über die entsteinten grünen Oliven hinweg zu. Er schlurfte um die Regale herum und öffnete umständlich die scheppernde Ladentür.

Joey begann sofort seine Geschichte zu erzählen, und Mr. Jefferson versuchte, Joeys wilden Beschreibungen zum Trotz, nicht den Überblick zu verlieren. Noch während er Joey immer wieder versicherte, dass alles in Ordnung sei, schob sich ein Mann an Emma vorbei. Sein Gesicht war unter einer schwarzen Strickmütze verborgen, die er bis zum Kinn heruntergezogen hatte. Er hielt eine Waffe in der Hand, deren Lauf auf Mr. Jefferson gerichtet war.

»Ich will dein Geld. Alles was da is«, forderte er.

Mr. Jefferson verstummte. Joey hingegen, der den Fremden bis dahin als Einziger übersehen hatte, drehte sich um.

»Entschuldige bitte«, sagte er ungerührt. »Siehst du nicht, dass wir beide hier, Mr. Jefferson und ich, uns gerade unterhalten, Jimmie? Außerdem haben wir schon geschlossen.«

Er zeigte auf das Schild. Der Fremde hielt Joey drohend seine Pistole an die Stirn.

»Halt dein Maul und gib mir die Kohle, du Arsch. Sonst unterhältst du dich gleich mit keinem mehr.«

Joey drehte sich wieder zu Mr. Jefferson und wollte das Gespräch fortsetzen.

»Ich mach hier keinen Spaß, du Komiker«, schrie es hinter ihm. »Entweder du gibst mir jetzt die verdammte Kohle, oder ich puste dir deinen beschissenen Schädel von den Schultern. Hast du das kapiert?«

Jetzt wurde es selbst Joey Patinskie zu viel. Er erhob drohend seine Hupe.

»Hat dir keiner beigebracht, dass man nicht einfach anderer Leute Gespräche unterbrechen soll?«, herrschte er den Eindringling an. »Du Quarknase wartest gefälligst so lange, bis ich fertig bin. Und dann können wir über das reden, was du willst. Ich könnte aber auch zu deiner Mama laufen, dass sie dich für deine Unverschämtheiten heute Abend übers Knie legt. War das jetzt für deine Ohren verständlich?«

»Du kannst mich mal«, dröhnte es zurück. »Und du rück endlich die verdammte Kohle raus. Alles was da is'.«

Damit scheuchte er Mr. Jefferson in Richtung Kasse.

»Lass ihn, Junge. Der meint es ernst.«

Mr. Jefferson stolperte hinter die Theke und öffnete die Kasse.

»Siehst du. Wenigstens einer hat's kapiert.«

Albert stand bis dahin noch neben Emma an der Ladentür. Aber jetzt bewegte er sich langsam in Richtung seines Freundes.

»Halt bitte nur ein Mal deinen Mund, Joe«, sagte er. »Nur dieses eine Mal.«

Joey zuckte mit den Achseln und nickte. Dann schnalzte er mit der Zunge.

»Lächerliche Mütze«, murmelte er.

Mr. Jefferson stopfte dem Kerl alles Geld aus der Kasse in die Jackentaschen. Der schien trotzdem unzufrieden.

»Sag mal. Soll das alles sein?«, schrie er. »Willst du mich verarschen?«

»Mehr ist es heute nicht. Es war ein heißer Tag«, entgegnete Jefferson.

»Du alter Scheißkerl. Glaubst du, ich geh hier mit läppischen achtundzwanzig Dollar raus?«

»Keiner hat dich eingeladen«, schaltete sich Joey ein. »Aber hier ist noch was. Unser Tresor.«

Joey schwenkte die zerknitterte Papiertüte hin und her.

»Aber erst sag mir, ob du als Einzelkind aufgewachsen bist.«

»Hast du 'nen Knall?«

Joey ließ die Arme sinken und schüttelte den Kopf. Er setzte sich den Helm auf und drehte seine Hupe um den rechten Zeigefinger wie Cowboys ihre Revolver. Dabei sprach er wie ein Pfarrer von der Kanzel, der sich mit der frohen Kunde an seine Gemeinde wendet.

»Du bist kein Gegner für mich. Ich gehöre zum Heer Gottes«, rief er laut. »Also nimm das Geld oder lass es und hau endlich ab.«

Der Typ sah in die Geldtüte und lachte.

»Ihr verdammten Clowns«, sagte er. »Ihr denkt, ihr könnt mich echt verarschen.«

Dann ging alles zu schnell. Der Kerl fing an zu brüllen und gestikulierte dabei heftig in der Gegend herum. Immer wieder hielt er die Pistole abwechselnd in Joeys oder in Alberts Richtung. Der wusste gar nicht recht, was er tat.

Joey hingegen ließ die Waffe nicht aus den Augen. Er verfolgte jede Bewegung, und es entging ihm daher nicht, dass sein Freund genau in der Schussrichtung stand. Nur vier bis fünf Schritte von ihm selbst entfernt. Also machte er sich auf den Weg.

Langsam, aber zielstrebig bewegte er sich seitwärts auf Albert zu, der seinem Freund seinerseits immer wieder per Handzeichen zu verstehen gab, dass er stehen bleiben sollte.

Joey schob sich wie der Schatten einer Sonnenfinsternis vor Alberts Körper, als sich der Schuss löste. Albert fiel zu Boden. Auf seinem T-Shirt machte sich rasch ein dunkler Fleck breit.

Der Typ schaute ungläubig auf die Waffe in seiner Hand. Das alles wirkte so dilettantisch, als hätte der Kerl noch nie zuvor ein Schießeisen in der Hand gehalten, und trotzdem war sein Schuss ein absoluter Volltreffer. In jeder anderen Situation hätte man ihn zu seinem Erfolg beglückwünscht.

»Verdammte Scheiße!«, rief er. »Das wollte ich doch nicht!«

Er rannte aus dem Laden und war weg. Joey wankte zwei Schritte zur Seite und sank dann langsam neben Albert zu Boden. Emma drückte eines der Touristen-T-Shirts mit dem Schriftzug »I love New York« auf Alberts Wunde. Die lagen zu fünf Dollar das Stück auf dem Kassentisch. Die Kugel hatte ihn unterhalb des linken Rippenbogens erwischt. Er atmete flach, konnte aber seinen Kopf zu Joey rüberdrehen, der nun mit geschlossenen Augen am Tresen lehnte.

»Verdammt, Joey«, schimpfte er. »Warum konntest du nicht einfach deine Riesenklappe halten? Hab ich's dir nicht gesagt? Hab ich's nicht gesagt?«

Emma kniete zwischen den beiden und versuchte Joey's Blutung zu stillen. Sie drückte beide Hände so fest sie konnte auf Joey's Brust. Die Kugel war einfach durch Joey hindurchgeflogen und dann in Alberts linkem Lungenflügel stecken geblieben. Das Blut quoll schnell und dunkel zwischen Emmas Fingern hervor. Immer wieder schob sie es zurück, als könnte sie damit alles wieder gutmachen. Joey grinste gequält.

»Alles halb so schlimm«, flüsterte er. »Weißt du's nicht mehr, Mann? Ich bin Superman. Kugeln prallen an mir ab.«

Albert musste husten. Eine dünne Blutspur rann ihm übers Kinn.

»Du Arsch«, keuchte er.

Joey nickte schwach.

»Ich weiß. Aber im Film klappt das immer.«

»In Hollywood brauchen die solche bekloppten Kerle wie dich.«

»Du hast Recht. Aber ich glaub, ich geh nirgends mehr hin, Kumpel.«

»Red keinen Scheiß. Wir beide werden zusammengeflickt und sind dann so gut wie neu.«

Über Joeys fahles Gesicht huschte ein eiliges Lächeln.

»O.k. Du weißt aber, dass ich dann auch wieder hinter deinem Mädchen her sein werde.«

Albert seufzte.

»Klar weiß ich das.«

Joey stöhnte leise. Er schloss die Augen und fuhr sich mit der Zunge über die trockenen Lippen.

»Hör mal. Bist du mein Freund?«, fragte er.

»Klar, Mann. Weißt du doch.«

Joey nickte zufrieden.

»Sei ehrlich. Glaubst du, dass ich in seinen Himmel reinkomm?«

»Hör auf, so einen Mist zu labern, Joe.«

Joeys Hand griff nach Albert und erwischte seinen Freund am T-Shirt.

»Verdammt noch mal. Ich sterbe. Also sag mir, ob ich 'ne Chance hab, da oben reinzukommen.«

Albert nahm Joeys Hand in seine. Er sah seinem Freund in dessen ernstes Gesicht, aus dem alle Farbe gewichen war.

»Du stirbst noch lange nicht, Joey«, sagte er. »Aber wenn da oben einer vor dir reinkommt, dann stell dich einfach hinter ihn. Du bist der nächste.«

Er hielt Joeys Hand. Tränen traten in seine Augen, und seine Stimme klang ungewohnt dünn. »Du kommst rein. Du ganz bestimmt.«

Joey lächelte erleichtert.

»O.k. Wenn du das sagst«, flüsterte er zufrieden und sah Emma an. Sie küsste ihn zart auf die kalten Lippen.

»Wow, ein Engel«, murmelte er, bevor er endgültig die Augen schloss.

Wieder waren wir bei einer Beerdigung. Wir verabschiedeten uns von Joseph Patinskie, 20 Jahre alt geworden und ein wahrer Held. Keiner sagte ein Wort, als wir an Joeys Grab standen. Emma starrte mit leeren Augen auf Joeys Sarg, während sie Alberts schlichte Urne fest gegen ihre Brust drückte. Jack hielt meine Hand, und selbst Lili schwieg. Ich spürte wieder diesen krampfenden Druck in meinem Brustkorb. In meinem Leben gab es keinen Platz mehr für Vorzeichen. Ich ignorierte die Stimme. Lili zupfte an meinem Arm, und ich hob sie hoch.

»Was wird denn jetzt aus Mouse?«, flüsterte mir meine Tochter ins Ohr und betrachtete dabei mitleidig den hässlichen Hund, der vor uns saß. Ich überlegte nicht weiter. Wir nahmen ihn mit nach Hause.

Erneut hatte uns der Tod darauf hingewiesen, dass das Schicksal eigene Ziele verfolgt. Wir waren nirgends sicher. Drei Monate später überschlugen sich die Ereignisse, und alles veränderte sich für immer.

Emma hatte ihre Geige seit dem Tag, an dem Albert starb, nicht mehr angerührt. Auch hatte sie nie mit mir über die Geschehnisse an jenem Nachmittag gesprochen, es war Jefferson, der mir alles wieder und wieder erzählte. Wenn ich versuchte sie zu trösten, strich sie mir nur sanft über die Wange und lächelte. Emma verbrannte alte Zeitungen und einen morschen Lindenzweig zu Asche und schickte diese an Alberts Mutter. Alberts Asche aber füllte sie in eine kleine Blechdose mit Schraubverschluss und trug sie seitdem stets bei sich. Sie waren sich schon immer so sicher gewesen, in diesem Leben füreinander bestimmt zu sein.

Ich machte mir große Sorgen und verfolgte Emma in der Hoffnung, sie würde es nicht bemerken. Sie verbrachte ihre Tage im Park des Musikkonservatoriums und lauschte stundenlang Mozart, Händel und Chopin. Selbst spielte sie keine Note mehr. Emma hatte die härteste Strafe für sich gewählt. Sie war der Meinung, für Alberts Tod verantwortlich zu sein. Sie war davon überzeugt, dass sie besser auf ihn hätte aufpassen müssen. Dass es nicht in ihrer Macht gelegen hatte, akzeptierte sie nicht. Es war eigenartig, Emma zu beobachten. Ihr ganzes Leben hatte sich von einem Tag auf den anderen gewandelt, aber sie zeigte nicht eine Spur von Schwäche. Sie kümmerte sich hingebungsvoll um den Haushalt und die Kinder und den großen Mouse und duldete es nicht, dass wir uns um sie sorgten. Wir ließen uns täuschen.

Eines Morgens fand ich sie. Emma saß in ihrem dünnen Nachthemd auf ihrem Bett. Sie lehnte in sich zusammengesunken am Bettpfosten und hielt die geöffnete Blechdose in ihren Händen. Ihre schmalen Finger waren dunkelrot von getrocknetem Blut. Überall auf ihrem Bauch und ihren Beinen war Blut. Mit geschlossenen Augen kauerte sie über Alberts Asche gebeugt und lächelte glücklich. Sie hielt die Klinge meines verdammten Rasiermessers noch zwischen den Fingern. Ich hob sie hoch und rannte mit ihr ins Krankenhaus. Sie war so leicht, dass ich das Gefühl hatte, Lili in den Armen zu halten. Emma war tot. Ich wusste es, während ich lief und die Menschen uns bestürzt nachsahen. Ich wusste es. Meine kleine Schwester hing ohne eine Spur von Leben in meinen Armen, und ich rannte, als könnte ich die Zeit einholen und Emma dadurch zurückbringen.

Niemand konnte Emma zurückholen. Ihr kleiner Körper mit diesem verdammt seligen Lächeln auf ihrem süßen Gesicht lag auf dem kalten Operationstisch in der Notaufnahme, und nur ihre hellen Locken tauchten hin und wieder zwischen den grünen Kitteln der Ärzte auf. Emma Lewin war längst nicht mehr da.

Ich füllte ihre Asche zu der von Albert in die kleine silbergraue Dose und drehte den Verschluss fest zu. Ich wusste, dass das alles war, was ich noch für sie tun konnte. Ich hatte nicht gut genug auf sie aufgepasst.

Wir alle stürzten uns in Arbeit. Monate vergingen, aber wir kamen nicht mit Emmas Tod zurecht. Emma zu verlieren war keinem von uns jemals in den Sinn gekommen. Sie war immer die Stärkste von uns allen gewesen. Sie war zu schnell für uns.

Jules arbeitete Monate wie ein Besessener an einer Gestalt, die Emma erschreckend ähnlich sah. Ihr ernstes Gesicht blickte aus weißem Marmor auf uns herab, und ich konnte hören, wie sie mir zuflüsterte. Aber ich verstand ihre Worte nicht. Wollte sie mich warnen?

Jules Ausstellung sollte am Abend mit einer großen Vernissage eröffnet werden. Es gab nur eine Sache auf dieser Welt, die Jules verunsichern konnte, und das war Kritik an seiner Arbeit. Diese Ausstellung handelte ausschließlich von Emma. Er hatte sie in Überlebensgröße geschaffen. Etwas, was Emma zu ihrem Kummer selbst nie erreicht hatte.

Ich versuchte zum tausendsten Mal, die verfluchte Krawatte zu binden, als das Telefon klingelte. Lili rannte los. Ich fluchte und kapitulierte.

»Ralph!«, rief ich durch den Flur. Wozu mussten wir uns herausputzen wie die Oberkellner? Seit wann gab es in der Kunst höfische Etikette, für die man sich zum Trottel machen musste?

Ralph streckte den Kopf aus der Badezimmertür. Als er mich sah, grinste er zufrieden.

»Ich soll dir doch nicht etwa helfen, oder?«, fragte er. »Ich kann mich da an jemanden erinnern, der das ganz allein schafft. Schließlich ist er ja kein Kind mehr.«

Ich warf die Krawatte nach ihm.

»Jetzt komm schon«, bat ich. »Das Ding raubt mir noch den letzten Nerv.«

Er legte konzentriert den grauen Stoff um meinen Nacken, und innerhalb von Sekunden entstand ein Knoten unter seinen Fingern. Er hielt das Krawattenende fest und zog mich näher.

»Du siehst richtig gut aus«, meinte er mit anerkennendem Blick.

»Ich bin auch ein hübsches Kerlchen«, erwiderte ich trocken.

Lili schob sich zwischen uns.

»Für dich«, sagte sie und reichte mir das Telefon. »Es ist Mummy.«

»Na Liebes, wann stellst du ihn uns endlich vor?«, fragte ich.

Wanda lachte nicht über meinen gutgemeinten Scherz. Ansonsten hatten wir immer großen Spaß an den Gerüchten der Klatschpresse gehabt, die meine Schwester alle paar Wochen mit einem anderen verkuppelte, aber in den vergangenen Wochen waren wir ernst geworden.

»Lea. Bitte bring mich nach Hause«, bat sie mit zitternder Stimme.

»Was ist los, Wanda?«

Ich bekam keine Luft und lockerte mit einem Ruck den Krawattenknoten.

»Lea, bitte. Komm und hol mich.«

Ich saß im nächsten Flieger. Als ich vor dem Hotel aus dem Taxi stieg, krampfte sich meine Brust derart zusammen, dass ich für die Länge zweier Atemzüge stehen bleiben musste. Da war er wieder. Nachdem ich ihn seit Jahren ignoriert hatte, war ich mir so gut wie sicher gewesen, dass er für alle Zeiten verschwunden war und ich ihn nie wieder spüren würde. Aber jetzt war er unvermittelt, ohne jede Vorwarnung zurückgekehrt und verschaffte sich auf seine gewohnt unsensible und raubeinige Art seinen alten Platz in meiner Brust. Der Druck auf meine Lungen war so stark, dass ich spürte, wie sich das Innere meines Kopfes durch den Sauerstoffmangel langsam vernebelte und meine Knie weich wurden.

Hier stimmte etwas nicht. Die Schmerzen wurden immer heftiger. So sehr ich mich auch darum bemühte, die Stimme ließ sich nicht mehr überhören.

Wanda öffnete auf mein Klopfen hin die Tür. Ich erschrak. Sie sah schlimm aus. Ihr Gesicht war leichenblass, und unter ihren Augen lagen breite, rote Ränder.

»Himmel, Wanda. Was ist mit dir?«

Ich drückte sie fest an mich. Ihr Körper glühte vor Hitze.

»Du gehörst ins Bett. Du hast Fieber.«

Ich hielt sie ein Stück von mir weg, um in ihr Gesicht sehen zu können.

»Es ist so schön, dass du da bist.«

Sie versuchte zu lächeln, bekam es aber nicht zu Stande. Ich brachte sie zurück zum Bett. Als ich sie zudeckte, hielt sie meine Hand fest.

»Ich will nach Hause«, flüsterte sie.

»Du brauchst erst mal einen Arzt«, sagte ich und griff zum Telefon. Wanda hielt meine Hand zurück. Ich spürte, wie sie zitterte.

»Ich will keinen Arzt, Lea. Ich will jetzt nur nach Hause.«

Ich konnte mir nicht vorstellen, wie ich ihren Wunsch erfüllen sollte.

»Ich kann dich doch so nicht mitnehmen«, sagte ich. »Du kannst dich nicht einmal auf den Beinen halten, Wanda.«

Ich spürte den Druck ihrer Finger. Sie ließ mich nicht los.

»Du bist doch jetzt da. Es geht mir gleich besser.«

Ich hätte ihr nur allzu gern geglaubt.

»Das ist nicht vernünftig«, sagte ich.

»Das macht nichts«, murmelte sie matt.

Ich legte ihr ein kaltes Tuch auf die Stirn. Im Badezimmer suchte ich nach einem Fieberthermometer. Ich fand es im Medizinschrank. Widerstandslos nahm sie es in den Mund: 39,8. Ich bekam Panik.

»Wanda, das sind fast 40 Grad. Es ist mir egal, was du sagst, ich hole jetzt einen Arzt«, entschied ich.

Während wir warteten, legte ich mich zu Wanda aufs Bett. Ich hielt sie in meinen Armen und überlegte, was ich weiter tun sollte. Warum hatte sie mich nicht eher angerufen? Ich hatte laut gedacht.

»Ich musste doch arbeiten, Lea.«

Ich strich über ihre feuchte Stirn und wendete das Tuch.

»Wie lange geht das schon so?«, fragte ich.

Ein erneutes Zittern fuhr durch ihren Körper.

»Angefangen hat es vor drei Tagen«, antwortete sie leise, »aber erst heute nacht wurde es richtig schlimm.«

Es klopfte an der Tür. Nachdem der Arzt Wanda untersucht hatte, verordnete er ihr ein starkes Antibiotikum. Er meinte, dass sie mit ein wenig Glück am nächsten Morgen mit mir zurückfliegen könnte. Ich spürte, wie es in mir ruhiger wurde. Spätsommergrippe. Eine Diagnose, mit der ich leben konnte.

Am folgenden Morgen saßen wir tatsächlich in der Maschine nach New York. Wanda sah noch immer nicht gut aus, aber sie konnte mit mir nach Hause kommen. In ein paar Tagen wäre alles wieder in Ordnung.

Drei Wochen später hatte sich Wandas Zustand immer noch nicht verändert. Sie fühlte sich nicht besser. Sie klagte über Übelkeit und ständige Müdigkeit. Nachts wachte sie häufig auf, und ihr gesamter Körper zitterte vor Kälte, während sie gleichzeitig so sehr schwitzte, dass ich sie bis zu drei Mal in derselben Nacht umziehen musste. Ich hatte sie bereits mehrfach aufgefordert, in die Klinik zu gehen, aber sie wollte nicht. Nachdem sie sich am Morgen schon wieder übergeben hatte und das Fieber daraufhin angestiegen war, platzte mir der Kragen. Ich stand vor unserem Bett und blickte besorgt in ihr erschöpftes Gesicht.

»Wanda, ich sehe mir das nicht mehr länger an«, sagte ich.

»Ich bring dich jetzt ins Krankenhaus, und wenn ich dich hineintragen muss.«

Sie griff nach mir. Ihre kalten Finger schlossen sich eisig um mein Handgelenk.

»Hör auf damit, Lea«, bat sie.

»Nein«, schimpfte ich. »Dir geht es seit einem Monat nicht besser. Das hier ist kein Kinderspiel, Wanda. Das wird mir verdammt noch mal zu ernst. Ich bring dich jetzt da hin und Schluss, Herrgott!«

Ihr Griff wurde fester.

»Ich will das nicht«, sagte sie dickköpfig.

»Weißt du was? Das ist mir so was von egal. Du kommst entweder freiwillig mit oder ich prügel dich hin.«

»Lea, bitte.«

Ich setzte mich zu ihr aufs Bett.

»Was soll ich denn sonst tun?«

»Wir werden Ralph bitten, es zu tun«, sagte sie und schlang ihre Finger um meine. »Er soll mich untersuchen, und dann wirst du schon sehen, dass es manchmal einfach etwas mehr Zeit braucht, um gesund zu werden.«

Ich nickte. Das war nicht gerade die Lösung, die ich vorgeschlagen hatte, aber sie war mindestens genauso gut. Ich rief Ralph in der Klinik an. Er war einverstanden. Am Abend nahm er Wanda Blut ab und bedachte alles, was man sich nur vorstellen konnte. Dann brachte er die Proben in die Klinik, und wir warteten.

Zwei Tage später kam Ralph erst spät abends nach Hause. Wanda war schon zu Bett gegangen. Sie schlief ruhig und entspannt, was in letzter Zeit selten vorgekommen war.

Ralph schloss die Wohnungstür hinter sich. Er sah zum Sofa herüber, wo ich über meinen Büchern saß. Die Art, wie er mich stumm beobachtete, machte mich nervös. Ich konnte spüren, dass etwas nicht stimmte, und dieses Gefühl war nur schwer zu ertragen. Ich klappte den Steinbeck auf meinen Knien zu.

»Was ist los?«, fragte ich.

Ralph sah zur Seite und fuhr sich unsicher mit den Händen übers Gesicht und weiter durch die Haare. Er setzte sich mir wortlos gegenüber. Dann stützte er seine Ellenbogen auf die Knie und schaute starr auf den Boden zu seinen Füßen.

Das alles dauerte für Ralph Stallers Verhältnisse schon viel zu lange. Er war sonst jemand, der ohne große Umschweife zur Sache kam, aber wie er sich jetzt benahm, war unheilverkündend.

»Ich habe heute Wandas Untersuchungsergebnisse bekommen«, begann er endlich.

Ich regte mich nicht. Es war alles in Ordnung. Nichts konnte so schlimm sein, dass es mich umgehauen hätte. Er drückte die Handflächen fest aneinander. Endlich sah er mich an.

»Sie ist positiv.«

Ich atmete ein paar Mal tief durch, bis mein Blick sich wieder schärfte. Dann stand ich langsam auf und begann, die Romane und Gedichtbände, die ich rings um mich verteilt hatte, zu einem akkuraten Stapel übereinander zu schichten. Während ich das tat, versuchte ich krampfhaft, an nichts zu denken.

Gedankenlosigkeit – ein Zustand, in dem ich mich ansonsten ohne allzu große Schwierigkeiten stundenlang aufhalten konnte, der sich jetzt aber strikt weigerte einzutreten. In meinem Kopf tobte mein Wissen gegen meine Versuche, dieses zu ignorieren.

»Was soll das heißen, positiv?«, fragte ich. »Was meinst du mit positiv? Was ist positiv? Der Befund oder was?«

Ich wusste, was er meinte. Und doch konnte ich seine Worte nicht verstehen. Alles in mir wehrte sich gegen das, was er gesagt hatte. Hätte es etwas an seiner Diagnose geändert, dann hätte ich ihn jetzt am liebsten geschlagen. Ich hätte ihn so gerne windelweich geprügelt. Doch stattdessen benutzte ich meinen Verstand. Ich nahm mich zusammen, so sehr ich nur konnte.

»Bist du sicher?«, fragte ich.

Ralph nickte.

»Wie kannst du dir sicher sein?«, warf ich ihm entgegen. »Ich meine, bei euch werden doch ständig irgendwelche Proben vertauscht, oder eine der Schwestern hat Mist gebaut und die Werte verschlampt. Das passiert doch dauernd. Bestimmt habt ihr einen Fehler im Computer. Bestimmt ist es das. Du musst das alles einfach noch mal überprüfen. Das sind nicht Wandas Ergebnisse. Bestimmt nicht. Nicht Wanda.«

Meine Hände begannen zu zittern. Wanda war wahrlich keine Heilige, aber das konnte ihr nicht passiert sein. Niemals.

»Die Ergebnisse stimmen, Lea. Ich bin mir hundertprozentig sicher«.

Ich stemmte die Arme so heftig gegen die Tischplatte, als gelte es, ein Kräftemessen der Schwergewichtsklasse zu gewinnen. Ich erkämpfte mir jeden neuen Atemzug.

»Und was wirst du jetzt machen?«, presste ich durch meinen verkrampften Kiefer.

»Was meinst du?«

Er klang tatsächlich erstaunt. Ich ertrug seinen besorgten Blick nicht länger und wandte mich von ihm ab.

»Na, wie wirst du ihr helfen?«, fragte ich, während ich meine Bücher neu stapelte. Eines exakt auf das andere. »Was müssen wir machen, damit sie wieder gesund wird?«

»Lea. Ich kann ihr nicht helfen.«

Ich fuhr herum. Ich wollte nicht schreien, aber meine Stimme klang, trotzdem ich versuchte, mich zu beherrschen, um einiges zu laut.

»Was kannst du nicht?«, griff ich ihn an. »Verdammt Ralph, du bist Arzt. Du hast das ganze Zeug jahrelang studiert. Du musst doch irgendwas machen. Gib ihr Spritzen, Tabletten, tausche ihr Blut aus oder sonst was, aber tu irgendwas.«

Ralph beugte sich zu mir vor. Seine Stimme klang hart.

»Das kann ich nicht«, sagte er. »Ich weiß nicht, was ich machen soll. Glaubst du denn, dass ich nicht sofort alles tun würde, um ihr zu helfen? Aber ich kann nicht. Ich kann es nicht, und auch kein anderer kann das, Lea. Ich kann es einfach nicht, hörst du? Und das weißt du auch.«

Ich erstarrte. Natürlich wusste ich es. Die Hoffnungslosigkeit der Gewissheit betäubte mich.

»Aber wir können sie doch nicht einfach sterben lassen.«

Ich suchte in seinen Augen nach einem Zeichen, das mir Grund zur Hoffnung hätte geben können. Ralph streckte seine Hand nach mir aus, aber ich drehte mich weg.

Ich legte mich zu Wanda und beobachtete sie, während sie schlief. Ihr Gesicht wirkte so unschuldig, wie das eines sechzehnjährigen Mädchens.

Ich lag neben ihr und konnte sie nur ansehen. Ich war wieder der kleine Junge von früher, der mit Wandas Haaren spielte, nachdem sie eingeschlafen war, und der nie weiter dachte als bis zur nächsten Minute seines Lebens.

Ich zog sie ganz nah an mich heran und hielt sie fest. Immer wieder streichelte ich über ihr Haar und ihr Gesicht. Immer wieder und ganz vorsichtig, damit ich sie nicht weckte. Irgendwann musste ich eingeschlafen sein.

Ich wurde wach, weil ich spürte, wie etwas kitzelnd über meine Stirn strich. Ich öffnete die Augen und blinzelte in die betörende Helligkeit des Morgens. Wanda hielt mich im Arm. Mit ihren warmen Fingern strich sie mir zärtlich über die Stirn, meine Nase, meine Lippen bis hinunter zum Kinn. Das Gleiche machte sie oft mit Lili und Jack, wenn die beiden schliefen. Ihre kleinen Gesichter verzogen sich dabei immer zu einem Lächeln.

»Wie geht es dir?«, fragte ich leise.

Wanda beugte sich zu mir und küsste mich sanft auf die Stirn.

»Schon viel besser«, flüsterte sie.

Sie betrachtete mich lange. Ich konnte es nicht ertragen und schlug die Augen nieder.

»Du weißt etwas, von dem ich nichts weiß«, rätselte sie. »Sag's mir.«

Ich spürte, wie mir im gleichen Moment, in dem sie das ausgesprochen hatte, der Kummer meines Wissens die Luft zum Atmen nahm. Ich vergrub mein Gesicht in ihrem Bauch.

»Es ist nichts. Es ist gar nichts«, hörte ich meine dumpf klingende Stimme.

Wanda fuhr mit ihren Händen in mein Haar und zog mich zu sich hoch.

»Du bist ein schlechter Lügner«, sagte sie lächelnd. »Hör auf dich zu verstecken und sag mir die Wahrheit.«

Ich suchte verzweifelt einen Ausweg, aber da war keiner. Da war nur Wanda, die seelenruhig darauf wartete, dass ich ihr die Wahrheit sagte. Ich war der Todesbote, der seine grausame Nachricht preisgeben musste. Aber wie konnte ich das? Wie sollte ich ihr sagen, was ich wusste, ohne dabei den Verstand zu verlieren? Wanda lehnte sich zurück.

»Ich werde nicht alt werden, Lea«, sagte sie mit zärtlicher Stimme.

Ich nickte tonlos. Ich spürte wieder ihre Hand in meinem Haar. Ihr Griff wurde fester.

»Also sag mir, was es ist«, forderte sie leise.

Ich holte tief Luft.

»Du hast den verdammten Virus in dir drin«, stieß ich heiser hervor.

Wanda hatte mich verstanden. Als ich zu ihr aufschaute, sah ich, dass sie ihre Augen geschlossen hatte.

»Es tut mir so Leid«, flüsterte sie.

Ihr Gesicht wirkte wie das einer Kirchenstatue von St. Marien. Unbewegt, blass und voller Kummer.

»Es tut mir so schrecklich Leid«, wiederholte sie.

Ich nahm sie in meine Arme und drückte sie so heftig an mich, dass es weh tat. Ich wusste was sie meinte. Niemals wieder würde ich sie loslassen.

»Ich möchte nach Hause«, hörte ich sie sagen.

26

Als ich das Schloss öffnete, das an einer schweren, eisernen Kette um das große Tor gelegt war, fühlte ich mich wie im Märchen. Der Garten war völlig verwildert, und das alte Haus mit seinen geschlossenen Fensterläden, an denen die weiße Farbe in breiten Streifen abblätterte, erschien mir auf gespenstische Art unwirklich. Gerade so, als sei es gerade erst mit mir zurückgekommen.

Ich ging über den dicht bewachsenen Vorplatz zur Haustür und steckte den Schlüssel ins Schloss. Die Tür bewegte sich knarrend in ihren rostigen Angeln. Ein schwerer Geruch von abgestandener Luft und Staub drang aus dem Hausinneren. Alles war dunkel, und nur wenige schmale Streifen Tageslicht fielen schwerfällig durch die morschen Fensterläden. Ich sah auf die schwarzweißen Fliesen zu meinen Füßen. Mir war, als hörte ich leise Stimmen. Hell kreischende, wie die von kleinen Kindern, und dunkleres, ernstes Gemurmel von Müttern und Großmüttern.

Ich hob meinen Blick. Es war niemand außer mir da. Die alte Treppe wirkte abwesend, und auch der Rest des Hauses schien in tiefem Dornröschenschlaf versunken zu sein. Ich machte mich daran, es zu erwecken.

Zuerst stieß ich die große Flügeltür zum Wohnzimmer auf und stellte Emmas Urne vorsichtig auf dem staubigen Klavier ab. Ich öffnete alle Fenster und klappte die verwitterten Fensterläden nach außen. Im Erdgeschoss waren einige Fensterscheiben zerbrochen. Anscheinend hatten Landstreicher oder spielende Kinder versucht, in das verlassene Haus zu gelangen. Ich stieß die Flügeltür zum Garten auf. Als die hellen Sonnenstrahlen in das große Zimmer fielen und sich in Windeseile darin ausbreiteten, ging ein tiefes Aufatmen durch das alte Gemäuer.

Ich lief durch das gesamte Haus, öffnete ein Fenster nach dem anderen und befreite die Möbelstücke von den grau verstaubten Laken, die, seit wir das Haus verlassen hatten, schützend, wie um ihren Schlaf zu bewachen, über sie gelegt waren. Als ich mein Werk beendet hatte und langsam die Treppe nach unten ging, sah ich Wanda.

Sie stand mit Lili, Jack und Mouse in der Halle. Sie neigte den Kopf zur Seite und lächelte. Ihr Blick fiel auf mich.

»Wir sind wieder da«, sagte sie.

Wir waren zurück. In diesem Haus sollte etwas zu Ende gehen, das hier vor vielen Jahren begonnen hatte. Wanda und ich waren endlich erwachsen, und Lili und Jack sahen zum ersten Mal den Ort, der so fest mit ihrer Familie verbunden war, dass sie nicht von ihm loskommen konnte. Wir hatten so gut wie nichts aus New York mitgebracht. Wir waren zu Hause. Wir hatten alles was wir brauchten.

Als ich mich in den nächsten Tagen genauer umsah, wurde mir bewusst, dass sich das Haus in einem erbärmlichen Zustand befand. Ich erwähnte bereits den verwilderten Garten, aber das undichte Dach, die brüchigen Außenmauern, die alten Wasserrohre und die Heizung, die Ende November ihren Dienst endgültig verweigerte, machten mir noch weit größere Sorgen. Ich verbrachte Wochen damit, diversen Handwerkern hinterher zu telefonieren, Kostenvoranschläge zu vergleichen und immer weitere, neu auftauchende Mängel am Haus zu entdecken.

Ich hätte nie im Leben damit gerechnet, wie viel Zeit und Geld die Renovierung erfordern und welche Probleme damit auf mich zukommen würden. Aber dadurch waren Wanda und ich wenigstens beschäftigt. Wir hatten so viel zu überlegen, dass uns die Zeit fehlte, allzu sehr über uns selbst nachzudenken. Olympes Geld lag noch immer auf dem Konto, das Elisabeth Lewin vor Jahren für uns eingerichtet hatte. Jetzt konnten wir es brauchen.

Es wurde ein langwieriges Unterfangen. Wir lebten inmitten einer Baustelle. Es war schmutzig, laut und ohne jede Intimsphäre. Überall traf man auf fremde Menschen, die entweder plötzlich mit Schlagbohrern im Badezimmer herumhantierten, während man selbst noch unter der Dusche stand, oder unangemeldet um sechs Uhr morgens im Schlafzimmer auftauchten, um die Fenster herauszubrechen. Sie taten dies alles mit einer beneidenswerten Selbstverständlichkeit.

Nach elf Monaten näherten sich die Arbeiten endlich ihrem langersehnten Ende, und Lili und Jack standen vor ihrem ersten Schultag. Die beiden hatten sich mit ihrem neuen Leben abgefunden. Oft bekamen wir sie und Mouse den ganzen Tag nicht zu Gesicht, weil sie unterwegs waren, um die Gegend zu erkunden.

Als sie am Morgen ihrer Einschulung fertig angekleidet vor mir standen, machte ich mir ernsthaft Gedanken darüber, die beiden noch ein weiteres Jahr zu Hause zu behalten. Sie wirkten so klein und schutzlos. Ich konnte mir einfach nicht vorstellen, wie sie jetzt schon in der Welt dort draußen klarkommen sollten.

Aber alle meine Zweifel wurden in dem Moment zerstreut, in dem Lili ihren kleinen Mund aufmachte. Sie stand neben ihrem Bruder in der Halle und klopfte stetig mit ihrer winzigen Hand gegen das renovierte Holz der alten Eingangstür.

»Himmel noch mal, Daddy. Bringst du uns jetzt endlich zur Schule, oder sollen wir zu Fuß gehen und schon an unserem ersten Tag zu spät kommen und einen schlechten Eindruck machen?«

Ich erwachte aus meinen Gedanken. Schleunigst packte ich die beiden in den klappernden Variant. In der Autowerkstatt hatten sie meisterhaft geflucht, als ich mit dem altersschwachen Wagen ankam und nach Ersatzteilen fragte. Aber mit ein wenig Fingerspitzengefühl und jeder Menge verbalen Geschicks, mit dem ich das Ego des Mechanikers streichelte, bekam ich ihn so weit, es zu versuchen, und nach zwei Wochen hatte er den alten Wagen tatsächlich wieder flott gemacht. Es kostete mich eine Stange Geld, aber ich hing an der Vergangenheit. Pünktlich fünf Minuten vor acht lieferte ich die Kinder am Schultor ab. Ich sah ihnen hinterher, wie sie über den Schulhof gingen. Sie schauten weder nach links noch nach rechts. Lili nahm ihren Bruder an der Hand und flüsterte ihm etwas zu. Gleich darauf nahm er die Schultern zurück und ging eine Spur aufrechter. Sie wurden von den anderen Kindern neugierig begafft. An ihrer Kleidung konnte es diesmal nicht gelegen haben. Zwar trug Lili das gleiche leuchtend rote Kleid, in dem Wanda bereits vor zwanzig Jahren für Aufsehen gesorgt hatte, aber Jack blieben mein Schicksal und die Kniebundhosen erspart. Er trug Jeans, eines seiner karierten Hemden und Turnschuhe. Er sah genauso aus wie die anderen Jungs in seinem Alter. Der amerikanische Akzent der beiden war so gut wie verschwunden. Ich hatte ein gutes Gefühl, als ich wieder in den Wagen stieg.

Das Haus lag still und friedlich auf dem Hügel. Als ich durch die Allee fuhr, kam es mir vor, als wäre die Zeit stehen geblieben und ich wäre der kleine Junge in den kurzen Hosen, der von seinem ersten Schultag nach Hause zurückkehrte.

Ich ging die Treppe hinauf und öffnete die Tür von unserem Zimmer. Wanda lag auf dem Bett. Sie sah durch die offene Balkontür in den Obstgarten. Als sie mich kommen hörte, drehte sie ihren Kopf in meine Richtung und lächelte mir zu. Sie klopfte mit der Hand auf die Bettdecke.

»Komm her, Lea«, sagte sie.

Ich legte mich zu ihr, und wir beide ließen uns von der Sonne bescheinen. Wandas Finger spielten mit meinen Haaren. Ich verdrängte die Blicke der anderen Eltern und wie sie mich gemustert hatten. Keine Frage, sie wussten, wer ich war.

»Wie haben sie ausgesehen?«, fragte sie.

Ich schloss die Augen.

»Großartig«, berichtete ich. »Nichts hat sich verändert.«

»Ich hätte sie so gerne hingebracht, Lea. Ich hätte sie so gerne dort gesehen.«

»Ich weiß.«

Ich strich sanft mit den Fingerspitzen über ihren zarten Hals, und die schmale Furche zwischen ihren Brüsten entlang hinunter zu ihrem flachen Bauch. Dort ließ ich meine Hand liegen.

»Du wirst sie schon noch sehen«, sagte ich. »Und du wirst sie noch öfter dort hinbringen und wieder abholen, als dir lieb sein wird. Verlass dich drauf.«

Wanda lachte. Sie hatte mich verstanden. Sie nickte. Wir hörten ein tiefes Grunzen und kurz darauf ein wohliges Schmatzen. Mouse lag auf der Schwelle zum Balkon und träumte. Ich strich über Wandas kalte Finger.

»Wie fühlst du dich jetzt?«, fragte ich.

»Ich glaube, dass ich später mit dir kommen kann, um Jack und Lili abzuholen«, antwortete sie.

»Bist du sicher?«

Sie nickte und lachte mich dabei an, als gäbe es keinen Grund für mein Misstrauen.

»Ja. Ich bin sicher«, sagte sie.

»Das ist toll.«

Ihr Gesicht wurde wieder ernst.

»Hast du mit ihm gesprochen?«, fragte sie.

»Ja. Hab ich. Er kommt.«

»Na endlich.«

Am Abend, als er aus dem Taxi stieg und Lili und Jack laut schreiend auf ihn zurannten, war es, als wären seit unserer Abreise von New York gerade einmal ein paar Tage und kein ganzes Jahr vergangen. Es war wie immer, wenn er nach Hause kam. Die Kinder liefen ihm entgegen, und er hob sie mit einer Leichtigkeit hoch, als handle es sich um Puppen.

Ralph war von Anfang an derjenige, der den Kindern so gut wie alles durchgehen ließ. Ich war nicht so. Lili beschwerte sich regelmäßig und lautstark darüber, was für ein tyrannischer und schrecklich strenger Vater ich wäre, aber einer musste die denkbar undankbare Aufgabe übernehmen und dem zeitweise unbedachten Tatendrang der Halbwüchsigen ein striktes *Nein* entgegensetzen. Bei uns war ich es.

Als Wanda und ich New York verließen, versicherte uns Ralph, dass er bald nachkommen würde. Nie im Leben hätte ich gedacht, dass er damit ein ganzes Jahr meinen könnte. Aber als ich am Abend zum Mond aufsah, der eitel seinen schmalen Silberreif auf der Bettdecke spiegelte, brauchte ich nur neben mich zu greifen und konnte ihn endlich wieder spüren.

Am Morgen nach Ralphs Ankunft saßen wir in der Küche. Jack beobachtete schniefend den Salzstreuer, der sich langsam auf sein Frühstücksei zu bewegte.

»Hör auf damit«, sagte er zu Lili gewandt.

Seine Schwester zuckte mit den Schultern.

»Es ist doch nur ein Spiel, Jack«, meinte sie lächelnd.

»Aber es erschreckt mich«, entgegnete er und schniefte erneut.

Ich konnte sehen, wie Wanda Lili zuzwinkerte. Die Kleine griff daraufhin nach dem Salz und stellte es seitlich auf dem alten Küchenbüfett ab.

»Ist das weit genug für dich, du Hasenfuß?«, fragte sie mit strengem Blick auf ihren Bruder.

Der schniefte, sagte aber nichts mehr. Im selben Moment fiel der freie Stuhl am anderen Tischende um. Keiner von uns hatte ihn berührt. Lili versuchte ihre Eigenartigkeit im Zaum zu halten, aber manchmal ging es einfach mit ihr durch.

»Nimm dir ein Taschentuch«, forderte ich Jack auf, der jetzt in seine Kakaotasse starrte. Er schien mich nicht gehört zu haben, denn im selben Moment schniefte er schon wieder.

»Meine Güte, Jack«, fuhr ich ihn an. »Entweder benutzt du jetzt ein Taschentuch, oder du ziehst es hoch. Das ist ja nicht auszuhalten.«

Er zog seinen Naseninhalt lautstark hoch.

»Danke.«

Er nickte.

»Du bist so eklig, Jack.«

Lili verzog angewidert das Gesicht. Ich stand auf. Der Zeiger der Uhr näherte sich bereits emsig dem Achtuhrschlag. Bevor es zu einem handfesten Streit zwischen den beiden kommen würde, wollte ich lieber gehen.

»Kommt schon«, drängte ich. »Wir müssen los.«

Jack sprang auf.

»Daddy, das hab ich fast vergessen.«

Er begann hastig in seiner Schultasche zu kramen.

»Wir sollen hier die Namen unserer Eltern draufschreiben lassen.«

Ich griff nach dem Papier, mit dem er hektisch vor meiner Nase herumwedelte. Es war eines der typischen vorgedruckten Formulare, auf denen die Namen, Geburtsdaten und Berufsbezeichnungen der Erziehungsberechtigten eingetragen werden sollten. Jack beschwerte sich.

»Lili hat gesagt, dass wir deinen Namen nicht draufschreiben lassen können«, maulte er in vorwurfsvollem Ton. »Aber ich versteh das nicht. Das müssen wir doch, weil du unser Vater bist. Also stimmt's doch nicht, was sie sagt, oder?«

Lili stöhnte. Sie tippte ihrem Bruder frech mit dem Zeigefinger vor die Stirn.

»Erde an Jack! Ist da drinnen jemand zu Hause?«, fragte sie. »Hast du's noch immer nicht kapiert? Du kannst nicht sagen, dass Lea unser Vater ist, weil er der Bruder von Mummy ist, klar? Er ist unser Daddy, aber nicht unser Vater. Weiß der Himmel, wer das war. Hast du das jetzt endlich in deinen kleinen, hohlen Kopf gekriegt?«

Wir hatten ein Problem. Aber noch bevor ich meinem Sohn irgendeine an den Haaren herbeigezogene Erklärung abgeben konnte, die Jack sicherlich nur noch mehr verwirrt hätte, mischte sich Wanda in unser Gespräch ein.

»Warum ist das denn so wichtig?«, fragte sie. »Mein Name reicht doch, und das ist ja schließlich derselbe.«

Das war eindeutig mehr Pragmatik, als Jack selbst von seiner Mutter erwartet hätte. Ihm fiel buchstäblich die Kinnlade runter.

»Aber Mum«, stammelte er. »Alle anderen haben auch einen. Sollen wir die Einzigen sein, die keinen Vater haben?«

Wanda sah ihren Sohn belustigt an. Sie wusste, dass ihre Kinder, da sie den Namen Lewin trugen, ohnehin keinen leichten Start in der kleinen Welt dieser Stadt haben würden, und sie wollte ihnen ersparen, was sie nur konnte. Sie strich lächelnd über sein graues, struppiges Haar.

»Es ist schon in Ordnung, Jack«, sagte sie. »Wir schreiben einfach Ralph Staller auf dieses alberne Stück Papier und damit basta.«

Sie nahm ihm den Bleistift und mir das Formular aus der Hand und fing an es auszufüllen. Bei Wandas Worten verschluckte sich Ralph so heftig an seinem Kaffee, dass er krampfhaft husten musste. Er klammerte sich an die Tasse in seinen Händen und rang nach Luft.

»Hast du ein Problem damit?«, fragte ich.

Ralph schüttelte zögernd den Kopf.

»Nein. Das ist schon in Ordnung«, stotterte er. »Ich meine, warum nicht? Das ist ...«

Er wirkte auf liebenswerte Art hilflos. Ein Zustand, den man bei ihm nicht allzu häufig beobachten konnte, der ihm aber ohne jeden Zweifel gut zu Gesicht stand. Als ich daraufhin meinen Sohn ansah, wusste ich, dass Wanda die für ihn richtigen Worte gefunden hatte. Er wirkte sehr zufrieden.

Ob das auch für seine Schwester zutraf, wagte ich zu bezweifeln, denn Lili hatte skeptisch die Augenbrauen zusammengezogen, und die beiden mürrischen Falten, die sich dabei auf ihrer Stirn bildeten, machten nicht den Anschein, als wäre sie mit der Antwort ihrer Mutter glücklich. Eindeutig unzufrieden schaute sie zu mir auf. Ich hob die Schultern.

»Warum eigentlich nicht?«, raunte ich ihr zu.

Mit ihren dunkelblauen Augen unter den zart geschwungenen Augenbrauen blickte sie streng zu mir auf, ohne auch nur einmal zu blinzeln.

»Weil es keinen Sinn macht, Daddy. Er schläft doch in deinem Bett.«

»Aber es macht eben nun mal nicht alles Sinn, Schatz«, versuchte ich zu erklären. »Manchmal passieren die unsinnigsten Dinge überhaupt, und du kannst sie trotzdem nicht ändern.«

»Willst du mir damit irgendetwas Bestimmtes sagen?«

Ich strich über ihre dunklen Locken.

»Das Einzige, was ich dir damit sagen möchte, ist, dass unser Leben gar nicht so kompliziert ist, wie es scheint.«

»Das hört sich an, als wäre es von Maud Lewin.«

Ich nickte.

»Wahrscheinlich ist es das auch«, gab ich zu.

»Hast du's geklaut?«

»Soweit möchte ich nicht gehen«, verteidigte ich mich. »Sagen wir einfach, ich habe es mir ausgeliehen.«

Lili winkte mich mit ihrem kleinen Zeigefinger zu sich herunter und gab mir einen Kuss.

»Das ist schon in Ordnung«, meinte sie großzügig. »Prinzen dürfen das.«

Wenn man davon ausgeht, dass sich gewisse charakterliche Eigenschaften der Eltern auf ihre Kinder übertragen, dann hatte Lili ganz offensichtlich das unerschütterliche Selbstbewusstsein ihrer Mutter, ihrer Großmutter sowie ihrer Urgroßmutter geerbt. Sie war eine würdige Nachfolgerin der Lewin-Frauen.

27

Wir verlebten zwei friedvolle Jahre. Friedvoll deswegen, weil sich niemand für uns interessierte. Ralph war mittlerweile Oberarzt der Kinderklinik. Selbstverständlich konnten wir das Tuscheln bis auf unseren Hügel herauf hören, aber es wurde nie allzu laut.

Vor einigen Tagen hatte Wanda damit begonnen, den Kindern aus Mauds Büchern vorzulesen. Sie meinte, mit ihren acht Jahren wären die beiden alt genug, um erste Einblicke in Mauds Märchen und somit in die Seelenwelt ihrer Urgroßmutter zu erhalten.

Die drei saßen in einem der riesigen Sessel in Mauds Arbeitszimmer. Durch die geöffnete Balkontür drangen die Geräusche des Spätsommers zu uns herauf. Die Stimmen der Vögel, das Schwirren unzähliger Paare von Insektenflügeln und selbst der Duft des reifenden Obstes und der Sommerblumen, die wild in der Gartenwiese wucherten, schienen ihren eigenen Laut zu besitzen. Das alles mischte sich auf wundersame Weise zu etwas, was ich nur als Zuhausesein bezeichnen kann. Dieses eigentlich nahezu unbeschreibliche Gefühl von Vertrautheit und Behaglichkeit.

Meistens saß Jack auf Wandas Schoß, und Lili kauerte auf einer der breiten Sessellehnen, wenn Wanda ihnen vorlas. Für beide öffnete sich an jenen Nachmittagen eine Tür zu einem anderen Leben. In einer fernen Welt bestanden sie die Prüfungen des Schicksals und erlebten Wunder über Wunder.

Ich hörte Wandas Stimme durch die angelehnte Zimmertür. Ich trat ein und setzte mich in den karminroten Sessel Wanda gegenüber. Keiner von ihnen sah auf. Lili hing mit geschlossenen Augen über der samtenen Sessellehne, und Jack sah seiner Mutter, auf deren Knien er kauerte, unverwandt ins Gesicht, während sie las.

Ich tat es meinem Sohn nach und betrachtete Wanda. Durch die Sommersonne der vergangenen Wochen hatte sich ihre Haut hellbraun gefärbt. Es war derselbe goldene Schimmer, den ich von früher kannte, wenn sie in ihren kurzen Röcken und den geflochtenen Zöpfen durch den Garten gerannt war und schreiend versucht hatte, mir zu entkommen. Sie hatte es nicht geschafft.

Einzelne Strähnen ihrer dunklen Haare waren von der Sonne ausgebleicht. Die Locken reichten ihr nur noch bis zum Kinn. Ihre schmalen Gesichtszüge wirkten müde, und unter ihren Augen zeichneten sich dunkle Schatten ab. Sie hatte heute keinen guten Tag. Trotzdem war sie für mich das schönste Wesen, das ich je gesehen hatte.

Das Märchen, das Wanda den beiden vorlas, war die Geschichte eines jungen Mannes, der sich in eine Elfe verliebte und daher bis an sein Lebensende in ihrer Schuld stand. Es war eine der Geschichten, die ich als Kind schon am liebsten gehört, aber nie richtig verstanden hatte. Ich lauschte Wandas warmer Stimme, bis sie mit einem typischen Lewin-Satz endete.

»... ein Fisch tanzt nicht auf dem Trockenen, und ein Vogel fällt nicht von selbst vom Himmel. Und es wird nicht lange dauern und es kommt wieder einer unserer Art und alles beginnt von neuem. Wir alle werden eben nicht klüger, sondern ...«

Sie lächelte zu mir herüber. Ich hatte sie verstanden. Jack schüttelte den Kopf. Er wirkte unzufrieden.

»Warum?«, fragte er.

»Warum was?«, fragte Wanda zurück.

»Ich meine, warum werden wir nicht klüger? Reicht es denn nicht, wenn man jeden Fehler einmal macht? Reicht es uns denn nie?«

Wanda strich ihm über die Wange.

»Mein kleiner Engel«, murmelte sie.

»Ach, Mum.« Jack kletterte umständlich von ihrem Schoß. »Ich bin zu alt dafür«, sagte er und lief hinaus. Lili gab ihrer Mutter einen schnellen Kuss auf die Wange.

»Jack lernt es garantiert nicht mehr«, sagte sie mitleidig und folgte ihrem Bruder nach draußen.

Ich war mit Wanda allein.

»Darf ich es endlich lesen?«, fragte sie an mich gewandt.

»Himmel, Wanda!«

Ich fuhr mir mit der Hand übers Gesicht. Wenn Wanda mit mir über meine Arbeit sprechen wollte, dann bekam ich ein schlechtes Gewissen.

»Ich bin kein Schriftsteller«, wehrte ich ab.

»Was bist du dann?«, erkundigte sie sich. »Du schreibst doch den ganzen Tag. Also was bist du anderes als ein Schriftsteller?«

Sie hatte Recht. Ich saß jede freie Minute an Mauds Schreibtisch. Ich schrieb Seite um Seite, aber machte mich das zu einem Talent? Reichte das aus?

»Ich bin keiner«, stellte ich nüchtern fest. »Ich bin nicht ehrlich. Ich bin sogar ein verdammt feiger Lügner.«

»Dann hör auf damit«, sagte sie.

Ich erschrak. Meine Hände umfassten die Armlehnen.

»Aufhören?«, fragte ich. »Das kann ich nicht, Wanda. Die Schreiberei ist das Einzige, von dem ich denke, dass ich es irgendwann vielleicht einmal könnte.«

Ich legte den Kopf weit in den Nacken und starrte an die Decke.

»Gleichzeitig glaube ich, dass ich so miserabel bin, dass ich es bleiben lassen sollte.«

Wanda stand auf.

»Ich meinte das Lügen, Lea«, sagte sie sanft und griff nach meiner Hand.

Wir gingen nach unten. Im Garten setzten wir uns auf die Mauer. Die rauen Steine waren von der Herbstsonne erwärmt. Wanda lehnte sich an mich.

»Maud dachte, du wärst wie sie«, sagte sie leise.

Ich holte tief Luft. Meine Hände begannen zu zittern.

»Ich weiß wirklich nicht, warum.«

»Ich schon.«

Wanda sah mich ernst an.

»Ich weiß es«, sagte sie und nickte. »Du bist ein wundervoller Mensch, Lea.«

»Wanda, ich bitte dich«, unterbrach ich sie. Ich und ein wundervoller Mensch. Heiliger Himmel, gab es eine unpassendere Bezeichnung für jemanden wie mich? Wanda blieb dabei.

»Lea Lewin«, sagte sie streng. »Glaubst du, ich könnte jemanden so sehr lieben, wenn er nicht wundervoll wäre?«

»Du könntest alles«, antwortete ich.

»Ich weiß, wer du bist », sagte sie, ohne sich um meine Worte zu kümmern.

»Ich weiß es, und Maud wusste es auch. Also, was um alles in der Welt hindert dich daran, der zu sein, der du bist? Warum bist du nicht stolz auf dich?«

Ich konnte ihr nicht antworten. Nicht, weil ich es nicht gewollt hätte, sondern weil mir einfach keine ehrliche Antwort einfiel. Bislang hatte ich jeden, der mich gebraucht hätte, im Stich gelassen. Wie sollte einer wie ich stolz darauf sein?

Ich sah Jack begleitet von Mouse die Allee entlangkommen. Er hielt die Post in der Hand. Er machte sich einen Spaß daraus, mindestens hundert Mal am Tag zum Briefkasten am Ende der Allee und wieder zurück zum Haus zu laufen. Er kam über die Wiese und steuerte geradewegs auf uns zu.

»Heute sind es vier«, rief er uns schon von weitem entgegen und schwenkte die Briefe über seinem Kopf. Jack konnte gut mit Zahlen umgehen. Er drückte mir die Kuverts in die Hand. Dann verschwand er mit dem Hund in Richtung Totenwald. Einer der Briefe kam aus New York. Er war von Rahel. Ich öffnete ihn und las die wenigen Zeilen, die auf dem Papier standen. Dann reichte ich ihn an Wanda weiter. Rahel war der Meinung, dass Jules jetzt völlig verrückt geworden wäre, und sie hielt es für das Beste, eine Weile nach Hause zu kommen. Wanda nickte und steckte den Bogen zurück in den Umschlag.

Einer der Briefe interessierte mich besonders. Er war von besonderem Blau. Ich zeigte ihn Wanda.

»Mach ihn auf«, flüsterte sie lächelnd.

Ich zögerte. Wie konnte ich mir nur sicher gewesen sein, dass diesmal alles anders sein würde. Der Brief kam von der Schule. Jack Lewins Eltern wurden aufgefordert, in der Sprechstunde zu erscheinen. Wir schoben den Besuch drei Monate vor uns her, aber als die Aufforderungen immer deutlicher wurden, kamen wir nicht länger umhin, und so saßen Ralph und ich Jacks Lehrerin gegenüber. Einer netten Frau um die Dreißig. Irrte ich mich oder war sie irritiert?

»Sie sind Jacks Eltern?«, fragte sie, während ihre dunklen Wimpern wieder und wieder auf und nieder federten. Ralph nickte. Sie blätterte in ihren Unterlagen.

»Ihre Frau konnte wohl nicht kommen, Dr. Staller?«

Wanda hatte sich nicht wohl gefühlt. Ihre Medikamente wirkten nicht mehr so gut wie in den letzten Monaten.

»Leider nicht«, bestätigte er ihre Vermutung.

»Und Sie sind . . . ?«

Diese Frage ging eindeutig an mich.

»Leander Lewin«, antwortete ich. »Sein Vater.« Ich konnte es mir nicht verkneifen. Die Verwirrung war perfekt. Jedes weitere Wort hätte diesem Zustand geschadet. Sie sah mich lange an. Ich meine, Jack sah nun mal aus wie ich, daran ließ sich nichts mehr ändern.

»Der Zauberer?«, fragte sie interessiert. Jetzt war ich nahe daran, den Überblick zu verlieren, aber wenn man schon mal so weit gekommen war, dann lohnte es sich selten, erneut die Richtung zu wechseln.

»Vermutlich der«, erwiderte ich ernsthaft.

Wir blieben nicht allzu lange. Jacks Problem war nicht wirklich ein Problem. Er hypnotisierte seine Mitschüler. Er brachte sie dazu, Dinge zu tun oder zu sagen, die sie gar nicht sagen oder tun wollten. Wir versicherten ihr, uns darum zu kümmern.

Am Abend spielte Lili zum wohl hundertsten Mal »Stille Nacht«, während Jack mit geschlossenen Augen den Kopf über die Sofalehne hängen ließ.

»Ich fand das lustig«, sagte er und begann hin und her zu schaukeln.

»Er war richtig gut, Lea. Zu Hause hat er das noch nie so gut gemacht«, ergänzte Lili zustimmend, ohne von den Noten aufzusehen.

»Und warum hält mich eure Lehrerin für jemanden, der ich nicht bin?«, fragte ich.

Jack lachte.

»Weil Lili gesagt hat, ich hab's von dir gelernt«, grinste er. »Und du hast es von einem schwarzen Magier im Mittelorient, bei dem du mehr als hundert Jahre studiert hast.«

Plötzlich wurde sein kleines Gesicht ernst, und er rückte näher an mich heran.

»Sag mal, bin ich eigentlich normal?«, fragte er und sah mir dabei direkt in die Augen.

»Wer will denn normal sein?«, gab ich achselzuckend zurück.

»Im Ernst, Dad«, forderte er mich mit Nachdruck auf. »Die in der Schule haben gesagt, ich bin nicht normal, weil ich solche Sachen mache. Haben sie damit Recht?«

»Natürlich haben sie Recht«, bestätigte seine Mutter.

Wanda war zu uns getreten und setzte sich neben mich.

»Kein Lewin war bislang normal, warum solltest ausgerechnet du anders sein?«

Sie strich ihrem Sohn liebevoll über dessen struppiges Haar.

»Na toll.«

Jack seufzte. Ich wusste, was in dem kleinen Kerl vor sich ging. Er stand an der Gabelung eines Weges, die ihm zwei Richtungen wies. Die eine Möglichkeit machte aus ihm einen skurrilen Außenseiter und die andere einen untergetauchten Niemand. Und egal, für welche er sich entscheiden würde, es käme am Ende immer an das gleiche Ziel. Er war ein Lewin.

Jack stand auf. Wie zufällig strich er dabei über Lilis Arm. Seine Schwester erhob sich wortlos, und gemeinsam gingen sie in die Halle. Ich war mir nicht sicher, ob ich unser Gespräch auf diese Weise enden lassen sollte, da drehte sich Jack zu mir um. Seine grauen Augen betrachteten mich lange.

»Es ist schon gut, Dad«, sagte er schließlich. »Ich werde es nicht übertreiben. Versprochen.«

Dann waren die beiden verschwunden. Ich sah zu Wanda. Sie blickte schnell zur Seite.

»Was denn?«, fragte ich.

Wanda zuckte lächelnd mit den Schultern.

»Ihr beide seid euch ähnlich«, sagte sie und stand auf.

»Ja sicher«, erwiderte ich. »Die einzige Ähnlichkeit, die Jack und ich haben, ist unser Aussehen.«

»Lass dich von seiner Kaltschnäuzigkeit nicht täuschen, Lea.«

Wanda begann die Noten am Klavier zu sortieren. Dabei strich sie zärtlich mit den Fingerspitzen über Emmas kleine Urne. Sie atmete schwer. Für einen Moment stützte sie sich auf das Instrument.

»Du bist sein Held«, sagte sie leise.

»Wie kommst du denn darauf?«

»Ich bin seine Mutter.«

»Ist das dein Beweis? Ein bisschen dürftig, oder?«

»Der Beste, den du kriegen kannst.«

Ich stand auf und ging in die Halle. Wanda mochte es nicht, wenn ich mir Sorgen um sie machte, aber ich brauchte die Sicherheit.

»Ist alles in Ordnung?«, fragte ich von der Tür aus.

Sie zog tadelnd die Augenbrauen hoch.

»Entschuldige bitte.«

Ich sah zu Boden. Wanda kam zu mir und hob sanft mein Gesicht.

»Lea«, sagte sie. »Du hast es versprochen.«

Ich nickte.

»Dann vergiss es nicht, und jetzt geh, sonst kommst du zu spät.«

Sie küsste mich zärtlich auf die Wange und ging langsam zurück ins Wohnzimmer. Ich beobachtete jeden ihrer Schritte. Ich betrachtete sie so, wie man jemanden ansieht, von dem man weiß, dass man ihn nicht mehr lange um sich haben wird.

Endlich griff ich nach meinem Mantel und fuhr zum Flughafen, um Jules und Rahel abzuholen. Es waren nur noch wenige Tage bis Weihnachten, und langsam aber sicher trafen sie alle ein. Amanda erwarteten wir wie immer am fünfundzwanzigsten Dezember. Seit dem letzten Jahr kam sie allein. Maud Lewin hätte gesagt, keiner kennt seine Zeit. Zu Weihnachten wurde uns das Fehlen geliebter Menschen immer besonders bewusst.

Am Nachmittag schleifte Jules gemeinsam mit den Kindern den Weihnachtsbaum durch die Halle. Ein paar Mal waren sie nahe daran, den Kronleuchter sowie die Treppe zu zerstören. Wir mussten alle mit anfassen, bis der Baum endlich aufrecht stand.

Das Ritual mit dem Baum übernahmen, wie in unserem Haus üblich, die Kinder. Lilis und Jacks gutgelaunte Stimmen schallten laut durch die Halle. Bis zu dem Moment, als Lili ihrem Bruder eine von den großen grünen Kugeln mit voller Wucht an den Kopf warf. Das Glas splitterte, und ich verbrachte zwei Stunden mit Jack in der Notaufnahme des Krankenhauses. Die Narbe verlief senkrecht über die Stirn durch seine rechte Augenbraue und musste mit sechs Stichen genäht werden. Ohne einen Laut von sich zu geben, ließ er alles über sich ergehen.

Auf der Fahrt nach Hause sprach Jack immer noch nicht mit mir. Der kleine Kerl saß mit versteinerten Gesichtszügen neben mir und starrte auf die Schneeflocken, die sich auf die Windschutzscheibe des Variant legten. Ich sah stumm zu ihm rüber.

»Jetzt frag schon endlich«, tönte es patzig aus dem Rollkragenpullover auf dem Beifahrersitz.

Ich sah angestrengt auf die verschneite Fahrbahn. Weder der Mittelstreifen noch der Straßengraben waren zu erkennen. Die Landschaft lag als vollkommen glatte, weiße Fläche vor uns.

»Was soll ich denn fragen?«, gab ich zurück.

Der Variant kam leicht ins Rutschen, fing sich aber gleich wieder.

»Himmel, Dad. Ich höre es doch schon, seit wir losgefahren sind.«

Er machte eine bestürzte Geste und schlug die Hände vors Gesicht.

»Um Himmels Willen, Jack«, äffte er. » Was hast du dir nur dabei gedacht?«

»Hab ich irgendwas gesagt?«, entgegnete ich und warf meinem Sohn einen strengen Blick zu. Ich mochte es nicht, wenn man mir eine Meinung zu einem Thema unterstellte, das ich selbst noch nicht einmal kannte.

»Das musst du gar nicht«, meinte er. »Ich weiß auch so, was du denkst.«

Meine Finger umfassten das Lenkrad fester. Ich wurde zu schnell.

»Ach, Herr Superschlau, dann sag mir doch mal, was ich denke«, forderte ich ihn auf. »Ich hab nämlich keinen blassen Schimmer davon, was dein Problem ist. Wer hat denn mit dir die letzten Stunden in der Klinik verbracht?«

Ich versuchte den Wagen wieder unter Kontrolle zu bringen. Wir schlingerten sachte, dann rollten wir wieder geradeaus.

»Du glaubst doch, dass es mir gerade recht geschieht. Du stehst auf ihrer Seite.«

»Auf der Seite von wem denn, Herrgott, Jack!«

»Lilis!«, schrie er.

Ich war nahe daran, aufzugeben. Wie sollte das weitergehen, wenn ich den Kerl schon im Alter von acht Jahren nicht verstand. Jack sah weiterhin in das Schneetreiben. Er hauchte gegen die Scheibe und rieb sie mit dem Ärmel seines Parkas blank.

»Sie hat versucht, mich zu erwürgen, nur weil ich gesagt habe, dass ich es mir vorstellen könnte, in der Schule auch mal neben jemand anderem zu sitzen«, knurrte er. »Da ist sie total ausgeflippt. Sie hat mich beschimpft, und nach mir geschlagen hat sie auch. Hier hat sie versucht, mir die Luft abzudrücken. Siehst du?«

Er zog mit beiden Händen den Rollkragen nach vorne und beugte sich über das Lenkrad zu mir rüber.

»Jack, mach, dass du rüberkommst.«

Ich schob ihn mit dem Ellenbogen auf seinen Platz zurück.

»Hab doch gewusst, dass du zu ihr hältst«, maulte er und zog den Reißverschluss von seinem Parka ganz hoch.

Ich hielt den Wagen an. Wir standen mitten auf der Straße,

aber uns war die letzten fünfzehn Minuten sowieso keiner begegnet. Wir mussten fast zu Hause sein.

»Zeig her«, forderte ich ihn auf.

Er zierte sich noch ein wenig, aber dann zeigte er mir bereitwillig seinen Hals. Zwei dünne rote Linien führten von der rechten Schlagader bis zum linken Unterkieferknochen.

»Sieht übel aus«, brummte ich.

»Sag ich doch«, antwortete er kurz angebunden.

»Müssen wir noch mal zurück?«, fragte ich mit einem kurzen Kopfnicken in die Richtung, aus der wir kamen. Er schüttelte den Kopf.

»Nicht nötig«, meinte er.

»Soll ich mit ihr reden?«

Jack schüttelte wieder den Kopf, aber diesmal sah er mich dabei an.

»Ich krieg das schon hin«, sagte er, und sein kleiner Mund verzog sich zu einer Art Lächeln.

»Ist gut«, sagte ich, und wir fuhren schweigend weiter. Eine Minute später sahen wir die verschneiten Bäume der Allee vor uns.

Nachdem wir in die Halle getreten waren, winkte Wanda ihren Sohn zu sich ins Wohnzimmer. Wanda wurde von Tag zu Tag schwächer. Sie meinte, es läge am Winter. Jack ließ seinen Mantel fallen und kauerte sich zu Wanda auf das Sofa. Sein Kopf lag in ihrem Schoß, und sie strich ihm zärtlich über sein kurzes Maushaar. Sie beugte sich zu ihm und flüsterte ihm etwas zu. Er lachte und nickte. Lili kam, gefolgt von Mouse, die Treppe herunter.

»Wo ist er?«, rief sie atemlos.

Ich zeigte ins Wohnzimmer. Ich erwartete die zweite Runde des Streits. Aber Lili schlang ihre Arme um Jack und weinte.

»Es tut mir so Leid«, schluchzte sie. »Bist du wieder gut mit mir? Sag, Jack. Bist du wieder gut?«

Jack versuchte ein ernstes Gesicht zu ziehen, aber dann lächelte er doch. Er gab Lili einen Kuss, und sie strahlte. Sie setzte sich ganz nah zu ihm und betrachtete eingehend Jacks Narbe.

»Das sieht ungemein interessant aus«, sagte sie.

Wanda warf mir einen besorgten Blick zu. Ich wusste, was sie dachte. Ich musste gut auf die beiden aufpassen.

Am Morgen des Weihnachtstages kam ich die Treppe herunter. Mein Bein knarrte bei jedem Schritt, den ich machte. Kaum sanken die Temperaturen unter null, wurde es mir unmöglich, nicht aufzufallen. Ich dachte, dass ich der Erste wäre, der an diesem Morgen auf war, aber andere waren schon schneller.

»Jetzt nimm den Kerl doch endlich. Er wird schon merken, was er davon hat«, hörte ich Wandas ungeduldige Stimme aus der Küche. Sie saß mit Rahel und Jules am Tisch, als ich hereinkam. Ich nahm mir eine Tasse und setzte mich neben sie.

»Wer wird was merken?«, fragte ich und schenkte mir Kaffee ein.

»Der verrückte Kerl hier«, antwortete Rahel und zeigte auf Jules. »Er kann es einfach nicht lassen.«

Ich wusste, was sie meinte. Jules hatte wieder gefragt.

»Warum kann er nicht endlich aufgeben?«, fragte sie ärgerlich. »Als wäre es das Wichtigste auf der Welt.«

»Es ist mir nun mal wichtig«, entgegnete Jules mindestens ebenso stur. »Ich denke, jeder Mann möchte doch wohl, dass sein Kind seinen Namen trägt, oder nicht? Lea, wie siehst du das?«

Ich sah starr über den dichten Nebel meines Kaffees zu ihm rüber.

»Schon gut«, lächelte er. »Aber vorstellen könntest du es dir doch wenigstens. Komm schon. Wo bleibt deine männliche Unterstützung?«

Er kämpfte so tapfer. Warum ihm seine Illusionen zerstören?

»Ich hätte nichts dagegen«, sagte ich.

Jules grinste breit.

»Siehst du!«

»Ihr spinnt doch beide.« Sie stand auf. »Kinder will er also auch noch. Habt ihr denn nichts gelernt?«

Sie stieg die beiden Stufen zur Halle hoch. Ihre Stimme wurde leiser, je weiter sie sich entfernte.

»Dieser Familie bekommt das Heiraten nicht«, zeterte sie. »Und wenn jetzt noch einmal einer damit anfängt, dann werde ich ihn schlagen!«

»Dickköpfiges Weib!«

»Das habe ich gehört, Jules Lewin!«, rief Rahel erbost. Er seufzte. So ging das jetzt schon seit Monaten. Wir sehnten uns nach einer endgültigen Entscheidung. Wanda legte ihre Hand auf meine. Sie war eiskalt. Ihr Gesicht war starr vor Anstrengung. Sie machte eine lange Pause, um Atem zu holen.

»Hilf mir bitte nach oben«, sagte sie.

In unserem Schlafzimmer deckte ich sie zu, aber als ich die Vorhänge vorziehen wollte, sagte sie: »Nein, bitte nicht. Lass mich nach draußen sehen. Alles ist so schön hell.«

Sie hatte Recht. Der Schnee lag einen halben Meter hoch, und alles strahlte auf wundersame Weise. Wanda sah mich lange an. Sie atmete angestrengt.

»Es ist so weit, Lea.«

Bei ihren Worten zuckte ich erschrocken zusammen. Heute war viel zu früh. Ich schüttelte heftig den Kopf. Das war unmöglich.

»Nicht heute«, sagte ich bestimmt.

»Leander Lewin!«

Ihre Stimme ermahnte mich, aber ich wollte es nicht hören.

»Nein«, wehrte ich ab. »Nicht heute. Ich bin noch nicht fertig mit dir.«

Ihr kurzes Lachen klang müde.

»Ich kann nicht mehr, Lea. Wir zwei wären doch nie miteinander fertig geworden.«

Ich drehte ihr den Rücken zu.

»Ich kann nicht.«

»Schau mich an«, forderte sie.

Ich schüttelte wieder den Kopf.

»Wir haben eine Abmachung, Lea.«

Ich reagierte nicht.

»Du verdammter Mistkerl. Du hast gesagt, du hilfst mir.«

Ich sah über die Schulter zu ihr. Wanda hatte sich auf die Ellenbogen gestützt und schaute mich flehend an.

»Ja«, erwiderte ich. »Aber damit habe ich nicht gemeint, dass ich dir helfe, dich umzubringen.«

»Lea. Bitte, lass mich gehen.«

»Ich kann nicht«, stieß ich hervor. »Verlange alles von mir, Wanda. Wirklich alles. Aber nicht das.«

»Aber es ist das Einzige, was ich brauche«, flüsterte sie.

Ich hielt ihrem Blick so lange ich konnte stand, dann setzte ich mich zu ihr aufs Bett.

»Warum tust du mir das an, Wanda?«, fragte ich.

Sie fuhr mit ihren Händen in mein Haar und zog mich ganz nah zu sich hin.

»Ich tue dir etwas an?«, fragte sie. »Was bist du nur für ein selbstmitleidiger Scheißkerl. Ich sterbe. Hörst du? Ich bin bald tot und weit fort und du wirst weiter hier sein.«

Ich wollte mich von ihr losreißen, aber sie hielt mich eisern fest.

»Und was bringt mir das?«, rief ich. »Was soll ich noch hier ohne dich?«

Wanda sah mich entgeistert an. Tränen erstickten ihre Stimme.

»Was du hier sollst?«, fragte sie. »Du sollst leben! Mit Ralph und Lili und Jack. Du dussliger Kerl.«

Sie machte eine kurze Pause, ehe sie in schmeichelndem Ton fortfuhr.

»Wenn ich Mama irgendwo dort oben finde, dann sage ich ihr, dass hier unten alles wunderbar ist. Hörst du? Willst du etwa, dass ich lügen muss?«

Ich strich ihr eine Locke aus der Stirn und suchte verzweifelt nach Worten. Dabei brauchte ich all meine Kraft, um dem Druck in meiner Brust standzuhalten. Meine Stimme bebte, als ich endlich sprach.

»Aber wie soll ich das aushalten, wenn du nicht mehr da bist?«

»Ich bin doch da«, flüsterte sie und legte ihre Hand auf meine Brust. »Tief da drinnen bin ich immer da und gehe niemals weg.«

Sie rang nach Atem. Ihre Worte waren kaum mehr zu verstehen.

»Du weißt, wie sehr ich dich liebe. Und wenn du jemanden richtig liebst, dann ist er für immer in dir drin. Weißt du nicht mehr?«

Sie schlang ihre Arme um mich, und wir hielten uns aneinander fest.

»Für immer. Für immer, Lea«, hörte ich ihre Stimme in mir widerhallen.

Das war mir schon immer das Liebste gewesen. Einfach Wanda halten und alles andere vergessen. Aber ich war dreißig Jahre alt, und ich wusste, was kommen würde. Wanda drückte ihre Lippen sanft gegen meine.

»Du bist mein Prinz, der mich befreit«, flüsterte sie. »Das warst du schon immer.«

Ich schloss die Augen und wünschte, ich wäre ein anderer.

28

Wir mussten Wanda gehen lassen. Aber keiner von uns wusste, wie er das bewerkstelligen sollte. Keiner, und am wenigsten ich, wusste, wie wir ihren Abschied für uns alle erträglich machen konnten.

Wir verbrachten den letzten Abend miteinander. Jules hatte seinen Kopf in Wandas Schoß gelegt, und sie strich ihm lächelnd eine Strähne seines schwarzen Haares aus der Stirn.

Rahel lümmelte mit Jack im Sessel vor dem Kamin und las ihm leise etwas vor, während Lili, die neben Ralph auf der Klavierbank saß, eines der wundervollen Übungsstücke von Chopin spielte.

Ich glaube, wir alle waren selbst in der Gewissheit, den letzten Abend mit Wanda zu verbringen, glücklich. Aber ich war nicht mehr so naiv zu denken, dass sich daran nichts ändern würde.

Wanda küsste Jules auf die Stirn und sah dann zur Halle. Wir alle folgten ihrem Blick. Lili unterbrach plötzlich ihr Spiel, und Rahel verstummte. Dort stand Emma. Der weiße Marmor glänzte im Licht der untergehenden Wintersonne, die ihre goldenen Strahlen durch das hohe Fenster neben der Eingangstür drängte. Sie strahlte und schien heiße Funken zu sprühen. Ich konnte meinen Blick nicht von ihr nehmen.

»Du bist ein Engel, Emma«, hörte ich Wandas leise Stimme.

Unsere kleine Schwester zuckte leicht mit den Schultern.

»Aber ohne Flügel«, antwortete sie bedauernd.

Ralph hatte an alles gedacht. Er wusste, was Wanda brauchte. Mir hingegen war mein Wunsch, sie so lange wie möglich zu behalten, wichtiger, als ihr Schmerzen und Leid zu ersparen. Ich stand in der Küche und starrte auf die bunten Pillen. Ich wollte gar nicht wissen, was ich in meiner Hand hielt. Ich wusste, es war der Tod. Dieses Wissen war bereits weit mehr, als ich ertragen konnte. Noch mehr ins Detail zu gehen, hätte erfordert, mich eingehend mit Wandas Art zu sterben auseinander zu setzen. Aber das war mir nicht möglich. Ralph reichte mir das Wasserglas.

»Ist alles in Ordnung, Lea?«

Ich blickte in sein blasses Gesicht. Er sah mitgenommen aus. Ich schüttelte den Kopf und stieg die Treppe hinauf. Am liebsten wäre ich umgekehrt und so weit gelaufen, wie ich nur konnte, aber ich tat es nicht.

Wanda saß, gestützt von dicken Kissen, auf dem Bett. Sie war bereit, mich zu verlassen. Als ich die Tabletten von meiner Hand in ihre rollen ließ, sah sie mich dabei fest an. Sie nahm alle in den Mund, und ich reichte ihr das Glas. Noch immer ließ sie mich nicht aus den Augen. Ich setzte mich neben sie. Wanda lehnte sich an mich. Sie streckte die knochigen Hände nach Ralph aus, der immer noch in der Tür stand. Er kam schweigend zu uns. Wir legten die Arme um sie und sprachen kein Wort mehr. Es gab an jenem Nachmittag nichts mehr zu sagen. Hin und wieder erhob Wanda ihren Blick zu mir, und ich küsste sanft ihre schönen Lippen. Dann lächelte sie und flüsterte meinen Namen. Ich sah, wie sie zart über Ralphs Hand strich und wie sich ihre Finger umschlangen. Ich konzentrierte mich auf die Zartheit ihrer Haut und den Rhythmus ihres Atems. Das warme Gefühl, das mich überkam, wenn ich über ihr weiches Haar strich. Ich fasste sie fester und verbarg mein Gesicht in ihren Locken.

Als es draußen zu dämmern begann, hatte Wanda bereits lange nicht mehr zu mir aufgesehen. Immer wieder strich ich über ihre kurzen Locken. Ihre Finger hielten eine Falte meines Hemdes fest umschlossen. Sie atmete nicht mehr.

Ich betrachtete ihr Gesicht. Die schönen grünen Augen waren geschlossen, und die langen schwarzen Wimpern lagen ruhig auf ihren bleichen Wangen. Ich umfing ihr Gesicht mit meinen Händen und nahm sie dann ein letztes Mal in meine Arme. Während ich meinen Mund gegen ihre kühle Wange drückte, schrie es aus mir heraus. Da waren keine Worte. Da war nur dieser unbeschreiblich starke Druck in meiner Brust, der sich so brutal aus mir herauswand, als wollte er mich dabei in Stücke reißen. Es war vorbei.

Ende Dezember stand das Haus in dichten Nebel gehüllt auf seinem verschneiten Hügel. Wir übergaben dem Wind, was von Wanda Lewin übrig geblieben war.

Lili und Jack standen dicht neben mir, und ich konnte sehen, wie die beiden konzentriert auf die Asche in ihren kleinen Händen blickten. Lili war die Erste, die ihren Arm ausstreckte und zusah, wie der Wind das graue Pulver aus ihrer Hand wehte, um es unwiederbringlich mit sich zu nehmen. Sie blickte tapfer in die trägen Nebelstreifen.

»Bis zum Frühling, Mama«, flüsterte sie.

Jack sagte nichts. Er schloss seine Hand ganz fest und drückte das Gesicht gegen meinen Bauch. Ich strich über seinen grauen Schopf. Er musste jetzt noch nicht wissen, was richtig war und was er tun sollte. Er hatte noch so viel Zeit. Lange standen wir, ehe er zögernd seine Hand ausstreckte und sachte die Asche von seinen Fingern blies. Dabei blendeten ihn die sanften Strahlen der Sonne, die stets die Nebel vertrieben. Mir war, als hörte ich leise ihre Stimme: »... wie die Sonne und der Mond ...«

Ich brauchte nicht nach ihr zu suchen. Ich hörte ihre Stimme vierundzwanzig Stunden am Tag. Selbst wenn ich nachts erwachte, war sie schon da. Ich versuchte, sie zu vertreiben. Sie hatte mich verlassen. Sie hatte mich allein zurückgelassen, und ich hasste sie dafür. Seit Wanda in meinen Armen gestorben war, hatte ich keine Träne für sie vergossen.

Die folgenden Wochen verlebte ich in einem dichten Nebelschleier. Stundenlang schloss ich mich in meinem Arbeitszimmer ein. Die einzige Gesellschaft, die ich ertrug, war die der

Weinflaschen, die sich neben meinem Schreibtisch und in den Sesseln stapelten, und die der stummen Schatten, die sich an meinem Anblick ergötzten. Sollten sie nur. Ich nahm es ihnen nicht mehr übel.

Ich schrieb keine Zeile. Jetzt war endgültig Schluss damit. Ich würde mich gegen sie wehren. Nicht ein Wort würde ich auf das verdammte Papier bringen. Nicht mehr lange, und ich würde auch die letzte Gehirnzelle in meinem Schädel kaputtgesoffen haben. Ich würde gewinnen.

»Lea! Mach auf!«

Das war Ralph. Er machte das ein paar Mal am Tag. Er schlug gegen die Tür und schrie dabei wie ein Irre. Ich hielt mir Olympes Waffe an den Kopf. Ich hatte sie in einer der tausend Schubladen von Mauds Schreibtisch gefunden. Vielleicht würde ich heute abdrücken oder vielleicht morgen. Ich hatte mich noch nicht entschieden.

»Mach endlich auf, du verdammter Idiot!«

Das mit den Beleidigungen fing meistens erst dann an, wenn ich auf sein Rufen hin nicht reagierte. Heute gab es keine Schonfrist. Ich hörte, wie er sich gegen die verdammte Tür warf. Es krachte so heftig, dass das Holz bebte. Aber es hielt stand. Auf manche Dinge konnte man sich verlassen. Ich trank auf ihr Wohl.

Die Tür schlug krachend gegen die Wand. Weißer Putz bröckelte von der Decke. Ich sah nach oben. Die Engel bepissten sich schon wieder mal vor Lachen. Ich ließ die Flasche fallen und lachte mit ihnen. Da traf mich der erste Schlag. Ein knochenbrechender Schwinger von rechts unten. Ich fiel mitsamt dem Sessel hinten über. An Schmerzen erinnere ich mich nicht. Ich hatte genug getrunken, um nichts zu spüren.

Ich erkannte Ralphs verschwommenes Gesicht über mir. Er starrte böse auf mich herunter, ehe er zum zweiten Mal ausholte und mich noch ein Stück weiter gegen die Balkontür schmetterte. Er packte mich am Kragen und stellte mich wieder auf die Beine.

»Du gottverdammter Hurensohn!«, schrie er und versetzte

mir dabei einen harten Treffer in die Leisten. Ich bekam keine Luft mehr und rutschte träge an der Wand nach unten. Sollte er mich doch zu Brei schlagen. Es war Zeit dafür. Zeit, Buße zu tun für alle meine verfluchten Sünden. Er zog mich wieder hoch.

»Du stinkender, vor Selbstmitleid triefender Idiot«, schimpfte er und warf mich in einen der Sessel.

»War das schon alles?«, lallte ich zurück. Ich fuhr mir linkisch mit dem Hemdärmel über den Mund. Ich blutete, konnte die Stelle aber nicht exakt bestimmen.

»Du bist noch was ganz anderes, Lewin. Du bist so erbärmlich, dass mir die Worte fehlen.«

»Erbärmlich.«

Ich genoss das Wort.

»Nur reicht es nicht aus«, murmelte ich. »Einer wie ich ist nicht nur erbärmlich. Einer wie ich ist total im Arsch.«

»Du kotzt mich wirklich an, Lea.«

»Ich kotze dich an, ja?«

Ein hämisches Lachen drang von meinen Lippen.

»Was is mir dir, du Held?«, lallte ich. »Wer von uns versucht denn jeden Tag, sein Gewissen rein zu waschen? Wer is denn schon ganz wund davon? Bin ich das vielleicht? Versuch ich das?«

Ralphs Gesicht wurde aschfahl. Er zeigte drohend mit dem Finger auf mich.

»Du hältst jetzt dein verdammtes Maul, oder ich schwöre dir, Lewin, dass ich dir den Schädel einschlage«, sagte er.

»Nur zu, Doktor«, entgegnete ich bösartig. »Aber sie wird nie dabei sein. Und weißt du auch, warum?«

Ich sprach die folgenden Worte überdeutlich aus, so dass er mich auch bestimmt nicht missverstehen konnte.

»Weil du nicht da warst!«

Ralph wurde blass.

»Du dreckiges Stück Scheiße«, flüsterte er.

»Ganz genau«, bestätigte ich und griff nach der Flasche zu meinen Füßen.

Ralph kickte sie mit einem heftigen Tritt unter meinen Fingern fort, so dass sie an der Wand in tausend Scherben zerbrach. Das war mein Stichwort. Mit einem Mal war ich auf den Beinen und verpasste ihm einen harten Schlag ins Gesicht. Er taumelte zurück, fasste sich aber schnell wieder. Keine zwei Sekunden später steckte seine Faust tief und fest in meinem Magen. Mir wurde übel, und ich verlor für kurze Zeit das Bewusstsein.

Als ich wieder zu mir kam, kauerte ich kniend auf dem Boden. Ich lag mit dem Gesicht auf Ralphs Beinen, und der abstoßende Geruch von Erbrochenem drang mir in die Nase. Ich konnte mich nicht bewegen, da jede Bewegung ungeahnte Schmerzen in mein Gehirn schickte. Ich hatte das Gefühl, als versuchte etwas, mich in der Mitte durchzureißen. Die Druckwelle schob sich aufbäumend aus meinem Bauch heraus, drängte durch meine Brust und flutete in meinen Hals. Ich weinte wie noch nie zuvor in meinem Leben.

Sechs Monate blieb ich in der Klinik. Kein Lewin besuchte mich in dieser Zeit. Wir hatten eine Abmachung, und alle hielten sich daran.

Nachdem ich die ersten dreißig Tage hinter mir hatte, verzogen sich langsam die Nebel in meinem Kopf. Die Gedanken wurden klarer. Nicht einfacher, aber immerhin durchsichtiger. Ich versuchte mit der Verbissenheit einer verzweifelten Kreatur, meiner Hölle zu entkommen. Die Stimmen wurden von Tag zu Tag leiser.

Als wir die Klinik verließen, wurden wir erwartet. Ich trat aus dem Tor, und Lili und Jack liefen mir entgegen. Sie umarmten mich und redeten in einem fort, so als wäre es ihnen völlig gleichgültig, wo ich die letzten Monate verbracht hatte. Ich verstand kein Wort. Sie waren zu schnell, aber es reichte, ihre Stimmen zu hören.

Ralph stand wartend am Wagen. Langsam ging ich auf ihn zu. Er sah mich nur an. Ich wusste, dass ich an der Reihe war. Ich hatte ihn tiefer verletzt als jemals zuvor. Mir fiel nichts Vernünftiges ein. Dieses Blau. Himmel, ich war immer noch der Alte.

Was hätte ich ihm sagen sollen? Wie hätte ich in Worte fassen können, was ich selbst erst im Ansatz zu begreifen begann? Ich legte meine Stirn an seine Schulter. Erst als ich seine Arme um mich spürte, wusste ich, dass ich eine Chance hatte. Ich nahm die Herausforderung an. Ein erneuter Kampf. Diesmal würde ich nicht scheitern. Ich war bereit.

Zu Hause erwartete uns Amanda. Ihre Erscheinung war wie immer kolossal. Ein Albtraum in Apfelgrün. Sie schenkte mir nichts. Sie hatte mich gezwungen, der Wahrheit ins Auge zu sehen. Jede Woche hatte sie mir ein paar Zeilen zukommen lassen. Ein Absatz aus ihren Briefen hatte sich mir ins Gedächtnis gebrannt. Sie schrieb: » Mein Prinz, wenn sich jemand mit Vergebung auskennt, dann ist das Amanda Lewin. Ich vergebe diesen braunen Mistkerlen jeden Tag aufs Neue!«

Ich hatte keinen Grund, zu vergeben. Dafür hatte ich zu viel bekommen. Wanda hätte mir nicht mehr schenken können.

29

Ich gab meinen Widerstand auf und begann zu schreiben. Alles schrieb ich auf. Ich war ein Besessener. Die folgenden Jahre verbrachte ich an Mauds Schreibtisch und versuchte mich an all das zu erinnern, was mir wichtig erschien. Der Stapel weißen Papiers hatte lange, aber nicht umsonst gewartet. Ich ermahnte mich jeden Tag erneut dazu, ehrlich zu sein. Ich wollte nichts beschönigen und schon gar nichts verbergen. Eines Tages war es dann soweit. Der letzte Satz.

»Lea. So etwas schreibt man höchstens in sein Tagebuch, aber man veröffentlicht es nicht.«

Ralph legte den Stapel meiner Manuskriptseiten auf den Schreibtisch zurück. Ich war nicht überrascht.

»Warum nicht?«

In seinem Blick lag aller Vorwurf dieser Welt.

»Weil das so ist, als würdest du dich nackt vor der ganzen Welt präsentieren«, antwortete er.

»Na, da wäre ich nicht der Erste, oder?«, spielte ich den Ball zurück.

»Das war ja wohl etwas ganz anderes«, konterte er.

»Natürlich«, bestätigte ich knapp.

Ich hatte mit keiner anderen Reaktion gerechnet. Ralph nahm den Begriff *Privatleben* sehr ernst, und das, was ich beschrieben hatte, ließ unsere Familie in etwa ebenso durchsichtig erscheinen, als lebten wir in einem Goldfischglas.

»Es ist schon in Ordnung, Ralph«, sagte ich und packte die Seiten in einen Umschlag, der an Richard Braun adressiert war. Ralph fuhr sich hektisch durch die Haare.

»Das ist eben nicht in Ordnung«, rief er. »Das ist verrückt! Du kannst ...«

»Im übrigen«, unterbrach ich ihn. »Was macht Amanda eigentlich den ganzen Tag in der Bibliothek?«

»Hör auf das Thema zu wechseln, Lewin. Das funktioniert heute nicht. Du kannst das da nicht veröffentlichen.«

Er zeigte auf den Umschlag. Ich zuckte wortlos mit den Schultern.

»Lea, bitte. Überlege es dir noch mal«, änderte er gleich darauf seine Taktik.

»Da gibt es nichts mehr zu überlegen.«

Ich klemmte mir das Paket unter den Arm. Als ich an Ralph vorbei kam, blieb ich kurz stehen.

»Wovor hast du nur solche Angst, Staller?«

Ich drückte ihm einen Kuss auf die Lippen. Dann ging ich an ihm vorbei die Treppe hinunter.

»Du bist ein hoffnungslos Verrückter, Leander Lewin! Hat dir das schon mal einer gesagt?«, rief er mir von der Galerie aus nach. »Hoffnungslos verrückt!«

»Wenn man es mit einem wie dir aushalten will, dann ist das durchaus von Vorteil, Schatz«, murmelte ich, ohne mich dabei umzudrehen.

In dem Moment, als ich die Haustür öffnete, wäre ich beinahe mit Jack zusammengestoßen. Er war gerade mal zwölf und schon fast so groß wie ich.

»Verdammte Mistkerle«, raunzte er, als er an mir vorbei in die Halle schlurfte. Alle Jungs in seinem Alter schlurften, als wären ihnen ihre Füße plötzlich zu schwer geworden. Ich musste nicht fragen. Unser Sohn ging generell davon aus, dass man ihm zuhörte.

»Diese hässlichen, kniehohen Giftasseln«, knurrte er. »Superschlecht gelaunt sind die heute. Einer von den Ärschen hat versucht, mir ein Bein zu stellen. Verdammte Mistratte!«

Er meinte die kleinen Kerle am Tor. Sie machten sich seit Jahren ihren Spaß mit ihm. Er warf seine Schultasche auf die Treppe.

»Ist Lili schon da?«, fragte er.

»Sie packt gerade«, antwortete ich.

»Dass sie bloß meine Sachen in Ruhe lässt, Dad. Dieses Mädchen kennt keine Intimsphäre.«

»Wenn du damit die Schmuddelhefte mit den nackten Weibern meinst, dann kann ich dich beruhigen«, ertönte eine Mädchenstimme. Gleich darauf erschien Lilis Gestalt neben Ralph auf der Galerie. Mir stockte bei ihrem Anblick der Atem. Sie wurde ihrer Mutter immer ähnlicher. Das gleiche dunkle Haar, die warme Stimme und dieser selbstbewusste Blick, der sein Gegenüber ohne Probleme jederzeit in die Knie zu zwingen vermochte.

»Ich habe sie auf deiner Seite der Matratze gelassen«, erklärte sie boshaft lächelnd. »Von irgendjemandem musst du doch schließlich erwartet werden, wenn wir wieder zurück sind. Dein kleiner Kamerad reicht anscheinend nicht mehr aus.«

Jack zog eine eindeutige Grimasse. Lili lehnte sich an Ralph, der sofort liebevoll beide Arme um sie legte.

»Könnte mir bitte mal jemand erklären, was hier vorgeht?«, fragte er. »Wo um alles in der Welt wollt ihr eigentlich hin?«

»Hab ich dir nichts davon gesagt?«, fragte ich. »Also ich könnte schwören, dass ich dir erzählt habe, dass die beiden das Wochenende bei deinen Eltern verbringen.«

Ralphs Gesichtszüge erstarrten.

»Aber anscheinend habe ich es doch vergessen«, beendete ich meine Überlegung.

»Das ist nicht dein Ernst, Lea!«, schrie er zu mir herunter.

Ich wusste, was jetzt kam. Es war immer dasselbe. Kaum kam das Thema auf seine Eltern, verlor Ralph Staller jede ihm verbliebene Selbstbeherrschung.

»Werde ich hier eigentlich gar nicht mehr gefragt?«, brüllte er.

Ich lehnte mich seufzend gegen die Tür. Sie raunte mir verständnisvoll zu. Ich nickte.

»Die haben schon mir die Kindheit versaut. Die machen das ganz nebenbei! Wie kannst du unsere Kinder dahin lassen? Bist du total wahnsinnig?«

»Schrei doch bitte noch etwas lauter, sonst hören die Nachbarn nur die Hälfte«, entgegnete ich ruhig.

»Welche Nachbarn denn?«, schrie er zurück. »Wir haben überhaupt keine.«

»Wir nehmen Mouse mit. Uns wird schon nichts passieren.«

Lili küsste Ralph zärtlich auf die Wange. Es funktionierte. Er schien sich zu beruhigen. Mit eiligen Fingern suchte er nach seiner Zigarettenpackung.

»Selbst einer wie Mouse kann euch dort nicht beschützen«, murmelte er verdrießlich und steckte sich eine an.

»Du tust gerade so, als wären unsere Großeltern kinderfressende Monster.«

Jack stieg die Treppe hoch und klopfte Ralph kumpelhaft auf die Schulter.

»Ich glaube, du arbeitest zuviel«, sagte er.

Er schüttelte besorgt seinen zerzausten Kopf.

»Du solltest besser auf ihn aufpassen«, meinte er an mich gewandt. »Sonst wird er noch genauso verrückt wie wir anderen. Im Übrigen solltest du damit aufhören.«

Er zeigte auf die brennende Zigarette in Ralphs Hand.

»Das ist nun wirklich kein gutes Beispiel für junge Erwachsene, verstehst du?«

Ralph fuhr ihm mit einer Hand durch sein Maushaar. Jack lachte und ließ sich auf die Rauferei ein.

Ich stapfte durch den kniehohen Schnee zum Auto. Die letzten Jahre waren schnell vergangen. Wir erwarteten Rahel und Jules. Wer weiß, vielleicht würden sie diesmal bleiben. Erst jetzt bemerkte ich, wie sehr ich die beiden vermisst hatte.

Etwas zu meinen Füßen erregte meine Aufmerksamkeit. Gut einen Meter von der Haustür entfernt hatte jemand etwas in den Schnee geschrieben. *Lili und Jack* stand dort. Die Buchstaben waren in Form eines großen Herzens umrahmt. Ich stieg in den Variant. Ich würde besser auf die beiden aufpassen müssen. Beim dritten Startversuch sprang der alte Wagen endlich an, und wir rollten gemächlich die verschneite Allee entlang. Im Rückspiegel beobachtete ich den guten Mouse, der so lange kläffend hinter dem Wagen herjagte, bis ich auf die Landstraße bog.

Ich sah auf den Umschlag, der neben mir auf dem Beifahrersitz lag. Das war meine Geschichte. Ich hatte sie beendet. Ich wusste nicht, ob jemals auch nur ein Mensch diese Seiten lesen würde. Genauso wenig konnte ich vorhersehen, in welchen Bahnen meine Zukunft verlaufen würde. Aber ich war auf dem Weg, und alles, was ich wusste, ließ sich in einem einzigen Satz zusammenfassen: Die Liebe versöhnt uns mit dem Leben.